LE CLUB DES CONSPIRATEURS

Jonathan Kellerman

LE CLUB DES CONSPIRATEURS

ROMAN TRADUIT DE L'ANGLAIS (ÉTATS-UNIS)
PAR WILLIAM OLIVIER DESMOND

ÉDITIONS DU SEUIL
27, rue Jacob, Paris VIe

COLLECTION DIRIGÉE
PAR ROBERT PÉPIN

Titre original : *The Conspiracy Club*
Éditeur original : Ballantine Books, a trademark of Random House, NY

ISBN original : 0-345-45257-7

ISBN 2-02-067641-9

www.seuil.com

À la mémoire de mon père,
David Kellerman (1918-2003)

Humpty-Dumpty sat on a wall,
Humpty-Dumpty had a great fall.
All the king's horses,
And all the king's men,
Couldn't put Humpty together again.

(Humpty-Dumpty sur un mur se prélasse
Humpty-Dumpty dégringole et se casse
Du roi tous les chevaux,
Du roi tous les vassaux
Jamais n'ont pu le remettre en place[1]*.)*

1. Comptine populaire, reprise par Lewis Carroll dans *À travers le miroir*, ma traduction, W.O.D.

1

Émotions débridées, tissus morts.

Des pôles opposés : ainsi Jeremy Carrier les avait-il toujours considérés.

Dans le cadre d'un hôpital, il n'y a pas deux disciplines plus éloignées que la psychologie et l'anatomopathologie. Exerçant la première, Jeremy se flattait d'avoir un esprit ouvert ; un bon psychothérapeute, en effet, se doit d'éviter les idées toutes faites.

Au cours de toutes ses années de formation et de travail clinique à l'hôpital City Central, Jeremy n'avait cependant rencontré que peu de médecins légistes ne correspondant pas à ce type : repliés sur eux, marmonneurs, plus à l'aise avec des fragments de chair nécrosée – l'expressionnisme abstrait des maculages cellulaires et l'ambiance de chambre froide de la morgue au sous-sol – qu'avec des patients bien vivants.

Quant à ses collègues, psychologues et psychiatres, et à tous les autres fantassins engagés dans la santé mentale, ils étaient le plus souvent autant d'âmes hypersensibles que repoussait la vue du sang.

Non pas que Jeremy aurait vraiment connu des anatomopathologistes alors même qu'il les croisait depuis dix ans dans les couloirs. Les clivages de la structure sociale à l'hôpital avaient régressé au niveau de ceux d'un lycée : religion du « eux contre nous », prolifération à l'exubérance quasi tropicale des castes, des cliques et des cabales assortie d'interminables conflits de pouvoir et de prés carrés. À cela s'ajoutait l'inversion des fins et des moyens, piège dans lequel tombent toutes les bureaucraties : l'hôpital avait perdu son statut de lieu consacré à soigner et ayant besoin de fonds destinés au traitement des malades au profit de celui de gros employeur municipal ayant besoin des chèques des malades pour payer son personnel.

Tout cela créait une certaine ambiance asociale.

Une confédération d'îlots.

À City Central, le même attirait le même et ce n'était qu'en dernière extrémité que, pour soigner un patient, se produisait une pollinisation croisée : internistes obligés d'admettre leur défaite et faisant appel aux chirurgiens, généralistes s'équipant de bouteilles d'oxygène avant de plonger dans le marécage de la consultation des collègues.

Quelle raison pouvait donc avoir un anatomopathologiste de prendre contact avec un psychologue ?

Du fait de toutes ces raisons – et aussi parce que le diabolique tour de cochon que la vie avait joué à Jeremy Carrier avait fait de lui un jeune homme tourmenté et désemparé –, l'ouverture d'Arthur Chess le prit au dépourvu.

Et peut-être le désarroi dans lequel était Jeremy fut-il à la source de tout ce qui arriva par la suite.

Pendant près d'un an, Jeremy avait vu Arthur chaque semaine sans jamais échanger un seul mot avec lui. Et voilà que ce même Arthur s'installait en face de lui, dans la cafétéria réservée aux médecins, et lui demandait s'il apprécierait un peu de compagnie.

Il n'était pas encore tout à fait quinze heures, et la salle était presque vide à cette heure, tardive pour déjeuner.

Jeremy répondit « Bien sûr », puis se rendit compte qu'il en était rien moins que sûr.

Arthur lui adressa un signe de tête et cala sa grande carcasse sur la petite chaise. Il avait sur son plateau deux portions de poulet grillé, une vraie colline de purée noyée de sauce, un cube parfait de pain de maïs, un petit bol de succotash[1] et une boîte de Coca-Cola couverte de condensation.

En voyant cette nourriture, Jeremy se demanda : du Sud ? Puis il essaya de se souvenir si la voix d'Arthur trahissait ses origines. Il

1. Plat d'origine amérindienne, à base de haricots blancs *(NdT)*.

ne lui semblait pas. En cherchant bien, on pouvait trouver un air de Nouvelle-Angleterre dans son timbre de baryton.

Sur le moment, Arthur Chess ne parut pas vouloir lier conversation. Après avoir déplié une serviette en papier sur ses genoux, il entreprit de faire un sort à sa première portion de poulet. Il maniait le couteau et la fourchette avec grâce, de ses longs doigts aux ongles spatulés coupés court. Sa blouse blanche, qui lui descendait jusqu'aux pieds, était d'une blancheur immaculée – mis à part quelques dérangeantes éclaboussures rosâtres sur la manche droite. Dessous, il portait une chemise Oxford bleu à grand col et son nœud papillon magenta paraissait avoir été disposé intentionnellement de travers.

Jeremy lui donnait environ soixante-cinq ans, peut-être même davantage, mais avec sa peau bien rose l'homme respirait la santé. Une barbe blanche sans moustache et taillée au carré encadrait ce visage allongé, dont on se disait qu'il aurait pu être celui de ce bon Abraham Lincoln, si le président avait eu le loisir de devenir vieux. Son crâne chauve et lunaire prenait un caractère imposant sous la lumière impitoyable de l'hôpital.

L'idée que Jeremy se faisait de la réputation d'Arthur rappelait la manière dont on connaît la biographie d'un inconnu. Ancien patron du service d'anatomopathologie, le Pr Chess avait quitté ses responsabilités administratives quelques années auparavant pour se consacrer entièrement à la recherche – ses travaux ayant à voir avec les sarcomes des tissus mous et la plus ou moins grande perméabilité des membranes cellulaires, et Dieu sait quoi encore.

Arthur passait aussi pour un grand voyageur et un collectionneur de papillons amateur. Sa monographie sur les papillons nécrophages d'Australie figurait au milieu des livres de poche qu'on trouvait habituellement dans la boutique cadeaux de l'hôpital. Jeremy avait remarqué la pile solitaire de volumes austères à couverture d'un marron peu engageant, tant elle contrastait avec celles aux couleurs criardes des best-sellers. La pile marron ne paraissait jamais diminuer ; mais qu'est-ce qui aurait pu pousser un patient à s'intéresser à des vermines bouffeuses de cadavres ?

Après trois solides bouchées de poulet, Arthur reposa sa fourchette.

– J'espère que vous ne voyez pas cela comme une intrusion, docteur Carrier, dit-il.

– Nullement, docteur Chess. Avez-vous besoin de quelque chose ?

– Besoin ? s'étonna Arthur, amusé. Non, je recherchais simplement le plaisir d'une conversation. J'ai remarqué que vous aviez tendance à manger seul.

– C'est mon emploi du temps, lui renvoya Jeremy en mentant. Imprévisible.

Depuis que sa vie était devenue un enfer, il évitait les interactions sociales de ce genre, sauf avec ses patients. Il en était même arrivé au point où il pouvait simuler l'amitié. Mais parfois, les jours les plus noirs, tout contact humain lui était insupportable.

Le petit tour de cochon de la vie…

– Bien sûr, répondit Chess. Étant donné la nature de votre travail, on ne voit pas comment il pourrait en aller autrement.

– Je vous demande pardon ?

– Je parle de l'imprévisibilité des émotions humaines.

– C'est exact.

Arthur hocha la tête d'un air grave, comme s'ils venaient d'arriver à un accord majeur. Quelques instants plus tard, il reprit la parole :

– Jeremy… vous permettez que je vous appelle par votre prénom, n'est-ce pas ?… Jeremy, j'ai remarqué votre absence à notre dernière petite réunion hebdomadaire du mardi.

– J'ai eu un problème, répondit Jeremy en se sentant comme un gosse pris en flagrant délit d'école buissonnière. (Il se força à sourire.) Vous savez bien… ces émotions humaines imprévisibles.

– Et vous avez résolu le problème, j'espère ?

Jeremy acquiesça d'un signe de tête.

– Du neuf à cette réunion ?

– Oui. Deux nouveaux diagnostics ; un adénosarcome et une leucémie myéloïde chronique. Présentation classique, discussion animée habituelle. Pour être franc, vous n'avez rien manqué.

Notre petite réunion du mardi, dite aussi « Point Tumeur », était un rituel hebdomadaire qui avait lieu entre huit et neuf heures dans la salle de conférences et réunissait cancérologues, radiologues, chirurgiens et infirmières spécialisées sous la houlette d'Arthur Chess. Lequel y gérait alors le projecteur de diapos, le pointeur laser et sa volumineuse mémoire.

Depuis près d'un an, Jeremy y représentait le bataillon de la santé mentale. Il n'y avait pris la parole qu'une seule fois.

Il avait assisté à sa première réunion « PT » bien des années auparavant, en tant qu'interne, et trouvé que c'était une expérience d'une ironie grand-guignolesque : toutes ces images embrumées de fumée nicotinique et représentant des cellules ravagées par la tumeur qui défilaient dans les clic-clic du projecteur sur un écran géant...

Toubibs ou infirmières, au moins un tiers de ces spécialistes du cancer tiraient sur des cigarettes.

Le contrôleur de Jeremy à l'époque, un psychanalyste étonnant par sa manière de s'écouter parler, tripotait une pipe en écume de mer de proportions freudiennes et soufflait des nuages de Latakia dans la figure de l'interne.

C'était déjà Arthur qui avait la direction de ces réunions et Jeremy se rendit soudain compte que l'homme n'avait guère changé depuis. Le patron de l'anatomopathologie ne fumait pas, mais n'avait pas d'objection à ce que les autres le fassent. Quelques mois plus tard, l'un des riches bienfaiteurs de l'hôpital venu visiter les lieux avait passé le nez à la porte et eu un haut-le-corps. Peu après, l'hôpital émettait une circulaire interdisant de fumer dans son enceinte ; l'humeur générale des PT s'en était nettement ressentie.

Arthur trancha un minuscule carré de pain et se mit à le mâcher, l'air songeur.

– Certes, vous n'avez rien perdu, Jeremy, mais je maintiens que votre présence est importante.

– Vraiment ?

– Même si vous n'intervenez pas beaucoup, le seul fait que vous soyez là oblige les autres à faire attention à ce qu'ils disent. À être sensibles à la dimension humaine...

– Eh bien, tant mieux, dit Jeremy en se demandant pourquoi le vieux le bousculait ainsi sans la moindre vergogne. Si ça peut aider à les rendre sensibles à la dimension humaine...

– La fois où vous avez pris la parole a été une leçon pour tous.

Jeremy se sentit rougir.

– J'ai eu l'impression que c'était pertinent.

– Oh, c'était pertinent, Jeremy. Tout le monde ne l'a pas ressenti ainsi, mais ça l'était.

Cette occasion où il avait pris la parole remontait à six semaines. Arthur faisait défiler des diapos d'un carcinome métastasé de l'estomac sur le grand écran – diapos agrémentées des définitions dans le jargon latinisant précis et poétique de l'histologie. On avait demandé à Jeremy de voir la patiente, une certaine Anna Duran âgée de cinquante-huit ans, à cause de son attitude profondément apathique.

En arrivant, il avait effectivement trouvé une femme renfrognée et morne et, plutôt que d'essayer d'y aller au forceps, il lui avait versé une autre tasse de thé, tapoté ses oreillers, puis s'était assis à côté du lit et avait attendu.

Il se fichait d'obtenir ou non une réaction. C'était comme ça, depuis Jocelyn. Il n'essayait même plus.

Le plus drôle était que devant sa propre apathie, les patients se déboutonnaient plus facilement.

Le chagrin avait fait de lui un meilleur thérapeute.

Lui-même n'en revenait pas. Il y avait réfléchi, pour arriver à la conclusion que les patients devaient voir dans son visage vide d'expressions et son immobilité de statue l'indice d'une sorte de sérénité zen que rien ne pouvait entamer.

Ah, s'ils avaient su…

Le temps de vider sa tasse de thé, Anna Duran était prête à parler.

Raison pour laquelle Jeremy s'était vu obligé de prendre la parole au bout de vingt minutes d'échanges rugueux entre le cancérologue et le radiologue qui traitaient Mme Duran. Les deux spécialistes, volubiles, bien intentionnés, tout dévoués à leur travail mais voyant trop les choses par le petit bout de la lorgnette, étaient du genre à jeter le bébé avec l'eau du bain. Pour compliquer encore les choses, aucun des deux ne se souciait de l'opinion de l'autre. Ce matin-là, ils s'étaient lancés dans un débat de plus en plus furieux sur une séquence de traitement, affrontement qui avait fini par provoquer une consultation discrète des montres par le reste de l'assistance.

Jeremy avait tout d'abord décidé de ne pas s'en mêler. Ces mardis matin étaient une corvée, son tour de présence le simple résultat d'une rotation qui le mettait trop près de la mort, à son goût.

Ce matin-là cependant, quelque chose l'avait poussé à se lever.

À ce brusque mouvement, une cinquantaine de paires d'yeux s'étaient fixées sur lui.

Le cancérologue venait juste de marteler un dernier clou à son argumentation.

Sur le point de se lancer dans une contre-attaque, le radiologue avait préféré se taire en voyant l'expression sur le visage de Jeremy.

Arthur Chess jouait avec la commande du rayon laser.

– Oui, docteur Carrier ? avait-il dit.

Jeremy fit face aux deux médecins aux prises.

– Messieurs, avait dit celui-ci, votre débat est sans doute justifié d'un point de vue médical, mais vous perdez votre temps. Mme Duran n'acceptera aucune forme de traitement.

Le silence s'était métastasé.

– Et pourquoi donc, docteur ? avait fini par demander le cancérologue.

– Pourquoi ? Parce qu'elle n'a plus confiance en personne, ici. On l'a opérée il y a six ans… appendicectomie en urgence, suivie de complications postopératoires. Elle est convaincue que c'est la cause de son cancer de l'estomac. Elle a décidé de quitter l'hôpital et de s'adresser à un guérisseur du cru, à un *curandero*.

Le visage du cancérologue s'était durci.

– Vous êtes sûr de ça, docteur ?

– Hélas oui, docteur.

– Cocasse, charmant et stupide. Pour quelle raison on ne m'en a pas informé ?

– Vous l'avez été. Elle m'a raconté ça hier. J'ai laissé un message à votre bureau.

Les épaules du cancérologue étaient retombées.

– Eh bien, dans ce cas… je vous suggère de retourner la voir et de la convaincre de son erreur.

– Ce n'est pas mon boulot, lui avait fait remarquer Jeremy. C'est de vos conseils à vous qu'elle a besoin. Mais franchement, je ne pense pas qu'il y ait quelqu'un capable de la faire changer d'avis.

– Oh, vraiment ? avait lancé le cancérologue avec un sourire crispé. Elle est prête à aller voir son sorcier et à se coucher pour mourir ?

– Elle est convaincue que le traitement n'a fait que la rendre encore plus malade et va la tuer si on continue. C'est un carcinome de l'estomac. Qu'avez-vous à lui offrir en réalité ?

Pas de réponses. Tout le monde connaissait les statistiques. Un cancer de l'estomac à un stade aussi avancé n'était pas de bon pronostic.

– Mais… ce n'est pas votre boulot de la calmer, docteur Carrier ? avait fini par demander le cancérologue. Sinon, quelle est exactement votre fonction, vis-à-vis du Point Tumeur, hein?

– Bonne question, avait répondu Jeremy.

Puis il avait quitté la salle.

Il s'attendait à une convocation au bureau du patron de psychiatrie pour se faire remonter les bretelles et se voir privé de ses fonctions auprès du PT, mais rien de tel ne s'était produit et lorsqu'il était arrivé à la réunion, le mardi suivant, il y avait été accueilli par des regards et des hochements de tête respectueux.

Perdez tout intérêt pour vos patients et vos patients vous parleront plus facilement.

Clouez le bec aux grandes gueules et vous gagnerez l'estime de vos collègues.

Tant d'ironie puait. À dater de ce jour, Jeremy avait trouvé des tas d'excuses pour ne plus assister aux réunions.

– Le truc, reprit Arthur, c'est que nous autres, qui travaillons au niveau des cellules, nous sommes tellement immergés dans les détails que nous oublions qu'il s'agit du sort d'un individu.

Dans ton cas, ce sort est déjà réglé.

– Docteur Chess, j'ai simplement fait mon travail. Ça me met très mal à l'aise d'être considéré comme une sorte d'arbitre de quoi que ce soit. Et maintenant, si vous voulez bien m'excuser…

– Bien sûr, répondit Arthur, nullement perturbé, tandis que Jeremy repartait avec son plateau, puis quittait la cafétéria.

L'homme avait alors ajouté un marmonnement que, sur le coup, Jeremy n'avait pas déchiffré.

Plus tard, beaucoup plus tard, il fut à peu près certain d'avoir décodé la dernière réplique d'Arthur : « Jusqu'à la prochaine fois. »

2

La manière dont était morte Jocelyn – l'image de ce qu'elle avait souffert – était gravée dans l'esprit de Jeremy.

On ne lui avait jamais permis de lire le rapport de la police. Mais il avait surpris le regard des enquêteurs et des bribes de leurs conversations de couloir.

Malade mental… obsédé sexuel… sadique… Un de plus pour le Livre des records, *Bob…*

Leurs yeux. Faire naître un tel regard dans des yeux de flics…

Jocelyn Banks avait vingt-sept ans. Petit gabarit, toute en courbes, blonde, délicieux lutin bavard, source de grand réconfort pour les vieillards séniles dont elle avait choisi de prendre soin.

Pavillon 3E. « Vous qui entrez ici, abandonnez toute raison. »

Patients à un stade avancé de la maladie d'Alzheimer et de toutes les variétés de démence sénile, la décomposition sans diagnostic de l'âme.

Le « carré des légumes », comme l'appelaient les neurologues. Des délicats, les neurologues.

Jocelyn prenait son service de quinze à vingt-trois heures et s'occupait de regards vides, de bouches affaissées, de mentons sur lesquels coulait la bave. Avec bonne humeur, toujours avec bonne humeur. Interpellant ses patients d'un « mon chou », « mon lapin », ou « beau gosse ». Parlant à ceux qui ne répondaient jamais.

Jeremy l'avait rencontrée le jour où on l'avait appelé au 3E pour une consultation sur un nouveau cas d'Alzheimer, dont on ne retrouvait pas le dossier. Le type du secrétariat faisait la gueule et tout ce qu'il pouvait pour ne pas coopérer. Et Jocelyn avait débarqué. La ravissante petite blonde qu'il avait remarquée à la cafétéria.

Bellegueulejoliesjambesbeaucul.

La consultation achevée, il était parti à sa recherche, l'avait trouvée dans la salle des infirmières et invitée à sortir avec lui. Le soir même la bouche de Jocelyn s'ouvrait à ses baisers – et elle avait l'haleine douce, en dépit de l'ail de la cuisine italienne. Plus tard, il avait dû admettre que cette douceur était un arôme intérieur.

Ils avaient fonctionné ainsi pendant neuf semaines, avant que Jocelyn vienne s'installer dans la petite maison vide et solitaire de Jeremy. Trois mois plus tard, par un lundi soir sans lune, alors qu'elle venait juste de terminer son service, quelqu'un avait piqué sa Toyota dans le parking secondaire des infirmières. Un endroit mal éclairé à trois cents mètres de l'hôpital. Et Jocelyn avait disparu.

On avait retrouvé son corps quatre jours plus tard, sous un pont dans le quartier des Shallows, zone tampon à un jet de pierre des rues les plus sinistres de la ville. Secteur commercial animé de jour, désert de nuit, entouré d'un no man's land de bâtiments à l'abandon et de palissades édentées, repaire des chats abandonnés, séjour des ombres épaisses et longues. C'était là que l'assassin s'était débarrassé du cadavre de sa victime. Il l'avait étranglée, tailladée et coincée derrière un vieux fût métallique vide. C'était tout ce que les enquêteurs avaient révélé à Jeremy. Pas davantage que les faits bruts rapportés par les journaux à l'époque.

Deux inspecteurs avaient été mis sur l'affaire. Doresh et Hoker, deux quadras genre costaud enveloppé, fringués comme l'as de pique et portés sur la bouteille, d'où leur teint fleuri. Bob et Steve. Bob Doresh avait des cheveux noirs ondulés et une fossette au menton tellement profonde qu'on aurait pu y coincer un mégot. Steve Hoker, lui, avait le poil plus blond, une truffe porcine en guise de nez et une bouche tellement pincée qu'on se demandait comment il mangeait.

Bref, deux gros patauds. Mais l'œil vif.

Ils avaient d'emblée traité Jeremy en suspect. Le soir de la disparition de Jocelyn, celui-ci avait quitté l'hôpital à dix-huit heures trente pour rentrer directement chez lui ; il avait lu, écouté de la musique et préparé le repas en attendant le retour de sa bien-aimée. La haie qui entourait la petite pelouse, devant la maison, empêchait les voisins de voir à quelle heure il arrivait ou partait. La plupart des habitants du quartier étaient de toute façon des locataires, population qui se renouvelait constamment, meublait à peine ces bungalows sans âme et ne prenait jamais le temps de voisiner.

Le souper tardif qu'il avait préparé ne prouvait pas grand-chose aux yeux des inspecteurs Bob Doresh et Steve Hoker ; il les aurait même plutôt confirmés dans leurs soupçons. Car à trois heures du matin, longtemps après avoir vérifié que Jocelyn n'avait pas pris un remplacement de dernière minute, et peu après avoir téléphoné à la police pour signaler sa disparition, Jeremy avait rangé les restes de pâtes et de salade dans le frigo, débarrassé la table et lavé son assiette.

Pour tenir son angoisse à distance ; mais pour les inspecteurs tant de méticulosité ne correspondait pas à l'image qu'ils se faisaient d'un amoureux inquiet de ne pas voir rentrer sa petite amie. Sauf, bien entendu, si l'amoureux en question savait depuis le début…

Les choses avaient continué ainsi pendant un certain temps, les deux bovidés faisant alterner la carotte et le bâton. Les vérifications qu'ils avaient faites sur son passé n'avaient révélé aucune affaire douteuse et l'échantillon d'ADN qu'ils avaient prélevé dans sa joue ne devait pas correspondre à celui qu'ils avaient récupéré.

Ils répondaient à ses questions par des regards entendus. Ils l'avaient interrogé à plusieurs reprises. Dans son bureau à l'hôpital, chez lui, dans une salle de la police qui empestait les vestiaires sportifs.

– Avait-elle de la peau sous les ongles ? avait-il demandé en s'interrogeant surtout lui-même.

– Pourquoi cette question, docteur ? avait voulu savoir Bob Doresh.

– Parce que Jocelyn n'était pas du genre à se laisser faire. Et à la moindre occasion…

– Ah oui ? avait lancé Hoker en se penchant sur la table métallique verte.

– Elle était la douceur même, comme je vous l'ai dit. Mais elle s'est certainement battue. Elle s'est défendue.

– Une bagarreuse, ouais… du genre à aller facilement avec un inconnu, peut-être ? Comme ça ?

Une bouffée de colère lui avait brûlé les pectoraux. Les yeux rétrécis, il avait empoigné la table.

Hoker s'était rassis.

– Docteur ?

– C'est ce qui est arrivé ? C'est ça que vous me dites ?

Hoker avait souri.

– Vous prétendez que c'est de sa faute à elle ?

Hoker s'était tourné vers son collègue. Son groin tressaillait tant il paraissait satisfait.

– Vous pouvez y aller à présent, docteur.

Ils avaient fini par lui foutre la paix. Mais les dégâts étaient irréversibles ; les parents de Jocelyn, venus en avion et accompagnés d'une de ses sœurs, avaient évité de le rencontrer. Il n'avait même pas été informé du jour de l'enterrement.

Il avait tenté de se tenir au courant de l'enquête, mais tous ses coups de téléphone étaient interceptés par le standard de la police. *Y sont pas là. On laissera un message.*

Deux mois avaient passé. Puis trois mois, puis six. On n'avait jamais retrouvé l'assassin de Jocelyn.

Jeremy marchait, parlait, souffrait. Son existence s'était réduite à quelque chose de desséché, de cassant. Il mangeait sans trouver de goût aux aliments, vidait ses intestins sans en être soulagé, respirait l'air de la ville et toussait ; qu'il parte en voiture vers le désert ou vers la mer, ses poumons ne s'en portaient pas mieux.

Les gens – la brusque apparition d'inconnus – l'angoissaient. Les contacts humains lui répugnaient. Ce qui séparait la veille du sommeil était devenu arbitraire, trompeur. Quand il parlait, sa voix lui revenait, creuse, toute en échos, trémulante. Son dos et ses épaules s'étaient couverts de cette peste pustuleuse oubliée depuis l'adolescence, l'acné. Des tics s'étaient mis à faire tressaillir ses paupières et il avait parfois la conviction qu'une puanteur amère sourdait de tous ses pores. Cela étant, personne ne paraissait le trouver répugnant. Dommage : la solitude lui aurait très bien convenu.

Et pendant tout ce temps il avait continué à voir des patients, à leur sourire, à les réconforter, à leur tenir la main, à avoir des entretiens avec les médecins, à écrire des rapports comme il l'avait toujours fait, de son griffonnage rapide qui faisait rire les infirmières.

Une fois, il avait surpris la réflexion d'une patiente – une femme qu'il avait aidée à subir une double mastectomie –, qui parlait à sa fille dans un couloir. « C'est le Dr Carrier. C'est l'homme le plus doux, le plus merveilleux du monde. »

Il s'était précipité dans les toilettes les plus proches, avait vomi, puis s'était nettoyé avant d'aller à son rendez-vous suivant.

Six mois plus tard, il se sentait au-dessus de tout ça, au-dessous aussi. Il était devenu l'habitant d'une peau qui n'était pas la sienne.

À se demander quel effet ça lui ferait de dégénérer.

3

Après cette conversation à la cafétéria, Jeremy s'attendait à quelque manifestation de complicité de la part d'Arthur Chess, lors de la séance suivante de PT. L'anatomopathologiste, en fait, s'était contenté de lui adresser un simple coup d'œil.

À l'issue de la réunion, Arthur n'avait pas davantage tenté de lui parler, Jeremy en concluant qu'il devait imputer leur rencontre à un simple mouvement impulsif de la part du vieux médecin.

Par une journée glaciale de septembre, il quitta son service à l'heure du déjeuner pour se rendre à pied dans une boutique de livres d'occasion, à deux rues de l'hôpital. La librairie, local sombre et étroit, était située au milieu de magasins minables, où l'on vendait de l'alcool ou des objets bas de gamme genre tout à deux dollars… quand ils n'étaient pas vides et à louer. Étrange secteur ; l'odeur de pain frais parvenait parfois à ses narines sans que la moindre boulangerie fût en vue. Il lui était aussi arrivé de sentir des émanations de soufre et de déchets industriels là encore sans en trouver l'origine. C'est tout juste s'il ne doutait pas de ses propres sens.

La librairie était remplie, du sol au plafond, d'étagères en pin brut et dégageait une odeur de vieux papier. Jeremy en avait déjà exploré les aîtres, à la recherche des éditions originales de traités de psychologie dont il faisait la collection. Ce n'étaient pas les bonnes affaires qui manquaient ; peu de gens s'intéressent aux premières éditions de Skinner, Maslow ou Jung.

C'était la première fois qu'il remettait les pieds chez le bouquiniste depuis la mort de Jocelyn. Le moment était peut-être venu de reprendre ses bonnes vieilles habitudes, au fond.

Les vitrines de la boutique étaient noires et rien n'identifiait son genre de commerce. Mais une fois à l'intérieur, le reste du monde s'évanouissant, on avait tout le loisir de se concentrer. Procédé efficace, qui avait cependant pour inconvénient de décourager la curiosité ; Jeremy y avait rarement croisé d'autres clients. Telle était peut-être la volonté du propriétaire.

Homme corpulent, celui-ci encaissait les achats le sourcil froncé, sans lâcher une parole, et paraissait porter sa misanthropie en écharpe. Jeremy se demandait parfois si son mutisme était le résultat d'un choix ou d'un accident quelconque, mais il était certain que l'homme n'était pas sourd – au contraire, même : le moindre bruit lui faisait tendre l'oreille. Cela dit, les questions des clients ne suscitaient chez lui qu'un geste impatient de l'index pointant vers le guide imprimé affiché près de l'entrée, improvisation sur le Dewey Decimal System[1] des moins évidentes à décrypter. Pas de chance pour ceux qui n'y comprenaient rien.

Ce jour-là, assis derrière sa caisse, l'ours muet lisait un exemplaire en piteux état d'*Eugene Aram* de Sir Edward Lytton. L'entrée de Jeremy ne provoqua chez lui qu'un infime mouvement de hanches et le plus bref des froncements de sourcils.

Jeremy se rendit directement à la section Psychologie et se mit à passer en revue les dos des livres, à la recherche de trésors. Rien. Les mêmes ouvrages que six mois auparavant encombraient les étagères qui s'incurvaient sous leur poids. Pas un seul, semblait-il, n'avait changé de place. Comme si toute la section lui avait été réservée.

Comme d'habitude, Jeremy était seul dans la librairie. Comment le muet arrivait-il à gagner sa vie ? Peut-être n'y arrivait-il pas. Tout en continuant à parcourir les titres des yeux, il imagina les diverses sources de revenus qui pouvaient faire vivre le gros bouquiniste. Les possibilités ne manquaient pas, d'un héritage tombé du ciel à la pension d'invalidité.

À moins que sa boutique ne serve de couverture à un trafic de drogue, à du blanchiment d'argent ou à de sombres complots internationaux.

1. Système de classification des livres utilisé dans les bibliothèques américaines *(NdT)*.

Qui sait si ne se mijotaient pas ici même, au milieu des reliures poussiéreuses, des entreprises de piratage en haute mer ?

Jeremy se laissa aller à inventer les crimes les plus invraisemblables – ce qui l'amena directo là où il n'avait aucune envie d'aller, et il maudit son inconséquence.

Un raclement de gorge le ramena d'un seul coup sur terre. Un homme lui tournait le dos, ne lui prêtant pas la moindre attention.

Grand, chauve, habillé d'un costume en tweed de bonne coupe, mais démodé. Les poils follets d'un collier de barbe apparurent lorsque le crâne rose pivota pour inspecter une étagère. Puis son profil, lorsque l'homme entreprit d'extraire un volume coincé par les autres.

Arthur Chess.

Était-ce la section Lépidoptères ? Jeremy n'avait jamais étudié le guide affiché par le bouquiniste, ni cherché à en savoir davantage sur le contenu de la boutique.

La vision en tunnel. Voilà qui contribuait parfois à rendre la vie supportable.

Il vit Arthur ouvrir le livre, s'humecter le pouce, tourner une page, puis, tête baissée, remonter l'allée tout en lisant et revenir soudain sur ses pas, droit sur lui, le nez toujours dans son livre.

Saluer l'anatomopathologiste, c'était ouvrir la boîte grouillante d'asticots d'une conversation obligatoire. Si Jeremy s'éclipsait tout de suite, en douce et très vite, le vieux toubib ne le remarquerait peut-être pas.

Mais si jamais il le reconnaissait, Jeremy perdrait sur tout le tableau : il serait obligé de faire bonne figure et n'aurait plus le temps de flâner entre les étagères.

Il décida de saluer Arthur, avec l'espoir que l'homme serait tellement fasciné par son bouquin sur les papillons (il avait décidé que c'en était un) que l'échange serait bref.

Arthur leva les yeux avant que Jeremy le rejoigne. Le livre qu'il tenait entre les mains était un gros in-quarto relié en cuir de chameau craquelé. Aucune créature ailée n'ornait de sa grâce les pages aux lignes compactes. Jeremy lut le titre.

Traité de stratégie de la guerre de Crimée.

L'étiquette de l'étagère annonçait : Histoire militaire.

Arthur sourit.

– Ah, Jeremy, dit-il.

– Bonjour, Arthur. On saute le déjeuner, aujourd'hui ?

– J'ai pris un petit déjeuner copieux, répondit l'anatomopathologiste en se tapotant l'estomac. Comme un après-midi chargé m'attend, une petite récré me semblait de mise.

Avec tout ce que vous faites toute la journée, c'est un miracle que vous ayez encore de l'appétit.

– J'adore cet endroit, reprit-il.

– Vous y venez souvent ?

– De temps en temps. M. Renfrew est l'incarnation du grincheux, mais il vous fiche la paix et ses prix sont plus que raisonnables.

En dépit des nombreux achats qu'il avait effectués dans cette boutique, Jeremy n'avait jamais appris le nom du propriétaire. Il ne s'en était d'ailleurs jamais soucié. Si Arthur avait, lui, obtenu cette information, cela tenait à ce que, comme la plupart des gens sociables, il était extrêmement curieux.

Et pourtant, en dépit de sa sociabilité, le vieil homme avait choisi de travailler parmi les morts.

– Oui, très raisonnable, reconnut Jeremy. Ça m'a fait plaisir de vous voir, Arthur. Bonne chasse.

Et il fit mine de se tourner pour partir.

– Auriez-vous le temps de venir prendre un verre ? lui demanda Arthur. Boisson alcoolisée ou non ?

– Désolé, répondit Jeremy en tapotant la manche qui dissimulait sa montre-bracelet, mais j'ai moi aussi un après-midi chargé qui m'attend.

Il devait voir son patient suivant dans une heure et demie.

– Ah bon, bien sûr. Désolé, dans ce cas. Une autre fois.

– Tout à fait.

Plus tard, le soir même, en se dirigeant vers sa voiture, Jeremy aperçut Arthur dans le parking réservé aux médecins.

C'est un peu trop. Il me piste.

Mais Arthur étant arrivé le premier, de même que pour leur rencontre à la librairie, cette idée était ridicule. Jeremy se reprocha de se donner trop d'importance – un travers proche parent de la paranoïa. En était-il donc arrivé là ? Il alla se cacher derrière un pilier et observa Arthur qui montait dans son véhicule, une Lincoln noire d'un modèle datant d'au moins quinze ans. Peinture brillante, chromes éclatants, parfaitement entretenue. Comme le costume du médecin : la qualité qui fait un long usage. Jeremy se représenta le domicile d'Arthur, imaginant l'une de ces sympathiques vieilles demeures de Queen's Arms, dans North Side, quartier à l'élégance vieillotte et délabrée, mais avec vue sur le port.

Oui, Arthur Chess ne pouvait habiter que Queen's Arms. Une maison de style victorien ou néogéorgien, démodée et confortable, encombrée de canapés volumineux, trop rembourrés et aux couleurs fanées, d'un mobilier d'acajou centenaire disparaissant sous les têtières, les napperons et les fanfreluches, et comportant un bar approvisionné en alcools les plus fins.

Ne pas oublier les papillons épinglés dans des cadres guillochés.

Au fait, Arthur Chess était-il marié ? Sans aucun doute. Tant de bonne humeur trahissait forcément une routine confortable et réconfortante.

Certainement marié, oui, se répéta Jeremy. Et heureux en ménage depuis des lustres. Il imagina une épouse aux courbes douces, à la voix pépiante et aux cheveux bleutés, prenant soin du cher Arthur.

Il le vit installer sa grande carcasse dans la Lincoln. Lorsque la grosse limousine démarra dans le ronronnement opulent de ses huit cylindres, il se dirigea rapidement vers sa Nova couverte de poussière.

S'installa derrière le volant en pensant aux petits bonheurs qui attendaient Arthur. Cuisine maison, simple mais roborative. Et un alcool bien raide pour dilater les vaisseaux sanguins et échauffer l'imagination.

Pieds sur la table, chaleureux sourires entretenus par l'habitude.

Jeremy sentit ses intestins se nouer tandis que la voiture noire s'éloignait.

4

Quinze jours après la rencontre dans la librairie, Jeremy s'aperçut qu'une interne de deuxième année du nom d'Angela Rios, une petite brune adorable, lui faisait du rentre-dedans. Il suivait la visite matinale du service des enfants en phase aiguë, en compagnie du chef de clinique et de tout un groupe d'aspirants pédiatres. Le Dr Rios, avec qui il avait échangé des plaisanteries par le passé, papillonnait à côté de lui, dans le parfum de shampoing qui montait de ses longs cheveux noirs. Elle avait les yeux de la couleur du chocolat amer, un cou de cygne et un menton en forme de cœur sous une grande bouche pulpeuse.

Ce matin-là, la discussion devait porter sur quatre cas : une petite fille de huit ans atteinte de dermatomyosite, un adolescent fragilisé par un diabète, un bébé qui dépérissait (sans doute une histoire de mauvais traitements) et un garçon de douze ans précoce et coléreux dans un corps minuscule, rabougri par une dysplasie périostale.

Le chef de clinique, un homme aux manières douces du nom de Miller, fit le résumé de ce qu'il fallait savoir sur le petit infirme, puis il souleva un sourcil en direction de Jeremy. Ce dernier s'adressa à une mer de visages stupéfaits, essayant de rendre son humanité au jeune garçon : ses capacités intellectuelles, sa rage, la douleur qui ne ferait que s'intensifier. Il essayait de contraindre ces futurs médecins à voir en cet enfant autre chose qu'un diagnostic, mais sans en rajouter, en prenant soin de ne pas tomber dans le piège du plus-saint-que-moi-tu-meurs dont est souvent victime le bataillon des psys.

En dépit de ses efforts, la moitié des internes paraissaient se barber. Les autres, Angela Rios y comprise (elle ne quittait pas

Jeremy des yeux), manifestaient une attention fiévreuse. À la fin de la visite, elle se mit à lui poser des questions sur le garçon handicapé. Des choses simples qu'elle devait très bien savoir, Jeremy n'en doutait pas.

Il lui répondit patiemment. Les longs cheveux soyeux de la jeune femme ondulaient sur ses épaules ; elle avait un teint crémeux, des yeux splendides au regard extraordinairement chaleureux. Seule sa voix détonnait un peu : légèrement trop aiguë, trop appuyée sur les syllabes finales. L'anxiété, peut-être. Jeremy n'était cependant pas d'humeur à flirter. Il la complimenta pour ses questions, lui adressa un sourire professionnel et s'éloigna.

Trois heures plus tard, Arthur Chess se présentait dans son bureau.

« J'espère que je ne vous dérange pas... »

Oh que si, oh que si... Jeremy travaillait sur un chapitre de son livre. Trois ans auparavant, il avait participé à une recherche comportementale sur les enfants-bulle : des gosses atteints d'une forme avancée de cancer et qu'on soignait dans une atmosphère totalement aseptisée, de manière à protéger leur système immunitaire affaibli contre les infections. Cet isolement dans une enveloppe de plastique constituant un danger pour ces psychismes en voie de développement, le travail de Jeremy avait consisté à prévenir et traiter le type de dépression qu'il entraînait.

Il y avait réussi, et plusieurs de ces enfants avaient survécu et se portaient bien depuis. Le directeur de la recherche – l'actuel chef du département d'oncologie – le harcelait pour qu'il publie ses résultats sous forme de livre et un éditeur d'ouvrages médicaux avait manifesté son enthousiasme pour ce projet.

Jeremy avait travaillé au plan du livre pendant dix-sept mois, puis entrepris de rédiger l'introduction. Et avait écrit deux pages en un an.

Il poussa ce pitoyable résultat de côté, enleva de la chaise proche de son bureau les documents et revues diverses qui l'encombraient, et dit :

– Pas du tout, Arthur. Je vous en prie, asseyez-vous.

Arthur avait le teint fleuri ; sa blouse, boutonnée haut, laissait entrevoir une chemise rose et un nœud papillon brun avec un semis de minuscules abeilles roses.

– Voici donc votre repaire, lança-t-il.

– Comme vous dites.

Le local affecté à Jeremy était à peine mieux qu'un placard à balais, une pièce d'angle au bout d'un long couloir sombre réservé aux non-cliniciens : biochimistes, biologistes, bio tout ce que l'on voulait, sauf lui. Le reste de l'équipe de psychiatrie se trouvait à l'étage supérieur.

L'unique fenêtre donnait sur un puits d'aération couleur de cendres. On était dans une partie ancienne de l'hôpital, où les murs épais suintaient d'humidité. Les bio-machins-trucs restaient entre eux. Les bruits de pas étaient rares dans le couloir.

Son repaire.

Il y avait atterri quatre mois auparavant, après le passage d'un groupe de chirurgiens venus prendre des mesures à l'étage de psychiatrie, le dernier du bâtiment principal de l'hôpital. Cette situation séduisante était en réalité gâchée par la présence, au même niveau, d'un spot pour hélicoptères, les atterrissages d'urgence rendant parfois les thérapies impossibles. La vue qu'on aurait pu avoir sur la ville était bouchée par d'énormes installations de chauffage et les tours d'air conditionné, et les pigeons se faisaient un plaisir de conchier les vitres. De temps en temps, Jeremy avait même vu des rats détaler le long des gouttières.

Le jour où étaient passés les chirurgiens, il essayait d'écrire. Leurs rires l'avaient sauvé. Il avait ouvert sa porte et vu cinq jeunes hommes fringants et une femme assortie qui maniaient le mètre à ruban en fredonnant. Un mois plus tard, la psychiatrie recevait l'ordre de déménager. À ce détail près qu'il n'existait aucun espace suffisant pour accueillir tout le département. Cette crise du logement s'était trouvée résolue lorsqu'un professeur émérite octogénaire avait trépassé, Jeremy se portant en plus volontaire pour s'installer ailleurs. C'était peu après Jocelyn, et la perspective de l'isolement lui était un soulagement.

Il n'avait jamais regretté sa décision. Il pouvait aller et venir à sa guise et, tous les jours, le département lui faisait parvenir fidèlement son courrier. L'odeur de produit chimique qui imprégnait tout le bâtiment ne le gênait pas.

– Bien, reprit Arthur, très bien.

– Quoi ?

– Cette solitude. (Le vieil homme rougit.) Que je viens de violer.

– Q'est-ce qui se passe, Arthur ?

– Je pensais à ce verre. Celui que je vous avais proposé de prendre dans la boutique de Renfrew.

– Ah oui, bien sûr.

Le Dr Chess passa la main sous un pan de sa blouse et en retira une montre de gousset rebondie en or blanc.

– Il est bientôt six heures. Le moment idéal, non ?

Refuser l'invitation aurait été carrément grossier. Et n'aurait servi qu'à retarder l'inévitable.

Le bon côté était qu'un verre ne lui ferait pas de mal.

– D'accord, Arthur. Où ça ?

Le lieu choisi par le vieux médecin était le bar d'un hôtel du centre, l'Excelsior. Jeremy était souvent passé devant l'immeuble – un bloc massif de granit hérissé de gargouilles et avec trop de chambres pour être jamais plein –, mais il n'y avait jamais mis les pieds. Il se gara dans le parking souterrain humide, prit l'ascenseur jusqu'au rez-de-chaussée et traversa un hall grand comme celui d'une gare de style Art déco. L'endroit était sérieusement défraîchi, comme presque tout dans le centre. Des hommes à la mine chagrine appartenant à quelque commission, calés dans des fauteuils club élimés, attendaient en fumant qu'il se passe quelque chose. Une poignée de femmes aux mollets de campeur allaient et venaient – des prostituées, ou peut-être tout simplement des dames qui voyageaient seules.

En acajou foncé, le bar était un appendice sans fenêtre qui comptait sur des ampoules faiblardes et de hauts miroirs pour se donner une apparence de vie. Jeremy et Arthur avaient pris chacun leur voiture pour pouvoir rentrer directement chez eux après leur tête-à-tête. Jeremy avait conduit vite ; malgré tout,

Arthur était arrivé avant lui. Toujours en tweed et toujours aussi décontracté, il s'était installé dans un box d'angle.

Le serveur qui s'approcha d'eux était un personnage majestueux avec quelque chose de militaire dans l'allure ; plus âgé qu'Arthur, il donna à Jeremy l'impression de connaître l'anatomopathologiste. Rien ne s'était produit sur quoi il aurait pu fonder cette impression – le barman n'avait proféré aucun propos familier, ne s'était trahi par aucun coup d'œil complice –, mais Jeremy eut la conviction que ce bar était un des endroits favoris d'Arthur.

Cela dit, lorsque le médecin passa sa commande, il n'y eut pas de « Comme d'habitude, Hans ». Au contraire, il énonça avec clarté et précision ce qu'il voulait : un Boodles sec, avec deux oignons grelots.

Le serveur se tourna vers Jeremy.

– Monsieur ?

– Un single malt, la glace à part.

– Une marque précise, monsieur ?

– Macallan.

– Très bien, monsieur.

Lorsque l'homme eut tourné les talons, Arthur lança :

– Très très bien !

Les consommations arrivèrent à une vitesse étonnante, leur évitant de laborieux échanges à bâtons rompus. Arthur se mit à siroter son apéritif, l'air de ne vouloir rien faire d'autre que le savourer.

– Bon, dit Jeremy.

Arthur porta à ses lèvres un oignon grelot piqué sur un cure-dent, laissant la perle mucilagineuse quelques instants entre elles avant de la croquer et de l'avaler.

– Je me demandais si vous ne pourriez pas m'aider à éclaircir quelque chose, Jeremy, dit-il.

– Quoi donc, Arthur ?

– Ce que vous pensez... c'est-à-dire ce que pense la psychologie... de la violence. Et, plus précisément, de la genèse des pires comportements.

– La psychologie n'est pas monolithique, fit observer Jeremy.

– Certes, certes… mais il doit quand même exister un corpus de données… non, je recommence. Quelle est votre opinion à vous sur la question ?

Jeremy prit une gorgée de scotch et laissa la subtile brûlure s'attarder sur sa langue.

– Et vous me demandez cela parce que…

– Parce que c'est un phénomène qui m'intrigue. Pendant des années, j'ai été confronté tous les jours à ses conséquences. J'ai passé des années à m'occuper de ce qui restait, une fois l'âme enfuie. Le défi, pour moi, n'est plus de réduire les cadavres à leurs composants biochimiques, ni de déterminer les causes du décès. Si on creuse assez longtemps, on trouve. Non, le défi, c'est une question plus vaste.

Le vieil homme vida son verre et fit signe qu'on lui en apporte un second. Fit signe à un bar déserté, où le serveur majestueux était invisible, s'entend. Ce qui n'empêcha pas ce dernier de se matérialiser quelques instants plus tard, un shaker givré à la main.

Il jeta un coup d'œil au verre de Jeremy, vide lui aussi.

– Monsieur ? dit-il.

Jeremy hocha la tête négativement et l'homme disparut.

– L'humanité, reprit Arthur en portant le verre à ses lèvres. Le défi, c'est de conserver mon humanité… Vous ai-je dit que j'avais travaillé un certain temps comme médecin légiste pour le coroner ?

Comme s'ils bavardaient régulièrement tous les deux.

– Non, répondit Jeremy.

– Eh bien, si. Peu après la fin de mon temps sous les drapeaux.

– Et où avez-vous servi… ?

– Canal de Panama. Médecin militaire aux écluses. J'ai été le témoin de quelques accidents assez horribles et j'ai beaucoup appris sur les questions d'identification post mortem. Après quoi… j'ai fait un certain nombre d'autres choses. Finalement, il m'a semblé que le bureau du coroner me conviendrait bien.

Il prit quelques gorgées, l'air songeur, et le deuxième apéritif fut réduit de moitié.

– Mais vous êtes tout de même devenu hospitalo-universitaire.

– En effet… cela me paraissait être ma voie. (Arthur sourit.) Et maintenant, ma question : quelle est votre opinion ?

– Les comportements les pires…

– Les pires dans ce qu'il y a de pire.

Jeremy sentit son estomac lui remonter dans la gorge.

– D'un point de vue purement scientifique ?

– Oh, non. C'est bon pour ceux qui cherchent à échapper aux grandes questions, Jeremy.

– Si ce sont des faits avérés que vous cherchez…

– Je prendrai ce que vous choisirez de me donner. Ce que j'aime chez vous, c'est que vous dites ce que vous pensez. (Il vida son verre.) Mais si vous trouvez mes questions offensantes ou indiscrètes, je…

– La violence… murmura Jeremy.

Il avait passé des heures – des heures interminables, pendant toutes ces nuits sans sommeil – à y penser.

– D'après ce que j'ai pu comprendre, les comportements les plus abominables sont le résultat d'une combinaison entre les gènes et les conditions de milieu. Comme à peu près tout ce qui est d'importance dans le comportement humain.

– Un cocktail de nature et de culture, en somme.

Jeremy acquiesça d'un hochement de tête.

– Que pensez-vous du concept de mauvaise graine ? demanda Arthur.

– La matière première des romans… Ce qui ne veut pas dire qu'on n'assiste pas à des manifestations de violence grave chez des sujets très jeunes. Un gosse de six ans cruel, brutal avec les autres, sans cœur, mérite d'être surveillé de près. Mais, même avec ces tendances fâcheuses, il faut un mauvais environnement, une famille pourrie pour qu'elles s'expriment.

– Sans cœur… Vous avez dû traiter de tels enfants ?

– Quelques-uns.

– Des délinquants potentiels… ? À six ans ?

Jeremy prit le temps de la réflexion avant de répondre.

– Des enfants de six ans qui m'ont en tout cas donné à penser. Les psychologues sont notoirement nuls quand il s'agit de prédire de la violence. Ou quoi que ce soit d'autre.

– Vous avez tout de même vu des gosses qui vous ont inquiété.

– Oui.

– Que dites-vous aux parents ?

– Les parents font presque toujours partie du problème. J'ai vu des pères ravis que leur fils brutalise d'autres gamins. Capables de leur faire la leçon devant des étrangers, de dire ce qu'il fallait dire, mais trahis par leur sourire, en fin de compte. Il faut du temps pour comprendre une famille. De quelque façon qu'on s'y intéresse, la famille en est encore au stade des cavernes. Il faut y entrer pour lire ce qui est inscrit sur les murs.

Arthur réclama d'un geste un troisième verre. Il ne donnait pas le moindre signe d'être affecté par l'alcool, que ce soit dans son comportement ou sa façon de s'exprimer. Son teint était simplement fleuri d'un rose un peu plus marqué.

Au moins, se dit Jeremy, *si son scalpel dérape, il ne risque pas de tuer son client.*

Cette fois-ci, lorsque le serveur se tourna vers lui et lui demanda : « Et pour vous, monsieur ? », il commanda un deuxième Macallan.

Sans avoir été demandés, des amuse-gueules arrivèrent avec les boissons : crevettes mayonnaise, courgettes frites, mini-saucisses épicées et embrochées sur des cure-dents en plastique noir, chips épaisses, apparemment faites maison. Arthur ne parut pas surpris.

Les deux hommes grignotèrent et burent, Jeremy sentant une impression de chaleur – un soupçon de décontraction – l'envahir de la tête aux pieds. Lorsque Arthur lui dit tout d'un coup : « Ils sont trahis par leur sourire », il eut un instant de perplexité. Puis il se rappela : les détestables pères pathogènes dont il venait de parler.

– Faites ce que je dis, pas ce que je fais, lança Jeremy. Ça ne marche jamais.

– Intéressant. Pas tellement éloigné de ce qu'on ressent intuitivement, mais intéressant. Autrement dit, c'est toujours une question de famille.

– C'est ce que j'ai constaté.

– Intéressant, répéta Arthur.

Puis il changea de sujet.

Pour parler papillons.

Les variétés sur lesquelles il était tombé au Panama. Ses expéditions dans la jungle du Costa Rica pendant ses permissions. Un climat tel qu'on était autant mouillé par sa sueur que si l'on avait pris une douche.

Le vieux médecin buvait, jouait avec son nœud papillon aux abeilles, mangeait des mini-saucisses ; une expression rêveuse passa dans son regard lorsqu'il s'embarqua dans une nouvelle anecdote. L'histoire d'un de ses patients du Panama. Un jeune officier du génie revenu d'une sortie en forêt et pris de démangeaisons en dessous de l'omoplate gauche. Il avait réussi à tâter l'endroit et senti un léger renflement, qu'il avait attribué à une morsure d'insecte.

Il ne s'en était pas inquiété sur le moment, mais le renflement avait triplé de taille le lendemain.

– Il n'est pourtant pas venu se faire examiner tout de suite. Il n'avait pas de fièvre ni d'autres symptômes – le bon vieux syndrome du macho, vous savez. Mais la douleur finit par arriver le surlendemain. Un merveilleux messager, la douleur. Elle nous apprend plein de choses sur notre corps. Une douleur électrique – c'est du moins ainsi qu'il la décrivait. Une décharge de fort voltage qui lui parcourait le buste en continu. Comme s'il était branché sur le secteur. Le temps que je l'examine, il était d'une pâleur mortelle et tremblait, comme fou d'angoisse. Le renflement, lui, avait de nouveau triplé. Qui plus est, enchaîna Arthur en se penchant en avant, mon gaillard avait l'impression que ça bougeait dedans.

Il sélectionna une chips, la glissa entre ses lèvres, la mâcha avec conviction et chassa les miettes de sa barbe avant de poursuivre.

– En entendant cette histoire de mouvement, j'ai émis une hypothèse : un crépitant. Une accumulation de fluide, effet secondaire de l'infection, en apparence rien d'inquiétant. Mais quand le pauvre vieux a retiré sa chemise, la bosse qu'il avait m'a intrigué. (Il lécha les traces de sel restées sur ses lèvres. Dans la pénombre du bar, ses yeux prenaient la couleur du vieux jade.) Une bosse énorme, Jeremy. Fortement décolorée, avec un début de nécrose. Peau noircie, aspect de bubon ne pouvant pas ne pas faire penser à la peste. La probabilité que ce soit ça était cependant très faible ; la zone du canal est excellemment entretenue, précisément par le corps du génie. Mais il faut s'attendre à tout en médecine… C'est même ça qui fait son charme. Il me fallait faire une culture de tissu. Pour la préparer, je palpai la bosse – le malheureux en eut du mal à ne pas hurler – et, ce faisant, ressentis effectivement une impression de grouillement sous sa peau, un grouillement qui n'avait rien à voir avec un crépitant. Du moins, tels que je les connaissais jusqu'alors.

Nouvelle chips. Gorgée de Boodles et Arthur s'enfonça dans son fauteuil.

Jeremy se tenait au bord du sien. Il fit un effort pour se détendre. Et attendit la chute.

Arthur grignotait, buvait et paraissait pleinement satisfait. Le vieux chnoque n'avait pas terminé. Trop ivre pour continuer ?

Jeremy dut lutter pour ne pas dire : « Et alors ? »

Finalement, Arthur vida son verre et poussa un soupir retenu de contentement.

– À ce stade, au lieu de commencer par l'examen, je l'ai envoyé se faire radiographier. Le résultat, s'il ne fut pas concluant, s'avéra fascinant.

Une chips. Coup d'œil au verre vide.

– Qu'est-ce qu'on voyait ? demanda Jeremy.

– Une masse gélatineuse d'origine inconnue. Rien à voir avec toutes les tumeurs malignes ou bénignes répertoriées. Mes livres ne pouvaient pas m'aider. Pas davantage que le radiologue, qui en plus n'avait pas inventé la poudre. Finalement, j'ai décidé d'inciser, mais en y allant doucement. Ce qui était une bonne idée, car j'ai pu la récupérer intacte.

Arthur contempla son verre vide et eut un sourire. Jeremy, pour s'occuper, finit les dernières gouttes de son scotch.

Déboutonnant sa veste, l'anatomopathologiste secoua la tête, l'air incrédule.

– Il était infesté… infesté de larves. Le pauvre diable avait été sélectionné par un petit coléoptère de la jungle comme garde-manger pour sa descendance. Un ectoparasite de la famille des adéphages. L'insecte est équipé d'un ensemble d'instruments biochimiques qui s'avèrent extrêmement utiles à sa survie. Il est de couleur brune et parfaitement banal d'aspect, et donc difficile à repérer ; pour qui ne le connaît pas, il n'a rien de menaçant. Il est capable de produire une molécule chimique qui repousse ses prédateurs et ses excréments ont des propriétés anesthésiantes. Il procède en déposant ses matières fécales sur la peau de sa victime, méthode qui a l'avantage de le soulager et d'engourdir l'épiderme de son hôte. Il en profite alors pour pratiquer en un éclair une incision impeccable, juste assez grande pour laisser passer son ovipositeur, un machin recourbé extravagant… une sorte de bec, si vous voulez, qui part du sillon reproducteur de la créature et favorise une injection rapide des œufs. Encore plus intéressant, c'est le mâle qui pond. C'est cette histoire qui m'est venue à l'esprit quand vous avez parlé des pères autorisant la violence de leurs fils.

Sourire. Regard mélancolique vers le verre vide.

– Une fois les œufs de la femelle fertilisés, reprit Arthur au bout de quelques instants, le mâle prend sur lui l'entière responsabilité de l'avenir familial. Il pénètre à nouveau la femelle, en extrait les œufs et les injecte dans son thorax où il les nourrit de ses propres tissus corporels, jusqu'à ce qu'il ait trouvé un hôte qui lui convienne.

– Libéré, le bonhomme, grommela Jeremy.

– Comme vous dites.

Arthur joua avec son verre, croqua le deuxième oignon et posa ses grandes mains à plat sur la table.

– Qu'est-il arrivé à votre patient, en fin de compte ?

– J'ai retiré toute la masse gélatineuse, bien proprement. Elle contenait des milliers de larves, tout à fait vivantes et en parfaite santé, merci, grâce au fort taux de protéines de premier choix contenues dans la musculature d'un jeune militaire américain. Pas d'autres séquelles pour le pauvre vieux qu'une cicatrice et un endroit sensible pendant quelques semaines. Et quelques mois à faire des rêves dérangeants. Sa demande d'être dégagé de ses obligations militaires a été acceptée. Il est allé s'installer à Cleveland ou un patelin comme ça. Les larves n'ont pas survécu. J'ai essayé de leur trouver un substitut nutritionnel, agar-agar, gélatine, bouillon de bœuf, broyat d'os, broyat d'insectes, mais rien n'a marché. Le plus fascinant de l'histoire est que l'existence même de ce coléoptère faisait l'objet de spéculations depuis quelque temps. Nombreux étaient les entomologistes qui le croyaient définitivement disparu. Un cas plutôt intéressant, non ? C'est ce que je me suis dit à l'époque.

– Le coléoptère mâle, dit Jeremy. Les fautes commises par les pères…

Arthur l'étudia et hocha lentement la tête.

– Oui. On peut voir les choses ainsi.

5

Jeremy et Arthur quittèrent le bar ensemble et se séparèrent à hauteur des portes à tambour en laiton de l'hôtel.

Jeremy, un peu ivre, éprouvait le besoin de se dégourdir les jambes et sortit donc dans la rue. Il y avait eu une petite averse ; une odeur de cuivre chauffé montait des trottoirs et la ville brillait de tous ses feux. Il poussa jusqu'aux limites du centre, puis s'aventura dans des artères sombres aux allures de coupe-gorge sans se soucier de sa sécurité.

Il se sentait curieusement remonté – impavide – après ce verre pris avec l'anatomopathologiste. La répugnante histoire du jeune militaire et de sa bosse grouillante de larves lui avait redonné le moral. Lorsqu'il rentra enfin chez lui après être passé reprendre sa voiture à l'Excelsior, il avait la tête tout à fait claire. Quelle baraque stupide, pensa-t-il en se garant. Bien plus que ce dont j'ai besoin.

Les affaires de Jocelyn avaient été empaquetées et emportées par la police. Quatre cartons avaient suffi, tant elle avait apporté peu de choses avec elle.

Les deux argousins Doresh et Hoker avaient assisté à l'emballage, et Doresh lui avait demandé :

– Vous ne voyez pas d'inconvénient à ce qu'on passe la salle de bains au Luminol ? C'est un produit chimique en bombe et s'il luit quand on éteint la lumière…

– C'est qu'il y a du sang, avait enchaîné Jeremy. Allez-y.

Il ne s'était pas fatigué à lui demander pourquoi dans la salle de bains : il connaissait la réponse. C'était toujours dans la salle de bains que ça se passait lorsque…

Ils avaient donc passé la salle de bains au Luminol, sans rien trouver, quatre flics en tenue emportant les cartons. Ce n'est qu'après leur départ que Jeremy s'était rendu compte qu'ils lui avaient pris quelque chose.

Une photo encadrée posée sur la commode de la chambre. Lui et Jocelyn, en train de manger des crevettes grillées devant une baraque de plein air, au cours d'une promenade sur le port ; la journée était belle mais venteuse. La tête de Jocelyn arrivait à peine à hauteur de l'épaule de Jeremy. Ses longs cheveux blonds volaient en tous sens et cachaient le bas du visage de Jeremy.

Il avait téléphoné à Doresh pour réclamer sa photo, mais en vain.

Il se déshabilla complètement et se laissa tomber sur le lit, se disant qu'il allait rester éveillé la moitié de la nuit. Au lieu de cela il s'endormit tout de suite pour ouvrir les yeux aux petites heures du matin, migraineux, les muscles endoloris et le cerveau aux prises avec des images de bestioles cannibales et voraces.

Ne viens pas te mêler de mes affaires, le vieux.

Ce que fit Arthur Chess, pourtant.

Peu après la soirée à l'Excelsior, alors que Jeremy avait du mal à s'accrocher pendant la visite du patron des psys, son bip lui signala qu'on le demandait. Il s'éloigna de la petite troupe de la santé mentale et appela. C'était un message du Dr Angela Rios.

Durant les dernières semaines, la ravissante interne avait essayé de croiser son regard au cours d'au moins quatre rencontres inopinées dans les couloirs de l'hôpital. Fine, l'esprit vif, elle avait le cœur tendre et un physique qui n'était pas en reste. Exactement le genre de femme auprès de laquelle Jeremy aurait tenté sa chance – s'il en avait eu envie.

Prenant bien soin de ne pas la blesser, il lui avait souri avant de passer son chemin.

Et maintenant, ce message.

Il l'appela.

– Je suis contente que vous soyez de service, lui dit-elle. J'ai un problème avec une patiente. Elle a trente-six ans et un lupus en phase de régression, apparemment, mais ses examens sanguins sont très mauvais et il faut lui faire une ponction médullaire.

– Leucémie ?

– J'espère que non. Mais son taux de globules blancs est très anormal et ce serait manquer à tous mes devoirs que de ne pas m'en occuper. Le problème, c'est comment procéder – elle est morte de peur. Je lui ai proposé une sédation, mais elle ne veut pas ; avec le lupus en voie de régression, elle a peur que la prise du moindre médicament vienne tout gâcher. Pourriez-vous m'aider ? Hypnotisez-la, parlez-lui, n'importe quoi pour qu'elle se calme. J'ai entendu dire que vous saviez faire ça.

– D'accord, dit-il.

Le premier malade qu'il avait ainsi « aidé » à surmonter l'angoisse d'un examen avait été une gamine de douze ans ; elle avait subi l'ablation d'une tumeur au cerveau – un gliome malin – et on devait pratiquer une ponction lombaire. Le patron de la psychiatrie avait donné le nom de Jeremy au neurochirurgien qui avait demandé l'intervention, et il n'avait pu reculer.

Il était arrivé dans la salle où devait avoir lieu l'intervention en se disant : Bon Dieu, qu'est-ce que je suis supposé faire ?

La fillette avait été attachée. Elle donnait des coups de pied, hurlait, bavait. Cela faisait six mois qu'on lui avait retiré sa tumeur et ses cheveux avaient repoussé d'une dizaine de centimètres. Des lignes tracées à l'encre sur son visage et son bronzage jaunâtre montraient qu'elle avait récemment subi une radiothérapie.

Douze ans, et ils la ficelaient comme une criminelle. Un interne de deuxième année qui n'en pouvait plus venait d'ordonner la pose d'un bâillon. Il avait salué Jeremy d'un grognement, sourcils froncés.

« On ne peut pas la laisser comme ça », avait dit ce dernier en prenant la main de la fillette.

Elle lui avait planté ses ongles dans la paume, le faisant saigner, et la douleur avait été instantanée ; il avait continué à fixer ses yeux débordant du poison de la panique, essayant de ne pas grimacer tandis qu'elle hurlait : « Nonnonnonnonnonnon ! »

La sueur lui coulait sous les bras, ses intestins se tordaient et il s'était senti sur le point de perdre l'équilibre.

Il était resté pétrifié à côté du chariot, tandis que les ongles de la gamine continuaient à s'enfoncer dans sa paume. Elle hurlait, il oscillait. Son pied gauche avait commencé à glisser…

Je vais tomber dans les pommes, oh, merde !

L'interne qui le regardait, l'œil rond. Tout le monde qui le regardait.

Il s'était raidi, avait pris une profonde inspiration en espérant qu'elle passe inaperçue.

La fillette avait arrêté de hurler.

Il avait l'impression que son côlon était sur le point d'exploser, il avait le dos moite, mais il lui avait souri, l'avait appelée « ma chérie » parce qu'il avait oublié son prénom (on venait pourtant juste de le lui dire) et, pour couronner le tout, il venait de lire le foutu compte rendu.

Elle lui avait rendu son regard.

Oh Seigneur, la confiance.

La pièce avait paru se dilater, il avait senti ses genoux de nouveau près de se dérober sous lui. Se raidissant une deuxième fois, il s'était mis à parler à la fillette qui s'était tue. À sourire, à parler, à susurrer, à dire n'importe quoi.

La fillette avait recommencé à hurler.

– Merde, qu'on le fasse et qu'on n'en parle plus, avait dit l'interne.

– Une minute ! avait ordonné Jeremy d'un ton tel que personne n'avait pipé mot dans la salle.

La fillette s'était tue, elle aussi.

Il s'était concentré. Avait maîtrisé les frissons qui menaçaient de le trahir.

Trouvé les mots pour la tirer de là.

Au bout d'un moment, les yeux de la gamine s'étaient fermés et sa respiration avait ralenti. Elle avait même pu acquiescer d'un signe de tête lorsque Jeremy lui avait demandé si elle était prête. L'interne, l'air d'être à son tour perplexe, avait fait ce qu'il avait à faire avec une miséricordieuse habileté, retiré l'aiguille de la ponction lombaire, rempli sa fiole de liquide doré et quitté la salle en hochant la tête.

La fillette avait pleuré, ce qui était bien, très bien, elle en avait largement le droit, la pauvre gosse, la pauvre petite gosse qui n'était qu'une enfant.

Jeremy était resté avec elle, supportant ses gémissements, et ne l'avait quittée que lorsqu'elle avait été mieux et qu'il avait réussi à lui arracher un sourire. Il empestait la transpiration, mais personne ne semblait y faire attention.

Plus tard, dans le corridor, l'une des infirmières l'avait intercepté et lui avait dit : « C'était stupéfiant, Dr Carrier. »

La patiente d'Angela n'était pas du genre à hurler. Cette jolie femme au visage blafard du nom de Marian Boehmer exprimait sa terreur en se mettant dans un état quasi catatonique de rigidité et de silence. Regard mort. Lèvres qui disparaissaient tellement elles étaient pincées. Dans un autre contexte, un psy pas très malin lui aurait effectivement collé un diagnostic de catatonie.

Angela s'éloigna pour le laisser travailler. La jeune femme avait relevé ses cheveux soyeux en queue-de-cheval ; le stress avait dévoré son maquillage et sa peau avait la pâleur des rats de bibliothèque. Elle paraissait ne pas avoir dormi depuis très longtemps.

Pourrait pas être dans un pire état, se dit Jeremy. La tête qu'on a les mauvais matins. Et pourtant, elle est ravissante.

Les instruments destinés à la ponction étaient toujours emballés et posés sur le plateau mobile. Chrome et verre, pointes effilées, et l'horrible meule destinée à percer le sternum, dans lequel on prélèverait les cellules hématopoïétiques. Afin d'avoir un meilleur appui, le praticien se plaçait au-dessus du patient et appuyait avec une certaine force. Les patients qui voulaient bien en parler disaient qu'ils avaient eu l'impression d'être poignardés.

Les joues de Marian Boehmer ne présentaient pas l'exanthème (le « masque du loup ») caractéristique d'un système immunitaire en débâcle. La terreur mise à part, elle paraissait aller bien. Peau très claire, cheveux blonds, un peu trop maigre mais de jolis traits. Une alliance et un petit solitaire à la main droite. Où était le mari ? Son absence avait-elle une signification ?

Tout voulait dire quelque chose. Mais pour le moment, qu'est-ce que ça changeait ? On allait lui transpercer le sternum.

Jeremy se présenta. Sourit, parla, sourit, parla, lui tint la main, éprouva les premières et familières bouffées de sa propre anxiété – les cercles qui se resserraient autour de la poitrine, la poussée de sueur par empathie, les attaques de vertige.

Il ne risquait cependant pas de se mettre dans une situation gênante ; les horreurs de la première fois avaient été dues à sa quasi-perte de conscience.

Aujourd'hui, il attendait la peur. Elle était la bienvenue.

Quand il aidait, il souffrait. Le secret, c'était de le dissimuler.

Dissimuler était le secret de la vie.

Il caressa la main de la femme, risqua un effleurement de son front et, comme elle n'eut pas de mouvement de recul, lui dit qu'elle s'en sortait rudement bien, passant peu à peu aux séduisantes litanies de l'hypnose.

Non pas la méthode spectaculaire des bateleurs, rien de cette vulgarité de cabaret. Simplement, un accès conquis petit à petit, avec subtilité, aux réactions parasympathiques du sujet, en combinant les principes de relaxation et de concentration qui ralentissent les fonctions de l'esprit et du corps.

– Représentez-vous un endroit que vous aimez, madame Boehmer… puis-je vous appeler Marian ? Merci, Marian… C'est bien, Marian… Excellent, Marian.

« Vous faites un boulot sensationnel, Marian, et tenez, voici le Dr Rios, et oui, oui, tenez bien le coup… bon… bien… sensationnel, Marian, et voilà, vous avez été fantastique, Marian, c'est terminé, vous avez été fantastique…

Marian Boehmer ayant perdu le contrôle de sa vessie pendant le processus, il fit semblant de ne rien remarquer quand l'infirmière lui essuya les cuisses.

Quand il lui reprit la main, c'est elle qui lui dit :

– Oh, regardez-moi ! Je suis un vrai bébé.

Jeremy lui tapota doucement les cheveux.

– Un vrai petit soldat, oui. Si j'avais des ennuis, je serais ravi de vous avoir dans mon équipe, Marian.

Elle fondit en larmes.

– J'ai deux enfants… je suis une très bonne mère, vous savez !

Jeremy resta avec elle jusqu'à l'arrivée de l'aide-soignant chargé de la ramener dans sa chambre. Lorsqu'il sortit à son tour de la salle d'intervention, il se prépara à subir une conférence de couloir avec Angela Rios. Une discussion professionnelle qui finirait par prendre le chemin d'une invite plus personnelle. D'accord, elle était délicieuse, mais…

Il n'y avait que des échos de voix lointaines, de sonneries de téléphone, de couinements de sabots d'hôpital et de chariots aux roues caoutchoutées. Une infirmière, dans la salle de garde la plus proche, remplissait un formulaire.

Le couloir était vide. Angela avait disparu.

6

Par un jeudi soir pluvieux, un peu avant dix-neuf heures et alors qu'il sortait de l'hôpital, Jeremy tomba sur l'inspecteur Bob Doresh, plus massif que jamais dans son trench-coat.

Il traînait à proximité des ascenseurs principaux, non loin des distributeurs de confiseries, caressant sa mâchoire prognathe et mâchonnant quelque chose. En voyant Jeremy, il glissa un emballage coloré dans sa poche et trottina vers lui.

– Vous avez une minute, docteur ?

Jeremy continua de marcher, mais fit signe au policier de l'accompagner.

– Ç'a été, docteur ?

– Ouais. Et vous ?

– Moi ?

Doresh parut offensé par cette manifestation de politesse. Comme si son boulot lui donnait le droit de ne tolérer aucune incursion dans sa vie privée. C'est moi qui pose les questions…

– Très bien, docteur. (Il chassa un débris de chocolat de sa lèvre et cilla à plusieurs reprises.) Tous les clignotants au vert, bien nourri. Ça baigne. Et vous ?

– Je survis.

– Eh bien, c'est pas si mal, dit Doresh. Surtout si on considère l'autre option.

Ils passèrent devant la plaque de marbre sur laquelle étaient gravés les noms des bienfaiteurs de l'hôpital, franchirent les portes vitrées et suivirent le passage couvert qui allait jusqu'au parking des médecins. Le bon parking. Après Jocelyn, il avait été question de rapprocher celui des infirmières, mais ces belles intentions ne s'étaient jamais concrétisées.

– Chouette de rester au sec, commenta Doresh.

– Qu'est-ce que vous me mijotez ? demanda Jeremy.

– J'irai droit au but, docteur. Je sais que ça va vous faire l'effet d'une série B des années cinquante, mais où étiez-vous hier au soir, disons… entre dix heures et minuit ?

– Chez moi.

– Seul ?

– Oui. Pourquoi ?

– Oh, juste la routine, répondit Doresh.

Jeremy eut pendant un moment l'impression qu'il allait respecter le scénario. Puis quelque chose cassa en lui et il aboya : « Des conneries, oui ! » et partit au pas de charge, distançant le policier.

Doresh le rattrapa. Ricana bruyamment, mais il n'y avait rien d'amusé dans le son qu'il émit. Plutôt le grondement d'avertissement d'un gros chien de garde.

Ses yeux. Qui regardaient Jeremy avec ce qui paraissait être un respect nouveau. À moins que ce ne fût du mépris.

– Vous avez raison, reprit Doresh, c'est rien que des conneries. Je n'ai pas perdu mon temps à venir jusqu'ici pour parler de la pluie et du beau temps. Alors répondez-moi : y a-t-il rien qui puisse me prouver que vous étiez chez vous hier au soir ? Si oui, cela nous aiderait tous les deux.

Jeremy dut faire un effort pour ne pas lui rétorquer qu'il n'avait aucune envie de l'aider et d'aller se faire voir.

– Non, rien pendant deux bonnes heures. Je suis rentré tard à la maison, vers vingt heures trente. J'ai fait une promenade dans le quartier pendant environ une heure. Des gens m'ont peut-être vu, mais je n'ai fait attention à personne. Après quoi je suis rentré chez moi et je me suis préparé un verre. Un scotch… Johnnie Walker, si vous tenez à le savoir. Et j'ai commandé un repas. À la pizzeria vingt-quatre heures sur vingt-quatre du coin. J'ai commandé une pizza moyenne, moitié fromage, moitié champignons. Ils me l'ont apportée vers dix heures et quart. J'ai donné un pourboire de cinq dollars au livreur, il devrait donc s'en souvenir. J'en ai mangé les trois quarts et le reste est au frigo. J'avais la bouche sèche à cause du scotch et comme la pizza n'avait pas amélioré les choses, j'ai bu de l'eau. Trois verres. J'ai parcouru les journaux, regardé la télé… si vous voulez, je peux vous dire quelles émissions.

– Dites toujours.

– Vous blaguez.

– Sûrement pas, docteur.

Jeremy lui dressa la liste.

– Ça fait beaucoup de télé, Doc.

– Normalement je lis à la lumière d'une bougie, mais je venais juste de me taper une anthologie de poésie anglaise, tout Shakespeare et tout Chaucer, et j'ai pensé que je pouvais prendre un peu de bon temps.

Doresh le regarda.

– Vous avez le sens de l'humour. Je n'avais pas remarqué, avant.

La situation ne s'y prêtait pas vraiment, crétin.

Ils arrivaient en vue du parking et Jeremy accéléra le pas. La pluie mitraillait le toit de l'auvent et dégoulinait le long des côtés comme des draperies de glycérine.

– C'est quoi, le nom de la pizzeria ?

Jeremy le lui dit.

– Qui a été tué ?

– Qui vous a dit…

– Oh, n'en rajoutez pas, hein ? le coupa Jeremy. J'ai vécu l'enfer, et vous ne m'avez pas exactement facilité les choses. Et maintenant, vous venez m'emmerder au lieu de chercher qui a tué Jocelyn.

Les yeux de Doresh se rétrécirent et il vint se planter devant Jeremy, l'obligeant à s'arrêter.

– C'est pas mon boulot de chouchouter les gens.

– Parfait. Alors allons droit au but. Vous êtes ici parce que quelque chose est arrivé. Une affaire qui vous rappelle celle de Jocelyn et vous trouvez logique de commencer par moi.

Doresh baissa la tête et regarda par terre. Comme si la vérité le déshonorait. Comme si les crimes étaient son échec personnel.

– Après tout, pourquoi pas ? Vous l'apprendrez demain par les journaux, de toute façon. Oui, il s'est passé quelque chose qui nous rappelle beaucoup ce qui est arrivé à Mme Banks. (Il prit son trench-coat par les revers et le serra sur lui, mais sans le boutonner.) Une femme, une prostituée, du côté d'Iron Mount. La fille était connue de nos services depuis un moment, drogue, racolage, le truc habituel. En ce sens, pas comme Mme Banks, pas du tout. Mais les blessures…

– Mon Dieu… (Doresh s'écarta du chemin de Jeremy.) Iron Mount n'est pas très loin des Shallows.

– Non, pas loin du tout, docteur.

– Une prostituée… et vous pensez vraiment…

– Ça m'arrive, de temps en temps, dit Doresh en souriant de sa propre plaisanterie. C'est tout, docteur. Bonsoir.

– Je vous ai laissé plusieurs messages, inspecteur. Une photo que vos types m'ont barbotée…

– Oui, oui, une pièce à conviction.

– Quand allez-vous me la rendre ?

– Difficile à dire. Jamais, peut-être. (Doresh eut un haussement d'épaules tellement indifférent que Jeremy eut envie de le frapper.) Faut que j'y aille, docteur. J'ai du boulot qui m'attend.

7

Cette nuit-là, tel un bouddha en trench-coat, Doresh hanta les rêves de Jeremy, tandis que le goût légèrement altéré des crevettes graisseuses du port lui attaquait la langue. Il se leva tôt et alla aussitôt chercher son journal. Les manchettes n'en avaient que pour les difficultés économiques et les magouilles des politiciens, les journalistes bateleurs du *Clarion* s'empiffrant avec gourmandise d'injustices, de scandales et de guerres à venir.

C'est à la page 18 qu'il trouva ce qu'il cherchait.

La femme s'appelait Tyrene Mazursky. En dépit de ce nom polonais, elle était noire. Âgée de quarante-cinq ans, tapineuse et droguée, elle avait le casier judiciaire bien rempli dont Doresh lui avait parlé.

Et cinq enfants.

Iron Mount était un labyrinthe scrofuleux de rues tortueuses et de contre-allées improbables restées aussi étroites qu'à l'époque des voitures à chevaux et du mâchefer concassé de leur premier revêtement. Jeremy y était venu une seule fois, très longtemps auparavant, à l'époque où il était interne, pour examiner un gosse dont tout le monde pensait qu'il était maltraité.

Une ivrognesse de mère, un drogué de père, un garçonnet de cinq ans à la limite inférieure de poids et de taille pour son âge, avec un niveau d'expression et de vocabulaire plus proche des deux ans. À cette famille heureuse il fallait ajouter quelques copains drogués anonymes, tout ce petit monde logeant dans un alignement de trois pièces au-dessus d'un carrossier, loin du front de mer mais assez proche, en revanche, du déversoir marécageux et puant du lac où se forme la rivière Kauwagaheel pour que l'humidité s'incruste dans les murs de plâtre et finisse par les bouffer.

Jeremy avait examiné le gamin, rédigé son compte rendu. Comme un travailleur social débutant terrifié. Mais en fin de compte, et en dépit de leurs défauts et de leurs mauvaises habitudes, il s'était avéré que les parents s'occupaient plutôt bien de leur enfant, lequel avait contracté une infection virale du foie qui s'était traduite par un blocage des intestins, blocage empêchant l'absorption des éléments nutritifs par son organisme – d'où son déficit de croissance.

La chirurgie et des antibiotiques administrés par voie intraveineuse avaient fait merveille. L'assistance psychologique apportée aux parents s'était montrée par contre beaucoup moins efficace et, trois semaines après le dernier contrôle médical du gamin, la famille avait quitté la ville.

Iron Mount. À l'est des Shallows qui, à côté, avaient l'air d'un petit paradis.

Il reposa le journal, se força à avaler un peu de café et pensa à Tyrene Mazursky, massacrée.

Les blessures.

Cinq orphelins.

Il se demanda comment une Noire se retrouvait affublée d'un nom polonais, éprouva une tristesse sans fond devant les mystères de la vie de cette femme.

Pour ce qui était des mystères de la vie de Jocelyn, il ne les avait jamais éclaircis. Rien que d'y penser, son absence fulgurante… Le jour avait fini par se lever, laborieusement.

Lorsqu'il se rendit jusqu'à sa voiture, sa voisine (deux maisons plus loin, en fait) – la Roumaine au regard de chien battu qui sortait rarement de chez elle et ne pouvait voir la maison de Jeremy à cause de la haie – regardait dans la rue par la fenêtre de son séjour.

Doresh serait-il passé dans le quartier pour poser des questions ?

Mme Bekanescu était une des rares habitantes du quartier à être propriétaires et non locataires. Il lui adressa un salut de la main, le rideau retomba aussitôt sèchement.

Il éprouva une satisfaction perverse à avoir réussi à mettre quelqu'un mal à l'aise d'aussi bonne heure et conduisit plus vite que d'habitude, sur un fond musical endiablé. Arrivé dans son antre, il se débarrassa de son manteau, rangea des papiers, lança son ordinateur et passa la matinée à pianoter dessus, vérifiant des données et des chiffres et créant de jolis graphiques pour son livre. Il fit une tentative pour poursuivre la rédaction de l'introduction, mais ses neurones se mirent en rideau, tandis que les mots lui échappaient. Il changea de sujet, entreprit de dresser le plan du chapitre qu'il avait à écrire : « Désorientation spatio-temporelle dans le cadre d'un isolement pédiatrique gnotoxénique ».

Les seuls travaux qui se rapprochaient des siens étaient les études sur des scientifiques isolés dans l'Antarctique ou autres trous d'enfer du même genre.

Son esprit se mit à errer des failles glaciaires sans fond à cette glace bleue qui pouvait vous tuer si vous l'embrassiez, revisita le cliché de l'horrible chute sans fin tandis que des millions de violons de glace vous déchirent le tympan dans une musique de toundra. Un coup sec et autoritaire frappé à sa porte le tira brutalement de sa rêverie, le redressant comme un ressort, et Arthur Chess entra dans le bureau, un grand sourire aux lèvres.

8

L'anatomopathologiste s'installa confortablement sur un siège en principe inconfortable.

– Avez-vous repensé à la question que je vous ai posée ?

– L'origine du mal, dit Jeremy.

Arthur leva la main, paume ouverte.

– Le mal est… un bien grand mot. Théologiquement chargé. Je crois que nous devrions nous cantonner à la notion de pire comportement.

Nous.

– Non, je n'y ai pas repensé. Comme je vous l'ai dit, il existe une base de données sur la question ; pas très riche, mais très instructive. Si cela vous intéresse vraiment…

– Oui, ça m'intéresse, Jeremy.

– Je vais vous rassembler quelques références. Mais les conclusions peuvent mettre mal à l'aise.

– Mettre qui mal à l'aise ?

– Les optimistes, répondit Jeremy. Les humanistes.

Il attendit de voir si Arthur allait se placer dans l'une ou l'autre catégorie.

Le vieux médecin se lissa la barbe et ne fit aucune remarque. L'horloge de Jeremy, sur le bureau, égrena les secondes.

– Le fin mot de l'histoire, Arthur, c'est que certaines personnes paraissent être venues au monde dotées d'une solide propension aux comportements impulsifs. Un certain nombre d'entre elles ont recours à la violence. Essentiellement des personnes de sexe masculin, si bien qu'on estime que la testostérone peut y jouer un rôle. Mais il y a autre chose qu'une question d'hormones. La variable la plus significative semble être un faible niveau d'excitabilité. Rythme cardiaque au repos inférieur à la normale. Système nerveux de type sang froid.

– Un calme surnaturel, commenta Arthur comme s'il en avait déjà entendu parler.

– Vous êtes au courant de cette recherche ?

Arthur hocha la tête.

– Mais ce que vous dites tient parfaitement debout. Qui ne connaît pas la peur ne connaît pas la conscience.

– C'est une théorie. La peur est un maître terrible et il manque quelque chose à ceux qui n'apprennent pas d'elle les précieuses leçons sociales qu'elle nous enseigne. Mais il y a une autre façon de voir les choses : l'addiction à l'adrénaline. Un système nerveux central congénitalement sous-stimulé conduit à vouloir éprouver des excitations de plus en plus fortes. Ce sont les drogués à l'excitation, en termes courants.

– J'ai vu ce phénomène chez les tireurs d'élite de l'armée, convint Arthur. Des types qui ne vivent que pour ces moments d'excitation et dont les battements de cœur ralentissent tellement qu'on se demande si son stéthoscope fonctionne bien. J'en ai connu un qui était capable de rester assis pendant des heures aussi immobile qu'une statue. Iriez-vous jusqu'à dire que servir dans l'armée est une forme de criminalité sublimée ?

Jeremy se souvint du passé militaire du vieux médecin. L'homme en gardait de bons souvenirs.

– Ce n'est pas la recherche de l'excitation qui est en soi un problème. Les alpinistes et les parachutistes qui font du vol relatif sont tous accros à l'adrénaline, mais rares sont ceux qui deviennent criminels. C'est une combinaison de témérité et de cruauté qui conduit à ce que vous appelez les pires comportements. Et c'est là qu'intervient le milieu : prenez un enfant avec ces marqueurs biologiques, exposez-le à la négligence et à de mauvais traitements et vous aurez de bonnes chances de créer… un problème.

Arthur sourit à nouveau.

– Un monstre ? C'est ce que vous alliez dire ?

– Les monstres, il y en a de tous les genres. (Jeremy se leva.) Je vais vous préparer une bibliographie et je vous l'enverrai demain.

Le geste était impoli, mais il ne déstabilisa pas Arthur. Celui-ci bondit sur ses pieds avec la vigueur de quelqu'un de beaucoup plus jeune. Il avait encore de petites taches rose pâle à la manche gauche de sa blouse. Même couleur, taches différentes.

– Une dernière question, si vous permettez.

– Allez-y.

– Mauvais traitements, négligence, et votre hypothèse que ces facteurs sont d'ordre environnemental... Se pourrait-il que ce que vous appelez la famille dysfonctionnelle soit aussi héréditaire ? Des parents violents transmettant leurs tendances à leurs rejetons ?

– On revient à la mauvaise graine, observa Jeremy.

– Autre concept théologiquement chargé. Et, comme vous l'avez dit, décourageant. Les données expérimentales sont-elles en désaccord avec cette idée ?

– Ces données sont trop embrouillées pour pouvoir prouver quoi que ce soit, Arthur. Elles ne font que suggérer des pistes.

– Je vois. Vous estimez donc inconcevable l'idée que toute la violence, ou au moins sa plus grande partie, serait transmise via l'acide nucléique.

– Les péchés des pères, votre coléoptère panaméen injectant sa progéniture parasitaire. Ce n'est jamais par hasard que vous dites quelque chose, n'est-ce pas, docteur Chess ?

Le vieux médecin partit d'un petit rire et regagna la porte.

– Vos réponses ont été tout à fait éclairantes, Jeremy. Merci pour votre patience, et n'hésitez pas à me demander quoi que ce soit. Ce sera avec plaisir.

Sur quoi il quitta la pièce, laissant Jeremy debout derrière son bureau à se demander si l'invitation d'Arthur Chess relevait de la simple courtoisie ou s'il espérait vraiment que Jeremy viendrait un jour l'interroger.

Qu'aurait-il bien pu avoir à demander à un anatomopathologiste ?

Son esprit zappa sur le visage de Jocelyn. Et sur ce qu'il y avait en dessous. Des blessures qu'il n'avait jamais vues mais beaucoup imaginées. Des chairs déchiquetées qui le hantaient par leur terrible ambiguïté.

Et à présent Tyrene Mazursky.

Il n'y avait rien de commun entre cette prostituée d'âge mûr et la douce Jocelyn. Sinon ces blessures.

Suffisamment en commun, cependant, pour que Doresh repartît en chasse.

Son cœur se mit à cogner tandis qu'il se martyrisait avec les horreurs qu'il imaginait. Arthur serait sur son terrain, lui, devant tout ça ; le réduirait à des questions de biologie cellulaire, de poids d'organes, de composés chimiques.

Arthur traiterait la matière des pires cauchemars à la manière dont il devenait éloquent en parlant des sarcomes et carcinomes tous les mardis matin : style tontonnesque, sourire décontracté – toujours calme et maître de lui – à combien son pouls battait-il, au repos ?

Les questions qu'il aurait aimé poser au vieux médecin lui restaient sur l'estomac.

Discutons-nous de toutes ces questions parce que vous savez par quoi je suis passé ? Est-ce juste de la curiosité morbide de votre part ? Ou bien avez-vous quelque chose à prouver ?

Pourquoi était-il resté sans rien dire ?

Qu'est-ce que vous attendez de moi ?

9

Quand les battements de son cœur eurent retrouvé un rythme normal, Jeremy alla faire le tour de ses patients, s'efforçant de les réconforter. Sans doute dut-il fonctionner normalement parce qu'il vit des regards s'éclairer, quelques sourires s'esquisser, des doigts s'agripper à ses mains ; une adolescente flirta même innocemment avec lui. Lorsqu'il se retrouva seul à consigner ses observations, l'impression que lui avait laissée chacun de ses malades était toujours vive en lui. À croire qu'il les trimballait avec lui comme un kangourou femelle.

Le contact de la peau des affligés n'était pas différent, sauf pendant le stade terminal. Les moribonds réagissaient de manières diverses : certains, au dernier moment, devenaient bravaches, loquaces, faisaient des plaisanteries douteuses. D'autres ressassaient sans fin leurs souvenirs, ou offraient de nobles bénédictions aux personnes qui entouraient leur lit. D'autres enfin s'éteignaient doucement. Mais ils avaient tous quelque chose en commun, quelque chose que Jeremy n'avait toujours pas pu identifier. Ceux qui avaient fréquenté assez longtemps l'hôpital savaient quand une mort était imminente.

Jeremy n'avait jamais ressenti autre chose qu'une immense fatigue quand un patient le lâchait.

Il essaya d'imaginer comment on pouvait éprouver de l'excitation devant la mort d'une autre personne. Le seul fait d'envisager cette possibilité le fit se recroqueviller.

Venu prendre un café à la cafétéria des médecins pendant sa pause, il aperçut Angela Rios toute seule devant son yaourt. Il alla la rejoindre, parla de choses et d'autres et l'invita à dîner pour le soir même.

Stupéfait par le calme de la voix qui sortait de sa bouche. Sentant un sourire arrondir ses commissures, comme si un ventriloque lui manipulait les lèvres pour son numéro.

Aucune vraie raison de lui demander de sortir avec lui, sinon sa beauté, son intelligence, son charme et le fait qu'elle était de toute évidence intéressée.

– Je suis désolée, répondit-elle. Je suis de service.

– Ah, c'est trop bête, dit Jeremy.

Se serait-il mépris ?

Il était sur le point de partir.

– Mais je suis libre demain. Si ça vous convient.

– Laissez-moi vérifier mon agenda.

Il fit mine de tourner les pages d'un calendrier invisible… le vieux truc de l'autodérision. Angela rit complaisamment.

Elle est adorable. Si j'étais intéressé…

– Demain soir, d'accord. On se retrouve ici ?

– Si cela ne vous ennuie pas, je préférerais passer chez moi me rafraîchir un peu. Je quitte le service à sept heures. Vers huit heures, ça vous va ?

Elle sortit son bloc-notes à spirale d'interne, griffonna quelque chose, arracha la feuille et la lui tendit.

West Broadhust Drive, dans Mercy Heights.

Sans doute une de ces grandes baraques de style colonial en bardeaux de bois, transformées en appartements. Le bungalow tristounet de Jeremy, dans le quartier de Lady Jane, était à moins de dix minutes à pied.

– Nous sommes voisins, dit-il en lui donnant son adresse.

– Oh… mais je ne suis pas souvent chez moi. Avec l'emploi du temps que nous avons…

Son bip se mit à sonner, elle eut un sourire d'excuse.

– La preuve, dit-il, souriant lui aussi.

– Oui, la preuve.

Elle passa son stéthoscope autour de son cou, rassembla son manuel et son bloc-notes d'interne et se leva.

– Alors à demain soir, dit-elle.

– Vers huit heures.

– Je serai prête.

Son appartement était situé au premier étage d'un édifice d'aspect sinistre qui en comportait deux et qui avait tout de l'immeuble de rapport. Des odeurs d'hôpital empestaient le hall d'entrée, dont le plancher grinçait ; d'autres internes devaient sans doute habiter ici, se dit-il, et se balader avec des échantillons. L'humidité rongeait le tapis marron élimé et effrangé, et deux bicyclettes étaient enchaînées à la rampe métallique, dont la peinture était écaillée.

Angela ouvrit dès le coup de sonnette de Jeremy ou presque. Elle avait ramené en arrière sa luxuriante chevelure noire et en avait fait une lourde tresse qui lui retombait dans le dos. Elle avait enfilé un chandail blanc léger qui mettait ses seins en valeur, comme Jeremy ne put s'empêcher de le remarquer. Le chandail s'arrêtait juste à hauteur de son estomac et laissait place à un pantalon noir serré à la taille ; elle avait enfilé des sandales à talons hauts, noires elles aussi. Deux perles en guise de boucles d'oreilles et un minuscule rubis au bout d'une chaîne en or ultrafine. Maquillage discret.

Les cheveux tirés en arrière accentuaient l'ovale de son visage. L'intérêt animait ses yeux bruns, ses lèvres s'entrouvraient sur un sourire. Elle avait un parfum sensationnel.

– Prête, comme promis ! dit-elle.

Elle lui tendit la main d'un geste énergique et serra celle de Jeremy avec la même conviction.

Quasi militaire. Jeremy dut retenir un sourire.

Peut-être sentit-elle son amusement, car elle rougit. Elle remarqua alors son manteau.

– Il fait vraiment froid ?

– Disons frisquet.

– Je suis une fille du soleil et j'ai toujours froid. Je prends un manteau et j'arrive.

Il avait choisi un restaurant italien de prix moyen, tenu par une famille, dans la partie la plus chic de Lady Jane, celle qu'envahissaient les bobos : boutiques transformées en bars aux lumières tamisées, en librairies, en magasins de fleuristes et restaurants à cinq tables. L'ancienne époque était représentée par des vestiges comme des enseignes de réparateurs d'aspirateurs, de tailleurs juifs, de blanchisseries chinoises, de pharmacies bon marché. La pluie – mélange acide et poisseux qui avait maltraité la ville pendant quatre jours d'affilée – avait cessé et les lampadaires paraissaient briller davantage, comme par gratitude, dans l'air plus doux.

Jeremy se précipita pour aller ouvrir la portière d'Angela – un vieux réflexe que l'éducation avait inscrit de manière indélébile en lui. Elle lui prit le bras une fois sortie.

La sensation – griffes de velours – de doigts féminins sur sa manche...

Ils furent accueillis par la femme du patron. Elle avait une poitrine sur laquelle un dictionnaire aurait tenu en équilibre et un sourire avenant. Elle les installa dans un box du fond et leur apporta, avec les menus, des gressins et des olives parfumées à l'ail. Tout à fait ce qu'il fallait pour un rendez-vous amoureux..

Car c'était indiscutablement un rendez-vous amoureux.

Oui et alors, gros malin ?

Angela passa sa commande avec une certaine indifférence, comme si le repas était secondaire.

La conversation ne fut nullement laborieuse.

Pour une raison qui lui échappait – sa volonté de bien faire, ou la simplicité de ses manières –, Jeremy avait supposé qu'Angela était d'origine modeste et poussée par la volonté de réussir ; qu'elle était même peut-être la première à poursuivre des études supérieures dans sa famille.

Faux sur toute la ligne. Elle avait grandi sur la côte Ouest, au soleil, dans le confort, et ses parents étaient médecins : son père rhumatologue et sa mère dermatologue, tous les deux professeurs de médecine dans une école réputée. Elle avait un frère plus jeune qui préparait un doctorat en physique des particules.

– On aime les études, dans la famille, fit-il observer.

– Oh, ce n'était pas comme ça du tout. Ils ne nous ont pas mis la pression, je veux dire. En fait, je n'avais aucune envie de devenir médecin. J'avais pris la danse comme matière principale en première année.

– Sacré grand écart, si je peux dire…

– Si l'on veut. (Un bref instant, son expression la fit paraître plus âgée. Pour se donner une contenance, elle croqua une olive à l'ail.) Et vous ? D'où venez-vous ?

Jeremy hésita. Il y avait deux réponses : la laconique, à savoir la dernière ville où il avait habité, la fac où il avait obtenu son diplôme et, de là, passer habilement à un sujet anodin – parler boutique.

La réponse longue était : fils unique, il avait cinq ans quand papa et maman s'étaient tués dans un accident de voiture. Un carambolage de vingt bagnoles la nuit du Nouvel An sur une autoroute rendue glissante par la neige fondue. Au moment du choc fatal, il dormait chez sa grand-mère maternelle, rêvant à Candy Land, le jeu qu'il avait eu à Noël. Il savait tout cela parce qu'on le lui avait dit et il conservait précieusement ce souvenir reconstitué comme un spécimen rare. Mais les années qui avaient précédé le drame se perdaient dans un brouillard indistinct. Sa grand-mère s'était effondrée peu après et avait dû être mise en maison de retraite et il avait fini par être élevé par sa grand-mère paternelle, une femme à l'altruisme agressif qui ne s'était jamais remise d'une responsabilité aussi écrasante. Lorsque à son tour elle était devenue incapable de le garder, il avait été pris par toute une série de parents lointains avant de faire la tournée des foyers d'accueil, où, si on ne l'avait pas maltraité, on ne s'était jamais vraiment occupé de lui. Puis la Basalt Preparatory Academy avait accepté de le prendre au nom de la charité, les membres de son nouveau conseil d'administration ayant décidé qu'il fallait enfin « faire quelque chose de socialement utile ».

Ses années de formation – la période dite si stupidement « de latence » par la psychanalyse – avaient été faites de lits durs dans des dortoirs, de rassemblements dans des cours, d'un menu très complet d'humiliations et d'incertitudes sur le dessert. Jeremy s'était replié sur lui-même et avait obtenu de meilleurs résultats dans ses études que les gosses de riches – en dépit des tuteurs qui encadraient ceux-ci comme des bancs de rémoras. Sorti troisième de sa classe, il avait refusé cette occasion d'entrer à West Point, mais il lui avait fallu cinq ans au lieu de trois pour terminer son collège : il devait travailler de nuit pour le salaire minimum. Une autre année à tenir un bar et à faire des livraisons tout en donnant des cours à des gosses de riches stupides lui avait permis de mettre de l'argent de côté. Après quoi il était entré à l'école de médecine en bénéficiant d'une bourse complète.

Il n'avait eu aucun mal à obtenir son doctorat. La rédaction de sa thèse ne lui avait pris que trois semaines. À l'époque, il écrivait facilement.

Puis l'internat pour un salaire de misère, chef de clinique et médecin hospitalier à City Central. Sept ans de clinique. Jocelyn.

Il dit :

– J'ai grandi dans le Midwest… ah, voilà l'entrée.

Pendant le repas, l'un d'eux – Jeremy n'aurait su dire qui – orienta la conversation sur la gestion de l'hôpital et ils parlèrent boutique. Quand ils retournèrent à la voiture, elle lui reprit le bras. Devant sa porte, elle le regarda dans les yeux, se mit sur la pointe des pieds, l'embrassa vigoureusement sur la joue et recula d'un pas.

– J'ai passé un moment merveilleux, dit-elle.

La frontière passait là : jusqu'ici, mais pas plus loin.

Ce qui lui allait très bien ; il ne se sentait pas d'attaque pour quelque chose de passionné.

– Moi aussi, répondit-il. Bonne nuit, Angela.

Elle eut un grand sourire, dents blanches et parfaites. Ouvrit son sac à main, prit ses clefs, lui adressa un geste minuscule du bout des doigts et fut de l'autre côté de la porte avant que l'un ou l'autre se sente obligé d'en dire davantage.

Jeremy resta dans le couloir sordide, attendant de ne plus entendre ses pas pour tourner les talons.

10

Au cours des trois semaines suivantes, Angela et Jeremy sortirent ensemble quatre fois. Ils avaient le plus grand mal à prendre rendez-vous : Angela dut annuler à plusieurs reprises à cause d'urgences de dernière minute et Jeremy, coincé par la demande que lui fit inopinément le médecin-chef de présenter un exposé sur l'anxiété, se vit obligé de se confondre en excuses auprès de la jeune femme – il avait besoin de cette soirée pour préparer ses notes.

« Pas de problème », avait-elle répondu. Et lorsque Jeremy fit son exposé, elle était assise au cinquième rang de l'auditorium de l'hôpital. Après quoi elle lui adressa un coup d'œil, lui étreignit brièvement la main et alla rejoindre le peloton des internes pour la visite matinale.

Le lendemain soir fut donc leur cinquième rendez-vous.

Ils ne faisaient rien de bien extraordinaire quand ils étaient ensemble. Pas de sauts à l'élastique en couple, pas de concerts de musique contemporaine, pas de visite dans les galeries pour voir les dernières installations de l'art dit conceptuel ; pas de longues promenades en voiture hors de la ville, au-delà du port et de la banlieue ouest jusqu'aux plaines, où l'on peut trouver un coin tranquille pour se garer et méditer sur l'infini. Jeremy connaissait bien les plaines. Il avait passé l'essentiel de sa vie dans celles du Midwest, mais elles lui faisaient encore de l'effet, parfois.

Longtemps auparavant – avant Jocelyn, quand il vivait seul –, il avait aimé rouler à vive allure sur les routes soporifiques de ces étendues plates, se demandant combien de kilomètres il lui faudrait parcourir avant qu'un haussement d'épaule de la croûte terrestre ne lui offre une taupinière.

Leur relation se développa sur un terreau moins ésotérique : cinq dîners dans des restaurants différents, mais tous des endroits tranquilles et agréables : deux italiens, un espagnol et un quasi français qui se targuait de faire de la cuisine « continentale ». Lorsque Angela lui eut avoué son goût pour la cuisine du Hunan, Jeremy trouva un établissement chinois à l'éclairage bleuté qui avait fait l'objet d'un article élogieux dans le *Clarion*. Un peu plus cher que ce qu'il déboursait d'habitude, mais le sourire, sur le visage d'Angela, le remboursa largement.

De bons repas, une conversation sérieuse, un effleurement des doigts ici et là, mais vraiment très peu de chose question flirt ou invites sexuelles.

Tout à fait différent de ce qui s'était passé avec Jocelyn. Jeremy n'ignorait pas que ce genre de comparaisons est destructeur, mais il s'en moquait. Elles lui venaient naturellement, et il n'était même pas sûr de désirer nouer une nouvelle relation.

Jocelyn avait été tout sexe et parfum, le parfum du sexe. Le duo serpentin des langues, petite culotte mouillée dès leur premier rendez-vous, houle des hanches offrant le cadeau d'un triangle musqué.

Son premier rancard avec Jocelyn s'était terminé avant le dessert. À fond la caisse jusque chez lui, s'arrachant mutuellement leurs vêtements. Un petit bout de femme et cependant tellement forte ! Son corps menu et dur s'était jeté sur lui avec une vigueur qui l'avait surexcité et laissé courbatu jusque dans les os.

Jocelyn l'avait toujours mis hors d'haleine.

Angela était polie.

Lors de leur deuxième rendez-vous, elle lui avait demandé :

– J'espère que vous ne me trouverez pas grossière, mais puis-je vous demander votre âge ?

– Trente-deux ans.

– Vous faites beaucoup plus jeune.

Ce n'était pas une flatterie, mais la vérité, dite telle quelle.

À seize ans, Jeremy avait l'air d'en avoir douze et avait dû attendre dix-neuf ans passés pour commencer à se raser. La nonchalance de ses hormones l'avait mis hors de lui – toutes ces filles qu'il désirait et qui le considéraient comme un gamin…

Il avait abordé la trentaine avec le genre de visage lisse et anguleux qui résiste à l'âge. Il avait des cheveux fins et raides, d'un châtain clair banal, sans le moindre début de calvitie ou fil blanc. Il les peignait vers la droite, mais, à moins d'employer de la laque, une mèche lui retombait toujours sur le front. Il jugeait son teint un peu blême, mais les femmes trouvaient qu'il avait une peau sensationnelle. L'une d'elles, qui se piquait de poésie, l'avait surnommé « Byron », tenant absolument à ce que ses yeux marron soient « au-delà de l'intense ».

Taille moyenne, poids moyen, pas très musclé, il chaussait du 42 et portait des chemises taille L.

De son point de vue, il était aussi moyen qu'on peut l'être.

– Je le pense sincèrement, avait repris Angela. Vous faites vraiment très jeune. Je me doutais que vous aviez à peu près cet âge, puisque vous m'avez dit que cela faisait sept ans que vous étiez à City Central. Mais on vous donnerait facilement le mien, ou même moins.

– Qui est ?

– Devinez.

– Deux ans d'internat, ça doit vous faire vingt-huit ans.

– Vingt-sept. J'ai sauté la troisième année.

Le même âge que Jocelyn.

– Ça ne m'étonne pas.

– J'étais juste une gamine précoce, avait-elle dit, et elle s'était mise à parler des rigueurs de l'internat.

Jeremy l'avait écoutée. Un psy ne sait jamais quand il aura besoin de ses compétences professionnelles.

Le modèle sur lequel ils s'étaient séparés se ritualisa : il raccompagnait Angela jusqu'à sa porte ; silence ; sourire ; main tendue.

Puis un bécot planté sur la joue, défensivement, et l'affirmation, quelque peu exagérée, qu'elle avait passé une soirée merveilleuse.

Jeremy commença à se demander ce qu'elle voulait.

La cinquième fois, l'estomac bien rempli de nourriture chinoise, elle l'invita à franchir sa porte. L'appartement était impeccable mais médiocrement meublé ; elle le fit s'installer sur un canapé d'occasion qui sentait encore le désinfectant, remplit deux verres de vin, s'excusa et disparut dans la salle de bains.

Jeremy regarda autour de lui. Angela avait l'œil : tous les éléments du mobilier étaient de la camelote, des trucs branlants et agressivement temporaires. Une plante d'intérieur tristounette végétait sur l'appui écorné de la fenêtre. Et pourtant, le tableau d'ensemble était agréable.

Jeremy était tout de même perplexe : avec des parents tous les deux médecins, elle aurait sans doute pu s'offrir mieux.

Elle émergea de la salle de bains vêtue d'une longue robe verte – en soie ou en tissu imitant la soie –, s'assit à ses côtés, but du vin, baissa les lumières et s'approcha de lui. Ils commencèrent à s'embrasser à bouche que veux-tu. Au bout de quelques minutes la robe glissa de son corps, et Jeremy se retrouva en elle.

Il n'en éprouva pas le moindre soupçon de triomphe. Au contraire, il se sentit traversé par une envie glaciale de laisser tomber : elle ne bougeait qu'à peine, ne paraissait pas être présente. Il s'activa de plus belle, vigoureusement, sur un rythme régulier, traversé de pensées peu charitables.

C'est peut-être cette bouffe chinoise...

C'est peut-être qu'au bout de cinq rancards, elle s'est sentie obligée...

Jocelyn, elle, était...

Il ouvrit les yeux et la regarda. S'il pouvait distinguer une expression dans la pénombre, c'était de la sérénité. Allongée, l'acceptant passivement tandis qu'il la besognait. Elle avait les yeux fermement serrés. Allaient-ils ciller, allait-elle sentir son *objectivité* ?

Au diable ces considérations, prends ton plaisir et oublie-la. Mais il ouvrit de nouveau les yeux quelques instants plus tard. Le visage d'Angela avait changé. Comme si une commande intérieure venait d'être activée. Ou comme si elle avait décidé de devenir vivante. Était-elle du genre à avoir besoin de temps – qui pouvait se targuer de vraiment comprendre quelque chose aux femmes ? Puis elle se mit à donner de violents coups de tête de côté, grimaça, l'étreignit plus fort. S'accrochant à lui des talons et des mains, lui mordant l'oreille tandis que sa respiration se transformait en un halètement rauque et qu'elle le serrait en elle et contre elle comme un étau.

L'érection « objective », désintéressée, de Jeremy devint quelque chose de tout à fait différent lorsqu'elle lui attrapa les couilles, l'embrassa et cria.

Au moment où ce cri – un rugissement de plaisir – lui échappa des lèvres, elle s'effondra, ils s'effondrèrent tous les deux sur le canapé puant, membres mêlés.

Plus tard, lorsque l'image de Jocelyn tenta de s'imposer à son esprit, il la chassa.

Il rentra chez lui avec des picotements en dessous de la taille. Ce ne fut que bien plus tard, des heures plus tard, que, lové dans son lit en position fœtale, seul, le moindre détail de la chambre s'imposant à lui, il se laissa un peu titiller par la culpabilité.

11

Le lendemain du jour où il avait fait l'amour avec elle, il réussit à contacter Angela et à l'attirer jusque dans son bureau. Après avoir fermé la porte à clef, il lui passa une main sous la jupe et, de l'autre, posa celle d'Angela contre lui. Elle émit un petit gémissement et dit : « Vraiment ? » tandis qu'il abaissait ses collants d'un seul mouvement. Il la pénétra debout contre la porte, entendant de temps en temps des pas dans le couloir.

Tandis qu'elle s'agrippait à lui, elle murmura :

– C'est terrible.

– Je m'arrête ?

– Fais ça et je te tue.

La séance se termina sur le lino froid du plancher. Angela épousseta ensuite sa blouse blanche, se redressa, remit de l'ordre dans ses cheveux, l'embrassa.

– J'ai des malades, dit-elle, en prenant un air affligé. Devine quoi… je suis d'astreinte pour les prochaines vingt-quatre heures.

– Mon pauvre chou.

– Je vais te manquer ?

– Et comment.

Elle mit la main directement au-dessus des chairs tendres qu'il venait juste de remplir.

– Est-ce que tu me le referas quand je serai en service ?

– À toi ?

Elle sourit.

– Oui, ce truc que les hommes font aux femmes.

– Tu veux dire, ici ?

– Ici, n'importe où. Seigneur, j'en avais besoin.

– Dit comme ça, répondit-il en entortillant une mèche des cheveux d'Angela entre ses doigts, tu ne me laisses guère le choix. Faudra trafiquer la feuille de service et tout le tremblement.

Elle rit, le toucha au visage et sortit.

Une fois seul, Jeremy tenta de rédiger quelques pages du chapitre de son livre consacrées à la privation sensorielle, mais n'avança guère. Il alla prendre un café à la cafétéria. Consommation gratuite pour les blouses blanches, un des rares privilèges qui leur restaient, et il en profitait souvent. Il n'ignorait pas qu'il ingurgitait trop de caféine, mais après tout… Pourquoi aurait-il dû se réfréner ?

Ils étaient peu nombreux dans la salle, quelques médecins prenant un moment de détente entre deux consultations.

L'un d'eux avait des patients qui ne lui adressaient jamais la parole. Arthur Chess était seul à une table d'angle, devant une tasse de thé et un journal qu'il n'avait pas déplié.

L'itinéraire de Jeremy le fit passer dans le champ visuel d'Arthur, mais l'anatomopathologiste parut ne pas le reconnaître. Il l'ignora – ne le vit peut-être même pas du tout.

Jeremy alla s'installer dans l'angle opposé de la cafétéria et se surprit à étudier Arthur en sirotant son café.

Il comprit alors pourquoi le vieux médecin ne l'avait pas remarqué : il était plongé dans une intense observation.

L'objet de sa fascination était un groupe de trois toubibs installés devant des parts de tarte et des cafés, deux tables plus loin. Trois hommes, lancés dans ce qui paraissait être une discussion médicale pointue.

Jeremy en reconnut un, un cardiologue du nom de Mandel. Un type bien, quoiqu'un peu à côté de ses pompes, parfois. Il avait soumis plusieurs cas à Jeremy, certains présentés n'importe comment, mais toujours avec les meilleures intentions. Il tournait le dos à Jeremy et, penché sur la table, écoutait attentivement.

Les deux autres portaient la tenue verte des salles d'op. L'un d'eux avait le teint mat d'un latino, une chevelure sombre soignée et une moustache noire bien taillée. L'autre était blanc. Littéralement. Son long visage émacié avait la pâleur caractéristique que

Jeremy n'avait vue qu'aux personnes atteintes de longue maladie et ne voyant jamais le soleil. Des cheveux tirant sur le jaune et coupés court couronnaient son crâne en pain de sucre. Nez en bec d'aigle, joues creuses.

C'était lui qui tenait le crachoir ; ses lèvres s'agitaient et il faisait de grands gestes de ses mains aux longs doigts graciles, des mains bien utiles pour un chirurgien. Mandel paraissait envoûté. L'attention du moustachu paraissait vaciller, comme si c'était un peu trop pour lui d'être là.

L'homme au visage blême sortit un stylo de sa poche, dessina quelque chose sur une serviette de papier et agita de nouveau ses doigts arachnéens. Mandel opina du chef. L'homme au visage blême fit le geste de scier et sourit. Mandel dit quelque chose et le chirurgien compléta son dessin. Ils continuèrent à parler. Arthur continuait à les observer.

Une démonstration technique quelconque, de toute évidence. Pourquoi Arthur, le morticole qui maniait surtout des scies et des outils de menuisier, trouvait-il cette conversation passionnante ? Un retour de flamme de sa vieille curiosité ?

Oui, probablement. Arthur était intellectuellement vorace – et de ce fait un véritable intellectuel. Jeremy, qui parcourait les revues quand il avait une minute et n'ouvrait que rarement les ouvrages de psychologie classique qu'il collectionnait, se sentait comparativement superficiel.

Il se demanda pourquoi l'anatomopathologiste n'allait pas se joindre au groupe. Ce serait sans aucun doute une intrusion, mais Arthur était un personnage important à City Central, et sa position lui aurait garanti un accueil courtois.

Puis le vieux médecin eut l'air de perdre tout intérêt pour les trois chirurgiens et ouvrit son journal. Jeremy se demanda s'il ne s'était pas trompé. Arthur ne leur prêtait peut-être pas davantage d'attention qu'à lui-même ; peut-être était-il pris dans quelque rêverie intime – papillons, coléoptères cannibales, mécanique des fluides corporels, n'importe quoi – et l'inclinaison de sa grosse tête blanche vers le groupe n'avait-elle été qu'une triangulation due au hasard.

L'anatomopathologiste était maintenant complètement absorbé dans son journal. Tant mieux. Jeremy allait pouvoir boire son café en paix, retourner dans son bureau sans être agressé, mettre les pieds sur la table et repasser dans sa tête les merveilleuses séances avec Angela.

Il se permit même, en attendant, de se demander comment serait la suivante.

Ce truc que les hommes font aux femmes.

L'homme au visage blême arrêta d'agiter son stylo. Parut se retirer de sa démonstration. Son regard se porta sur Jeremy à travers la salle.

Un regard intense.

À moins que Jeremy n'ait tout imaginé, car voici que le chirurgien retournait à son cours magistral.

Arthur se leva, replia son journal et rajusta son nœud papillon. Et se dirigea droit vers la table de Jeremy, un grand sourire sur son visage rose. « Quelle chance, dit-il. J'étais sur le point de vous appeler. »

1 2

Il prit un siège, s'installa à la table de Jeremy, déboutonna sa blouse blanche et fourra le journal plié dans une des poches. Sa chemise en piqué était d'une blancheur immaculée, très empesée, avec un col haut et raide. Le nœud papillon du jour était vert menthe, dans une soie opulente piquetée de minuscules fleurs de lis dorées.

– Je me demandais, reprit-il, et, je vous en prie, ne vous précipitez pas pour répondre, je me demandais si cela ne vous ferait pas plaisir de vous joindre à moi pour un dîner, vendredi prochain. Il y aura un certain nombre de personnes, des personnes intéressantes, que j'aimerais vous faire rencontrer. Que vous aurez même, je me permets de le supposer, plaisir à rencontrer.

– Des amis à vous ?

– Un groupe… en quelque sorte.

D'habitude si volubile, le vieux médecin paraissait hésiter. Arthur Chess gêné ? Il sourit, peut-être pour dissimuler son embarras.

– Nous nous retrouvons de temps en temps pour discuter de questions qui nous intéressent.

– D'ordre médical ? demanda Jeremy.

Puis il se souvint de la curiosité insistante d'Arthur pour, comme il disait « les pires comportements ». S'agissait-il d'un prélude à cette invitation ?

– Toute une gamme de sujets. C'est d'érudition qu'il s'agit, Jeremy, mais rien d'indigeste. La compagnie est agréable, la nourriture très bien préparée, raffinée pour tout dire, et accompagnée de quelques nectars. Nous dînons tard. Mais j'imagine que ce n'est pas un problème pour vous.

Comment Arthur pouvait-il être au courant de ses insomnies ?

– Qu'est-ce qui vous fait dire ça ?

– Vous êtes un jeune homme plein d'énergie. (Il abattit l'une de ses mains puissantes sur la table.) Alors, c'est entendu ?

– Désolé, mais vendredi cela risque d'être difficile.

Il n'avait pas besoin de mentir. L'astreinte d'Angela s'achevait à jeudi minuit. Ils n'avaient pas pris rendez-vous pour vendredi, mais il n'y avait aucune raison pour qu'elle refuse.

– Je vois. Eh bien une autre fois, dans ce cas. (Le vieux médecin se leva.) On peut toujours demander, n'est-ce pas ? Je ne voulais pas vous mettre mal à l'aise. Si vous changez d'avis, n'hésitez pas à me rappeler.

Il posa une main sur l'épaule de Jeremy. Pesante, cette main ; Jeremy prit conscience de la masse et de la force de l'homme.

– Je n'y manquerai pas. Merci d'avoir pensé à moi, Arthur.

– C'est précisément à vous que j'ai pensé, Jeremy.

La puissante main était toujours sur son épaule. Des arômes divers, eau de Cologne musquée, thé fort et une senteur âcre, peut-être du formol, parvinrent aux narines de Jeremy.

– J'en suis flatté.

– Pensez à ceci : pendant les périodes de désordre abject, un dîner tardif peut être des plus fortifiants.

– De désordre ? s'étonna Jeremy.

Mais Arthur avait déjà tourné les talons.

De retour dans son placard, il fut incapable d'évoquer quoi que ce soit avec Angela – choses passées ou futures.

Le terme jouait au flipper sous son crâne : désordre.

Il ne parlait pas de moi. Mais de la ville. De la planète.

Non, de moi.

Ce vieux salaud avait raison. Quelle meilleure description aurait-il pu donner d'une époque où on pistait et pourchassait les femmes, où on les massacrait comme du gibier simplement parce qu'elles étaient des femmes ? Une époque où des hommes au rythme cardiaque anormalement bas choisissaient leurs victimes avec toute la gravité du client soupesant les melons chez le fruitier ?

Des hommes qui avaient faim de sang et d'yeux emplis de terreur brûlaient de s'emparer de liquides corporels, d'exercer l'ultime pouvoir.

Des monstres qui avaient besoin de tout ça pour sentir leur propre sang rugir dans leurs veines.

Oui, « désordre » était la description parfaite du monde où la mort classait Jocelyn dans le même club féminin que Tyrene Mazursky.

Il n'avait pu évoquer l'image d'Angela, mais celle de Jocelyn lui envahit la tête. Ses éclats de rire, même à ses jeux de mots les plus nuls, la manière dont elle s'occupait de ses patients au bout du rouleau. Son visage de lutin espiègle quand il s'empourprait et se crispait dans les affres du plaisir.

Quand ç'avait été vraiment bon pour elle, la rougeur allait de son pubis à son menton.

Puis un autre genre de visage. Aussi crispé. Mais pas de plaisir.

Une nausée lui souleva l'estomac. Pris du besoin de vomir, il s'empara de la corbeille à papier et plongea la tête dedans. Mais il ne put produire qu'une série de renvois secs. Il resta assis, la tête dans les mains, la corbeille entre les genoux, en sueur, haletant.

Des hommes-monstres, qui fabriquaient des déchets humains. Et d'autres hommes, des fonctionnaires au cuir épais comme Hoker et Doresh, faisaient carrière dans le traitement de ces déchets.

Il parvint à expulser un bouchon de mucosités du fond de sa gorge et le cracha dans la corbeille. Il retira le sac en plastique qui la tapissait, alla le jeter dans les toilettes et revint à son bureau, dans lequel il s'enferma pour consulter son carnet d'adresses.

Il trouva le numéro qu'il cherchait et le composa.

– Section homicides, fit la voix de l'inspecteur Doresh.

– Je me demandais pour quelle raison une Noire peut porter un patronyme comme Mazursky.

– Qui… Docteur Carrier ? Qu'est-ce qui se passe ?

– Ça m'a simplement paru bizarre, répondit Jeremy. Ça m'a paru être un désordre profond. Puis je me suis dit : peut-être avait-elle un pseudonyme. C'est courant, chez les prostituées. On en voit ici, à l'hôpital, qui viennent soigner leurs MST, leurs maladies sexuellement transmissibles, ou des infections bénignes des voies urinaires, sans parler des cas de malnutrition, des problèmes dentaires et de l'hépatite C. Une seule de ces femmes peut avoir jusqu'à cinq dossiers différents. On ne se fait pas beaucoup d'illusions sur les remboursements ; nous essayons tout de même de présenter la note à l'État parce que les administrateurs l'exigent. Mais c'est du temps perdu avec les prostituées, vu la rapidité avec laquelle elles changent de nom. Essentiellement pour blouser les tribunaux et faire croire qu'elles n'ont pas de casier. C'est peut-être ce qu'elle a fait. Tyrene Mazursky. C'est peut-être une question d'identité.

– Un pseudo, reprit Doresh en parlant lentement. Vous croyez que nous n'y avons pas pensé ?

– Si, si, bien sûr… L'idée vient juste de me venir à l'esprit.

– Et rien d'autre ne vous est venu à l'esprit, docteur ?

– Non, seulement ça.

Silence.

– Quelque chose d'autre à me dire, Doc ?

– Non, c'est tout.

– Parce que je suis tout ouïe, vous savez, insista Doresh.

– Désolé de vous avoir dérangé.

– Tyrene Mazursky… C'est marrant que vous veniez me parler d'elle ; j'ai justement le rapport complet d'autopsie sous les yeux. Pas joli-joli, docteur. Pas joli-joli du tout, celle-là aussi. Une situation à la Humpty-Dumpty en quelque sorte.

L'inspecteur laissa le message passer. Impossible de la rendre présentable… celle-là aussi… la même chose était arrivée à Jocelyn.

C'était la première fois depuis l'assassinat qu'on lui donnait quelque chose approchant d'une précision.

Il faillit hurler. Prit une profonde inspiration.

– C'est horrible.

– Tyrene Mazursky, dit Doresh. Pour tout vous dire, elle avait épousé un Polonais il y a des années de ça. Un pêcheur professionnel, ceux qui vont jeter des filets ou tirer des seines dans les lacs et ramènent tout ce qu'ils trouvent. Il faisait aussi partie des équipes qui cherchent les troncs restés sous l'eau. Des troncs centenaires tombés des barges de transport. Du super-bois d'érable… s'en servent pour fabriquer des violons, y paraît. Bref, le Mazursky picolait comme un trou. Il est mort dans un naufrage, il y a quelques hivers de ça, et l'a laissée sans rien. Même avant ça, elle tapinait un peu, pensez... Il n'était jamais là et buvait tout ce qu'il gagnait. Après la mort de Mazursky, elle est devenue sérieuse. Je parle dans sa profession, bien entendu.

Entendre réduire la vie de Tyrene Mazursky à ça pétrifia le cœur et les lèvres de Jeremy. Ses mains se mirent à trembler.

– Pauvre femme...

– Triste histoire, hein ? convint Doresh. Mais ça ne vous étonne pas plus que moi, n'est-ce pas ? Bonne journée, docteur.

Jeremy reposa le combiné. Imagina Tyrene Mazursky arpentant les quais. Attendant le retour d'un bateau.

Jocelyn, arpentant les couloirs de l'hôpital. Attendant Jeremy ce soir-là.

Le truc que les hommes font aux femmes. C'est ça.

Il resta derrière son bureau et là, baignant dans sa transpiration, un goût amer dans la bouche, il regarda par la fenêtre la pénombre envahir le puits de jour.

Finalement, il redécrocha le téléphone et composa un numéro de l'hôpital.

– Chess, tonna une voix familière.

– C'est moi, Arthur. Finalement je suis libre vendredi soir, dit-il.

13

Ce jeudi-là, en fin de journée, Jeremy trouva une note manuscrite dans son courrier – écriture penchée en avant, papier chiffon bleu épais, élégance liquide d'un stylo à plume.

Dr C
Vendredi, 21 h 30. Je vous recontacterai pour les détails.
AC

Prenant les prévisions météo au dépourvu, une pluie intense, glacée, aussi implacable qu'un assaut militaire, se mit à tomber dès le vendredi matin. Trop sollicité, le système d'évacuation des eaux refoula, inondant de flots immondes certains quartiers de la ville. Les carambolages de voitures jouaient des percussions sur la peau tendue de la ville. L'air sentait le mercurochrome. Dans le port, l'accumulation des nappes d'eaux huileuses rendait les quais glissants, les bateaux chahutés coulaient et des hommes mal rasés en bonnet de laine et cuissardes se réfugiaient dans des bars sombres pour s'assommer d'alcool.

La voiture de Jeremy fit plusieurs embardées sur le chemin de l'hôpital. Angela lui téléphona à la fin de son service ; elle avait l'air épuisée.

– La journée a été dure ? lui demanda-t-il.

– Un peu plus que d'habitude, oui. Mais je vais essayer d'être de bonne humeur. Si jamais je m'endors, tu me redresseras par la peau du cou.

– Je suis désolé, dit Jeremy, mais j'ai un empêchement. Une soirée avec le Dr Chess.

– Le Dr Chess ? Eh bien vas-y, bien sûr. C'est quelqu'un de brillant. Pour parler de quoi ?

Jeremy avait espéré qu'elle serait déçue.

– Il s'agit d'érudition, mais il ne m'en a pas dit davantage.

– Amuse-toi bien.

– Je vais essayer.

– Appelle-moi quand ce sera fini, tu veux bien ? lui proposa-t-elle.

– Ça risque d'être tard. Le dîner ne commence pas avant neuf heures et demie.

– Je vois… samedi, alors ? Je ne reprends mon service que dimanche matin.

– Entendu, dit-il. C'est moi qui t'appelle.

– Génial.

Jeremy fit ses consultations et passa le reste de la journée à tenter d'écrire, sans résultat. Il perdit deux heures dans la bibliothèque de l'hôpital en vaines recherches sur des études comportementales qui viendraient étayer sa thèse, dans des articles dont il savait qu'ils n'existaient pas. Il justifia ce délire en se racontant que la recherche scientifique avançait de manière chaotique, et qu'on pouvait se réveiller un matin en découvrant que tout ce à quoi on avait cru était erroné. Mais, en six mois, les faits n'avaient pas bougé : s'il voulait venir à bout de son livre – et même seulement d'un chapitre –, il allait devoir le faire par ses propres moyens.

Lorsqu'il retourna dans son bureau, à vingt heures trente, sa boîte aux lettres était pleine de courrier. Il le tria et finit par trouver une note rédigée à la main au milieu de la pile : même écriture penchée sur papier bleu.

Dr C :
On prendra ma voiture, ce soir. Je pense qu'il vaut mieux.
AC

Il téléphona au bureau d'Arthur, n'obtint pas de réponse, fonça jusque dans le bâtiment principal (au sous-sol duquel était installé le labo d'anatomopathologie) et trouva tout le département fermé ; les couloirs étaient plongés dans un silence que ne rompaient que les gémissements mécaniques d'ascenseurs arthritiques et chichement éclairés par les veilleuses.

Un peu plus loin, la morgue était fermée elle aussi. Arthur était parti. Le vieux toubib aurait-il oublié ?

Il remonta au rez-de-chaussée par l'escalier, entra dans la cafétéria et prit sa huitième tasse de café gratuite de la journée. Il s'assit et la but lentement, en compagnie de familles inquiètes, d'internes somnolents et d'aides-soignants éreintés.

Quand il retourna à son bureau, Arthur l'attendait devant la porte, revêtu d'un ciré noir à capuchon tellement long qu'il touchait presque ses chaussures protégées de caoutchoucs. Une flaque s'étalait sous leurs semelles. Des gouttes d'eau perlaient encore sur le ciré et Arthur avait le nez humide. Il avait quitté l'hôpital et était revenu.

Le capuchon ne découvrait son visage que des sourcils au menton, quelques poils rebelles de sa barbe dépassant du latex ; avec son visage plongé dans l'ombre, il avait presque l'air d'un pénitent.

Ce qui lui va très bien, vu la profession qu'il exerce, songea Jeremy. *L'éventreur sinistre.*

– Haut les cœurs, lança Arthur. C'est un vrai déluge, là-bas dehors. J'espère que vous avez ce qu'il faut.

Jeremy alla chercher son porte-documents et son trench-coat. Arthur regarda le vêtement kaki tout froissé avec ce qui aurait pu passer pour une expression de père inquiet.

– Heu…

– Ça fera l'affaire, dit Jeremy.

– Il faudra bien, j'imagine. Cela ne vous ennuie pas que je conduise ? Même par un temps plus clément, notre destination est un peu à l'écart. Mais ce soir…

Il haussa les épaules, le capuchon de plastique crissa et des gouttes volèrent.

L'éventreur va à la pêche, se dit Jeremy.

Puis : Quel genre d'appât peut-il utiliser ?

Il faisait bon dans la Lincoln d'Arthur et l'habitacle dégageait une odeur agréable ; la sellerie était en velours gris perle, un matériau que Jeremy n'avait vu que dans des voitures beaucoup plus anciennes. Le moteur démarra avec un ronronnement et Arthur recula en douceur.

Une fois hors du parking, le vieux médecin se redressa, ses mains puissantes posées avec légèreté sur le volant ; il consultait régulièrement ses trois rétroviseurs. Attentif, mais ce n'était qu'un maigre réconfort pour Jeremy. La tempête avait réduit la visibilité à quelques mètres ; a priori, Arthur conduisait à l'aveuglette.

Le vieux médecin prit la direction du centre, mais tourna à gauche juste avant d'arriver dans le secteur où les scintillements qui se perdaient dans les nuages signalaient la présence des gratte-ciel. Jeremy eut beau tenter de se représenter l'itinéraire qu'ils suivaient, il fut rapidement perdu.

Est, nord, est à nouveau. Puis une série de détours qui achevèrent de le désorienter.

Arthur fredonnait.

Lorsque les feux de position d'une voiture brillaient devant lui, il paraissait s'en servir comme d'une aide à la navigation ; quand l'obscurité régnait et que le pare-brise se réduisait à un rectangle noir mat, il donnait l'impression d'être tout aussi à l'aise.

Les grosses gouttes de pluie martelaient le toit de la Lincoln dans un concert de *steel drum* frénétique. Arthur n'y faisait pas attention et continuait à fredonner. Détendu – mieux que ça, jouissant de rouler dans ces conditions impossibles. Comme si la Lincoln avait été sur des rails et que la conduire n'avait pas été plus compliqué que tenir le volant d'une auto tamponneuse.

Jeremy regarda autour de lui. Pour ce qu'il pouvait en voir dans la pénombre, l'intérieur de la Lincoln était impeccable. Rien ne traînait sur le siège arrière. Avant de partir, Arthur avait ouvert le coffre : le revêtement gris avait vu passer récemment un aspirateur et il ne contenait qu'une trousse de secours et deux parapluies maintenus sur un râtelier. Il avait posé le porte-documents de Jeremy à côté de la trousse et refermé délicatement le coffre.

Mmm, mmm, mmm.

Jeremy sentit qu'il devenait somnolent. Lorsqu'il se réveilla en sursaut, sa montre lui apprit qu'il avait dormi un peu plus d'un quart d'heure.

– Bonsoir ! lui dit Arthur d'un ton joyeux.

La pluie tombait plus violemment que jamais.

– Dans quel coin de la ville sommes-nous ? demanda Jeremy.

– Seagate.

– Les quais ?

– Le secteur de la ville que je préfère, répondit Arthur. Sa vitalité, ses stimulations sensorielles. Les travailleurs de force.

– Les travailleurs de force...

– L'épine dorsale de toute civilisation, Jeremy... Je suis le descendant d'une longue lignée de travailleurs de force – essentiellement des fermiers. Et vous ? D'où sortez-vous ?

– Du Midwest. Pas la ville, mais pas très loin non plus.

Jeremy donna le nom de la ville en question.

– Commerçante avant tout, commenta Arthur. Pas de fermiers parmi vos ancêtres ?

– Pas depuis des générations.

– On peut apprendre beaucoup, dans une ferme. Sur les cycles, par exemple. La vie, la mort, et tout ce qu'il y a entre. Et, bien entendu, sur la nature transitoire des choses... l'un de mes meilleurs souvenirs est d'avoir aidé une vache à vêler. C'était plutôt sanguinaire. J'avais sept ans et j'étais terrifié. Pétrifié à l'idée d'être emporté dans je ne sais quel torrent de liquide bovin. Mais mon père a tenu à ce que j'y assiste.

– C'est cette expérience qui vous a donné l'envie de devenir médecin ?

– Oh, non ! s'exclama Arthur. Ce serait plutôt le contraire.

– Comment ça ?

Arthur se tourna un instant vers lui et sourit.

– La vache a tout fait toute seule, en réalité. Je me suis senti parfaitement inutile.

– Mais vous n'en êtes pas moins devenu médecin.

Arthur acquiesça d'un hochement de tête.

– Nous arrivons bientôt.

14

Des odeurs de poisson, de fioul, de rouille et de goudron avertirent Jeremy que les quais n'étaient pas loin. Mais pas d'eau en vue, juste des rangées de bâtiments trapus et sans fenêtres, dépourvus de toute fantaisie architecturale.

Arthur Chess venait de s'engager dans une venelle à l'étroitesse oppressante et bordée par ce qui paraissait être des entrepôts. La pluie avait transformé le revêtement de la chaussée en gélatine ; les phares de la Lincoln se réduisaient à de pitoyables lueurs ambrées qui s'évanouissaient avant de toucher l'asphalte. Ni étoiles ni lune pour se repérer ; la force de la tempête engendrait la myopie.

La Lincoln tourna dans une voie aussi peu éclairée que la précédente et ralentit. Jeremy n'y distingua ni pâtés d'immeubles ni trottoirs, seulement un alignement de blocs massifs et lisses.

Un processus sanguinaire…

Et ses coléoptères anthropophages. Au fond qu'est-ce que Jeremy savait de ce vieil homme ? Dans quoi avait-il été se fourrer ?

Arthur roula encore un peu et s'arrêta en douceur devant un cube à un étage que rien ne distinguait des autres. Tout ce que l'on pouvait discerner était un mur plaqué d'un parement et une porte étroite surmontée d'une banne déroulable. L'éclairage était d'une nuance nouvelle pour Jeremy : bleu pâle tirant sur le mauve, clinique.

La porte s'ouvrait à l'instant même où Arthur coupait le moteur et un homme de petite taille s'avança sous la banne. La lumière bleue ne l'éclairait que jusqu'à la taille ; en dessous, on ne voyait pratiquement plus rien. On aurait dit un homme-tronc.

Le bras de l'homme-tronc se tendit, un parapluie à ouverture automatique se déploya, l'homme-tronc se précipita vers l'arrière de la Lincoln. Arthur appuya sur un bouton et le coffre s'ouvrit. Puis le petit homme vint se présenter à la portière du conducteur, deux parapluies à la main.

Il tint la portière ouverte pour Arthur, dut se mettre sur la pointe des pieds pour abriter le médecin plus grand que lui de plus d'une tête, se mouillant lui-même. Après avoir donné un des parapluies à Arthur, il fit le tour de la voiture et ouvrit la portière de Jeremy.

Vu de près, le petit homme était plus proche de l'âge d'Arthur que du sien et ne devait guère mesurer plus d'un mètre cinquante. Des cheveux sombres qui s'éclaircissaient, séparés par une raie et gominés, couronnaient un visage rond et simiesque rappelant celui de certains nains. Ses yeux noirs captaient la lumière incertaine et brillaient, tournés vers Jeremy.

Et sous les yeux, un sourire sans lèvres.

Le petit homme portait une chemise blanche sous un costume et une cravate sombres. Une fois de plus, il s'exposa à l'averse pour que Jeremy puisse profiter de son parapluie. Jeremy se rapprocha, voulant lui faire partager l'abri le temps qu'il déploie son propre parapluie, mais le petit homme s'écarta et ils coururent jusqu'à la porte.

Lorsque Jeremy se retrouva dans la lumière bleue, ses yeux furent agressés par une fluorescence qui lui dilata les pupilles. Une haute silhouette se tenait dans l'embrasure de la porte. Arthur les avait précédés.

Le petit homme à tête de singe attendit qu'il soit passé. Trempé, mais toujours souriant. Ils se retrouvèrent dans un modeste vestibule blanc au fond duquel ouvrait une porte, blanche elle aussi. Dalles acoustiques au plafond. La forte lumière qui inondait la pièce provenait d'un système d'éclairage industriel qui rappelait une gaufre géante. Pas de mobilier, pas d'odeurs, température neutre. Mis à part les flaques et les gouttelettes d'eau boueuse dispersées sur le lino noir, le lieu était totalement inorganique.

– Merci de nous avoir abrités, Laurent, dit Arthur.

– Mais il n'y a pas de quoi, docteur.

Le petit homme reprit les deux parapluies et les rangea dans un coin. Puis il saisit le ciré d'Arthur et se tourna vers Jeremy.

– Je vous présente le Dr Carrier, Laurent.

– Heureux de vous rencontrer, docteur, répondit Laurent en tendant la main.

Jeremy eut l'impression de serrer un morceau de chêne bourré de nœuds.

– Les autres sont déjà arrivés, reprit Laurent.

Son costume en gabardine bleu nuit, comme celui d'Arthur, était d'une coupe parfaite mais datant d'une autre époque et sa chemise blanche immaculée avait un col retenu par une aiguille en or. Cravate en satin noir. Ses pieds minuscules et étroits étaient chaussés de richelieux tellement vernis que l'eau s'accumulait dessus en gouttes avant de rouler sur le sol.

– Parfait, dit Arthur.

– Tout a l'air d'être au mieux, monsieur. (Laurent se tourna vers Jeremy, les joues empourprées.) Vous avez beaucoup de chance, jeune homme.

Arthur poussa la porte blanche et la tint pour laisser passer Laurent. Le battant se referma dans le dos de Jeremy avec un chuintement d'air et ses yeux durent s'ajuster une fois de plus. Lumière plus tamisée, douce, caressante, ambrée.

Devant lui s'ouvrait un long couloir dont les lambris de ronce de noyer dorée étaient soulignés par une bordure cannelée. Ses pieds foulèrent une moquette d'un doré plus profond, aussi moelleuse que les sièges de la Lincoln. Le plafond était haut, en stuc rehaussé de nervures à la feuille d'or.

Un oiseau dans une cage dorée, pensa Jeremy.

Laurent les précéda dans le corridor assourdi, où régnait une bonne chaleur et où l'air était parfumé à l'eau de rose. Ils arrivèrent devant une porte massive à deux battants. Trois lettres ornées étaient sculptées dans la clef de voûte, au-dessus.

CCC

L'an 300 ?

De l'histoire ancienne tendance soviétique – Arthur aurait-il été un communiste non repenti ?

Cette idée amusa Jeremy, mais avant qu'il ait pu spéculer plus longtemps Laurent avait poussé les deux lourds battants. Arthur décrivit un arc de cercle théâtral avec son long bras.

– Après vous, mon ami.

Un espace magnifique s'étendait sous les yeux de Jeremy. Et quatre visages le regardaient.

Un quatuor souriant.

Le silence avait une qualité différente : celui, brutal, qui suit une conversation brusquement interrompue. Des arômes de chair rôtie venaient lui chatouiller les narines. Ses yeux durent s'adapter à une autre qualité de lumière : des dizaines de petites ampoules luisant faiblement sur un lustre monumental, dans une débauche de pendeloques et de pièces de cristal taillé.

L'odeur du rôti était délicieuse.

Jeremy entra.

Le plafond était à plus de six mètres et l'endroit avait les proportions d'une salle de bal dans un château et la longueur d'un yacht. Comme dans le corridor, les murs lambrissés en ronce de noyer dorée avaient la patine sombre due à d'innombrables passages à la cire ; les panneaux octogonaux étaient rehaussés d'éléments en marqueterie. Là où l'énorme lustre n'était pas en cristal, il était en argent. Plafond voûté décoré de motifs enroulés et de médaillons en stuc. Une douzaine de peintures représentant des scènes pastorales suspendues à des cordons retenus par de solides moulages dans la corniche.

Deux portes battantes s'ouvraient au fond de la pièce et Laurent disparut par l'une d'elles. Entre les portes, une crédence à parements de bronze disparaissait presque sous un bouquet central composé d'orchidées blanches.

Sous le lustre se trouvait une table en acajou de style Chippendale, vernie au tampon, impeccablement brillante, avec un motif de marqueterie en bois de rose vanille. Assez longue pour accueillir au bas mot vingt convives, mais sur laquelle n'étaient disposés que six couverts.

Se faisant vis-à-vis par trois. Une chaise supplémentaire de chaque côté.

Arthur fit signe à Jeremy de passer par la gauche et prit la chaise du milieu à droite.

– Mon ami et notre invité, le Dr Carrier, annonça-t-il.

Murmures polis du quatuor.

Trois hommes, une femme. L'un des hommes était noir ; comme les autres, son costume était de toute première qualité et sa cravate éloquente. La femme portait une robe de jersey blanc et un collier imposant de perles noires tirant sur le mauve et plus grosses que des grains de raisin.

Tous les quatre étaient vieux. Par sa seule présence, Jeremy faisait nettement baisser la moyenne d'âge.

Où est la table des enfants ?

Il essaya de noter autant de détails que possible sans avoir l'air mal poli. Les peintures lui semblaient de l'école française. Elles avaient toutes des cadres dorés et chargés et faisaient dans le chromo : forêts luxuriantes, couchers de soleil aux couleurs chaudes, faunes cabriolant, femmes à la poitrine épanouie et au regard vide saisies dans l'apathie du repos.

D'autres chaises, recouvertes de soie framboise, étaient rangées le long des murs, ainsi que quatre crédences plus petites que celle du fond de la salle. Des vases chinois au décor exquis de raffinement posés sur des colonnes de marbre. Disposées stratégiquement, des tables en marqueterie complétaient le mobilier, avec une vitrine dans laquelle étaient exposés des objets en jade. Jeremy n'était pas sans quelques connaissances dans le domaine des antiquités ; sa grand-mère paternelle avait dépensé une bonne partie de sa retraite pour s'acheter plusieurs pièces de qualité de style géorgien. Mais tout cela paraissait bien mieux que tout ce que sa souffreteuse mamie avait pu réunir. Au fait, qu'était-il arrivé à sa collection… ?

Personne ne parlait. Tous ces vieux lui souriaient. Tout juste s'il ne s'attendait pas à ce qu'on lui tapotât la tête. Leur rendant leurs sourires, il continua de parcourir la salle des yeux. Une jardinière contenant trois douzaines de roses rouges ornait la table. Les dessous d'assiette étaient des hexagones de verre bordés de platine. Chacun portait une assiette en porcelaine d'une blancheur étincelante et au dessin simple et gracieux, un assortiment de lourds couverts en argent, une serviette couleur rubis roulée dans un anneau doré, des verres en cristal taillé pour l'eau et les vins rouge et blanc, et un gobelet en argent repoussé avec incrustations de verre, sur un pied tout en hauteur.

Six couverts, cinq gobelets.

À la droite de l'assiette de Jeremy, il y avait simplement une flûte à champagne – lourde, de qualité médiocre, qui aurait pu aussi bien provenir d'un magasin discount.

Les membres avaient leurs privilèges…

Arthur avait commencé à parler, gesticulant pour souligner ses propos :

– … il est en effet souhaitable d'infuser un peu de sang neuf dans nos réunions de têtes grises.

Petits rires appréciatifs.

– Jeremy, permettez-moi de vous présenter cette bande de mécréants.

Arthur fit un geste en direction de la personne assise le plus loin, du côté de Jeremy. Un homme à barbe blanche et aux yeux d'un bleu si intense que, même à cette distance, ils pétillaient comme des jets de gaz.

– Le Pr Norbert Levy, reprit Arthur en ajoutant le nom d'une prestigieuse université de la côte Est.

Le teint empourpré, les bajoues lourdes, la tignasse en désordre, Norbert Levy portait un costume de tweed anthracite à larges revers et une chemise de sport fermée d'un gros nœud Windsor couleur caramel.

– Professeur, dit Jeremy.

Norbert Levy salua et sourit.

– Professeur émérite, précisa-t-il. Pour parler simplement, on m'a mis au vert.

– Norbert, intervint Arthur, a entièrement monté leur département ingénierie.

– Je leur ai entièrement cassé les pieds, oui, dit Levy.

La femme assise entre l'ingénieur et Jeremy posa la main sur sa poitrine ; les perles noires cliquetèrent.

– Serait-ce une brutale conversion à la modestie, Norbert ? Je ne sais si mon cœur pourra supporter le choc.

– N'importe quoi pour vous tenir réveillée, Tina, répliqua Norbert Levy.

– Son éminence le juge Tina Balleron, autrefois membre de la Cour suprême.

– Et aujourd'hui élève d'un cours de golf, dit-elle d'une voix éraillée au tabac.

Elle avait le teint couleur papier kraft et les mains dangereusement tavelées des accros aux dix-huit trous quotidiens ; mince avec une forte ossature, elle avait des cheveux courts, ondulés et teints en blond champagne. Elle n'avait que ce collier de perles comme bijou, mais il suffisait. Elle avait dû être d'une beauté saisissante quelques dizaines d'années auparavant et, même aujourd'hui, sa peau affaissée et caronculée n'arrivait pas à masquer la ligne volontaire de sa mâchoire. Elle murmurait plutôt qu'elle ne parlait, chose que Jeremy trouva étonnamment séduisante. Elle avait l'œil sombre, mais le regard clair et amusé.

– La Cour suprême… reprit le professeur émérite. La question est de savoir suprême par rapport à quoi ? Existe-t-il une cour inférieure, ma chère ?

Le juge Tina Balleron eut un bruit de gorge bas.

– Vu le niveau actuel des avocats, je dirais qu'il n'y a pratiquement plus que ça.

Arthur regarda l'homme à sa gauche, de son côté de la table.

– Edgar Marquis.

Pas de précisions d'ordre professionnel, comme si l'énoncé du nom avait suffi.

Marquis semblait être le plus âgé du groupe et devait avoir plus de quatre-vingts ans. Amaigri, chauve, les veines bleues saillantes, la peau comme du papier crépon, il disparaissait presque dans ses vêtements. Il se tenait la tête rentrée dans les épaules et penchée en avant, comme si son cou n'avait plus la force de la soutenir. Sa lèvre supérieure s'avançait en bec de tortue. Les rayures de son costume noir en soie étaient presque invisibles. Des boutons couverts de satin ornaient ses manches – chose que Jeremy n'avait vue que sur des smokings. Une chemise gris perle et une cravate ficelle du rouge pétulant du sang bien oxygéné complétaient sa tenue. Un vieux dandy, cet Edgar Marquis.

Il paraissait également endormi, et Jeremy commença à détourner les yeux. Sur quoi le vieillard déplissa un croissant de peau à l'endroit où il aurait dû avoir des sourcils et lui adressa un clin d'œil.

– Edgar, expliqua Tina Balleron, est l'un des rares hommes à avoir fait preuve de cohérence et de sagacité dans la si bien nommée Bouteille à l'Encre.

– Le Département d'État, crut bon d'expliquer Arthur, comme s'il s'adressait à un enfant.

Tout le monde sourit à nouveau, Edgar Marquis y compris. Non pas par amusement, mais pour que le nouveau venu se sente bien. Tous s'efforçaient de se montrer aimables.

Ils me traitent avec le respect tendu que l'on réserve à un poulain brillant mais imprévisible, se dit Jeremy.

Comme si j'étais une sorte de trophée.

Edgar Marquis se déplaça sur sa chaise.

– Docteur Carrier, dit-il d'une voix étonnamment retentissante, je ne suis plus obligé de faire preuve de diplomatie, alors je vous prie de m'excuser s'il m'arrive d'être d'un réalisme un peu brutal.

– Tant que cela restera occasionnel, répliqua Jeremy pour faire de l'esprit.

Il avait envie que Marquis – et tous les autres – se sente à l'aise.

– Entièrement d'accord, monsieur. Autrement qu'occasionnelle, la réalité brute devient oppressante.

– Des paroles à graver dans le marbre, fit remarquer Tina Balleron en tapotant le gobelet d'argent de ses ongles longs et incurvés.

L'homme assis à ses côtés – le Noir – intervint alors :

– Se frotter occasionnellement à la réalité brute, voilà qui serait un progrès pour Monsieur Tout-le-monde. Harry Maynard, ajouta-t-il en se tournant vers Jeremy. De toute évidence, je ne pouvais passer qu'en dernier. Et être au bout de la table, aussi. Hmmm. Apparemment, certaines choses ne changeront jamais.

– Tss-tss, fit Norbert Levy, sa barbe s'entrouvrant sur un sourire.

– Une question d'une certaine importance sociale vient d'être soulevée dans notre petit conclave, fit observer Edgar Marquis. Devons-nous nommer une commission d'enquête ?

– Tout à fait, répondit Harry Maynard. Je m'attribue le poste de président de facto. Vous êtes tous déclarés coupables de tous les chefs d'accusation. Estimez-vous suffisamment châtiés.

– Coupables de quoi ? voulut savoir Norbert Levy.

– À vous de choisir.

– Tous ceux qui sont en faveur de la proposition, levez la main, lança Marquis.

Rires autour de la table.

– Et voilà, dit le juge Balleron. La démocratie participative dans toute sa splendeur. Et à présent, Harry, tenez-vous comme il faut et nous en viendrons à vous le moment voulu.

Maynard agita un doigt.

– La vie est trop courte pour se tenir comme il faut. La formation que vous avez eue risque de beaucoup vous servir ici, ajouta-t-il en se tournant vers Jeremy. Très heureux de faire votre connaissance, jeune homme.

Grand, massif, habillé d'un costume bleu marine sur une chemise bleu ciel et une cravate bleu canard, il était probablement le plus jeune des cinq – autour de soixante-cinq ans, à peu près. Sa peau était plus claire de deux tons que les lambris de noyer. Il avait des cheveux crépus coupés court et une moustache en brosse à dents de la largeur exacte de sa bouche.

Arthur reprit la parole.

– Le dernier mais nullement le moindre, voici l'inestimable Harrison Maynard. Il vit dans un univers très personnel.

– Harry écrit des livres, précisa le juge.

– J'en écrivais. De la littérature de merde, écrite sous un pseudonyme. Très marrant. J'ai exploité à fond la mine à œstrogènes.

Tina Balleron donna des explications.

– Harrison est un repenti de ce qu'on appelait le roman de gare – version torride. D'innombrables femmes le connaissent sous les noms d'Amanda Fontaine, Chatelaine DuMont, Barbara Kingsman ou autres pseudos à l'eau de rose du même genre. C'est un des maîtres de la guêpière. À se demander où vous avez fait vos recherches, Harry.

– En écoutant, en observant.

– C'est ce que vous dites. À mon avis, vous avez un peu trop papillonné.

Harry Maynard sourit.

– On fait ce qu'il faut.

Il tourna les yeux vers le fond de la salle. La porte de droite venait de s'ouvrir sur Laurent poussant un chariot de service devant lui. L'homme à tête de singe s'était changé et portait une veste blanche et amidonnée de maître de rang. Six petites coupoles d'argent s'alignaient sur le chariot. Il était suivi d'une femme de sa taille et de son âge, habillée d'une robe noire serrée à la taille et portant un magnum de vin. Ses cheveux noirs étaient tirés en chignon. Elle avait la peau couleur de la crème qui a tourné et des yeux amande grillée – à peine marqués d'une bride épicanthique.

Eurasienne, en conclut Jeremy, qui croisa son regard tandis qu'elle s'approchait de la table. Elle sourit timidement et s'arrêta à côté d'Edgar Marquis.

– Ah, enfin, dit l'ancien diplomate. Je commençais à dépérir.

Jeremy, voyant le corps ratatiné de Marquis, se demanda dans quelle mesure l'homme plaisantait. Laurent arrêta son chariot à la droite de Tina Balleron.

– Ça sent merveilleusement bon, reprit Marquis. Hélas, les dames en premier.

– Les dames le méritent bien, répliqua le juge.

Marquis grogna.

– C'est en de tels moments, ma chère, qu'on comprend pourquoi ces pauvres types ont recours à la chirurgie pour changer de sexe.

– Du vin, monsieur ? demanda l'Eurasienne.

Le vieillard la regarda.

– Genevieve, remplissez ma coupe jusqu'au bord.

15

Genevieve assura le service du vin blanc tandis que Laurent faisait celui de l'entrée, des quenelles de poisson mousseuses dans une réduction poivrée aux notes citronnées.

Edgar Marquis goûta, se lécha les lèvres et déclara :

– Brochet.

– Brochet et turbot, précisa Arthur Chess.

– Coquilles saint-jacques et œufs de homard dans la sauce, ajouta Norbert Levy.

Tina Balleron prit la parole à son tour.

– Assez de spéculations, messieurs.

Elle appuya du pied sur une sonnette et, quelques instants plus tard, Laurent sortit à nouveau de la porte du fond.

– Madame ?

– La composition, Laurent ?

– Corégone, turbot et aiguille.

– L'aiguille, observa Marquis, c'est pratiquement du brochet.

– Et moi, je suis pratiquement un *Homo sapiens*, lança Harrison Maynard.

– Et la sauce, Laurent ? demanda Tina Balleron.

– Crabe royal, écrevisse, citronnelle, quelques gouttes d'anisette, poivre moulu, et juste une touche de zeste de pamplemousse.

– C'est délicieux. Merci.

Laurent s'éclipsa et le juge leva son verre, imitée par les autres.

Personne ne porta de toast à la santé de quiconque ; il y eut un moment de silence, puis le cristal vint toucher les lèvres.

Edgar Marquis buvant à un rythme plus rapide que les autres, Genevieve apparaissait comme par magie à ses côtés pour remplir son verre. Limpide et pâle, le vin avait des nuances d'agrumes qui s'harmonisaient avec la mousse délicate des quenelles.

Celles-ci étaient d'une telle finesse qu'elles fondaient sur la langue. Jeremy se surprit à manger trop vite et dut faire un effort pour ralentir.

Ne prends que de petites bouchées. Mâche discrètement, mais avec énergie. Un jeune homme bien élevé n'engloutit pas sa nourriture.

Un jeune homme bien élevé ne dit rien lorsque quelqu'un de la haute se glisse dans sa couchette la nuit…

Jeremy fit cul sec. Presque tout de suite, sa tête commença à tourner. Il n'avait pris qu'un petit déjeuner et pas de déjeuner et les quenelles étaient légères comme de la dentelle. Le vin lui était monté directement à la tête.

Laurent revint avec un panier de petits pains de diverses sortes. Jeremy en choisit un aux olives ainsi qu'un autre aux graines de sésame. Quelques graines tombèrent sur sa cravate. Il les chassa, se sentant bêtement embarrassé.

Personne n'avait remarqué quoi que ce soit. Personne ne faisait attention à lui, point.

Chacun se concentrait sur son assiette.

Il avait déjà observé cela chez les personnes âgées. Parce qu'elles savent qu'il ne reste que peu de temps et qu'il faut savourer chaque plaisir ?

La fourchette de Jeremy s'arrêta en chemin tandis qu'il étudiait ses compagnons de table. Tintement de l'argenterie contre la porcelaine, samba à peine audible de mastications déterminées.

Totalement concentrés. Comme si c'était leur dernier repas.

Serai-je ainsi, se demanda-t-il, *quand le passage du temps se sera fait durement sentir ?*

Arthur Chess avait parlé de réunions de têtes grises, mais en regardant autour de la table Jeremy ne voyait que des gens bien éveillés, satisfaits d'eux-mêmes, parfaitement autonomes.

Avaient-ils le sentiment d'avoir bien vécu leur vie ?

Une bénédiction… Puis il pensa à Jocelyn, à qui ne serait jamais accordé le luxe d'une disparition graduelle.

Tyrene Mazursky.

Il essaya de conjurer le flot d'images qui résulta de cette évocation en prenant une grande rasade de vin frais. À peine posait-il son verre qu'il était rempli de nouveau. Tina Balleron lui jeta un coup d'œil – avait-il été indiscret ? avait-il trahi ses sentiments ?

Non, elle était retournée à ses quenelles. Il avait dû tout imaginer.

Il avait trop bu et mangea le pain avec lequel il nettoyait son assiette. La conversation reprit, flottant autour de lui. Ces vieux parlaient sans discontinuer, mais à un rythme paisible. Rien de conflictuel, rien de pesant, juste quelques commentaires sur les titres du jour. Puis Norbert Levy aborda la question d'un projet de barrage hydroélectrique adopté dans l'État voisin, résuma les faits, donna des chiffres et en vint au barrage d'Assouan, un désastre pour l'Égypte ; quelle futilité que de vouloir dominer la nature, conclut-il.

Tina Balleron cita un ouvrage sur l'impossibilité d'éviter les inondations du Mississippi.

Harrison Maynard déclara que les unités du génie étaient des « monstres à la Frankenstein en uniforme » et cita Jonathan Swift qui avait déclaré qu'en réussissant à planter deux pieds de blé là où l'on n'en faisait pousser qu'un auparavant, on servait davantage l'humanité que « tous les politiciens réunis ».

Arthur Chess intervint alors.

– Swift reste l'un des plus grands penseurs de tous les temps ; son point de vue sur l'immortalité est d'une acuité quasi biblique.

L'anatomopathologiste continua par la description de sa visite à la tombe de Swift à Dublin, puis passa au plaisir qu'il y avait à fréquenter les salles de lecture de la bibliothèque de Trinity College.

Edgar Marquis dit alors que les Irlandais avaient fini par comprendre et abandonné la pomme de terre pour passer à la technologie.

– Et, contrairement à d'autres, c'est un pays où l'on sait aussi cuisiner.

Du coup, Norbert Levy enchaîna sur le repas fabuleux qu'il avait fait dans un restaurant du port de Dublin tenu par une famille : sole noire parfaitement grillée (les Irlandais refusant de parler de « sole de Douvres » par haine des Anglais). Le mari était aux fourneaux, la femme était en salle et s'occupait aussi du vin.

– Et les enfants, qu'est-ce qu'ils faisaient ? Marmitons ? demanda Harrison Maynard.

– Médecins et avocats.

– Quel dommage.

Tina Balleron se tourna vers Jeremy.

– Comme trouvez-vous votre entrée, mon cher ?

– Absolument délicieuse.

– J'en suis ravie.

Le plat suivant était une salade chaude de poitrines de pigeons aux champignons porcini, sur petits légumes lubrifiés par une sauce elle-même agrémentée de lanières de pancetta. Genevieve proposa un autre vin blanc, de couleur plus profonde, boisé, sec et délicat, que Jeremy avala avec délectation, se demandant, sans vraiment s'inquiéter, s'il allait pouvoir tenir.

Mais il resta bien réveillé ; son organisme paraissait mieux absorber l'alcool. La grande et belle salle était plus claire, plus brillante et ses papilles survoltées par l'attente de chaque nouvelle bouchée. Les voix de ses compagnons étaient aussi apaisantes qu'une infusion du soir.

Arthur parla des papillons australiens.

Edgar Marquis émit l'opinion que l'Australie était comparable aux États-Unis des années cinquante et la Nouvelle-Zélande à l'Angleterre des années quarante.

– Trois millions d'habitants, six millions de moutons. Et ils ne laissent pas entrer les reptiles.

Herbert Maynard décrivit un endroit de Nouvelle-Zélande, d'où l'on pouvait voir à la fois le Pacifique et la mer de Tasmanie.

– C'est un contraste absolu. La mer de Tasmanie est constamment agitée et le Pacifique Sud comme un miroir. Il y avait une falaise sur laquelle nichaient et s'accouplaient des fous de Bassan. Tête dorée, et ils ressemblent un peu aux mouettes. Ils sont monogames. Quand l'un des deux meurt, l'autre reste seul. La falaise empestait la frustration.

– Pas très souple en termes d'adaptation, fit remarquer Jeremy.

Cinq paires d'yeux se tournèrent vers lui.

– Ou de reproduction, si vous préférez. Y a-t-il un problème de contrôle de leur population ?

– Bonne question, dit Maynard. J'ai simplement supposé que c'étaient de petits crétins moralisateurs.

– Oui, c'est une bonne question, surenchérit Arthur Chess.

– Elle mérite qu'on s'y intéresse, admit Tina Balleron.

Le troisième plat, un sorbet rose pâle accompagné d'un verre d'eau glacée, avait un parfum sur lequel Jeremy ne put mettre un nom.

Comme s'il avait senti sa curiosité, Norbert Levy se chargea de l'informer :

– Orange sanguine et pomelo ; ce dernier est un proche parent du pamplemousse. Il semble que nous faisons beaucoup dans les agrumes, ce soir.

– Ils sont plus gros que les pamplemousses, non ? demanda Edgar Marquis. Il me semble qu'on en trouve sur les marchés, au Mexique.

– Ah oui, ces gros trucs mal fichus, dit Levy, qui se tourna ensuite vers Jeremy. En espagnol, on les appelle *feos*, parce qu'ils sont laids, et de plus ils ne conviennent pas à une production commerciale : trop de peau par rapport à la pulpe.

– Les vertus se perdent dans l'intérêt, entonna Harrison Maynard, comme les fleuves dans la mer.

– Et c'est reparti, dit Tina Balleron.

– C'est pourtant vrai, conclut Arthur Chess en touchant son nœud papillon.

Chacun contempla son sorbet.

Silence.

À croire que toute énergie avait fui la salle. Jeremy se tourna vers Arthur, espérant être éclairé. Le vieux médecin se contenta de lui adresser un long regard inquisiteur. Un regard triste.

– Eh bien dans ce cas, dit Jeremy, peut-être devrions-nous nous intéresser aux vertus.

Le silence se prolongea. Devint insupportable.

Arthur baissa la tête et plongea sa cuillère dans le sorbet.

16

Jeremy n'aurait su dire quand, exactement, cela se produisit : sans doute pendant qu'ils en étaient au plat de résistance.

Plat composé de trois viandes disposées comme des bijoux de chair, accompagnées de divers légumes braisés (dont des haricots verts et des épinards) et d'un bourgogne velouté.

Jeremy, qui avait toujours eu un excellent appétit mais était devenu depuis peu moins sensible aux plaisirs de la vie, dont ceux de la table, se retrouvait devant un médaillon de filet de bœuf, des tranches de blanc d'oie et un filet de veau enroulé autour d'une pépite de foie gras. Laurent officiait pour les viandes, Genevieve pour les légumes.

Tout cela tenait sans difficulté dans son assiette. Il remarqua alors pour la première fois que celle-ci était surdimensionnée, presque de la taille d'un plat.

Une musique douce où dominaient les violons tombait du plafond. Jouait-elle depuis le début ? Il chercha les haut-parleurs des yeux et en repéra huit, disposés autour de la pièce et presque dissimulés par les stucs.

La salle avait été conçue avec un grand sens du détail. Et beaucoup d'argent.

Les cinq anciens continuaient à manger avec le même appétit.

– Genevieve, dit Edgar Marquis, soyez un amour, apportez-moi la cuisse de cette oie.

La femme quitta la salle et revint tout de suite après avec un impressionnant morceau de viande. Marquis prit la cuisse à deux mains, l'attaqua par un bout et entreprit de la dévorer jusqu'à l'os. Jeremy s'efforça de ne pas le regarder, mais les autres ne paraissaient pas considérer son comportement comme anormal. Edgar Marquis avançait lentement mais sûrement, sans que son exploit paraisse le remplumer le moins du monde.

Jeremy se rappela alors une anecdote qu'il n'avait jamais été vraiment conscient de connaître : une plaisanterie que lui avait lancée un parent éloigné dans une réunion de famille. À l'époque où il en avait une. Ou quelque chose qui y ressemblait. Quel âge pouvait-il avoir ? Sans doute pas plus de quatre ou cinq ans.

Et où tu mets tout ça, petit ? T'as une jambe creuse, ma parole !

Qui lui avait dit ça ? Un oncle ? Un cousin ? Avait-il vraiment eu un appétit insatiable ? Et où était passée sa vie ?

À côté de lui, Tina Balleron déploya sa serviette et se tamponna délicatement les lèvres. De l'autre côté de la table, Arthur Chess dévorait comme un loup.

Norbert Levy émit un petit bruit approbateur.

Jeremy regarda le contenu de son assiette. Et y porta sa fourchette.

Ce ne fut pas Arthur qui mit le sujet sur le tapis, Jeremy en était certain. Presque certain, parce que le vin et la surcharge en protéines l'avaient mis dans un état proche de la stupeur.

Qui donc alors ? Harrison Maynard ? Norbert Levy, peut-être.

Quelqu'un, en tout cas, avait abordé la question de la violence criminelle.

Ah, pensa Jeremy, nous y voilà. C'est pour cette raison que je suis ici.

Mais personne ne lui demanda son avis. Personne. Ils parlaient entre eux, comme s'il n'était pas présent.

Ils auraient pu aussi bien m'installer à la table des enfants.

Il décida de se retirer dans son espace mental privé, mais il eut du mal à ignorer leurs voix.

Harrison Maynard qui disait : « Nos soi-disant têtes pensantes ne sont que de gros prétentieux qui pontifient et finissent par croire ce qu'ils disent à force de le répéter. La pauvreté est la cause de la violence… tu parles ! (Il reposa son couteau.) Je ne vais pas vous barber avec une énième évocation de ma triste jeunesse et son cortège d'actes racistes et de comportements brutalement ségrégationnistes ; il suffit de dire que, quel que soit le contexte dans lequel on grandit, on devine très vite qui va devenir un salopard – et c'est un phénomène qui n'a rien à voir avec la couleur de la peau. Les futures ordures sont aussi visibles qu'un bouton sur le nez d'un top model.

Tina Balleron tendit l'index pour simuler une arme qu'elle ne braqua sur personne en particulier.

– Je vous demande pardon, ma chère ? dit Maynard.

– Les méchants d'un côté, les bons de l'autre… Très macho, ça… très Louis L'Amour.

– Un grand écrivain, fit remarquer Harrison Maynard. Et un être humain exceptionnel. Vous contestez cette idée ?

– J'ai été juge, mon ami. Les salopards, c'était mon pain quotidien. Ce serait plutôt des soi-disant braves gens que je me méfierais.

Edgar Marquis intervint.

– J'ai vu se passer bien des saloperies dans les couloirs du ministère. Mentir pour le plaisir ou pour de l'argent, si vous voulez – la vénalité donnait parfois l'impression d'être l'activité principale du département. Cette profession attire les fripouilles.

– Ah oui… ce truc dont on ne vous parle pas dans les cours de diplomatie, dit Maynard.

– Exactement, répondit Marquis.

D'un ton attristé, comme s'il le déplorait vraiment.

– Sois rassuré, Edgar, il en va de même à l'université, dit Norbert Levy. J'ai tenu le coup en ignorant les fous et en me consacrant entièrement à mon travail. Je suppose que le tien ne te permettait pas ce privilège, Eddie. C'est par nature un boulot où il faut collaborer, avec tout ce qui s'ensuit. Comment as-tu pu le supporter ?

– En fait, pendant des années, je n'y arrivais pas. À Washington, j'ai vécu l'enfer. Je me suis finalement dit que le secret était d'éviter ce qui passait pour de la civilisation. On m'a proposé un poste en Angleterre. Comme assistant de la pute qui y était ambassadrice. On ne peut rien imaginer de plus répugnant que ce mélange très particulier de double langage et de copinage. J'ai finalement démissionné et fait un trait sur ma carrière, que j'ai poursuivie en acceptant des postes dans des trous perdus, mais où il était possible de se rendre utile sans succomber à la culture de l'arrivisme à tout prix.

– La Micronésie, expliqua Arthur à Jeremy.

Première indication, depuis un bon moment, que l'un des cinq était conscient de sa présence.

– Les îles les plus petites et les plus à l'écart de la Micronésie, reprit Marquis. Des endroits où quelques antibiotiques et un peu de bon sens pouvaient tout changer.

– Au fond, Eddie, lança Tina Balleron, tu es une bonne sœur qui s'ignore.

Le vieillard soupira.

– Il fut une époque où les bonnes actions n'étaient pas punies.

Un nouveau silence s'abattit sur la salle et, une fois de plus, Jeremy eut l'impression qu'ils étaient tous tristes.

Il doit y avoir là-dessous quelque chose à quoi je n'ai pas accès. Quelque chose qu'ils partagent et qu'ils ne vont pas m'expliquer parce que ma présence est temporaire.

Mais qu'est-ce que je peux bien fabriquer ici ?

Une nouvelle tentative pour croiser le regard d'Arthur resta sans effet ; le vieux médecin avait les yeux sur son assiette et disséquait son morceau de veau.

C'est Norbert Levy qui reprit la parole.

– Je crois que nous avons compris ce que tu voulais dire, Harry. Il y aura toujours des salopards et ils ne sont pas si difficiles que ça à repérer. Au contraire, ils sont banals.

– Banals et cruels, ajouta Harrison Maynard. Égoïstes, insensibles, incapables de contrôler leurs impulsions…

Jeremy se surprit à intervenir.

– Exactement ce que montrent les études, monsieur Maynard. Un criminel violent classique est impulsif et insensible.

Cinq paires d'yeux se braquèrent sur lui.

Tina Balleron ouvrit le feu.

– Est-ce que vous voulez parler de données psychologiques quantifiées, docteur, ou s'agit-il de simples projections ?

– De données quantifiées.

– Études de cas, ou études de groupes ?

– Les deux.

– Concluantes ou préliminaires ?

Tina Balleron parlait d'une voix douce, ce qui n'atténuait en rien l'impact de ses questions. Les juges commencent par être avocats. Jeremy l'imagina interrogeant quelque caïd de la pègre et le réduisant au stade de môme larmoyant.

– Préliminaires, mais extrêmement parlantes.

Jeremy leur donna quelques précisions. Personne ne réagit. Il continua, livra plus de détails, cita ses sources.

Ils étaient intéressés, à présent.

Il s'enhardit. Leur fit un vrai cours. Se rendit compte qu'il s'échauffait tout seul, ayant du mal à faire la part entre les faits, dans toute leur froideur, et les images qui dansaient dans sa tête.

Pas d'omelette sans casser des œufs – une situation à la Humpty-Dumpty, autrement dit.

La science était tristement inefficace.

Il sentit un sanglot lui monter dans la gorge. S'interrompit.

– C'est tout, dit-il.

– Fascinant, absolument fascinant, commenta Arthur Chess.

Harrison Maynard opinait du chef, imité par les autres.

Tina Balleron elle-même paraissait impressionnée.

– J'ai le sentiment très net d'avoir appris quelque chose, dit-elle. Et je vous en remercie, docteur Carrier.

Il y eut un instant de malaise. Jeremy ne savait comment réagir.

– Quelqu'un sera-t-il choqué si je réclame l'aile de l'oie ? dit alors Edgar Marquis.

– Assomme-toi pour le compte, Eddie, répondit Harrison Maynard. Moi, je vais demander le champagne.

Cette fois-ci, ils portèrent un toast.

Un Moët & Chandon limpide et sec pétillait dans les gobelets en argent repoussé, le froid, qui passait à travers les incrustations de cristal, créant de la condensation sur le métal.

De fines bulles montaient dans la flûte à deux sous de Jeremy. Il la saisit par la jambe et la leva lorsque Arthur prit la parole.

– À notre hôte si brillant.

Les autres répétèrent la phrase.

Cinq sourires. Des sourires authentiques. On l'accueillait.

La soirée s'était déroulée sans accroc.

Jeremy avait réussi son examen de passage. Il en était convaincu.

Il dégusta son champagne avec l'impression de n'avoir jamais rien bu d'aussi merveilleux.

Et de n'avoir jamais été aussi pleinement accepté.

17

Une sacher torte et du cognac l'achevèrent sur fond de conversation légère.

– Mes amis, dit à un moment donné Arthur Chess, je crois qu'il est temps de nous séparer.

Il se leva et Jeremy sentit qu'il titubait quand il voulut l'imiter.

Tina Balleron le prit par le coude.

– Non, ça va, marmonna-t-il.

– Oh, je n'en doute pas, répondit-elle en continuant cependant à le tenir légèrement par la manche pendant qu'il se mettait debout.

On était aux petites heures du matin, mais les autres restèrent assis. Jeremy fit le tour de la table, serra des mains, remercia. Arthur vint à lui et l'escorta vers la sortie, comme s'il trouvait que la plaisanterie avait assez duré.

Genevieve se tenait juste de l'autre côté de la porte avec leurs imperméables et, après être passé sous la clef de voûte, Jeremy se retourna pour étudier les trois C gravés dans le bois.

La Lincoln noire attendait le long du trottoir, moteur tournant au ralenti ; Genevieve les accompagna, se tenant particulièrement près de Jeremy.

Une fois de plus, il se sentit comme un enfant. Dorloté. L'impression n'avait rien de désagréable. Il laissa la femme lui ouvrir la portière. Elle attendit qu'il soit monté et qu'il ait passé sa ceinture, lui adressa un petit bonsoir de la main, referma la portière et recula dans l'obscurité.

La pluie avait laissé place à une purée de pois qui dégageait une odeur de laine humide. Jeremy, qui ne se sentait pas en état de conduire, se posa la question pour Arthur. Le vieux médecin se tenait bien droit, les deux mains sur le volant. L'air en parfaite forme.

La Lincoln s'écarta du trottoir et se mit à glisser sans heurts.

– Arthur ? Que signifie ce CCC ?

L'hésitation du médecin dura trop longtemps pour passer inaperçue.

– C'est juste une petite plaisanterie. Vous vous sentez bien ?

– Très bien.

– Parfait.

– Excellente cuisine, non ?

– Excellente.

Arthur sourit.

Il conduisit sans faire de commentaires, tandis que Jeremy se laissait gagner par la somnolence pour se réveiller tout d'un coup en sursaut. Il entrouvrit légèrement la vitre et se sentit un peu mieux ; le temps d'atteindre l'hôpital, il avait retrouvé ses esprits et sa respiration était lente et dégagée.

Arthur s'engagea dans le parking des médecins et alla se garer près de la voiture de Jeremy, pratiquement seule dans son allée.

– J'espère sincèrement que vous avez passé un bon moment, dit Arthur.

– C'était sensationnel, merci. Vous avez des amis intéressants.

Arthur ne réagit pas.

– Ils donnent l'impression d'avoir eu des vies bien remplies, reprit Jeremy.

Arthur ne répondit pas tout de suite.

– C'est le cas, dit-il enfin.

– Vous vous retrouvez souvent ?

Autre silence, plus long.

– Non, irrégulièrement.

Arthur toucha son nœud papillon, appuya sur un bouton et déverrouilla la portière de Jeremy. Évitant de regarder son passager, il sortit sa montre de gousset et la consulta.

Manière abrupte de congédier quelqu'un.

– Intéressant, votre petit groupe.

Arthur referma le boîtier d'un claquement sec et regarda droit devant lui.

Qu'était devenue l'amabilité du vieux médecin ? Dire que Jeremy avait trouvé désagréable la familiarité envahissante d'Arthur – voici que maintenant elle lui manquait ! C'était énervant.

Est-ce que j'ai fait quelque chose de mal ?

Et si oui, qu'est-ce que ça peut faire ?

Impossible de retomber dans son apathie ; il espérait ne pas avoir gaffé. La Lincoln tournait au ralenti et Arthur regardait toujours droit devant lui.

Jeremy ouvrit la portière, donnant une dernière chance à Arthur.

La chaleur née de l'impression d'avoir fait partie de quelque chose s'attardait dans son ventre. Soudain – inexplicablement – il eut envie d'être quelqu'un dont on recherche la compagnie.

Arthur continuait de regarder par le pare-brise.

– Eh bien... dit Jeremy.

– Bonne nuit.

– Merci encore.

– Y a pas de quoi, répondit Arthur.

Et rien de plus.

18

Le temps de regagner son domicile, Jeremy avait oublié l'étrange et soudaine froideur d'Arthur. Il y avait des choses bien pires dans la vie que de commettre un impair en société. Et quand il s'effondra sur son lit, l'esprit vide, ce fut pour dormir comme une souche.

La lumière froide du matin – assortie d'un mal de tête – réduisit à néant toute nouvelle tentative d'introspection. Il avala deux cachets d'aspirine, prit le risque de faire un tour en courant dans l'air glacé, rentra prendre une douche brûlante et appela Angela chez elle. Il tomba sur son répondeur. On était samedi matin, mais des malades dépendaient de lui et il eut soudain envie de travailler. Il fut à son bureau à neuf heures, s'efforçant d'ignorer le sable qu'il avait dans les yeux et ses tempes qui pulsaient douloureusement.

Sa pitoyable tentative pour amorcer le premier chapitre de son livre était un reproche à elle toute seule. Il décida donc d'avancer la tournée de ses patients afin de tous les voir avant le déjeuner et de passer plus de temps avec chacun.

Habillé de la même manière que d'habitude, il se sentait néanmoins tout fripé, comme s'il avait dormi dans ses vêtements. Il décrocha sa blouse blanche du portemanteau et l'enfila. En général, il évitait de la mettre afin de se distinguer des autres médecins.

Je suis le toubib qui ne vous fait pas de mal.

C'était efficace avec les enfants. Même s'il n'en voyait plus beaucoup. Trop douloureux. Cela faisait partie des choses qu'il n'arrivait plus à gérer.

Les patients adultes paraissaient ne pas faire attention à la manière dont on s'habillait, pourvu qu'on évite de tomber dans une coquetterie excessive. Certains se sentaient même réconfortés par l'image que donnait la blouse blanche.

Rites cliniciens, vêtements sacerdotaux. L'attirail de l'expert.

Ah, si seulement ils savaient…

Quelques crises mineures le tinrent occupé jusqu'à midi passé et il prolongea sa journée de travail en restant plus longtemps auprès de ses patients et en prenant aussi le temps de discuter avec le personnel infirmier, de rédiger ses comptes rendus avec soin et de manière exceptionnellement lisible.

Puis il eut un message Alphapage d'Angela : « Désolée pour aujourd'hui, mais on m'a appelée. »

Et un problème plus sérieux éclata vers quinze heures ; un homme avec une arme du côté du service d'obstétrique-gynéco, et l'auteur du message était inflexible : c'était le Dr Carrier et personne d'autre qu'il voulait.

La menace provenait du mari d'une femme qui venait de subir une hystérectomie ; une infirmière avait repéré une masse qui déformait le chandail de l'homme. Celui-ci se trouvait pour l'heure seul dans une salle d'attente, où il rongeait son frein.

On avait appelé le service de sécurité, lui précisa la surveillante. L'individu était un coléreux qui les avait toujours rendues nerveuses. Le règlement de l'hôpital prévoyant la présence de quelqu'un du service de santé mentale dans de pareils cas, on avait dit à l'infirmière qu'il était le premier sur la liste.

L'affaire s'avéra être plus triste qu'effrayante. Contre les conseils de tous, Jeremy entra dans la salle avant l'arrivée de la sécurité. L'homme, mal rasé, avait les yeux rougis et était manifestement déprimé. Jeremy s'assit à côté de lui, lui parla et l'écouta. Et lorsque le mari coléreux demanda : « Mais qu'ont-ils tous à être aussi nerveux ? » Jeremy lui montra la déformation de son chandail.

L'homme eut un petit rire et souleva ses vêtements, révélant la présence d'une poche de colostomie.

– Ils peuvent me fouiller si ça leur chante, les cons. À leurs risques et périls.

Et il éclata de rire à nouveau et plus fort, imité par Jeremy. La conversation reprit et le malheureux put aborder des questions dont il n'avait jamais parlé avec personne. En rage contre sa maladie, contre celle de sa femme, contre la perspective de ne jamais avoir d'enfants ; ce n'était pas les raisons d'être en colère qui lui manquaient. Au bout d'une heure, l'homme parut s'être calmé, mais Jeremy n'aurait pas été surpris si, la fois suivante, il était venu armé.

Quand ils sortirent de la salle, deux représentants du service de sécurité auquel l'hôpital faisait appel poireautaient inutilement devant la porte, essayant de prendre un air compétent.

– Tout va bien, leur dit Jeremy. Vous pouvez partir.

– Écoutez, docteur… commença le plus baraqué.

– Allez-vous-en.

L'entretien avec l'homme déprimé lui avait remonté le moral. Les problèmes de quelqu'un d'autre. Il avait accouru, tel le bon petit soldat de la brigade santé mentale qu'il était. Et aucun bon soldat n'ignore le grand principe de toute bataille : la mort de l'individu au service d'un bien supérieur.

Se sentant noble et dépersonnalisé, il regagna son bureau. Angela lui avait laissé un message une demi-heure plus tôt. Il tenta de la joindre, mais il fut renvoyé en chirurgie thoracique, où on lui apprit qu'on venait d'appeler le Dr Rios pour une opération urgente du poumon.

Il était intrigué. Angela était interne en médecine et non en chirurgie. Il y avait sans aucun doute une explication.

Il regarda les feuillets de son essai qui lui faisaient les gros yeux et partit chercher son courrier. La pile était imposante, aujourd'hui ; il tria les différents mémos, les demandes pour ceci et cela, les annonces de conférences et de symposiums, et arriva à une grosse enveloppe de courrier interservices.

Elle provenait du département d'ORL. Aucun nom de destinataire dans la petite fenêtre réservée à cet effet. La dernière fois qu'il avait été appelé en ORL remontait à plusieurs mois – une tumeur interne de l'oreille qui s'était révélée fatale. Il se demanda ce qu'on lui voulait.

L'enveloppe contenait des photocopies de documents n'ayant rien à voir avec les nez, oreilles ou gorges.

Il s'agissait d'un article vieux de dix-sept ans, tiré d'une revue d'ophtalmologie.

Ablation de tissus de la cornée à l'aide d'un scalpel-laser au CO_2 Vari-Pulsar 4532 de deuxième génération...

Les auteurs appartenaient à une équipe internationale de chirurgiens du Collège médical royal d'Oslo ; il y avait des noms norvégiens, russes, anglais. Aucun d'eux ne disait quelque chose à Jeremy.

Une erreur, de toute évidence ; il avait reçu le courrier destiné à quelqu'un d'autre, ce qui n'était pas exceptionnel avec tous les plis qui allaient et venaient dans le réseau pneumatique irriguant les murs moisis de l'hôpital. Un secrétaire avait peut-être confondu psychologie et pathologie de l'élocution.

Il téléphona en ORL, où le secrétaire qui lui répondit parut ne pas avoir la moindre idée de ce dont il voulait parler. Jetant l'article dans la corbeille à papier, il conserva l'enveloppe pour la réemployer – mesures d'économie recommandées et tout le tremblement. L'administration avait encore fait passer une circulaire demandant de resserrer les boulons.

Alors qu'il la pliait, il sentit quelque chose bouger à l'intérieur. Un truc qui s'était coincé dans le fond. Il retira une petite fiche de travail blanche sur laquelle était écrit, tapé à la machine :

À votre attention

Il examina de nouveau l'enveloppe. La case réservée à l'adresse du destinataire était toujours aussi vide. Il devait s'agir d'une erreur. Il voyait rarement des patients ayant des problèmes oculaires – le dernier devait remonter à une éternité et il était à peu près sûr que c'était l'aveugle qui avait décidé de se rouler en boule dans son coin et de mourir. Au bout de deux mois de psychothérapie, Jeremy avait eu l'impression d'avoir pu faire quelque chose pour elle et personne n'avait dit le contraire. Non, il ne pouvait y avoir aucun rapport. Pourquoi diable irait-il s'intéresser aux lasers ?

Il récupéra l'article dans la corbeille à papier, le parcourut, le trouva tout à fait représentatif du jargon hermétique médical habituel avec tous ses chiffres et ses graphiques, bref, à peine compréhensible. Il se reporta au sommaire. Il s'agissait essentiellement d'une étude prouvant que, dix-sept ans auparavant, on avait estimé que l'utilisation des scalpels au laser était un grand progrès.

Les techniques d'incision… Humpty-Dumpty… non, c'était idiot. S'il n'avait pas eu le cerveau aussi embrumé par le mélange d'alcool, de confusion et de propos pontifiants sur la criminalité de la nuit passée, il n'aurait jamais été chercher d'explication aussi tordue.

Et quelle étrange nuit… à la fois comique et surréaliste, vue rétrospectivement. Il eut un sourire douloureux au souvenir de sa crise – ce besoin soudain d'être accepté. Par quelle aberration s'était-il soucié de ce qu'un groupe de vieux excentriques pouvait bien penser de lui ? Si jamais ils le réinvitaient, il refuserait.

Il était curieux de voir comment Arthur allait le traiter au Point Tumeur du mardi suivant.

Puis une idée lui vint : c'était peut-être Arthur Chess qui lui avait envoyé l'article.

Non. Le vieux médecin écrivait avec un stylo à plume classique et se servait d'un papier chiffon bleu de luxe. Un homme de tradition, un antiquisant, si l'on en croyait ses costumes sans âge, sa voiture ancienne et la manière désuète qu'il avait de s'exprimer.

Un message tapé à la machine sur quelque chose d'aussi vulgaire qu'une fiche de bristol n'était pas dans l'esprit du personnage.

À moins que l'homme n'eût été un timide.

Ce style indirect cadrait avec lui ; c'était bien le genre de l'anatomopathologiste. Familier un jour, glacial le lendemain.

Un joueur, pour qui tout était énigme à résoudre. S'agissait-il d'un défi que Jeremy devait relever ?

Ablation de la cornée ? Chirurgie ophtalmologique ? Arthur aurait-il supposé que Jeremy partageait son éclectisme ? Le vieux toubib sautant des papillons aux carcinomes en passant par les Grandes Questions sur la Vie, pourquoi pas les lasers ?

Mais la manière dont il avait approché Jeremy était parfaitement ciblée. Il avait commencé par chercher à se placer sur un terrain commun : la convergence de la psychologie et de la pathologie. Une incursion dans l'univers noir et glacé où des fantasmes de morts sanglantes mijotent dans des esprits tordus.

Les racines des pires comportements.

Arthur avait eu un objectif des plus précis et Jeremy ne s'était pas trompé en considérant que l'invitation était en rapport avec celui-ci.

Il se souvint du voile funèbre qui avait plané un moment sur la salle lorsque quelqu'un avait dit (l'écrivain, Maynard, il en était presque certain) : « Les vertus se perdent dans l'intérêt comme les fleuves dans la mer. »

« Et c'est reparti », avait commenté le juge Tina Balleron.

Un silence s'était ensuivi. Puis on n'avait plus abordé de sujets sérieux – la discussion portant sur la différence entre pamplemousses et pomelos, ces derniers délicieux, mais peu commerciaux.

Il n'en restait pas moins que, pendant un moment, l'ambiance du repas avait changé.

Les vertus se perdent dans l'intérêt…

Quel petit groupe bizarre ! Inutile de s'y attarder davantage ; il ne faisait que gaspiller son temps.

Même chose pour ce truc de chirurgie au laser… rien qu'une méprise dans la distribution du courrier. Il y accordait trop d'importance.

Il se farcissait la tête de tout un bazar de pensées flottantes et sans liens, tout ça pour éviter de se mettre à écrire.

Il ne pouvait cependant s'empêcher de repenser à Arthur Chess. Qui s'était mis à lui battre froid sans raison apparente. Qui, en fait, s'était même montré grossier.

Une énigme. Mais rien d'important.

Jeremy fit un avion avec la fiche et l'expédia dans la corbeille à papier. L'article suivit. Puis l'enveloppe – au diable les mesures d'économie.

Deux paragraphes de plans de son chapitre lui faisaient du sémaphore sur son bureau.

Il était temps de mettre de côté ces stupidités. Et de s'attaquer à son impuissance créatrice.

19

Vingt-deux heures. Ils étaient dans le lit d'Angela, nus dans l'obscurité mais parfaitement réveillés.

Cela faisait presque trois heures qu'ils étaient ensemble. Angela avait appelé alors qu'il s'apprêtait à quitter l'hôpital.

– Ah, je suis contente d'avoir pu te joindre.

Elle parlait d'une voix mal assurée.

– Tout va bien ?

– Bien sûr. Non, je mens. Est-ce qu'on ne pourrait pas se retrouver juste pour un dîner rapide et ensuite aller chez moi et ne plus en sortir ?

– Bon plan, ma foi. Un restaurant particulier ?

– Qu'est-ce que tu dirais de l'italien dans Hampshire Street... Chez Sarno ? Ce n'est pas loin et j'ai besoin de me dégourdir les jambes.

– Chez Sarno, pas de problème. C'est moi qui régale.

– Non, c'est à mon tour de payer.

– Ton tour ? Quel tour ? Tu es une interne fauchée et affamée, tu as droit à un repas gratuit.

Elle se mit à rire. Le son le plus agréable qu'il avait entendu de toute la journée.

Ils s'étaient retrouvés dans l'entrée de l'hôpital et avaient gagné le restaurant à pied, bras dessus, bras dessous. Angela portait un long manteau bleu marine. Sa chevelure sombre retombait sur le col en fausse fourrure. Elle avait un petit côté gosse abandonnée, avec son air fatigué, et regardait ses pieds comme si elle avait oublié les rudiments de la marche. La pluie, légère, s'évaporait presque instantanément de leurs vêtements.

Jeremy lui passa un bras autour des épaules et la jeune femme laissa tomber sa tête contre lui. Il l'embrassa dans les cheveux. Son maquillage, si elle en avait eu, avait disparu depuis un bon moment. Et le parfum du shampoing qu'elle avait utilisé était dénaturé par des relents d'antiseptique de salle d'op.

Elle s'appuya bientôt de tout son poids sur Jeremy. Étonnamment lourde, pour quelqu'un d'aussi mince. Ils parcoururent ainsi, le pas ralenti et maladroit, le court itinéraire jusqu'au restaurant dans la rue mal éclairée.

L'enseigne lumineuse du Sarno (une botte italienne tricolore) apparaissant enfin, elle dit :

– Si tu savais comme je suis fatiguée, Jeremy.

Elle ne mangea qu'un tiers de ses pâtes à la carbonara, accompagné d'un demi-verre de thé glacé. Jeremy avait retrouvé son manque d'appétit ; la goinfrerie de la veille lui faisait l'effet d'un souvenir distant, d'une aberration. Il chipota ses raviolis et eu du mal à finir son verre, un chianti rugueux.

Ils se disputèrent gentiment l'addition, Angela finissant par le laisser payer. Son bip sonna à ce moment-là et elle alla téléphoner. Elle souriait quand elle revint à la table.

– C'était Marty Blestone, un collègue de deuxième année. C'est son anniversaire demain soir et il voudrait inviter sa femme au restaurant. Il m'a proposé de prendre mon quart de nuit ce soir. Je suis tranquille jusqu'à demain matin.

Sous son manteau bleu, elle portait la tenue ordinaire de l'interne : sweater, jean et chaussures de tennis. Sans sa blouse et son stéthoscope, elle avait l'air d'une collégienne.

– Au téléphone, tu m'as dit que ça n'allait pas si bien que ça.

– Oh, je faisais juste l'enfant, dit-elle. Je venais de quitter mon service.

– Journée difficile, c'est ça ?

– Oui. Typique. Quelques problèmes de saignements et d'autres mauvaises surprises.

Elle prit une bouchée de pâtes, puis laissa tomber.

– Ce matin, j'ai assisté à une intervention thoracique du Dr McIntyre. Une femme qui n'avait jamais fumé de sa vie. Son poumon droit était noir comme du charbon. On aurait dit les cendres d'un barbecue. Et le gauche ne valait guère mieux. Je n'étais pas obligée d'aller en salle d'op, mais c'était moi qui l'avais accueillie et je l'aime bien. Sans compter que j'ai envie de savoir ce qui arrive à mes patients. C'est vraiment une femme douce et gentille, Jeremy ; un temps elle a même été religieuse au service des pauvres. Et maintenant elle n'a plus rien, rien qu'une vie d'angoisse devant elle.

– Pauvre femme.

– Elle est venue consulter pour ce qu'elle croyait être une bronchite chronique ou quelque chose comme ça. Je l'ai fait souffler dans le bon vieux spiromètre – jamais je n'ai vu une capacité pulmonaire aussi basse. À se demander comment elle arrive à tenir debout. Je l'ai envoyée tout de suite passer une radio. C'est moi qui l'ai examinée la première et j'ai voulu aller jusqu'au bout. Normalement, c'est le chef de clinique qui aurait dû lui annoncer la nouvelle, mais Monsieur était trop occupé et il m'a refilé la corvée. Je me suis assise à côté de son lit et je lui ai dit qu'il fallait opérer et pourquoi. Elle n'a même pas haussé un sourcil. Elle a juste dit : « Merci, docteur, de me le dire si gentiment. »

– Tu as fait du bon boulot.

Les yeux d'Angela s'embuèrent. Elle les essuya et tendit la main vers le verre de chianti de Jeremy.

– Je peux ?

– Je vais t'en commander un, si tu veux.

– Non, partageons.

Elle prit une gorgée et tendit son verre. Ils entrecroisèrent leurs bras et Jeremy but à son tour. Il avait assisté à ce rituel lors d'un mariage – une tradition ethnique, un mariage juif, peut-être. Le couple enlacé. Un symbole fort.

– Elle ne fumait pas… tabagisme passif ?

– Son père. Il est âgé, atteint de diabète, et ça fait vingt ans qu'elle s'occupe de lui. Ils habitent un appartement minuscule de deux pièces. Il allume une cigarette après l'autre et c'est elle qui respire la fumée. Il a passé un scanner pulmonaire l'an dernier ; bon, d'accord, il a un taux de sucre élevé et son système vasculaire est en piteux état, mais il a des poumons clairs comme de l'eau de roche.

– Les péchés des pères… dit Jeremy sans réfléchir.
– Exactement.
Elle avait répondu d'un ton bas, déprimé, en jouant avec sa fourchette.
Jeremy se demanda alors s'il n'avait pas parlé à la légère.
– Tu as mérité de te détendre un peu. Je serais heureux de t'apporter aide et réconfort.
– C'est tentant. Allons-y.

Elle était venue en bus à l'hôpital et Jeremy la raccompagna avec sa voiture. Pendant qu'ils roulaient, elle posa une main sur sa cuisse. Une fois, à un feu rouge, elle se pencha vers lui et l'embrassa avec conviction ; il l'entendit ronronner.
Une fois chez elle, le rituel se renouvela : elle le fit asseoir sur le canapé miteux et disparut dans la salle de bains pour enfiler sa robe d'intérieur émeraude. La plante verte anémique avait disparu du rebord de la fenêtre. L'appartement n'en paraissait pas moins minable.
La porte de la salle de bains se rouvrit et Angela fit son apparition, la robe fermée par une ceinture. Elle s'allongea sur le canapé, la tête sur les genoux de Jeremy. Il la toucha au menton, lui caressa les cheveux.
– Allons nous mettre au lit, dit-elle.

La chambre était glaciale. Une fois les couvertures remontées jusqu'à leur cou, elle lui dit :
– Ne le prends pas mal, mais je n'ai pas envie, ce soir. J'ai juste besoin d'être dans tes bras.
– Le prendre mal ?
– Comme si je t'avais manipulé.
Il se mit à rire.
– Mais non !
– Bon, d'accord.
Ils restèrent allongés un moment, se tenant par la main.
– Tu es sûr ? insista Angela.
– Tout à fait.

– Ce n'est pas parce que je ne te désire pas. Au contraire. Physiquement, j'aurais envie. Mais c'est psychologiquement que ça ne marcherait pas. Tu comprends ?

– Inutile d'expliquer.

Il porta la main d'Angela à ses lèvres.

Elle se lova contre lui et posa la tête dans le creux de son épaule. Il l'entendit qui laissait échapper un léger soupir de satisfaction. Pour une raison absurde, ce soupir lui fit penser à la voix de Tina Balleron réduite à un murmure.

Une femme âgée et cependant encore… séduisante. Non, pas elle, ou plutôt non : pas spécialement elle. Les femmes. Les petits bruits qu'elles émettent. Les choses merveilleuses qu'elles font. Jeremy les préférait aux hommes. Les avait toujours préférées. Un certain type de femmes, en particulier : intelligentes, aimant lire et étudier, tendant à être timides. Vulnérables.

Certes, Jocelyn n'avait nullement été ainsi, et cependant..

Il se pencha sur Angela et lui embrassa le front.

Elle changea de position et fit glisser une main le long du corps de Jeremy.

– Tu es intéressé, toi.

– Physiquement, seulement.

– Tu parles !

– Je suis offensé que tu puisses me trouver aussi grossier.

Elle éclata de rire et remonta dans le lit pour le regarder dans les yeux. Ils commencèrent à s'embrasser et continuèrent pendant un bon moment. Pas d'autres caresses, pas de duels avec les langues, rien que des effleurements délicats des lèvres.

– Oh là là… dit-elle enfin.

– Quoi ?

– Juste oh là là… tu me rends heureuse.

– J'en suis ravi.

– Et moi, est-ce que je te rends heureux ?

– Bien sûr.

– Vraiment ?

– Que veux-tu dire ?

– Es-tu heureux ? C'est difficile à savoir ; tu ne fais pas tellement de confidences. En général, c'est quelque chose qui me plaît. Mon père et mon frère sont des bavards impénitents. Des types sensationnels, mais qui te noient sous des flots de paroles. Chaque fois que mon frère revenait de la fac, j'étais reléguée au rang de spectatrice.

– Et ta mère ?

– Elle quittait la pièce. Quand tu es médecin, tu peux être aussi débordé que tu veux.

– La bonne excuse des urgences, fit-il observer.

– Tu sais ce que c'est, hein ? Alors dis-moi, pourquoi as-tu autant de mal à parler de toi-même ?

– C'est une histoire barbante.

– Permets-moi d'en juger par moi-même.

Il ne répondit pas.

Des stores de mauvaise qualité fermaient les fenêtres de la chambre. Le clair de lune les transformait en grandes feuilles de parchemin. Dans la rue on entendait une radio qui diffusait une musique de rock agressive. Basses trop fortes.

– Je t'ai mis mal à l'aise, reprit-elle.

– Non, pas du tout.

– Je ne veux pas me montrer fouineuse, mais nous avons été… intimes.

– Tu as raison, convint-il. Qu'est-ce que tu veux savoir ?

– Où tu es né, à quoi ressemblait ta famille…

– Je n'ai pas de famille.

– Pas du tout ?

– Pas vraiment.

Et il lui raconta pourquoi. Il commença par l'accident, puis il lui dit la manière dont on l'avait baladé d'une maison à une autre. Le sentiment d'être seul. Des choses qu'il n'avait jamais mises en mots, même pas au cours de son analyse pour devenir psy, même pas à son contrôleur pendant son clinicat, même pas lors de confidences sur l'oreiller dans ses liaisons précédentes.

Et pas à Jocelyn. Il se rendit compte, avec un choc, qu'ils avaient très peu parlé.

Il était hors d'haleine lorsqu'il se tut enfin, convaincu d'avoir commis une grave erreur en se déboutonnant ainsi. Une chouette fille comme elle, saine, issue d'une famille aisée et intacte – un clan de médecins confiants en eux – ne pouvait être que rebutée par son absence de racines et la tristesse de sa vie.

Les gens se racontent des histoires sur ce qu'on doit partager. Peut-on partager le passé ? Ou partager quoi que ce soit d'important ?

Il réfléchissait à ce que cela impliquait pour la profession qu'il avait choisie lorsque Angela se redressa dans le lit, le prit dans ses bras et se mit à lui caresser les cheveux et à jouer avec ses oreilles.

– C'est toute l'histoire, dit-il, bien sordide.

Elle plaça la main de Jeremy contre un de ses seins.

– Ne le prends pas mal, dit-elle, mais j'ai changé d'avis.

– À propos de quoi ?

– De ne pas le faire.

Plus tard, lorsqu'elle se mit à bâiller, Jeremy lui dit :

– Je vais te laisser dormir.

– Désolée, dit-elle, mais je suis crevée. (Elle le serra fort contre elle.) Tu ne veux pas rester pour la nuit ?

– Il ne vaut mieux pas.

– Tu ne l'as encore jamais fait. Je me dis qu'il y a une raison.

– J'ai un sommeil agité, je te dérangerais. Une grosse journée t'attend, avec le tour de garde de ce type en plus.

– Oui, c'est vrai. Tu as raison.

Ils se regardèrent.

– Le boulot, dirent-ils en chœur.

En le raccompagnant jusqu'à la porte, elle lui demanda comment s'était passé le dîner avec le Dr Chess.

– Oh, pas grand-chose à en dire.

– Vous avez parlé de médecine ?

– Non, c'était plutôt une conversation sur des sujets généraux. Crois-moi, ça n'a pas grand intérêt.

Il quitta l'immeuble de rapport, monta dans sa Nova et lança le moteur. Au moment où il allumait ses phares, un autre véhicule en fit autant derrière lui, à quelques dizaines de mètres.

Lorsqu'il démarra, l'autre se mit en mouvement, roulant dans la même direction que lui.

Qu'est-ce que c'est que ce truc ?

Jeremy accéléra. L'autre, un gros 4 × 4 si l'on se fiait à la hauteur des phares, ne l'imita pas. Quand Jeremy tourna à gauche dans Saint Francis Avenue, le 4 × 4 continua tout droit.

Fin de la théorie du complot.

– Il faut que je me reprenne, dit-il à haute voix.

Et peu importe l'opinion qu'ont ces vieux fous sur la réalité, moi, j'ai besoin d'en avoir ma dose.

20

Arthur ne se montra pas au Point Tumeur du mardi. Un autre spécialiste d'anatomopathologie présidait la réunion : un certain Barnard Singh, professeur associé, personnage brillant, enturbanné et habillé d'un costume gris impeccable. Il attaqua sans attendre en faisant passer les diapos d'un sarcome de la synovie. Les taches d'un violet gentiane en faisaient de jolies toiles abstraites.

Jeremy se pencha vers le radiologue assis à côté de lui.

– Où est passé le Dr Chess ? demanda-t-il.

L'autre répondit par un haussement d'épaules.

La présentation n'en finissait pas et, en dépit de lui-même, il sentait sa curiosité piquée.

Il appela le bureau d'Arthur, mais le téléphone sonna dans le vide. Il alla faire le tour de ses patients, essaya de rappeler à nouveau trois heures plus tard. Sans très bien savoir ce qu'il lui dirait si le vieux médecin décrochait.

Juste histoire de dire bonjour, mon vieux. Voilà, voilà… Comment se portent les potes du CCC ?

Pas de réponse.

Puis il se dit : *Et s'il lui était arrivé quelque chose ?* En dépit de sa robustesse apparente, Arthur était un vieil homme. Et avec ce qu'il ingurgitait d'alcool et avalait de cholestérol… Qui sait s'il n'avait pas eu une crise cardiaque et ne se trouvait pas allongé par terre dans son labo ? Ou pire ?

Jeremy se représenta la grande carcasse du pathologiste étalée sur le carrelage et entourée de fioles remplies de viscères flottant dans le formol, de spécimens de squelettes, de cadavres dans des états de dissection plus ou moins avancés. Des instruments stériles disposés en vue de procéder au déboulonnage des corps humains… scalpel-laser ?… Un joujou dispendieux. Pour quelle raison un anatomopathologiste investirait-il là-dedans ?

Il gagna à pas pressés le bâtiment central et descendit au sous-sol. La porte du bureau d'Arthur était fermée, il y frappa en vain.

La morgue était à l'autre bout du couloir, ouverte. L'employé somnolent assis au bureau remplissait des papiers. Non, il n'avait pas vu le Dr Chess de la journée et ignorait où il se trouvait.

– Et hier ? Il était ici ?

– Euh, non, je ne crois pas.

Jeremy retourna d'où il venait, mais tourna à gauche au bout du couloir pour s'adresser au bureau d'accueil du service, cette fois.

Une femme rondelette d'une quarantaine d'années y montait la garde.

– Bonjour, dit-elle. En quoi puis-je vous aider, docteur ?

– Je cherche le Dr Chess.

– Il n'est pas là.

– Il va bien ?

– Et pourquoi irait-il mal ?

– Je me demandais, dit Jeremy. Il n'était pas au Point Tumeur et c'est la première fois que ça lui arrive, à ma connaissance.

– Eh bien non, dit-elle, il se porte aussi bien que possible. Je crois qu'il a pris quelques jours.

– Des vacances ?

– Pas exactement, dit la femme.

L'air intrigué de Jeremy la fit sourire.

– Vous ne le connaissez pas très bien, n'est-ce pas ? Depuis combien de temps assistez-vous aux Points Tumeur ?

– Un an.

– Ah. Voyez-vous, le Dr Chess ne fait plus partie du personnel, du moins officiellement. (Elle plaça une main de conspiratrice devant sa bouche pour ajouter :) Il n'est plus payé.

– Il fait du bénévolat ?

– On pourrait le présenter comme ça, mais ce n'est pas tout à fait exact. (Elle baissa encore un peu plus la voix, obligeant

Jeremy à se pencher vers elle.) Il ne pratique plus d'autopsies, il n'analyse plus les spécimens. En fait, il ne fait pas grand-chose, mis à part les Points Tumeur. Mais c'est quelqu'un de tellement brillant et qui a tant donné à l'hôpital qu'on lui a laissé son bureau et qu'il est autorisé à faire les recherches qu'il veut. Ce n'est pas un secret, mais on ne le crie pas non plus sur les toits. Pour son bien à lui. Non pas parce qu'il serait un boulet pour le département ; il est au contraire un atout important pour nous, à cause de sa réputation. Il faut que vous sachiez que c'est lui qui a fait de ce service ce qu'il est aujourd'hui.

Sa voix s'était de nouveau élevée. Indignée. Protectrice.

– Certes, il est brillant, admit Jeremy, ce qui parut calmer la femme.

– C'est pour cela que nous ne parlons pas de… de son statut administratif. Aux yeux de tous, il est membre à part entière du personnel et toujours le bienvenu ici. Et la manière dont il gère les Points Tumeur est une contribution précieuse. Tout le monde reconnaît qu'il a une mémoire encyclopédique. Sans compter, bien entendu, qu'il est toujours disponible quand des confrères plus jeunes ont des questions à poser. Ce qu'ils font souvent. Ils ont un respect fantastique pour lui, tout le monde a un respect fantastique pour lui. Dans son domaine, c'est une sommité.

– Oui, c'est vrai, dit Jeremy. Vous pensez donc qu'il a simplement décidé de ne pas venir ?

– C'est déjà arrivé. Mais pourquoi toutes ces questions, docteur… Carrier ?

– Le Dr Chess et moi avons dîné ensemble il y a deux jours. Il m'a semblé… pas très en forme.

La femme porta vivement les mains à sa bouche.

– Oh, mon Dieu. J'espère vraiment qu'il va bien.

– J'en ai probablement rajouté. Il paraissait simplement un peu fatigué. Moins énergique qu'il ne l'est d'habitude. C'est pour ça que je me suis senti un peu inquiet quand je ne l'ai pas vu au Point Tumeur.

– Qui a présidé, ce matin ?

– Le Dr Singh.

– Laissez-moi l'appeler.

Elle décrocha son téléphone.

– Docteur Singh ? C'est Emily. Désolée de vous déranger, mais j'ai le Dr Carrier avec moi et il me demande des nouvelles du Dr Chess… Oui, Carrier. De… (elle jeta un coup d'œil au badge de Jeremy) psychiatrie. Il a dîné avec le Dr Chess l'autre soir et il l'a trouvé un peu fatigué. Il veut être sûr que le Dr Chess va bien… Comment ? Très bien, je vais lui dire. Merci, docteur Singh.

Elle reposa le téléphone.

– Le Dr Chess a appelé le Dr Singh hier au soir pour l'informer qu'il allait prendre quelques jours de congé et qu'il ne viendrait pas au Point Tumeur. D'après le Dr Singh, il avait l'air tout à fait en forme.

– Parfait, je suis content de l'apprendre. Merci.

Jeremy se tourna pour repartir.

– C'est étonnant, reprit la femme, la manière dont il arrive à ça.

– Quoi donc ?

– Le Dr Chess. Il a l'art de faire en sorte que les gens se soucient de lui. Le cher homme.

Le téléphone sonnant à ce moment-là, elle décrocha et se lança dans une conversation avec une certaine Janine, qui venait juste d'avoir un bébé et ne se sentait pas tellement en forme et, oui, bien sûr qu'il était mignon, le plus mignon de tous, dès qu'elle pourrait elle passerait avec un cadeau pour le bébé, le plus adorable petit ensemble qu'elle pourrait trouver…

21

La secrétaire du service psychiatrie appela Jeremy.

– On vous demande au sixième ouest.

On était mercredi, le dîner tardif avec la bande de vieux excentriques était loin et, mis à part quelques réminiscences surréalistes occasionnelles, il en avait chassé le souvenir de sa mémoire. Tout comme celui d'Arthur Chess, d'ailleurs. Il n'arrivait pas à croire qu'il avait été aussi inquiet pour la santé du vieil homme.

Au cours des derniers jours, il n'avait vu Angela qu'une fois – une demi-heure, le temps de prendre un café en se tenant la main avant qu'elle ne reparte sur les chapeaux de roues. Et pendant ces trente minutes elle avait surtout parlé de sa patiente atteinte d'un cancer du poumon, laquelle n'allait pas très bien.

– Pendant le reste de mon stage en pneumologie, je vais alterner poumon et cœur… Ça devrait me faire du bien.

– Au moins, tu ne vas pas manquer d'air, dit-il, pince-sans-rire.

– Hou là !

– Désolé.

– Non, ça me plaît. Un autre aspect de ce que tu es.

– Et quel aspect ?

– Normal. Moins… coincé.

– Tu sais, ça m'arrive tout le temps, dit-il.

– Eh bien, je ne m'en étais pas encore rendu compte. J'aime bien.

Elle lui avait étreint brièvement la main, puis l'avait quitté pour aller parler à des mourants.

– Et qui me demande ?

– Le Dr Dirgrove, répondit la secrétaire.

– Je ne le connais pas.

– C'est ce qui est écrit, Dirgrove. Un chirurgien.

Pure redondance, étant donné que l'unité du sixième ouest était vouée à la chirurgie.

– Il voudrait une évaluation pour une malade qu'il doit opérer.

– De quoi ?

– C'est tout ce que j'ai, docteur Carrier.

– Et il m'a demandé personnellement ?

– Absolument. Vous devez être connu.

Il trouva Dirgrove en tenue de salle d'op et remplissant une fiche dans la salle des médecins du Six.

C'était le blond au teint blême qu'il avait vu faire une démonstration technique à Mandel, le cardiologue, et au chirurgien de type mexicain, dans la cafétéria.

Le trio qu'Arthur observait, comme l'avait cru un moment Jeremy – jusqu'au moment où le vieux médecin s'était mis à lire son journal. Avant de venir l'inviter à dîner.

Assis, l'homme lui avait paru grand ; debout, il était de taille moyenne, aussi mince que lui mais pesant quelques kilos de moins. Un de ces nerveux qui paraissent bouger même quand ils se tiennent tranquilles. Il salua Jeremy d'un sourire chaleureux ; sa poignée de main était amicale.

– Docteur Carrier… Ravi de vous rencontrer. Merci infiniment d'être venu. Appelez-moi Ted.

La photo, sur son badge, lui ressemblait vraiment – ce qui était exceptionnel. Un cliché gros comme l'ongle sur lequel il souriait exactement de la même façon que maintenant.

T. M. DIRGROVE, docteur en médecine, chirurgie cardiaque.

– Jeremy. En quoi puis-je vous aider ?

Dirgrove repoussa la fiche, se pencha sur le bureau, manipula des papiers. Il avait des yeux d'un bleu profond, marqués de pattes-d'oie, un regard clair, sérieux, fatigué. Un début de barbe blonde grisonnante hérissait ses traits anguleux. Ses mains, rosies à force d'être lavées, s'agitaient sans cesse. Sa tenue de salle d'op était lie-de-vin. Jeremy songea que c'était une bonne idée pour qu'on ne voie pas le sang.

– Je dois opérer une jeune femme avec une communication interventriculaire. À première vue, de la routine, ajouta-t-il avec un sourire. Mais comme chacun sait, la routine, ça n'arrive qu'aux autres. Bref, cette jeune femme m'inquiète. Elle est extrêmement anxieuse. Nous avons la réputation, nous autres les champions du bistouri, de ne pas faire trop attention à ce genre de choses, mais j'ai appris à être un peu plus attentif.

– Aux problèmes d'anxiété ? demanda Jeremy.

– Aux problèmes psychosomatiques en général.

Dirgrove tendit vers lui ses mains aux doigts longs. Il était manucuré par une artiste, mais le reste de sa personne n'était pas aussi soigné : des cheveux coupés court, hérissés et mal égalisés, une tenue toute froissée. Son dernier rasage, vieux de deux ou trois jours, avait oublié un triangle de poils plus longs à la jonction de la mâchoire et du cou.

– Je suis compétent pour faire tout ce qu'il faut, techniquement, mais si l'esprit ne coopère pas, on peut avoir un problème.

– Vous craignez une crise d'anxiété pendant l'intervention ?

– Je crains tout ce qui pourrait être une réaction significative du système nerveux sympathique. Même avec une prémédication, j'ai vu ça se produire. Des patients apparemment endormis, on ouvre et, pour on ne sait quelle raison, ils font une poussée d'adrénaline qui leur déclenche une crise massive d'hypertension. Quand l'anesthésiste commence à paniquer, je ne peux pas faire mon travail dans les meilleures conditions. Raison pour laquelle je diffuse de la musique douce dans ma salle d'op et impose le silence à tout le monde. Quelque chose me dit qu'il faut calmer cette fille. J'ai entendu dire que vous étiez l'homme de la situation. Cela vous ennuierait-il de la voir ? La famille a une très bonne assurance maladie.

– Que pouvez-vous me dire d'elle ?

Le chirurgien se mit à fouiller au milieu des dossiers, en trouva un, l'ouvrit, le tendit à Jeremy et gagna la porte.

– Tout ce que vous avez besoin de savoir se trouve là-dedans. Merci. Et si vous pouviez le faire le plus vite possible… Elle est prévue pour demain matin, en premier. Si vous pensez qu'il vaut mieux repousser l'intervention, tâchez de me prévenir avant dix-sept heures.

Un bref clin d'œil, et il était parti.

Merilee Saunders. Le dossier donnait beaucoup de détails sur sa malformation cardiaque congénitale (ainsi que sur le fait que ses parents pouvaient payer, l'assurance étant excellente, en effet), mais rien sur son psychisme. Aucune des infirmières qui l'avaient approchée n'avait signalé d'anxiété anormale et la seule allusion de Dirgrove était un addendum à ses observations de la veille, écrites avec soin : Possibilité anxiété élevée. Appeler un psy.

Jeremy alla la voir.

Dirgrove n'avait pas averti la patiente qu'il allait venir.

C'était une jeune femme bien en chair, à la peau granuleuse et avec une chevelure noire rebelle attachée en queue-de-cheval. Sa chemise d'hôpital faisait des plis autour de ses épaules et elle se tenait assise inconfortablement dans son lit. Ses yeux charbonneux se portèrent sur Jeremy dès qu'il entra dans la pièce ; elle eut un regard peu amène, mais garda le silence. Tous ses doigts, sauf les pouces, portaient une bague bon marché en argent. Trois piercings à une oreille, quatre à une autre. Un minuscule point rose sur une de ses narines révélait qu'elle avait changé d'avis pour un brillant sur le nez.

Elle avait vingt ans, d'après son dossier, mais il n'y avait que des revues d'ado sur sa table de chevet.

Jeremy se présenta, elle fronça les sourcils.

– Un psy ? Eh ! Vous rigolez ! On me croit cinglée ou quoi ?

– Pas du tout. Le Dr Dirgrove aimerait que vous soyez aussi calme que possible avant l'intervention, et il a pensé que je pourrais vous y aider.

– S'il veut que je sois calme, il n'a qu'à ne pas m'opérer.

Jeremy tira une chaise près du lit.

– Vous permettez ?

– Parce que j'aurais le choix ?

– Bien entendu.

Merilee Saunders leva les yeux au ciel.

– Qu'est-ce que ça peut foutre ! Posez vos fesses.

– Si j'ai bien compris, cette opération n'était pas tellement dans vos projets.

Elle tourna brusquement la tête et le regarda comme s'il était un taré intégral.

– Tiens donc ! Une partie de rigolade comme ça, je n'aurais pas voulu la manquer ! C'est fou ce qu'il me tarde d'être coupée en deux ! Quel pied !

– Est-ce qu'on vous a expliqué pour quelles raisons…

– Bla-bla-bla, bla-bla-bla… Ouais, Dirgrove le Monstre m'a présenté les faits.

– Le Monstre…

– C'est un vrai nullard. Un Roboticon. Sauf quand il se met à faire du charme. Ma mère l'adore.

D'après le dossier, la famille Saunders était au complet.

– Et votre père ? demanda Jeremy.

– Quoi, mon père ?

– Est-ce que Dirgrove lui plaît ?

– Évidemment. (Elle regarda la télé accrochée au mur, en face d'elle.) Y a que des chaînes de merde, ici. Télé-achat et conneries hispaniques et rien que des conneries.

– C'est vrai, admit Jeremy, on n'est pas vraiment à la page.

Merilee changea de position sous ses draps.

– Dirgrove vous a raconté que j'étais cinglée ?

– Non, pas du tout. Il voulait juste être sûr que vous seriez au mieux de votre forme pour…

– Je le suis peut-être, au fond, le coupa-t-elle. Cinglée. Et alors ? Et quel rapport avec le fait qu'on va m'ouvrir le cœur ? Et pourquoi maintenant ? Je me suis toujours parfaitement bien portée jusqu'à aujourd'hui et tout d'un coup… J'ai vingt ans, on ne peut pas m'obliger à faire quelque chose que je n'ai pas envie de faire.

– Vous savez, si vous avez des doutes sur…

– Écoutez, j'ai ce truc-là (elle se tapota le sein gauche) depuis ma naissance. On me raconte que j'ai un trou dans le cœur, mais moi, je ne me sens pas différente des autres. En tout cas, je ne me sentais pas différente jusqu'au jour où un toubib de mes deux m'a collé son fichu stéthoscope sur la poitrine et l'a entendu et a commencé à paniquer.

– Vous vous sentez parfaitement bien, alors pourquoi…

– Ça n'est pas juste, vous voyez ce que je veux dire ? Je débarque dans ce trou de chiottes en pleine forme et ils se mettent à me malmener, à me bourrer de saloperies, à me faire passer des radios, des scanners et encore plein de conneries et demain je vais me réveiller avec l'impression d'être passée sous un camion. C'est complètement crétin, mais essayez de faire comprendre ça à ma mère ! Elle, elle pense à mon intérêt supérieur.

– Votre mère…

– Ma mère adore les toubibs ! le coupa Merilee pour la énième fois. Surtout quand ils sont mignons. Et elle, elle trouve que Dirgrove est mignon. Pas moi. C'est un nul. Et puisque vous allez évidemment encore me demander pour mon paternel, disons qu'il travaille du genre huit cents heures par semaine, qu'il paie les factures et qu'il nage dans le sens du courant.

– Vous avez raison, fit observer Jeremy, vous êtes adulte et c'est de votre corps qu'il est question. Autrement dit, si vous avez des réserves à…

– Mais non. Moi aussi, je vais nager dans le sens du courant. Pourquoi pas ? Qu'est-ce qui peut m'arriver de pire ? Mourir ?

Elle rit.

Jeremy voulut répondre quelque chose, mais elle l'arrêta d'un geste de la main.

– Vous imaginez pas que je vais me mettre à parler psy… rien à foutre de tout ça. Parce que même si je suis cinglée, quel rapport ? C'est pas de ma tête qu'on parle, mais de mon cœur.

– On peut faire des choses pour rendre l'expérience plus supportable. Des exercices de relaxation, par exemple.

– J'ai horreur des exercices.

– Ça ressemble davantage à de la méditation… à de l'hypnose.

Elle le regarda, les yeux réduits à une fente.

– Quoi ?! Vous voulez m'endormir et me raconter que mon cœur est parfait, que le trou s'est refermé tout seul ? Si vous arrivez à me faire avaler ça, je suis partante.

– Désolé, dit-il. C'est un peu au-delà de mes capacités.

– Mais alors, qu'est-ce que vous fabriquez ici ? rétorqua Merilee en agitant la main comme pour se débarrasser d'un débris. Laissez-moi tranquille, je suis fatiguée.

Patiente plus en colère qu'anxieuse. Comprend intellec. mais pas émotion. la nécessité de l'opération. Une discussion plus approfondie de la procédure par le Dr Dirgrove recommandée. Patiente refuse méthodes de relaxation.

Dr J. Carrier

Certainement pas l'une de ses grandes réussites.

Mais plus tard dans la journée, en écoutant ses messages enregistrés, il en découvrit un qui disait : « Jeremy ? Ted Dirgrove. Vous m'avez beaucoup aidé. Merci. »

22

Une nouvelle enveloppe arriva par le service de courrier de l'hôpital. Toujours la même source : le département d'ORL. Sans nom de destinataire, comme la première fois, mais elle avait néanmoins atterri dans la pile de Jeremy.

Il s'agissait de la photocopie d'un article pris dans une revue de gynécologie, un numéro vieux de cinq ans. Technique d'hystérectomie au laser dans le traitement de la liéomyomatose de l'utérus, de l'endométriose et de l'adhésiolyse pelvienne.

La position optimale de la patiente devra être la posture sur le dos, étriers placés bas, et elle aura été badigeonnée et les champs placés...

Une autre équipe interdisciplinaire de médecins et d'ingénieurs en matériel biomédical. Américains, appartenant à un hôpital universitaire de la côte Ouest.

Reconstruction... plastie vésicale... intervention sous endoscopie... dissection des ligaments larges...

Jeremy remit l'article dans l'enveloppe et se rendit au département de psychiatrie, où il demanda à Laura, la secrétaire responsable du courrier, si elle avait une idée de qui avait apporté cette enveloppe.

– Tout arrive dans un lot depuis la salle du courrier, docteur Carrier.

Laura avait tout juste vingt ans, sortait à peine de la fac et était encore intimidée par les médecins.

– Cette enveloppe ne m'est pas adressée, dit-il. C'est donc quelqu'un qui est venu l'apporter en personne. Comme s'est-elle retrouvée dans ma pile ? Avez-vous une idée ?

– Heu... désolée.

– Quand le courrier arrive, où le range-t-on ?

– Là, dit-elle en montrant un panier sur le comptoir, juste à sa gauche. Je le trie et fais des piles pour chacun des membres du département. J'attache ensuite les paquets avec un élastique et je mets un Post-it dessus avec les noms. Après quoi quelqu'un – moi, un autre employé ou un volontaire – va les distribuer dans les bureaux. Le vôtre passe en dernier parce que vous n'êtes pas au même étage.

– Autrement dit, une fois que le courrier a été classé, n'importe qui pourrait glisser une nouvelle enveloppe dans une des piles ?

– Sans doute… Quelque chose qui ne va pas, docteur ?

– Non, simple curiosité.

– Ah bon, dit-elle, l'air apeuré. Bonne journée, docteur.

Il fondit sur l'employé du courrier interne de l'hôpital. Un jeune homme très bien habillé, très soigné, dont les doigts voletaient au-dessus du clavier d'un ordinateur.

– Puis-je vous aider ? demanda-t-il sans lever les yeux.

Même voix que celle qui avait répondu à Jeremy quand il s'était enquis de l'origine de la première enveloppe.

– Oui. J'ai une question à vous poser sur ce truc.

Le jeune homme arrêta de taper et Jeremy lui tendit l'enveloppe.

– Vous ne m'avez pas déjà appelé à ce propos ?

– Si. Pour un premier envoi. Celui-ci est le deuxième. J'en déduis que ce n'est pas un accident. Il est évident qu'on me confond avec quelqu'un d'autre.

Le jeune homme inspecta l'article photocopié.

– Mmm… eh bien, ce n'est pas moi qui l'ai envoyé. On réutilise constamment ces enveloppes.

– Quelqu'un doit en faire la collection, je parie.

– C'est parce que nous sommes charmants, répondit le jeune homme avec un sourire en voulant rendre l'article à Jeremy.

– Non, il est à vous, dit celui-ci.

Le réceptionniste toucha ses cheveux.

– C'est bien la première fois qu'on me donne quelque chose depuis très, très longtemps, mais non merci.

Il reposa l'article sur le comptoir. Jeremy le reprit.

Jeremy commençait à se poser des questions.

Dissection des ligaments larges…

Il retourna à son bureau et appela l'inspecteur Bob Doresh. Ce coup-ci, il se présenta. Le policier poussa un soupir.

– Oui, docteur ?

– La dernière fois que nous nous sommes vus, vous avez parlé de Tyrene Mazursky comme d'une situation à la Humpty-Dumpty et vous avez sous-entendu que ç'avait été la même chose pour Jocelyn.

– Je n'ai rien sous-entendu, docteur, simplement…

– Très bien, inspecteur, ne jouons pas sur les mots. J'ai une question à vous poser. Y avait-il, dans ces deux meurtres, des indices que leur auteur aurait possédé certaines connaissances chirurgicales ? Des techniques de dissection ?

Doresh ne répondit pas.

– Inspecteur…

– J'ai bien entendu votre question, docteur. Mais pourquoi me la posez-vous ?

– Un œuf, improvisa Jeremy, se casse en morceaux bien distincts. Des bords droits. Il y a une relative précision dans sa destruction. Est-ce ce que vous avez voulu dire quand vous avez évoqué Humpty-Dumpty, ou était-ce juste une façon de parler ?

– Je ne crois pas que je vais épiloguer sur ce que j'ai voulu dire, docteur.

Doresh avait parlé d'une voix douce et menaçante.

Nerveux : Jeremy avait indéniablement réussi à le rendre nerveux. Pour lui, c'était une réponse suffisamment explicite.

– Très bien, dans ce cas. Désolé de vous avoir dérangé.

– Pas de problème, dit Doresh. Nous apprécions d'avoir de bons contacts avec les citoyens responsables. C'est bien ainsi que vous vous voyez, n'est-ce pas ?

– Non, inspecteur. Plus que ça. J'aimais Jocelyn.

– C'est ce que vous m'avez dit quand nous avons fait connaissance.

– Vraiment ?

Jeremy n'avait que des souvenirs confus de ce qui s'était passé la première fois dans les locaux de la police. Une petite pièce, des costauds, des lumières brillantes, tout se déroulant à un rythme psychédélique.

– Tout à fait, dit Doresh. C'est même la première chose que vous m'ayez dite. « Je l'aime. »

– Bon, d'accord, dit Jeremy.

– J'ai trouvé ça intéressant. Que ce soit la première chose que vous ayez dite.

– Et pourquoi donc ?

– Simplement parce que ça m'est déjà arrivé de l'entendre dire. Dans cette situation.

– Et c'est reparti, dit Jeremy. De nouvelles expériences tous les jours.

– Comme quelqu'un qui a l'Alzheimer. C'est le bon côté de la maladie, pas vrai ? Vous rencontrez des gens nouveaux tous les jours.

Quelques secondes passèrent.

– Vous ne riez pas, fit observer Doresh.

– Dites-moi quelque chose de drôle et je rirai.

– Oui, vous avez raison, docteur. C'est de mauvais goût. On a tendance à faire preuve de mauvais goût, ici. À force d'avoir affaire à ce qu'on appelle le côté noir de la vie. Ça diminue le stress, je suis sûr que vous comprenez.

– Oui, je comprends, dit Jeremy. Merci pour votre…

– Mme Banks travaillait dans le service où sont les Alzheimer et tous les patients… comment dites-vous déjà ? Qui ont des problèmes cognitifs ?

– C'est ça.

– J'ai entendu des types à l'hôpital qui faisaient des blagues là-dessus. Qui parlaient du « carré des légumes ». On dirait bien qu'au fond vous n'êtes pas tellement différents de nous. Tout le monde a besoin de tenir le coup.

– Ils y…

– Et vous, docteur, vous tenez le coup ? En dehors de ça, vous vous en sortez bien ?

– En dehors de quoi ?

– En dehors de vous poser des questions sur les indices.

– Oh, bien sûr, dit Jeremy. La vie est géniale.

Il raccrocha et resta un moment tout tremblant sur sa chaise. Il était encore mal assuré sur ses jambes lorsqu'il partit chercher son courrier au fond du couloir.

Totalement irrationnel d'appeler Doresh. Qu'est-ce qu'il espérait ?

Le second article l'avait inquiété. Impossible d'y voir une simple erreur dans la distribution du courrier, cette fois. Mais s'il se trompait : et si un crétin quelconque avait fait deux fois la même erreur ?

Dissection… même si quelqu'un se payait sa tête, il ne pouvait pas y avoir de rapport avec Jocelyn.

Pourrait-il s'agir d'Arthur ?

Il se prit à imaginer Arthur Chess empilant des enveloppes de courrier interne et d'autres archives de l'hôpital dans sa vieille maison victorienne sentant le moisi.

À la retraite, mais pas rangé des voitures.

Accumuler et collectionner était bien dans l'esprit de ce personnage avec ses costumes démodés, sa Lincoln de quinze ans et les souvenirs qu'il aimait à évoquer. Ancré dans le passé.

Vivant dans le passé. Incapable de lâcher prise.

Jeremy se jura de l'oublier, lui et ses enveloppes, une bonne fois pour toutes. Il était temps d'avancer dans la rédaction de son essai qui, miraculeusement, commençait à se mettre en place. Depuis qu'il avait reçu le premier article sur les lasers et constaté à quel point il était mal rédigé – à quel point étaient maladroits et prétentieux la plupart des écrits médicaux –, il avait décidé qu'il pouvait faire mieux.

Il avait rédigé vingt bonnes pages, les avait corrigées et avait eu le sentiment d'être dans la bonne voie.

D'aller de l'avant : le livre, Angela.

Ils ne s'étaient vus que deux fois au cours des huit derniers jours, avaient chaque fois fait l'amour, vidé une bonne bouteille et parlé pendant des heures avec l'impression d'évoluer vers le confort que connaît un couple lorsque les hormones se calment un peu sans cesser de se manifester pour autant.

Le fait de parler boutique avec Angela avait au moins éclairci un point : c'était elle qui avait donné son nom à Ted Dirgrove.

– Pendant que j'étais au service de chirurgie cardio-thoracique, il nous a fait un cours absolument sensationnel sur la revascularisation transmyocardique. Après quoi il a abordé la question de l'anxiété comme facteur de risque opératoire et j'ai trouvé que c'était admirable de la part d'un chirurgien.

– De se soucier de l'anxiété ?

– La plupart de ces types ne veulent pas voir plus loin que le bout de leur bistouri. Dirgrove, lui, paraît avoir vraiment conscience que c'est dans un être humain qu'ils coupent. J'ai mentionné ton travail, ce que tu es capable de faire pour détendre les patients anxieux. J'ai donné l'exemple de Marian Boehmer, la femme au lupus. Au fait, elle a l'air de bien s'en tirer. Son anomalie sanguine a pu être contenue sans qu'on sache très bien de quoi il s'est agi. Dirgrove a paru très intéressé. J'espère que tu ne m'en veux pas.

– Pas du tout, répondit-il. Malheureusement, je n'ai pas beaucoup aidé sa malade.

– Ah bon ? Pourtant, il m'a dit le contraire.

– Je crois qu'il a voulu simplement être aimable.

– Ce que tu lui as dit a peut-être eu plus d'effet que tu ne crois.

Il évoqua le court entretien qu'il avait eu avec la jeune femme hostile et douta d'avoir obtenu autre chose qu'un déplacement de son anxiété en colère.

Ce qui pouvait avoir un effet thérapeutique, parfois : si la colère permettait au patient de se sentir maître du jeu, si elle réduisait la panique née d'un sentiment écrasant de vulnérabilité.

Il était cependant difficile de voir son entretien avec Merilee Saunders comme autrement que raté. Combien de temps était-il resté avec elle ? Cinq ? Dix minutes ?

– En tout cas, conclut Angela, Dirgrove avait l'air très satisfait.

Jeremy se dit qu'après tout c'était possible. Il lui était arrivé que des patients reprennent contact avec lui des années plus tard pour le remercier. Certains étaient même très précis sur ce qui les avait aidés.

Des choses qu'il avait dites. Ou évité de dire. Les mots qu'il avait choisis, sa présentation des circonstances – tout cela avait pu être crucial pour les faire pencher du bon côté d'un point de vue thérapeutique.

Dans chacun des cas, l'impact positif n'avait pas été prémédité : c'était sans le savoir qu'il avait tiré la balle magique.

Sans compter qu'il y avait les cas où il avait fait appel à toutes les techniques de son arsenal psy et s'était néanmoins complètement planté.

Comment interpréter cela ? Qu'il n'était qu'un pion, pas un roi ?

Drôle de façon de gagner sa vie, tout de même.

– Je crois qu'il t'arrive de te sous-estimer, dit-elle.

– Vraiment ? demanda-t-il en l'embrassant sur le bout du nez.

– Vraiment.

Elle lui passa la main dans les cheveux.

– Tu es une chic fille.

– Parfois.

– Jamais remarqué qu'il en était autrement.

– Ah bon ?

– Tu essaies de me faire peur ?

– Non, répondit-elle en reprenant tout d'un coup son sérieux.

Puis elle appuya sa joue contre celle de Jeremy. Son haleine était tiède, sucrée, alcoolisée.

– C'est quelque chose que je ne ferai jamais. Je ne ferai jamais rien qui risque de t'éloigner de moi.

23

Le Point Tumeur de la semaine fut annulé. À la séance suivante, Arthur Chess présidait à nouveau et menait les débats.

Jeremy, arrivé tard, dut s'asseoir au fond de la salle. Celle-ci était plongée dans la pénombre – les diapos, toujours les diapos – et le resta pendant presque toute l'heure. Le baryton sonore du vieil homme énuméra tous les aspects des tératomes médiastinaux.

Lorsque la lumière revint, Arthur avait disparu pour laisser la place au Dr Singh, qui expliqua :

– Le Dr Chess a été obligé de partir plus tôt à cause d'engagements antérieurs. Continuons.

Les dix dernières minutes furent consacrées à un débat animé sur la perméabilité cellulaire. Jeremy n'en avait pas moins du mal à rester éveillé, obligé pour cela de se tancer lui-même :

Au moins, c'est de la science, pas des considérations byzantines de prétendus experts aux théories fumeuses.

La troisième enveloppe arriva le lendemain. Jeremy avait pratiquement terminé une première version de son chapitre et se sentait content de lui. Voir le sigle ORL dans la case « expéditeur » le pétrifia.

Il pensa un instant la jeter sans l'ouvrir. Mais, incapable de résister à la tentation, il tira si brutalement sur le rabat qu'il arracha la petite patte métallique repliable.

Aucun tiré à part d'une revue médicale à l'intérieur de l'enveloppe. À la place, il en sortit une coupure de presse jaunie par le temps et dont les bords s'effrangeaient. Rien n'en indiquait la provenance (les ciseaux avaient largement entaillé les marges), mais le lieu et le ton des faits rapportés faisaient penser à un article de la presse populaire anglaise.

Découverte macabre
Une amie de Bridget, la disparue de Broadstairs, trouvée assassinée

Il y a deux ans, la jeune et jolie Bridget Sapsted quittait un pub de Broadstairs (Kent) à la fin de son service : on ne l'a jamais revue depuis. En dépit d'une enquête longue et minutieuse de la police, on n'a jamais su quel avait été le sort de la charmante jeune femme. Et aujourd'hui, une amie très proche de la jolie brunette a été sauvagement assassinée ; on tente de découvrir s'il n'y aurait pas un lien entre les deux affaires.
Les choses ont pris un tour sinistre lorsque tôt, hier matin, un homme qui se rendait à pied à son travail dans la périphérie de Broadstairs a découvert le corps de Suzie Clevington, 23 ans. Suzie et Bridget avaient été camarades de classe à la Belvington School de Branchwillow (Kent) et les deux jeunes filles étaient restées amies intimes. Espérant devenir danseuse, Suzie avait passé quelques années à Londres et sur le continent avant de revenir au pays natal pour y rechercher un emploi.
« Pour le moment, a déclaré le responsable de l'enquête, l'inspecteur Nigel Langdon, nous traitons les deux cas comme des affaires séparées. Cependant, nous n'excluons pas qu'elles puissent avoir un rapport. »
Réagissant aux rumeurs selon lesquelles le corps aurait subi des mutilations horribles, l'inspecteur Langdon s'est contenté de déclarer que la police ne pouvait révéler aucun détail pour préserver « l'efficacité de l'enquête ».
Les amis et la famille de Suzie Clevington nous l'ont décrite comme une jeune fille ouverte et amicale…

Là s'arrêtait l'article, coupé au milieu d'une phrase.

Bistouris au laser, chirurgie gynécologique, une fille assassinée et mutilée.

Une situation à la Humpty-Dumpty.

Non, ce n'était pas une erreur du service du courrier.

Quelqu'un, dans l'hôpital, voulait que Jeremy sache.

Et de qui pouvait-il s'agir, sinon d'Arthur Chess ?

Il appela le bureau de l'anatomopathologiste. Pas de réponse. Le vieux toubib était-il encore pris par ses « engagements » de la veille ? Par les circonstances qui l'avaient obligé à quitter d'urgence le Point Tumeur avant la fin ?

Jeremy prit conscience d'un fait : les trois enveloppes étaient chaque fois arrivées un jour où Arthur ne pouvait pas être joint. Qu'est-ce que c'était ? Un *alibi* ?

Un alibi pour quoi ?

Il enfila sa blouse blanche et gagna le service administratif de l'hôpital, où il raconta un bobard à la secrétaire, une jeune femme à la bonne humeur permanente du nom d'Anna Colon, avec laquelle il s'était toujours bien entendu : ayant un cadeau à faire au Dr Chess, il avait besoin de son adresse personnelle.

– Je ne savais pas que vous étiez amis, dit Anna en lui tendant l'annuaire relié en noir du personnel médical.

Sans penser à lui demander : « Dans ce cas, comment se fait-il que vous n'ayez pas cette adresse ? » Certaines personnes sont, les bienheureuses, de nature confiante. Jeremy, lui, se réveillait souvent en pleine nuit en doutant de sa propre existence.

– C'est plutôt une relation de professeur à étudiant, répondit-il. Le Dr Chess m'a beaucoup appris et je tiens à lui manifester ma reconnaissance.

– Voilà qui est bien de votre part. Tenez, c'est ici.

24

On était loin de la maison victorienne sise dans un quartier discrètement chic que Jeremy avait imaginée. L'adresse était celle d'un appartement d'Ash View, banlieue sud, loin de la mer, à plus de trente kilomètres du centre.

Encore faux sur toute la ligne. Décidément, tout le prenait par surprise, chez Arthur Chess.

Ou peut-être Arthur lui avait-il donné des indices. Ash View était jadis composé de terres agricoles et il avait parlé avec nostalgie de ses origines paysannes.

La naissance d'un veau… un processus sanglant. Le vieux toubib avait des goûts macabres.

Sentait-il que Jeremy les partageait ?

À cause de Jocelyn ?

Il pensait beaucoup à elle depuis quelque temps.

Il pouvait parler à Angela et faire l'amour avec elle. Mais Jocelyn…

Tellement *absente.*

Il avait besoin de voir le vieil homme.

Il fit très tôt la visite de ses patients, espérant n'en avoir négligé aucun parce qu'il avait l'esprit ailleurs.

Ils lui souriaient – sourires familiers, reconnaissants. Une épouse le remercia, une fille lui serra très fort la main et lui dit que sa mère attendait ses visites avec impatience, qu'il était le seul docteur qui ne lui faisait pas mal.

Sans doute ne salopait-il pas trop le boulot, si imposteur qu'il fût.

Demain, il ferait mieux.

Il quitta le parking des médecins à midi passé de quelques minutes. Il ne pleuvait pas, pour une fois, mais la journée était sinistre et des nuages gonflés d'eau en forme de soucoupes volantes obstruaient le ciel, faisant paraître noire la surface du lac fouettée par le vent. La menace d'une nouvelle tempête paraissait ensorceler les conducteurs. Entre le moment où il emprunta le pont Asa Brander et celui où il quitta l'autoroute, il fut le témoin de nombreuses fautes de conduite, de collisions évitées de justesse et, finalement, d'un accident qui créa un bouchon, obligea tout le monde à faire des détours et n'améliora pas l'humeur générale. Il réussit quand même à prendre l'autoroute à péage, où il dut rouler au pas pendant quelques kilomètres jusqu'à ce que, les embouteillages du milieu de la journée ayant cessé, il puisse enfin accélérer.

Il roulait au milieu d'une étendue plate. Il avait consulté une carte avant de partir, mais il faillit manquer la sortie à gauche, mal indiquée ; il longea un cimetière aussi vaste qu'une ville, passa devant un centre commercial pour classes moyennes et plusieurs lotissements de retraités, chacun se targuant d'offrir une « vie indépendante ».

Arthur aurait-il opté pour cette formule ? Parties de canasta et de loto, concerts d'accordéon, lui et son épouse attentive se mêlant aux autres ?

Un panneau annonça joyeusement : Ash View, trois kilomètres. Socialement parlant, le secteur avait baissé d'un cran : magasins pour la classe ouvrière, stations-service, marchands de pneus d'occasion, baraques entourées de pelouses pelées, où rouillaient d'antiques bagnoles.

On était loin des splendeurs du CCC, quoi que ce sigle voulût dire.

Jeremy passa devant quelques établissements : un Dairy Queen, un Denny's et trois fast-foods. Pas exactement du foie gras dans ces boutiques.

Menant une vie indépendante le jour, s'adonnant aux délices de la gourmandise le soir. Arthur Chess était un homme qu'il ne fallait pas sous-estimer.

Territoire désert, chiens errants, petits immeubles éparpillés : tel était Ash View. L'adresse d'Arthur Chess correspondait à une grande baraque en bois à toit plat, donnant sur une étendue herbeuse sans fin, sans doute autrefois un champ de blé. L'amer le plus proche était un cinéma drive-in assoupi à l'enseigne délabrée, à quatre cents mètres au nord.

Les nuages de pluie transformaient cette morne plaine en un paysage lunaire absolument sinistre.

Jeremy se gara et étudia le bâtiment. Jadis élégant, aujourd'hui décrépit et divisé en appartements. En rien différent du gourbi d'Angela.

Le vieux vit dans une pension de famille. Il a choisi de prendre ses distances avec les plaisirs de la ville, et quoi d'autre encore ?

Une remise à carrioles, à la droite du bâtiment principal, avait été convertie en garage pour quatre véhicules. Quatre portes fermées, sans systèmes de fermeture visibles. Jeremy descendit de la Nova, alla soulever la porte basculante la plus à gauche et découvrit une Nissan. Le box suivant contenait une Ford Falcon, le troisième était vide, le quatrième abritant la Lincoln noire d'Arthur.

D'autres engagements. Le vieux médecin avait quitté le Point Tumeur en avance pour rentrer chez lui, tout simplement.

Jeremy monta les marches en ciment et lut les noms inscrits sur les plaques de laiton des boîtes à lettres oxydées par les intempéries.

A. Chess – sans ses titres – habitait au 4.

La porte d'entrée était en verre biseauté, reste de sa splendeur passée. Jeremy l'ouvrit.

Premier étage à droite. Un mélange d'odeurs – maïs bouilli, lait tourné, détergent pour le linge – emplissait la maison. L'escalier, bordé d'une rampe d'un blanc immaculé, était raide. Murs recouverts d'un enduit texturé du même blanc impeccable. Les marches, en bois de pin patiné par le temps, étaient protégées en leur centre par un tapis « chemin de fer » bleu usé, mais pas une ne craquait. Le bâtiment était entretenu avec le plus grand soin.

La porte d'Arthur ne comportait aucune identification. *Bon, d'accord, on y est.*

Les quelques coups que Jeremy frappa sur le battant restèrent sans réponse.

– Arthur ?

Toujours pas de réaction. Il frappa plus fort et la porte, de l'autre côté du palier, s'entrouvrit de quelques centimètres. Il répéta le nom d'Arthur, y ajouta le sien ; l'ouverture de la porte en face s'agrandit un peu et Jeremy croisa le regard d'un unique iris brun.

– Bonjour, dit-il. Je suis le Dr Carrier et je cherche le Dr Chess.

La porte finit de s'ouvrir sur une femme toute petite et toute ronde, l'air absolument délicieuse et habillée d'une robe d'intérieur jaune pâle. Elle avait les cheveux blancs, mais des sourcils d'un brun-roux spectaculaire. Encore une personne de la génération d'Arthur. Elle tenait à la main une tasse à thé ornée de fleurs et lui sourit. Ses yeux étaient d'une nuance plus foncée, d'un brun aussi profond qu'il peut l'être sans tomber dans le noir. Deux grands anneaux tiraient sur le lobe de ses oreilles.

On dirait une diseuse de bonne aventure d'autrefois.

– Est-ce que le professeur attendait votre visite, mon cher ?

– Pas exactement, dit Jeremy. Je travaille comme lui au City Central et nous avons un problème de traitement à régler à l'hôpital.

– Une urgence ?

– Non, pas tout à fait, madame. Mais c'est important.

– Oh… et vous avez fait tout ce chemin. Quelle conscience professionnelle… c'est un excellent hôpital. Tous mes enfants y sont nés. Le professeur était un jeune médecin à l'époque. Grand et bel homme. Il avait d'excellentes manières avec ses patientes. (Elle eut un petit rire.) Bien sûr, j'étais jeune, moi aussi. Il a fait un travail magnifique.

– C'est le Dr Chess qui vous a accouchée ?

– Oh, oui. Je sais qu'il est anatomopathologiste aujourd'hui, mais dans le temps il avait d'autres spécialités. Quel homme merveilleux ! J'ai été ravie de découvrir que nous étions voisins. Mais j'ai bien peur qu'il ne soit pas ici, mon cher.

– Aucune idée de l'endroit où il pourrait être ?

– Oh, il voyage tout le temps. Dois-je lui dire que vous êtes passé, docteur…

– Carrier. Ainsi donc, il est en voyage ?

– Oh, oui. Quand il part comme ça, c'est moi qui ramasse son courrier et qui m'occupe de ses messages. (Elle sourit, fit passer la tasse dans sa main gauche et lui tendit la droite.) Ramona Purveyance.

Jeremy traversa le palier. Elle avait une main douce, légèrement humide. Ses doigts potelés n'exercèrent aucune pression.

– Il aime beaucoup voyager, fit remarquer Jeremy.

Ramona Purveyance acquiesça d'un hochement de tête enthousiaste.

– Je me demande pour combien de temps il est parti, cette fois.

– Difficile à dire. Parfois, il ne s'absente que vingt-quatre heures, parfois une semaine. Il m'envoie des cartes postales.

– D'où ?

– Oh, d'un peu partout. Entrez, je vais vous montrer.

Il la suivit dans un appartement compact qu'éclairait une baie vitrée donnant sur un herbage s'étendant à l'infini. Une simple prairie, marquée d'une ondulation de terrain à peine perceptible dans sa fuite vers l'horizon. Une douzaine de corbeaux y décrivaient des cercles, se fondant dans le ciel charbonneux pour jaillir brusquement dans les fissures de lumière qui séparaient les cumulus. L'effet était surprenant. Crépitements électriques aériens.

– Ils sont là en permanence, fit observer Ramona Purveyance. Ils sont magnifiques malgré leur réputation.

– Et c'est quoi, leur réputation ?

– Vous savez bien… dans la Bible. Noé envoya le corbeau pour chercher la paix, mais il revint bredouille. C'est la colombe qui a rapporté le rameau d'olivier. Malgré tout, moi, je considère que ce sont des créatures splendides, même si elles ne sont pas exactement paisibles. On voit aussi parfois des cardinaux, d'un rouge superbe. Les corbeaux les font fuir.

Elle posa sa tasse sur une table basse et se dandina jusqu'à un bureau en érable, où elle ouvrit le tiroir du haut.

– Je suis à peu près sûre de les avoir rangées ici.

Jeremy jeta un coup d'œil autour de lui. Les murs étaient peints en vert – vert hôpital – et le mobilier en bois clair neuf et bon marché. Deux gravures – des marines découpées dans un calendrier – étaient les seules œuvres d'art qui décoraient la pièce. Pas de bric-à-brac, pas d'objets-souvenirs. Rien qui rappelle une histoire familiale, comme on aurait pu s'y attendre chez une vieille dame.

Préjugé ridicule, version romanesque de la vie de famille idéale. Tout finit par se déglinguer. Et parfois, les choses ne commencent même pas.

Qu'allait-il pouvoir exhiber, lui, quand il serait vieux ?

Mme Purveyance ouvrit le tiroir, le referma, en ouvrit un autre avec de petits « Mm… mm ». Le séjour donnait sur une cuisine minuscule et immaculée. La vieille dame cuisinait-elle ? Il n'y avait aucune odeur.

– Ah, voilà, dit-elle.

Elle tenait à la main un paquet de cartes postales retenues par un large élastique rouge. Sans hésiter, elle le tendit à Jeremy.

Les dix ou douze premières venaient d'autres continents : Londres, Paris, Stockholm, Constantinople, Munich. Il y en avait de Panama – Arthur retournant voir son ancienne base militaire ? –, du Brésil et d'Argentine. La fournée suivante était entièrement américaine. Le Crater's Lake en Oregon, New York, Saint Louis, Los Angeles, Bryce Canyon, Santa Fe, le Nouveau-Mexique.

De superbes photos d'un site célèbre d'un côté, un même message de l'autre et rédigé d'une écriture qu'il connaissait bien :

Chère Mme P
Je voyage et je m'instruis.
AC

– C'est un amour. Jamais il ne m'oublie.

– Depuis que je le connais, dit Jeremy à tout hasard, il habite ici. Cela doit faire…

– Dix ans. Cinq ans après mon arrivée. C'est un endroit tranquille et les citadins ont parfois du mal à s'y faire. Mais pas le professeur. Il a vendu sa grande maison avec tout ce qu'elle contenait et il s'est très bien adapté.

– La maison de Queen's Arms ?

– Oh, oui. Il m'a montré des photos. Une grande bâtisse victorienne.

Enfin ! Il avait au moins vu juste sur un point !

– Ça devait être merveilleux d'y habiter, continua la vieille dame. Beau mobilier ancien et de jolies fenêtres avec des vitraux… Mais elle était beaucoup trop grande pour une personne seule. Le professeur m'a dit qu'il y était resté bien trop longtemps. Longtemps après… qu'il aurait dû… (Elle se reprit.) Avez-vous la même spécialité que lui, docteur Carrier ?

– Non, je suis psychologue. Après qu'il aurait dû quoi, madame Purveyance ?

Les yeux chocolat ne cillèrent pas.

– Se rendre compte combien cette grande demeure ne convenait pas à une personne seule.

– Il est possible de vivre seul.

– Et vous, docteur, avez-vous jamais vécu seul ?

– Toujours.

Ramona Purveyance se croisa les doigts et l'étudia.

– Un psychologue. Ça doit être tout à fait intéressant.

Elle souriait, mais quelque chose dans son ton lui fit penser qu'elle s'en moquait complètement.

– Le Pr Chess et moi discutons parfois de cas cliniques particuliers, reprit-il. Il s'intéresse énormément aux questions psychosociologiques.

– Je n'en doute pas. Il est aussi curieux qu'un enfant. Il m'arrive de le voir se promener par là, ajouta-t-elle avec un geste vers la prairie sans fin.

Les corbeaux s'étaient regroupés à l'horizon, réduits à de minuscules points noirs.

– Il explore l'herbe. Il se met à genoux, à la recherche d'insectes et de je ne sais quoi. Parfois il y va avec son détecteur de métaux et le promène un peu partout. Il apporte aussi une pelle et creuse des trous.

– A-t-il trouvé quelque chose ?

– Et comment ! Des pointes de flèche, de vieilles pièces, des bouteilles. Un jour, il a trouvé un collier de perles qu'il m'a donné. Des petites perles baroques parfois trouées, mais l'ensemble est ravissant. Je l'ai donné à ma petite-fille, Lucy… elle commence à être assez grande pour apprécier les jolies choses. Le monde est une caverne aux trésors si on sait où regarder. (Elle jeta un coup d'œil vers la porte.) Une tasse de thé ?

– Non, merci. Je dois y aller.

– Docteur Carrier ? Vous avez utilisé un terme… « psychosociologique ». Qu'est-ce qu'il signifie, exactement ? (Elle inclina la tête de côté, simulant la timidité.) J'aime bien enrichir mon vocabulaire.

– Il décrit les interactions entre la psychologie et les questions sociales. Les problèmes qui minent la société : pauvreté, violence, criminalité. Le Pr Chess s'intéresse particulièrement à la violence criminelle.

Elle regarda ses mains.

– Je vois… Bon, j'ai du linge à laver. Dois-je lui dire que vous êtes passé ?

– Bien sûr, merci. Je parie que personne ne sait quand il sera de retour… Est-ce qu'il est parti avec une grosse valise ?

– Je n'en ai pas la moindre idée, docteur, répondit-elle en reprenant sa tasse.

Le thé devait être froid, mais elle le but lentement. Les yeux noirs l'étudiaient par-dessus le rebord de la tasse.

– Vraiment aucune idée ?

– Il a glissé un mot sous ma porte hier soir pour me demander de prendre son courrier. Très tard, sans doute, parce que je ne me suis pas couchée avant onze heures. Et quand je me suis levée, à six heures, il était déjà parti.

La tasse redescendit. Ramona Purveyance avait une expression neutre, mais ses yeux disaient qu'elle était sur ses gardes. Il sourit.

– Ça, c'est bien lui… Parti pour de nouvelles aventures dans sa superbe Lincoln.

– Elle est splendide, n'est-ce pas ? Il l'entretient comme une horloge… il la lave, la brique et y passe l'aspirateur toutes les semaines… mais non, je ne pense pas qu'il soit parti avec. En général, quand il part en voyage, un taxi vient le prendre. Ou bien il prend son autre véhicule et le laisse à l'aéroport.

– Son autre véhicule ?

– Son van. Un van Ford, un vieux, mais en parfait état. Il m'a dit qu'il l'avait acheté à une vente aux enchères de la ville. Il appartenait au bureau du médecin légiste… délicieux, non ? (Elle serra ses bras contre elle.) Le Pr Chess m'a dit qu'il avait été nettoyé de fond en comble. Elles le sont toujours.

– Elles ?

– Les choses de la morgue, dit-elle avec un petit rire. Les choses mortes.

25

L'orage éclata alors qu'il n'avait fait que la moitié du chemin du retour. Jeremy dut conduire avec un pare-brise embrumé, tandis que la voiture chassait de l'arrière et que son freinage devenait de plus en plus problématique. C'est tout juste s'il ne fit pas partie d'un carambolage impliquant sept véhicules. Vers la fin, il s'en remit à la destinée. Il arriva miraculeusement intact chez lui et dîna d'une soupe en boîte, de toasts et de café noir.

Le lendemain soir, Angela et lui purent enfin quitter l'hôpital ensemble, et il l'amena dans un restaurant plus chic que tous ceux qu'ils avaient fréquentés jusqu'alors, du côté de Hale Boulevard Nord. Ils avaient pris un taxi à cause du mauvais temps et Jeremy avait pensé à emporter des parapluies.

Une leçon apprise d'Arthur.

Murs recouverts de suède vert, parements de granit, linge de table amidonné couleur beurre frais. En se rendant à leur table dans le fond, ils passèrent devant un casier de poissons dans la glace – tellement frais qu'on pouvait lire comme un reproche dans leurs yeux ; un autre contenait des pièces de bœuf et de porc admirablement persillées. Des homards pugnaces, pinces attachées, tentaient d'agripper les parois sans défaut d'un aquarium de trois mètres.

La sauvagerie de la bonne chère.

Jeremy avait réservé deux jours auparavant et s'était arrangé pour que quelqu'un remplace Angela. Un type qui avait été interne en psycho et avait assisté à une ou deux conférences de Jeremy.

L'ambiance, les plats, tout était sensationnel. La manière dont le service s'enchaînait fut ce qui impressionna le plus Angela, au point qu'elle en eut les yeux humides.

Elle était assise à côté de lui, leurs cuisses s'usant l'une contre l'autre.

– Après ça, comment faire pour se remettre à la bouffe de l'hôpital ?

– Progressivement. En évitant les chocs sensoriels trop violents, répondit-il.

– C'est proprement scandaleux, d'être traitée ainsi.

– Je parie que ça t'est déjà arrivé.

– Qu'est-ce qui te le fait dire ?

– Tu es la seule fille d'une famille aisée. J'ai comme l'impression que tu as déjà fait l'expérience des raffinements de l'existence.

– C'est vrai, admit-elle, j'ai été élevée avec amour ; on m'a toujours donné ce que je voulais et toujours dit que je pourrais arriver à réaliser mes rêves les plus fous pourvu que je m'y consacre avec assez d'opiniâtreté. Avec ça je devrais ne jamais perdre confiance en moi, non ? Et pourtant, si. Ça m'arrive presque tous les jours. Dans ce travail, avec tous ces gens qui dépendent de moi… Et si jamais je me trompais d'une décimale dans une ordonnance ? Ou si je ne voyais pas cette même erreur faite par quelqu'un d'autre ? Je t'en parle parce que c'est ce qui m'est arrivé en première année d'internat. Une espèce de grand prétentieux qui était plus intéressé à tondre ses patients qu'à les soigner avait rédigé à toute vitesse un dosage d'insuline pour un diabétique. Cent fois trop élevé. On aurait provoqué une mort subite et tout le monde se serait demandé pourquoi.

– Et tu t'en es aperçue ? demanda-t-il.

Elle acquiesça d'un signe de tête. Une serveuse qui avait tout d'une poupée chinoise leur apporta, en guise d'apéritif, une liqueur au melon dans de minuscules verres de couleur verte et un petit plateau de laque sur lequel étaient disposés divers amuse-gueules frits. Angela prit son verre et le caressa. S'empara d'un bébé poulpe, murmura : « Trop cruel » et le reposa.

– Ainsi donc, tu lui as sauvé la vie. C'est épatant, ça.

– J'ai failli ne pas m'en rendre compte, Jeremy. La seringue avait été préparée par une infirmière, et c'était moi qui aurais dû faire l'injection. Le hasard, un simple hasard, m'a fait jeter un coup d'œil sur l'ordonnance. Je n'oublierai jamais la tête qu'a faite le malade. C'était un vieux type, un vieux costaud, conducteur d'engins de chantiers au temps de sa gloire et qui aimait bien encore flirter. Il a dû voir mon expression et se rendre compte que j'étais terrifiée. Il m'a demandé : « Hé, la petite, tout va bien ? » et je lui ai répondu pas de problème, tout en faisant un numéro bidon avec la seringue. Puis je lui ai raconté n'importe quoi, qu'il y avait trop de bulles d'air dans l'aiguille, qu'il fallait en changer. Je l'ai planté là et je suis allée jeter la seringue dans le premier conteneur venu. Après j'ai appelé la surveillante et je lui ai montré l'ordonnance. C'était une femme intelligente et expérimentée, question dosages elle s'y connaissait autant que beaucoup de médecins. Elle a fait : « Oh ! », et quand elle a repris ses esprits la première chose qu'elle m'a dite était qu'il fallait évidemment n'en parler à personne et moi je lui ai dit oui, évidemment. Elle m'a suggéré de modifier l'ordonnance en mettant le bon dosage, et c'est ce que j'ai fait. Ensuite, j'ai préparé une nouvelle seringue et je suis allée faire sa piqûre à mon malheureux patient. Il m'a souri et m'a dit : « Ah, vous voilà ! Vous commenciez à me manquer. On pourrait peut-être sortir ensemble un de ces jours, ma jolie, et tailler une bavette... » Je lui ai souri... J'étais trop secouée pour me scandaliser, sans compter que c'était un type âgé, d'une autre génération, ce n'était pas bien méchant. « Eh, m'sieur Machin-truc, sait-on jamais ? » Et quand je suis partie j'ai tortillé des fesses, histoire de lui remonter le moral. Je sais que c'était un peu osé, mais ce type avait failli mourir et c'était moi qui avais failli le tuer. Il méritait une petite compensation, non ? Et moi de faire pénitence...

Ses lèvres tremblaient. Elle reprit le petit verre et le vida d'un trait.

– Tu n'avais aucune raison de faire pénitence. C'est toi, l'héroïne de l'histoire.

– Un coup de chance, oui. Depuis ce jour-là, je suis parano avec les dosages et je les vérifie toujours deux fois, sinon trois. J'en serai peut-être meilleur médecin. Et tu sais le plus idiot dans cette histoire ? Le médecin traitant, l'imbécile qui ne savait pas où placer ses virgules, n'en a jamais rien su. Nous l'avons protégé, nous ne l'avons jamais dit. Cela fait de moi... quoi ? Une complice ?

– Si tu le lui avais dit, il aurait tout nié en bloc. Et c'est toi qui aurais morflé.

– Je sais, je sais, dit-elle en se sentant mal. Tu parles d'une soirée romantique. Je suis désolée, Jeremy.

Celui-ci fourra son nez dans l'emplacement tiède derrière son oreille. Si douces, les femmes. Si délicatement ciselées.

– Tu es quelqu'un de merveilleux, dit-elle. Je t'en prie, ne change rien !

Une semaine plus tard, il reçut une carte postale d'Oslo.

Une photo superbe représentant un lieu appelé le Jardin des sculptures de Vigeland. Des personnages monumentaux à la musculature hypertrophiée disposés dans le cadre verdoyant d'un parc. Les œuvres lui firent l'effet d'être agressivement fascisantes, wagnériennes, en tout cas.

Au dos de la carte, d'une écriture penchée en avant, Jeremy put lire ces mots, rédigés au stylo à plume :

Cher Dr C,
Je voyage et je m'instruis.
AC

Le vieux bonhomme prend ses cliques et ses claques quand ça lui chante. Et pourquoi pas, au fond ? À la retraite, vivant seul, Arthur n'avait aucune obligation professionnelle.

Et avait jeté le superflu par-dessus bord.

Jeremy avait la certitude que le vieux monsieur avait abandonné la maison victorienne pour d'autres raisons qu'une prise de conscience soudaine de ses dimensions excessives.

Et que Ramona Purveyance connaissait cette raison, qu'elle avait même failli la lui dire : *Le professeur m'a dit qu'il y était resté bien trop longtemps. Longtemps après… qu'il aurait dû…*

Elle n'avait pas achevé sa phrase et, pressée par Jeremy, avait détourné la conversation.

Y avait-il eu une tragédie dans la vie d'Arthur ? Un événement qui avait tout bouleversé ? Peut-être le vieil homme avait-il simplement été confronté à l'un des drames les plus courants de la vie : le veuvage.

La perte de l'épouse attentive qu'avait imaginée Jeremy. Voilà qui aurait plus que suffi à mettre à mal les besoins de convivialité d'Arthur. À le conduire à rechercher d'autres plaisirs.

Comme des dîners tardifs en compagnie d'excentriques de son acabit.

Jeremy rangea la carte dans un tiroir de son bureau. La fois suivante qu'il vit Anna, la secrétaire de l'administration, il la remercia de lui avoir donné l'adresse d'Arthur, lui dit que celui-ci avait été ravi de son cadeau et qu'en ce moment il était en voyage.

– Oui, ça lui arrive souvent, répondit-elle. Il m'envoie des cartes postales ravissantes. C'est très attentionné de sa part.

– C'est une bonne manière de s'occuper, fit observer Jeremy.

– Quoi donc ?

– Voyager. Surtout quand on vit seul.

– Vous avez tout à fait raison.

– Depuis combien de temps est-il tout seul ?

– Depuis que je le connais, répondit Anna. J'ai même l'impression qu'il n'a jamais été marié, docteur Carrier. Un célibataire endurci, comme on dit. Quel dommage, non ? Un homme aussi sympathique !

Vivre seul signifie qu'on peut filer jusqu'à l'aéroport, faire du charme à l'agent de la billetterie, monter dans le premier avion, délacer ses chaussures, grignoter des cacahuètes salées en sifflant un apéritif aux petits oignons et s'installer pour un long vol.

Si Arthur était bien derrière cette histoire d'enveloppes anonymes, il avait envoyé à Jeremy deux articles sur la chirurgie au laser et quitté le pays peu après lui avoir posté une vieille coupure de presse sur une jeune Anglaise disparue et l'amie assassinée de celle-ci.

Ou, du moins, Jeremy avait supposé que l'article était ancien à cause du papier bruni et cassant. Quel était son but ? Une leçon d'histoire criminelle ? Voulait-il que Jeremy s'interroge sur un autre cas de « pire comportement » ?

Voulait-il conduire Jeremy quelque part ?

Dans cette hypothèse, le vieil homme avait fait preuve d'une dissimulation à rendre fou.

Où était cet article, au fait ? Jeremy fouilla son bureau, puis se souvint de l'avoir jeté. Et quel était le nom de la fille assassinée, déjà... Suzie... Suzie quelque chose, un nom commençant par un C... Il se creusa la tête pour le retrouver, le sentit qui lui échappait de manière agaçante comme un arrière-goût logé dans les tissus mous et spongieux sous la langue...

C'est l'autre nom qui lui revint en mémoire, et sans qu'on lui ait rien demandé.

La fille qui avait disparu portait un nom bizarre : Sapsted. Bridget Sapsted.

Il s'adressa alors à son vieil ordinateur, supporta les couinements caractériels de son modem (l'hôpital était passé à l'âge de l'informatique longtemps après toutes les autres institutions de santé et refusait encore d'installer un système intégré), s'enfonça dans son fauteuil et se mit à compter les trou-trous dans les dalles du plafond jusqu'à ce qu'il ait la connexion avec Internet.

Il tapa le nom de la jeune disparue dans un moteur de recherche, entendit l'ordinateur, sans doute atteint d'indigestion numérique, bourdonner, ronfler et lâcher des vents.

Trois réponses, les trois en provenance de journaux à scandales britanniques.

L'affaire n'était nullement ancienne ; le papier journal, chargé d'acidité, se détériorait rapidement.

Cela remontait à six ans : comme le disait l'article, sur le moment on n'avait rien su du sort de Bridget Sapsted.

Puis, deux ans plus tard, on avait retrouvé ce qui restait de son corps.

Son cadavre avait été enterré sous très peu de terre, dans un environnement densément boisé à même pas quatre cents mètres de l'endroit où on avait retrouvé sa « copine », Suzie Clevington. Trois semaines après Suzie. Il n'en restait que des ossements ; d'après le médecin légiste, Bridget avait passé deux années sous terre avant d'être reniflée par des chiens.

> *« La découverte de Suzie a contribué à resserrer nos recherches, a déclaré l'inspecteur-chef Nigel Langdon. Nous estimons à présent que les deux jeunes filles ont été victimes du même agresseur. Pour des*

raisons évidentes, nous ne pouvons divulguer les motifs qui nous le font penser à ce stade de l'enquête. »

Jeremy lança plusieurs recherches à partir du nom de l'inspecteur. Il n'y eut qu'une occurrence pour Nigel Langdon, mais elle n'avait rien à voir avec la police : l'année précédente, un homme portant ce nom avait fait une conférence sur la culture des pivoines devant le Millicent Haverford Memorial Garden Club. Dans le Kent.

Même comté ; devait être le même type. Peut-être l'inspecteur-chef avait-il pris sa retraite et choisi de s'adonner à des activités plus reposantes.

Jeremy fit le numéro des renseignements internationaux, prit quelques faux départs, mais finit par être connecté à la bonne opératrice, en Angleterre, et par obtenir le numéro de téléphone d'un certain Nigel Langdon, à Broadstairs.

La ville où les deux jeunes filles assassinées avaient été en classe ensemble.

Il composa le numéro, eut droit à quelques couinements de ligne longue distance et resta un instant surpris lorsqu'une voix de femme, joyeuse et pépiante, lui dit :

– Allô, qui est à l'appareil ?

– M. Langdon est-il chez lui, s'il vous plaît ?

– Il regarde la télé. Qui dois-je lui annoncer ?

– Dr Carrier, des États-Unis.

– Les États-Unis ? Vous blaguez.

– Pas du tout. Vous êtes Mme Langdon ?

– Tout juste. C'est pas une blague ? Et alors ? Et quel genre de toubib américain êtes-vous ?

– Psychologue. Un ami du Dr Chess.

– Ah, vraiment ? dit la femme. Je ne doute pas que ce soit très flatteur pour ce monsieur. Alors, vous pensez que Nigel a besoin d'une petite séance de psychothérapie ?

– Nullement, Mme Langdon, nullement. Le Dr Arthur Chess – le Pr Chess – est un anatomopathologiste célèbre qui s'intéresse à l'une des affaires qui ont occupé M. Langdon. Nous parlons bien de l'inspecteur-chef Langdon, n'est-ce pas ?

– À la retraite, oui… Il y a un moment que Nigel ne s'occupe plus de ces affaires horribles… C'est à propos des filles assassinées, n'est-ce pas ? Peut pas être autre chose.

– En effet, je l'avoue et…

– Ah ah ! Alors, qui est le détective de la famille ? ajouta la femme en riant.

– Mais comment avez-vous su ?

– Parce que c'est la seule affaire dont Nigel a eu la responsabilité qui peut intéresser un psychologue. Pouvait être qu'un cinglé, ce type… mais je ne devrais pas en dire plus. Pas d'indiscrétion, n'est-ce pas ? Et qu'est-ce que vous et votre ami professeur voulez à Nigel ?

– Simplement lui poser quelques questions.

– Comme tous les autres.

– Y aurait-il eu récemment des manifestations de curiosité pour cette affaire ?

– Non, pas récemment. Mais après la découverte de la deuxième, la petite Bridget, le téléphone n'avait pas le temps de refroidir.

Elle se tut quelques instants et ajouta :

– Dieu merci, tout cela est passé. Alors vous voulez lui parler, hein ?

– J'apprécierais. Rien qu'une…

– Ça ne peut pas lui faire de mal, je suppose. Ces temps derniers, il s'est plaint de s'ennuyer. Nigel !

L'homme parlait d'une voix pâteuse – comme s'il avait la bouche pleine d'œufs durs.

– C'est quoi ? dit-il d'un ton agressif. Encore un truc à propos de Suzie et Bridget ? Et d'abord qui êtes-vous ? Qu'est-ce que ça veut dire ?

Jeremy raconta toute une histoire sur les talents de légiste d'Arthur, les discussions érudites qu'ils avaient sur les affaires importantes et comment le vieux médecin lui avait demandé d'assurer un suivi d'un point de vue psychologique sur les affaires qui n'avaient pas encore été résolues.

– Eh bien, en voilà une qui n'a foutrement pas été résolue, je vous le dis, grommela Nigel Langdon. On n'a jamais pu fermer le dossier. N'a pas arrêté de me surprendre, cette histoire. Deux corps et je pensais qu'il y en aurait d'autres. Un de ces trucs en série, vous voyez ? Mais ça s'est arrêté là : deux. Ce salopard a massacré les deux pauvres gosses et n'a pas recommencé. L'une d'elles avait un petit ami qui valait pas grand-chose, il s'était retrouvé pendant quelque temps à Broadmoor pour agression… j'étais certain que c'était lui qui avait fait le coup. Sauf qu'il avait un alibi : il était justement sous les verrous à Broadmoor à ce moment-là. Un alibi en béton, vous croyez pas ? Et à part lui, personne. Et maintenant, bonne nuit…

– Massacrées, dit Jeremy. Y a-t-il eu agression sexuelle ?

– Je parlais d'une manière générale, monsieur. Pourquoi devrais-je vous le dire ? Vous ne manquez pas de culot…

– Encore une question, inspecteur Langdon. Je vous en prie. Avez-vous relevé des indices de compétence chirurgicale dans l'un et l'autre meurtre ?

Silence.

– Qu'est-ce que vous me demandez, exactement ?

– Seulement cela. Les corps auraient-ils été disséqués avec… une certaine précision ? Une technique impliquant des connaissances médicales ?

– Et vous dites que vous m'appelez d'où, mon gars ?

– Hôpital City Central.

Jeremy lui donna l'adresse, lui dit qu'il pouvait lui donner son numéro et qu'il pourrait en vérifier l'authenticité, s'il voulait.

– Et pourquoi tant de curiosité de la part de l'hôpital ? le coupa Langdon.

– Rien de plus que ce que je vous ai dit, inspecteur. Curiosité intellectuelle. Et un très profond intérêt de la part du Pr Chess comme de moi-même pour les problèmes psychosociaux. Les origines de la violence.

– Vous n'auriez pas une affaire du même genre sur les bras, par hasard ?

Jeremy hésita.

Langdon le relança.

– Je vous donne toutes les réponses et voilà que vous devenez muet ?

– C'est possible, inspecteur. Mais rien de décisif. Le Pr Chess est anatomopathologiste et il a travaillé avec le médecin légiste, ici. Vous n'avez jamais entendu parler de lui ?

– Chess… comme le jeu ?

– Exactement.

– Non, peux pas dire.

– C'est une sommité internationale. Actuellement, il est en déplacement à Oslo.

– Quel dommage pour lui, ricana Langdon. En tant que village de pêcheurs amélioré, c'est pas trop mal. Mais ces mecs ! Ils ne connaissent que leurs sardines et leur pétrole. Ce qui n'est pas idiot, au fond. Bouffent leurs poissons et s'en foutent plein les poches avec leur pétrole, les Vikings. Pires que les Arabes. Et avec tout ce fric, ils sont pas foutus d'installer la plomberie dans leurs maisons de vacances et ils continuent à se balader en sac à dos. Vous trouvez ça logique, vous, des gens aussi friqués qui n'ont pas l'eau courante ?

Tout un discours. La voix de Langdon avait monté d'un cran, signe d'anxiété, et Jeremy se demanda si ce boniment ne cachait pas quelque chose.

– Je vois que vous êtes allé à Oslo, inspecteur.

– Oui, et dans des tas d'autres endroits, répondit Langdon. Bref, on va en rester là pour le moment parce que vous me refaites penser à des choses répugnantes. Parlez-moi donc de fleurs, j'adore les fleurs. Les fleurs ne s'étripent pas les unes les autres sans raison avant de disparaître à jamais avec leurs sales gueules de psychopathes.

Et, sur un dernier reniflement, il coupa la communication.

Langdon avait été à Oslo et ne voulait pas en parler.

Jeremy réfléchit à tout ce que l'inspecteur venait de lui dire et arriva à la conclusion qu'il ne pourrait rien en tirer de plus. Affaire classée.

Pas du tout, pourtant. Deux jours plus tard, il recevait un courriel de NigelLfleur@uklink.net.

En bon détective, Langdon s'était souvenu du nom de Jeremy et de celui de l'hôpital et était remonté jusqu'à lui.

Cher Dr Carrier,
Je crains d'avoir été inutilement brusque avec vous pendant notre dernier entretien par téléphone. Vous me pardonnerez peut-être cette brusquerie, due à la nature inopinée de votre coup de fil et au sujet désagréable que vous avez mis sur le tapis au cours d'une soirée par ailleurs paisible.
Je pense cependant que je me dois de vous faire savoir les vérités suivantes :
En ce qui concerne vos recherches sur les différents aspects des affaires dont j'ai eu la responsabilité et dont nous avons discuté, j'ai bien peur de ne pouvoir divulguer aucun détail. En particulier parce que les affaires en question n'ont toujours pas été résolues. L'homme actuellement responsable du dossier Clevington/Sapsted est l'inspecteur Michael B. Shreve. Pour autant que je sache, ce dossier est dans un tiroir, les recherches ayant été suspendues en attendant que de nouveaux indices se présentent – ce qui jusqu'ici, et toujours pour autant que je sache, n'a pas été le cas. Il y a donc des chances qu'il reste fermé. Vous ayant donné le nom de l'inspecteur Shreve, j'ai cependant le sentiment de m'être acquitté de mes responsabilités vis-à-vis de vous dans cette affaire.
De plus, je doute fort que l'inspecteur Shreve ait envie de discuter du dossier en question avec une personne n'appartenant pas à la police. Voici cependant son numéro de téléphone, au cas où vous décideriez d'insister.
Bonne chance,
Nigel A. Langdon (définitivement à la retraite).

Jeremy téléphona au bureau de Michael Shreve ; un policier zélé lui apprit que l'inspecteur était en congé.
– Jusqu'à quand ?
– Jusqu'à son retour, monsieur.
– Qui pourrait intervenir… ?
– Je n'ai pas la liberté de divulguer des informations personnelles, monsieur.
Jeremy laissa son nom et son numéro de téléphone et dit qu'il s'intéressait à l'affaire Clevington/Sapsted.
Si cela éveilla la curiosité de M. Trop-zélé, il n'en laissa rien paraître.
– Il ne serait pas en Norvège ?
– Merci, monsieur. Bonne journée, monsieur.

26

Cela ne lui était encore jamais arrivé : il avait oublié d'éteindre son Alphapage, qui se déclencha pendant une séance de thérapie.

Le patient, un électricien de trente ans du nom de Josh Hammet, était hospitalisé pour une dernière greffe de peau, suite à de graves blessures qu'il avait subies l'année précédente lorsqu'une ligne à haute tension avait lâché pendant un violent orage ; elle lui avait entaillé le torse et tranché le bras gauche.

Quelques mois après l'amputation, il avait commencé à être assailli de douleurs fantômes et, comme rien ne paraissait le soulager, le chirurgien-plasticien avait demandé une consultation psychologique.

C'était la sixième fois que Jeremy voyait le jeune homme. Josh s'était révélé un excellent candidat à l'hypnose et réagissait tout de suite, pour ne pas dire avec enthousiasme, à l'idée que lui suggérait Jeremy – que son bras avait trouvé un lieu de repos paisible.

Ce jour-là, allongé sur la couchette de la salle de consultation, Jeremy non loin de sa tête, il respirait lentement, régulièrement, avec sur les lèvres le sourire innocent du bambin qui rêve.

La sonnerie montant de la ceinture de Jeremy ne le réveilla pas. Il était loin. Jeremy coupa l'espèce de bêlement du portable et laissa l'homme dans son état de sommeil profond plus longtemps que d'habitude, puis le ramena progressivement à l'état de veille. Lorsque l'électricien le remercia et lui dit qu'il se sentait bien, vraiment bien, fantastiquement bien même, Jeremy lui tourna le dos.

– C'est vous qui avez fait tout le boulot, Josh. Vous êtes sensationnel pour ça.

– Vous croyez, docteur ?

– Tout à fait. Aussi bon qu'on peut l'être.

Josh eut un sourire rayonnant.

– Je n'aurais jamais pensé en être capable, docteur. Pour dire la vérité, la première fois que vous en avez parlé, j'ai pensé que c'était du pipeau. Mais cette idée d'un tableau électrique était géniale, en fin de compte. Dès que je l'ai visualisé, avec tous les circuits en place, toutes les lumières qui clignotaient, tout qui marchait au poil, j'ai plongé. Comme ça.

Il claqua des doigts de sa main restante.

– Aujourd'hui, enchaîna-t-il, je suis vraiment passé dedans. Je me suis imaginé en train de pêcher quelque part dans la baie. Je ramenai tellement de brochets et de perches qu'il y en avait presque trop pour le bateau. Je peux vous le dire, je sentais leur odeur pendant qu'ils cuisaient dans la poêle.

– Mettez-m'en un ou deux de côté.

– Vous pouvez y compter, docteur.

Jeremy était content lorsqu'il quitta la salle de consultation. Voir le numéro d'Angela sur le biper avait fait naître un grand sourire sur son visage.

– Je n'ai qu'une demi-heure, lui dit-elle lorsqu'il put la joindre au service de pneumologie. Qu'est-ce que tu dirais d'un café et d'une pâtisserie à la cafète des toubibs ?

– Je suis déjà en route.

Quand il arriva dans la cafétéria, Angela était assise en compagnie de Dirgrove, le chirurgien cardiaque, devant un café et un gâteau au chocolat. Il n'y avait rien devant Dirgrove. Il n'était pas dans sa tenue écarlate de salle d'op, mais avait enfilé une blouse blanche boutonnée, dans l'échancrure de laquelle dépassait le col d'un T-shirt noir.

Très sexy.

Il se leva lorsque Jeremy approcha.

– Salut, Jeremy.

– Salut, Ted.

Dirgrove se tourna vers Angela.

– J'opérerai jeudi. Si vous voulez y assister, pas de problème, avertissez simplement ma secrétaire.

– Merci, docteur Dirgrove.

Le chirurgien se tourna vers Jeremy.

– J'allais vous appeler pour la petite Saunders.

– Tout s'est bien passé ?

– Pas exactement.

Il fit jouer ses doigts et son visage osseux devint rigide.

– Elle est morte sur le billard.

– Seigneur ! Qu'est-ce qui s'est passé ?

– Réaction à l'anesthésie ; probablement un truc idiopathique. Ses signes vitaux se sont mis à faire du yoyo, un pic – ce que je craignais – suivi d'un effondrement général. Tout s'est cassé la gueule. Sur le coup, j'ai pensé que c'était la connerie classique des anesthésistes : le tube qui passe dans l'œsophage au lieu des poumons parce que tout d'un coup son taux d'oxygène a dégringolé. C'est la merde, mais c'est des trucs qui arrivent, on s'en aperçoit et on arrange ça. Le gazier a vérifié, mais tout était en place. Il n'arrivait tout simplement pas à l'empêcher de plonger. Je l'avais ouverte, le sternum était rétracté et j'arrivais juste au cœur.

C'est d'une voix creuse que Dirgrove rapportait l'incident, comme s'il parlait dans un tube de bambou. Il avait les yeux fatigués, mais s'était soigneusement rasé et paraissait bien tenir le coup.

– Jusque-là tout s'était passé impec, et puis d'un seul coup elle part. C'est la poisse.

Jeremy repensa à la jeune femme potelée, à sa collection de piercings dans les oreilles, à sa tignasse rebelle. Et à toute sa colère. À Dirgrove, qui l'avait soupçonnée de constituer un risque sérieux.

Je débarque dans ce trou de chiottes en pleine forme… et demain, je vais me réveiller avec l'impression d'être passée sous un camion.

Vous êtes adulte et c'est de votre corps qu'il est question. Autrement dit, si vous avez des réserves à…

Mais non. Moi aussi je vais nager dans le sens du courant. Qu'est-ce qui peut m'arriver de pire ? Mourir ?

– La super-poisse, dit Jeremy.

– La poisse au cube.

Dirgrove roula les épaules.

– Les résultats de l'autopsie ne devraient pas tarder. Ça sert à rien de ressasser.

Et il s'éloigna.

– Le pauvre homme, dit Angela.

– La pauvre patiente, rétorqua Jeremy.

Il avait parlé d'un ton dur et Angela pâlit.

– Tu as raison, je suis désolée…

– Non, c'est moi, dit Jeremy. Je suis à cran.

Il s'assit en face d'elle et chercha la main de la jeune femme. Elle ne lui offrit que le bout de ses doigts. Froids, secs.

– J'ai été pris par surprise. Comme je n'en avais pas réentendu parler, je pensais…

– C'est terrible. D'autre raison d'être à cran ?

– Trop de travail et pas assez de distractions.

– J'aimerais bien me distraire avec toi, mais on m'exploite, moi aussi.

Il regarda le gâteau.

– Prends-le, j'ai fini, dit-elle.

– Tu es sûre ?

– Sûre et certaine.

Il en rompit un morceau, le mâcha, avala.

– Je ne voulais pas t'agresser.

– Non, ça va. Il n'aurait pas dû te l'annoncer de cette façon, de but en blanc. Je crois que je me suis sentie désolée pour lui parce que c'est à lui que je m'identifie dans cette affaire. Perdre un patient… C'est ce que nous redoutons tous, mais tôt ou tard ça finit par nous arriver. J'en ai déjà perdu quelques-uns, mais je n'étais pas le médecin traitant et ce n'était donc pas vraiment mes patients. C'est le bon côté de ta spécialité, non ? Tes malades ne meurent pas. En règle générale.

– Il y a toujours les suicides, lui fit remarquer Jeremy.

– Oui, c'est vrai. À quoi je pensais ?

Elle retira sa main et se la passa dans les cheveux. Elle avait les paupières lourdes.

– Je ne vais pas très fort, hein ? Trop de travail, pas assez de distractions. J'ai adoré ce restaurant. Un grand moment d'évasion. J'aime ce que tu fais pour moi, Jeremy.

La main d'Angela vint se reposer sur celle de Jeremy. Toute la main. Sa peau était un peu plus chaude.

– Est-ce que je peux te poser une question ? reprit-elle. Quand ça t'arrive… un suicide, ou un patient qui te claque entre les mains, comme celle-ci, comment fais-tu ?

– On tâche de se convaincre qu'on a fait du mieux qu'on a pu et on passe à autre chose.

– C'est en gros ce que dit Dirgrove. Inutile de ressasser.

– En gros, oui. On ne peut pas être un robot, mais on ne peut pas non plus s'arracher à chaque fois les cheveux.

– C'est donc quelque chose qui s'apprend… savoir se mettre à distance.

– C'est indispensable. Sans quoi tu t'étioles.

– J'imagine.

– Tu veux du café ?

– Non, ça va comme ça.

Il se leva, alla remplir une tasse à la machine et revint.

– Cette fille qui est morte, reprit Angela, penses-tu qu'il y ait un rapport avec les inquiétudes de Dirgrove ?

– Qu'elle se serait fait peur à en mourir ?

– Rien de ce que… oui, je suppose que c'est ce que j'ai voulu dire. Pourrait-il y avoir un phénomène inconscient à l'œuvre ? Une force de mort qui grandit chez certaines personnes et les fait s'effondrer… quelque chose qui flanque la pagaille dans tous leurs systèmes autonomes, qui les empoisonne à coups d'hormones de stress ? Est-ce que ce n'est pas au Vietnam qu'on trouve une tribu avec un taux élevé de morts subites ? Rien de prévisible, c'est ça ? On applique des principes scientifiques bien établis pour la prémédication, on pense qu'on maîtrise son sujet. Et on voit les trucs les plus bizarres : des patients dont le cas paraît désespéré qui récupèrent et repartent sur leurs deux jambes. D'autres qui ne sont pas aussi malades et qui se retrouvent du mauvais côté, dans les rapports M & M.

Morbidité et Mortalité. La colonne de droite, celle réservée aux décès. Le M & M était du domaine d'Arthur et de son département. Encore le vieux médecin… qu'il reste donc en Scandinavie à se taper du *lutefisk*[1] et des kilomètres de pornographie et tout ce qu'ils produisent là-bas…

1. Poisson blanc séché *(NdT)*.

Angela avait repris la parole.

– Et si cela ne tenait pas à ce que je fais, moi ? Si cela tenait avant tout à des facteurs psychologiques ? Ou au vaudou ? Pour ce qu'on en sait, il se peut qu'un équivalent de virus psychique vienne coloniser nos instincts fondamentaux de survie et nous plie à sa volonté. Merilee Saunders l'a peut-être senti qui s'emparait d'elle. C'était pour ça qu'elle se sentait nerveuse. (Elle sourit.) Je délire. Je souffre incontestablement de privation de sommeil.

Jeremy se représenta le visage de Merilee. En colère, tendu par… par quoi ? Par ce qu'elle savait ?

– Ce dont tu parles, dit-il, pourrait s'appeler désordre auto-immune de l'âme.

Angela ouvrit un œil rond.

– Qu'est-ce qu'il y a ? demanda-t-il.

– Ce que tu viens de décrire à l'instant, avec ta manière de cerner les choses en quelques mots. Un désordre auto-immune de l'âme. J'aurais aimé que tu continues. J'adore t'écouter.

Il garda le silence.

Elle lui serra la main, très fort.

– Je parle sérieusement. Jamais je n'aurais pu trouver une formule pareille.

– Virus psychique, c'est pourtant pas mal du tout.

– Non, les mots, c'est pas mon truc. À l'école, j'avais toujours les meilleures notes en maths et en sciences, mais si on me demandait une dissert de trois pages, j'étais fichue.

Il y avait quelque chose de fiévreux dans ses yeux. Une légère transpiration brillait sur sa lèvre supérieure.

– Tu te sens bien ? lui demanda-t-il, inquiet.

– Fatiguée, c'est tout. Je suis sûre que tu n'avais jamais de mal avec tes disserts.

Il éclata de rire.

– Si tu savais !

Et il lui raconta son combat pour rédiger le livre.

– Tu vas y arriver, dit-elle. Simplement, tu as été distrait.

– Par quoi ?

– Devine.

Il rit de nouveau et finit le reste du gâteau.

– Tu as la maîtrise des mots, Jeremy, ce ne sont pas les mots qui te contrôlent.

– Les mots, c'est tout ce que j'ai, Angela. Toi, tu peux t'appuyer sur ton savoir. Pour moi, ce qui compte, c'est ce que je dis et quand je le dis. Point final. À la base, c'est un domaine primitif…

Elle posa un doigt qui sentait la Bétadine et le savon français sur les lèvres de Jeremy.

– La prochaine fois que nous serons ensemble, dit-elle, il faudra m'en dire davantage sur toi.

27

La prochaine fois eut lieu deux jours plus tard, à l'appartement d'Angela. Elle était presque en congé : elle ne travaillait que quinze heures par jour. Elle avait tout de même trouvé le temps de cuisiner un bœuf braisé aux haricots et une salade de petits légumes. Ils s'installèrent sur le canapé d'occasion pour manger en écoutant de la musique. Ses goûts la portaient vers une forme de rock de dix ans plus récente que celle qu'aimait Jeremy.

Pour la première fois, il passa la nuit sur place.

Et parla. Mais pas de lui, d'Angela. Il lui dit qu'elle était belle et lui fit sentir tout ce qu'il éprouvait pour elle. Elle le regardait intensément, parfois obligée de fermer les yeux de plaisir. Une fois la vaisselle faite, ils retournèrent sur le canapé et s'enlacèrent. Elle le griffa, s'agrippa à lui tel un crabe étreignant sa proie et, lorsque ce fut terminé, ils allèrent se jeter d'un pas mal assuré dans son lit, où ils dormirent jusqu'au lever du jour.

Il la ramena à l'hôpital en voiture et l'abandonna devant les ascenseurs. Puis il acheta un journal à la boutique, prit un café à une machine et emporta sa dose de caféine et de tragédies du jour jusqu'à son bureau.

Il parcourut le journal nonchalamment – toujours les mêmes trucs. Puis un article de la section locale lui fit oublier un instant de respirer.

Une femme avait été assassinée la veille, non loin de l'endroit où Tyrene Mazursky avait été massacrée. Une femme sans nom.

Le corps avait été abandonné à ciel ouvert au nord du port, sur une langue de sable portant le nom de Saugatuck Finger.

Jeremy connaissait l'endroit : quatre cents mètres de silice sablonneuse en forme de boomerang et entourés sur trois côtés de pins et de sapins, sous lesquels étaient installées quelques tables de pique-nique branlantes. Pas grand-chose à faire dans le coin, sinon donner des coups de pied dans le sable et avancer un orteil prudent sur les galets, dans les vaguelettes d'une eau moins propre qu'il n'y paraissait. Une odeur nauséabonde montait parfois du fond de la crique. Les familles pauvres venaient y piqueniquer pendant les beaux mois de l'année.

Mais dès que le ciel prenait la couleur de la fonte, personne ne s'y aventurait. Saugatuck Finger devenait un endroit abandonné. Fantomatique, la nuit.

L'article ne donnait aucun autre détail et ne tentait aucun rapprochement avec la mort de Tyrene Mazursky.

Humpty-Dumpty sur la plage ?

Jeremy dut lutter contre son envie d'appeler Doresh. Il repoussa le journal et s'attela au brouillon presque achevé de son chapitre. Il était temps de mériter les compliments d'Angela. Il avait pensé à deux nouvelles hypothèses qu'il voulait explorer.

Pour finir, le chapitre allait être deux fois plus long que prévu.

Il en savait plus qu'il ne croyait.

Mais rien sur la femme de Saugatuck Finger.

Il marmonna : « Au diable tout ce bordel » et écrivit pendant toute la matinée.

Le lendemain, l'inspecteur Michael Shreve l'appela d'Angleterre, alors qu'il venait d'arriver à son bureau.

Quelle heure était-il là-bas ? Six heures du matin, sinon cinq. Shreve paraissait bien réveillé. Plus jeune que Nigel Langdon et moins emporté. Voix claire, excellente élocution. Il rendit son bonjour à Jeremy avec cordialité.

– Merci de me rappeler, inspecteur.

– Vous ne pouviez pas y couper, monsieur. Un médecin américain cherche à me joindre, ma curiosité est trop forte. Si vous me disiez ce qui vous tracasse ?

Jeremy lui raconta la même fable qu'il avait concoctée pour Langdon.

– Le Pr Arthur Chess, répéta Shreve.

– Vous le connaissez ?

– Non, mais je devrais peut-être… Est-il pour vous une espèce de Sherlock Holmes local ?

– Pas exactement, répondit Jeremy. Rien qu'un médecin de grande réputation et à l'esprit curieux.

– Et vous travaillez avec lui.

– Oui. À l'hôpital City Central.

– Je vois. Et le professeur vous a parlé de nos filles.

– Il m'a fait parvenir une coupure de presse relatant l'affaire. Nous avions eu une discussion sur les origines de la violence criminelle et je suppose qu'il trouvait l'exemple frappant.

– Vous a fait parvenir ? s'étonna Shreve.

– Il est en voyage.

– Et où donc, monsieur ?

– À Oslo.

– Ah… ce n'est pas le pire moment pour les régions du Nord, mais pas le meilleur non plus. Il aura droit à quelques heures de jour, c'est tout.

Comme Langdon, Shreve parlait de la Norvège en personne connaissant le pays.

– Vous êtes allé à Oslo, inspecteur ?

– En touriste, oui… Ce Pr Chess… diriez-vous que sa curiosité se porte sur des points précis de notre affaire ?

– Comme je vous l'ai dit, il s'intéresse à la genèse de la violence, répondit Jeremy avant d'ajouter un pur mensonge : Nous avons aussi abordé la question de savoir s'il n'y avait pas un aspect chirurgical dans ces meurtres.

– Est-ce que… le professeur a posé cette question ?

– Oui.

– Et pourquoi ?

– Je l'ignore, inspecteur. Il l'a simplement posée. Il a ajouté dans la marge de la coupure de presse : « Cher Jeremy, des techniques chirurgicales ont-elles pu être employées ? »

Ah, quel labyrinthe on a vite fait de créer…

– Hmmm, dit Shreve. Un anatomopathologiste. À votre avis, faisait-il le rapprochement entre nos deux malheureuses filles et un cas qu'il connaissait ?

– Pas que je sache. Il ne pratique plus la médecine légale.

– Mais il l'a pratiquée.

– Cela remonte à de nombreuses années. Nous n'en avons que très peu parlé avant son départ, inspecteur. Puis j'ai reçu l'article. Le nom de l'inspecteur Langdon y figurant, la curiosité m'a poussé à lui téléphoner. Il m'a dit que vous étiez en charge du dossier aujourd'hui et j'ai cherché à vous contacter. C'était certainement une réaction démesurée et je me rends compte que je vous fais perdre votre temps. Je suis désolé, monsieur.

– D'Oslo, reprit Shreve comme s'il n'avait rien entendu. Et c'est de là que vous avez reçu la carte.

– Oui. Une photo du jardin de sculptures de Vigeland.

– Aha… écoutez, monsieur. Comme vous le savez, les enquêtes sont encore en cours et je ne peux donc divulguer aucun détail. Sentez-vous cependant libre de transmettre ce message à votre professeur : nous continuons à chercher une solution, nous n'en avons éliminé aucune.

– Je le lui dirai.

– Comme vous voudrez, docteur. C'était un plaisir de vous parler.

Les deux policiers britanniques s'étaient rendus en Norvège et Arthur s'y trouvait actuellement. La Norvège avait soulevé l'intérêt de Shreve.

Un rapport scandinave avec les meurtres en Angleterre ? Avec ceux d'ici ?

Jeremy se souvint que parmi les auteurs du premier article sur la chirurgie au laser, il y avait des ophtalmologues de Norvège, de Russie et d'Angleterre. Et des Américains parmi les auteurs du second.

Il avait jeté les deux documents.

Il se brancha sur la base de données médicales Ovid, mais, en dépit de tous ses efforts, ne put se souvenir du titre de l'article norvégien. Mais il se rappelait la date – le papier était vieux de dix-sept ans – et finit par n'avoir plus à passer au peigne fin que deux ou trois douzaines de citations avant de trouver la bonne.

Sept auteurs. Trois ophtalmologues du Collège médical royal d'Oslo, trois autres de Moscou en année sabbatique dans la capitale norvégienne, et un médecin britannique qui travaillait pour le fabricant du laser.

Il ne connaissait aucun des noms. Il les nota sur un bristol et rangea celui-ci. Sans vraie raison, mais il en avait assez de rechercher des informations perdues.

Il passa le reste de la matinée en réunions au département de psychiatrie. Du baratin creux, les bavards habituels tenant le crachoir. Il fit semblant d'être réveillé, refusa l'invitation de trois autres psys à déjeuner avec eux et retourna dans son bureau.

L'inspecteur détective Bob Doresh l'attendait devant sa porte.

28

– Bonjour, docteur.

– Bonjour, inspecteur.

– Puis-je entrer ?

Jeremy ouvrit la porte et la tint pour laisser passer le corpulent policier. Doresh portait un imper gris-bleu et dégageait une odeur iodée. Sa taille faisait paraître le bureau encore plus petit. Il se tenait bras ballants et Jeremy l'invita à s'asseoir.

– Alors, Doc, comment ça se passe ?

– Vous êtes ici à cause de la femme de Saugatuck Finger, répondit Jeremy. Encore une situation à la Humpty-Dumpty, c'est ça ?

Doresh jeta un regard en coulisse à la machine à café de Jeremy. Le breuvage amer qu'il faisait infuser, mais oubliait souvent de boire.

– Il traîne ici depuis un bon moment, mais vous pouvez vous servir, inspecteur.

– Merci.

Le policier prit un gobelet de carton et réussit à le remplir sans avoir à se lever. Il en prit une gorgée, fit la grimace et reposa le gobelet.

– Comme vous dites, Doc. Jamais été du côté de Saugatuck Finger ?

– Deux ou trois fois, peut-être. Toujours pendant l'été.

– Un coin charmant.

– Pas vraiment. Si on regarde d'un peu près, on s'aperçoit que l'eau est malpropre. Mais j'ai grandi à des milliers de kilomètres de la mer et je suis donc facile à satisfaire. De qui s'agit-il cette fois ?

– Encore une autre, dit Doresh.

– Une prostituée ? (L'inspecteur ne répondit pas.) Et vous êtes ici parce que… ?

– La dernière fois que vous m'avez appelé… pour parler de l'affaire Mazursky… vous paraissiez très intéressé par tout ça. J'en suis venu à vous considérer comme mon partenaire et, étant donné qu'on ne peut pas dire que j'aie fait de grands progrès jusqu'ici, j'ai pensé que je pourrais peut-être faire appel à quelques-unes de vos intuitions.

– Bravo, dit Jeremy en desserrant son nœud de cravate. Comme bourrage de mou, on fait pas mieux.

Doresh croisa les jambes, balança une cheville épaisse, et prit un air blessé.

– Pour quelque insondable raison, reprit Jeremy, je reste à vos yeux un suspect dans cette affaire. Si vous tenez à savoir ce que j'ai fait et où hier au soir, tout ce que je peux vous dire c'est que j'étais chez moi, que j'ai regardé la télé et que je me suis couché. Seul. Sans avoir eu la bonne idée, cette fois-ci, de me commander une pizza, si bien qu'aucun livreur ne pourra vous confirmer ma présence à mon domicile.

– Docteur…

– Je sais que vous ne faites que respecter le protocole. Les médecins aussi respectent des protocoles. C'est ainsi qu'on traite la plupart des patients atteints de cancer. Mais nous laissons une certaine place à la créativité et vous devriez en faire autant. D'accord, les proches d'une victime figurent toujours parmi les premiers suspects. Et bien qu'avoir été mis sur le gril à cause de Jocelyn n'ait fait que rendre encore pire une expérience déjà infernale, je peux vous comprendre. Mais aujourd'hui… les deux autres meurtres ? Des prostituées ? Ça ne tient pas debout de s'en prendre à des étrangères après sa petite amie. Ce n'est pas comme ça que les choses se passent, n'est-ce pas ?

Doresh prit le gobelet, en examina le contenu et le fit passer d'une main à l'autre.

– Comme vous dites, docteur, il faut toujours laisser un peu de place à la créativité. Si on attend assez longtemps, tout peut arriver. (Il posa sa main libre sur son genou et se pencha vers Jeremy.) Cette question que vous m'avez posée sur la précision chirurgicale... d'où vient-elle, en réalité ?

– Comme je vous l'ai dit...

– Ma remarque sur Humpty-Dumpty, oui.

Le policier sourit. La plupart de ses dents étaient blanches et bien rangées, à part une canine jaunâtre plantée de travers et qui venait pincer sa lèvre supérieure. Il en étira les tissus violacés et son rictus devint carnassier.

– Et à présent, reprit-il, qui c'est qui raconte des conneries, hein ?

– C'est pourtant comme ça, dit Jeremy. Des images à la Humpty-Dumpty dont je me serais bien passé.

– Elles vous poursuivent ?

– Je regrette fichtrement que vous en ayez parlé.

– Une imagination débordante, Doc ?

Jeremy ne répondit pas.

– Ça doit être bien pratique pour toutes ces séances d'hypnose que vous faites, enchaîna Doresh. Ma femme a essayé. Pour perdre du poids. Son toubib l'a envoyée voir quelqu'un en ville.

– Des résultats ?

– Rien du tout, oui. Ça m'est égal, je l'aime comme elle est, grosse. (Il posa le gobelet et, avec les deux mains, esquissa la forme d'un sablier.) Vous savez ce que c'est, vous, que d'aimer tellement une femme qu'on se contrefiche de quoi elle a l'air ou de ce qu'elle fait ?

Jeremy sentit son visage devenir brûlant, puis glacé. Il eut l'impression de changer de couleur comme un caméléon et de passer de livide à blême. Mais pas pour se fondre dans l'environnement, tout au contraire. En trahissant sa vulnérabilité.

Doresh l'étudiait, serein.

Jeremy respira lentement, profondément, murant sa rage dans son ventre, pas question de la laisser voir à ce salopard.

– Vous êtes un romantique, inspecteur Doresh. Achetez-vous des fleurs à votre femme ? N'oubliez-vous jamais les anniversaires ? Vous donnez-vous de petits noms ?

Ce fut au tour du détective de changer de couleur.

– Rien d'autre ? demanda Jeremy.

– Si, répondit Doresh. Je me demandais… pour le Dr Chess… C'est un pote à vous, pas vrai ? Il n'aurait pas sa petite théorie sur ces affaires ?

C'était donc ça. À peine l'inspecteur Michael Shreve, le détective fouineur – le fils de pute fouille-merde – avait-il raccroché qu'il n'avait eu de cesse de trouver un collègue qui soit sur la piste d'un tueur psychopathe. Jeremy avait dû dire (ou ne pas dire ?) quelque chose qui avait éveillé les soupçons de l'Anglais et avait poussé ce dernier à vérifier ce qu'il en était.

L'histoire des techniques chirurgicales – ça ne pouvait être que cela. Ce qui signifiait qu'il avait eu raison pour les assassinats en Angleterre. Ou plutôt qu'Arthur avait eu raison.

– Le Dr Chess s'intéresse aux crimes en général, répondit-il. Il est anatomopathologiste et il a travaillé autrefois au cabinet du médecin légiste.

– Ah bon ? Alors, qu'est-ce qu'il en pense ? Une petite intuition, peut-être ?

– Je serais bien en peine de vous répondre. Il est en déplacement à l'heure actuelle.

– Où ça ?

– En Norvège.

– Beau pays, commenta Doresh.

Quoi ? Lui aussi ?

– Vous y êtes allé ?

Doresh eut un petit reniflement.

– Sauf quand j'étais dans l'armée, je ne suis sorti du pays qu'une fois. Quatre jours à Rome, il y a des années de ça. Ma femme aime manger. Elle en est revenue tout excitée et bien décidée à apprendre la cuisine italienne, mais j'ai toujours droit au rôti de porc pommes de terre et aux macaronis.

Les considérations de Doresh sur sa vie domestique faisaient grincer des dents à Jeremy. L'heureux homme…

– Où avez-vous servi quand vous étiez dans l'armée, inspecteur ?

– Aux Philippines. Et vous ? Vous l'avez fait ?

– Comment ? Vous ne savez pas ?

– Je devrais ?

– J'imaginais que vous aviez épluché mon passé depuis ma première dent.

Le sourire de Doresh disait que Jeremy s'illusionnait sur son importance.

– Pas de service militaire, c'est ça ?

Jeremy fit non de la tête.

– C'est dommage, vous avez manqué quelque chose.

– Aucun doute.

L'inspecteur se leva.

– Je parle tout à fait sérieusement, docteur. Faire son service militaire, comme tout ce qu'on fait pour les autres, est bon pour l'âme. Mais c'est vrai, vous devez connaître ça grâce à votre travail. Vos trucs d'hypnotisme et le reste.

Que Doresh mentionne deux fois l'hypnose lui prouva que le policier avait effectivement vérifié son passé.

Des petits jeux, toujours des petits jeux. Et pendant ce temps-là, des femmes mouraient. Ce type était nul.

Jeremy se leva.

– Oh, ce n'est pas la peine de me raccompagner, dit Doresh. Mais si jamais vous avez une idée, docteur, n'hésitez pas à appeler.

29

Le passage de Doresh avait laissé Jeremy dans tous ses états.

Il débarque à l'improviste et je me sens comme un suspect. Qu'est-ce qui m'arrive ?

C'était peut-être l'histoire de cette femme anonyme de Saugatuck Finger. Tyrene Mazursky, elle, avait eu un nom. Comment interpréter cela ? Ça ne se faisait plus ? Victimes-Kleenex ? Elles ne méritaient même plus d'avoir un nom aujourd'hui ?

Sa respiration s'accéléra et ses yeux se mirent à lui faire mal. Les parois du bureau commencèrent à se refermer sur lui. Il tenta de joindre Angela via son Alphapage, mais elle ne répondit pas. Il fit un nouvel essai… en se disant qu'une seconde fois était synonyme de dépendance et… y était-il prêt ?

Mais elle ne répondit pas la deuxième fois non plus.

Tellement fatigué d'avancer tout seul.

Le puits de jour, de l'autre côté de sa fenêtre, était plongé dans l'obscurité et, tout d'un coup, les vitres dégoulinèrent d'une couche huileuse. La pluie, en une averse violente et sale, crachait sur le verre.

Il enfila son manteau et quitta l'hôpital pour se rendre à la librairie où trônait le muet qui faisait la gueule.

Le temps d'y arriver, la pluie avait traversé son manteau, ses souliers étaient spongieux et il avait les cheveux collés sur le crâne.

Pas un chat dans la rue. Personne d'assez idiot pour se balader sous la pluie. Un break d'un modèle récent était garé devant le magasin. Blanc, donc facile à voir. Les vitrines aveuglées rendaient la boutique pratiquement invisible dans la pénombre. La porte était ouverte, il entra.

Pas de gros type à la caisse.

Pas de caisse.

Pas d'étagères, pas de livres. Rien. L'éclairage était mis, mais l'espace était vide ou presque : un manteau plié sur une chaise, une caisse enregistreuse posée sur le lino gris du sol et une femme aux cheveux blond vénitien qui balayait.

– Oh, mon pauvre ami... Vous êtes un client ?

– Je l'étais.

– Ah, vous ne savez pas... Je suis désolée. Je regrette de ne pas avoir de serviette ou quelque chose.

– Je ne sais pas quoi ?

– Il n'y a plus de librairie. Mon père est mort.

Jeremy fouilla dans sa mémoire ; Arthur avait mentionné le nom du gros homme... ah oui, Renfrew. Bon, il avait encore quelques neurones en état de marche.

– M. Renfrew ? M. Renfrew est décédé ?

La femme appuya son balai contre le mur et s'avança vers lui. Elle avait un visage rond et agréable, encadré par des cheveux bouclés d'une nuance ravissante qui retombaient jusque sur ses épaules, des hanches marquées et une poitrine de nourrice. Teint de lait, quelques taches de rousseur, yeux verts, la quarantaine. Maquillage léger : elle savait qu'elle vieillissait bien.

Elle n'était pas habillée pour faire le ménage, portant un ensemble vert menthe de bonne coupe avec chaussures assorties, un collier d'or discret et une alliance en brillants. L'imperméable de couleur fauve, soigneusement plié sur la chaise, était sec.

– Shirley Renfrew DePaul, la fille de M. Renfrew, dit-elle. (Elle regarda autour d'elle.) C'est la fin d'une époque, j'en ai bien peur.

– Oui, c'est vrai.

Jeremy se présenta.

– Ah, vous êtes de l'hôpital ? Beaucoup de médecins et d'infirmières venaient ici. Papa avait créé une véritable institution. À l'époque où le quartier était mieux fréquenté, vous aviez toutes sortes d'intellectuels qui passaient... des écrivains, des poètes, des gens du monde de l'art. Ils n'ont pas été très fidèles. C'est vous, les gens de l'hôpital, qui lui avez permis de vivre pendant les dernières années. Saviez-vous qu'il avait fait des études de médecine dans sa jeunesse ?

– Vraiment ?

– Deux ans. Puis il a abandonné. Il avait davantage le goût de la poésie. C'était un homme doux ; il m'a élevée tout seul.

Shirley Renfrew esquissa un sourire – tout ce que lui permettait son chagrin – et Jeremy repoussa les souvenirs du vieux bougon qui ne lui avait jamais adressé la parole.

– C'était un endroit sensationnel, madame DePaul, et votre père a beaucoup compté ici. Quand nous a-t-il quittés ?

– Il y a un mois, passé de quelques jours. Il avait eu un cancer de la gorge, des années auparavant – il tirait continuellement sur une pipe à l'époque. On lui a enlevé pratiquement tout le palais et ses cordes vocales sont restées endommagées, mais il a vaincu la maladie. Puis il a commencé à avoir des problèmes cardiaques et nous avons su que ce n'était plus qu'une question de temps. Nous aurions voulu qu'il vienne habiter chez nous, mon mari et moi, mais il a refusé. Il tenait à rester près de sa librairie.

Chirurgie du palais. Jeremy avait attribué le mutisme du gros homme à son tempérament bourru.

Quand on a une formation comme la mienne, on évite de faire ce genre de suppositions.

Renfrew, si Jeremy calculait bien, était mort peu de temps après sa dernière visite à la librairie.

Il en était au stade terminal, mais rien ne le laissait voir.

Le sourire de Shirley DePaul s'effrita et des larmes embrumèrent ses yeux. Des yeux verts, paraissant plus foncés à cause de son ensemble. Tout à fait remarquables. Non pas une beauté, pas exactement ; à peine pouvait-on la dire jolie. Jeremy était cependant certain qu'elle n'avait jamais manqué de galants.

– À vrai dire, j'espérais que ça se passe de cette façon, reprit-elle. Il est venu ouvrir la boutique un lundi matin, il s'est assis, s'est préparé son Postum et l'a bu. Puis il a posé la tête sur son bureau et ne s'est jamais réveillé. Il n'aurait pu rêver meilleur scénario, mourir au milieu des livres qu'il aimait.

La dernière fois que Jeremy y avait mis les pieds, il était tombé sur Arthur qui feuilletait un ouvrage de stratégie. Une quinzaine de jours plus tard, Arthur avait débarqué dans son bureau et fait son numéro de charme. En tant que vieux client – il connaissait le nom de Renfrew –, il avait dû être au courant du décès du libraire. Il n'en avait cependant rien dit.

– Donc il n'a pas souffert, fit observer Jeremy.

– Une bénédiction. Comme l'a été sa vie. (Un nouveau sourire effleura les lèvres de Shirley Renfrew, y vacilla et s'évanouit.) Pour l'essentiel.

Elle respira profondément et jeta un coup d'œil en direction de son balai.

– Papa adorait tout ce qui avait trait au négoce des livres. Je suis fille unique, mais pas vraiment. Pour lui, cet endroit était un autre enfant. Par moments, je le voyais comme un rival redoutable. (Un haut talon tapa sur le lino.) Le bâtiment a été vendu. Un promoteur. Ils ont appelé une semaine après la mort de papa. Des vautours, ces gens-là. Je parie qu'ils consultent les avis de décès. Mais mon mari m'a dit : « Pourquoi ne pas traiter avec eux ? Qu'est-ce que nous allons en faire ? » Il est dentiste et a un certain sens pratique. Nous avons six enfants et j'ai à peine le temps de respirer. Nous habitons loin, dans le comté voisin, nous ne pourrions pas nous en occuper. Alors nous avons vendu. Ils nous en ont donné un bon prix, même après impôts. Il est à peu près sûr qu'ils vont tout raser pour construire un truc monstrueux, mais ce n'est pas une question de briques et de ciment, n'est-ce pas ? Mon père avait mis son âme dans cette librairie et aujourd'hui elle repose ailleurs.

– Tout à fait, reconnut Jeremy. Et les livres ? Où sont-ils passés ?

– Tous vendus.

– Y a-t-il eu une vente aux enchères ? J'aurais aimé en acheter quelques-uns.

– Non, docteur, il n'y a pas eu de vente publique. Tout est allé à un seul acheteur.

– Qui ?

Elle secoua la tête.

– Je ne peux pas vous le dire. Une histoire d'abattement fiscal. Mais c'est aussi bien comme ça ; je crois qu'ils seront appréciés. Enfin, je l'espère. (Elle s'essuya le coin de l'œil.) Bon, il vaudrait mieux que je finisse. Même si, pour vous dire la vérité, je ne sais pas pourquoi je m'échine, puisqu'ils vont tout démolir.

Elle alla reprendre son balai, se dirigea d'un pas gracieux vers un autre coin et commença à attaquer le sol à grands coups vigoureux.

De plus en plus hargneux. Wooouch-wooouch. Fouettant le lino.

Jeremy la laissa et ressortit sous la pluie battante.

30

En arrivant à l'hôpital, il avait l'air d'un chien qu'on a essayé de noyer. Il se faufila par une entrée secondaire qui n'était jamais gardée, traversa une zone de service et prit un escalier qui menait au hall d'accueil.

Passa devant la plaque de marbre des donateurs. Les noms gravés en lettres capitales. Il n'était pas d'humeur à s'attendrir sur ces âmes charitables.

Alors qu'il se dirigeait vers les ascenseurs, il aperçut Angela et Ted Dirgrove, tous deux en blouse blanche, souriant, lancés dans une conversation animée.

Marchant côte à côte. Un instant, ils s'effleurèrent.

Angela le repéra à ce moment-là, s'arrêta. Le salua gaiement de la main, dit quelque chose au chirurgien et vint vers Jeremy. Elle lui donna un baiser trop fort sur la joue. Jeremy chercha Dirgrove des yeux, mais il avait disparu dans un couloir.

Se rendant compte que ses vêtements étaient mouillés, elle s'écria :

– Oh, mon Dieu, qu'est-ce qui t'est arrivé ?

– J'ai eu la bonne idée de sortir sous la pluie.

Elle toucha ses cheveux collés, voulut le prendre par le bras et lâcha vivement la manche imbibée d'eau.

– Mais tu es complètement trempé ! (Elle lui toucha le bout du nez.) Je suis médecin, tu dois donc m'écouter. Bien qu'on n'ait jamais pu établir de lien entre le fait d'être mouillé et de tomber malade, mon devoir est de te mettre en garde contre une éventualité de ce genre.

– Merci, docteur.

Il avait répondu d'une voix fatiguée et Angela le regarda avec curiosité.

– Quelque chose qui ne va pas ?

– Si, si.

– Tu as de quoi te changer ?

– Quand j'aurai enlevé ce truc, tout ira bien.

Il retira son imperméable et le tint à bout de bras. De l'eau se mit à couler par terre. Angela l'étudia encore un instant.

– Tu devrais en réchapper, dit-elle.

Elle le reprit par le bras et ils continuèrent en direction des ascenseurs. Il n'y avait qu'eux dans la cabine et, pendant le trajet, Jeremy lui dit qu'il avait essayé de la joindre par son Alphapage.

– Oui, je sais. J'étais à la conférence de pneumologie du Dr Van Heusen, et il ne supporte pas les interruptions. J'aurais dû éteindre ce fichu machin, mais heureusement il était en mode vibreur. (Elle sourit.) Tu sais, les filles et les vibrations… Je t'ai rappelé, mais tu n'étais plus dans ton bureau. Qu'est-ce qui se passe ?

– Je me demandais si tu n'aurais pas un peu de temps de libre.

– Oh… (Elle fronça les sourcils.) Non. Vraiment pas. La journée a été du délire, Jeremy, et ça ne va pas s'arrêter. J'ai plus de douze patients dont l'état est sérieux, puis il y aura les consultations ambulatoires et avec ce temps on est sûrs de faire le plein de bronchites, de crises d'asthme et de laryngites infantiles. Je les entends tousser d'ici. Sans compter les réunions, encore les réunions, toujours les réunions… après quoi je serai de garde.

– Ouais… l'emploi du temps.

– Des fois, je me demande, dit-elle. Des fois, je me dis que rester à la maison pour faire des gâteaux, c'est assez tentant, au fond. Et puis non, en fin de compte. Tu as eu droit à mon bœuf braisé aux haricots. C'est une bonne indication de mes talents de cuisinière.

Jeremy savait qu'une réplique humoristique était attendue. Trop fatigué pour relever le défi, il se contenta de marmonner :

– Les occupations domestiques ne permettent pas de gagner sa vie.

Elle recula et le regarda.

– Tu es sûr que tout va bien, mon chéri ?

Mon chéri. Il se força à sourire.

– Oui. Et il est vrai que parfois faire des gâteaux est tout à fait tentant.

Elle rit et lui frotta l'épaule. La cabine s'arrêta à l'étage d'Angela et Jeremy descendit avec elle.

– Dès que j'ai un moment, je t'appelle.

– Génial.

Au moment où elle se tournait pour partir, il lui lança :

– Alors, Ted Dirgrove est ton nouvel ami ?

Le couloir était plein de monde, fauteuils roulants poussés par des aides-soignants à l'œil vague, médecins consultant des dossiers tout en marchant, infirmières filant d'une chambre à une autre. Angela s'arrêta, fit volte-face, revint jusqu'à Jeremy et l'entraîna dans un coin à l'écart de la bousculade. Ses yeux sombres s'étaient rétrécis.

– Quelque chose te tracasse.

– Non, rien, oublie ça ; c'était déplacé.

– Jeremy, je suis dans le service de pneumo et Dirgrove est un chirurgien thoracique. Nous avons des cas en commun et, oui, je m'intéresse à ce qu'il fait. Pas pour ma carrière, je n'ai jamais envisagé de manier le bistouri. Mais je veux être la meilleure possible dans mon domaine et, comme je te l'ai déjà dit, cela signifie qu'il me faut bien saisir ce que mes patients doivent subir. Ce qui se passe à l'intérieur, l'expérience totale. Je ne peux pas me contenter de prescrire des médicaments pour les voies aériennes sans avoir une idée concrète de l'aspect d'un poumon malade, de ses réactions. Parler d'un cœur malade est une chose. Le voir battre laborieusement, pomper avec effort, en est une autre.

Elle se tut et attendit.

Se défoulant. Elle était empourprée. Elle fonçait en général plein pot, mais là, c'était plus que ça.

– Ça tient debout, reconnut-il.

Angela lui prit les mains et l'embrassa sur la bouche. Le stéthoscope qu'elle avait autour du cou vint s'enfoncer dans le sternum de Jeremy quand ils s'étreignirent. Deux ou trois personnes les regardèrent en passant, mais la plupart les ignorèrent. Jeremy essaya de se dégager, mais Angela le retint fermement, indifférente à cette manifestation en public. Murmura à son oreille :

– Tu es jaloux ! Tu n'as aucune raison de l'être, mais ça me touche. Ça m'excite même… c'est délicieux de sentir qu'on compte autant. Je vais trouver du temps, d'une manière ou d'une autre, tu peux y compter. D'une manière ou d'une autre, promis.

Il n'entendit pas parler d'elle de la journée, ni le lendemain. Il travailla sur l'introduction de son livre – ce livre qui s'était révélé un défi si dur à relever et qui n'avançait pas.

Il éplucha le *Clarion* à la recherche d'un nouvel article sur la femme assassinée et ne trouva rien.

Et pourquoi aurait-il trouvé quelque chose ? Elle ne méritait même pas d'avoir un nom, aucune raison de gaspiller de l'encre.

Au moins n'avait-il pas eu droit à une nouvelle enveloppe du courrier interne. Ni à une deuxième carte postale d'Arthur. La lubie qui avait possédé le vieux médecin était peut-être passée.

Lorsque Angela l'appela enfin le troisième jour, sa voix était éraillée, affaiblie, à peine audible.

– Je suis malade, dit-elle. J'ai la grippe, tu imagines ça ? Pendant tout mon temps en pédiatrie, je n'ai pas attrapé une seule cochonnerie de ces gosses. Et ils étaient contagieux, crois-moi ! Après quoi on me met en pneumo, où tous les malades sont sous antibiotiques et où les chambres sont aussi désinfectées qu'elles peuvent l'être, et je me chope cette saloperie !

– Mon pauvre chou… Où es-tu ?

– Chez moi. Van Heusen m'a virée du service. M'a sorti une grosse plaisanterie stupide comme quoi il ne voulait pas qu'une Typhoid Mary[1] fricote avec les malades. J'ai eu l'impression d'être une paria. Je devrais être contente d'avoir du temps libre, mais je ne peux pas en profiter. Je suis trop mal pour lire et les rares chaînes que ma télé pourrie arrive à capter n'ont que des programmes de merde.

– Et ça a commencé quand ?

1. Premier « porteur sain » de la typhoïde, mise à l'isolement par la police de New York jusqu'à la fin de ses jours, au début du XIXe siècle *(NdT)*.

– Hier.

– Pourquoi tu ne m'as pas appelé tout de suite ?

– J'étais trop crevée pour parler. J'ai dormi toute la journée et je me suis réveillée en me sentant encore plus crevée. J'adorerais te voir, mais pas question, je ne peux pas te refiler ce truc… ne viens pas.

– Je serai là ce soir.

– Non, dit-elle, je suis sérieuse.

– Je n'en doute pas.

– Vraiment, Jeremy… Bon, d'accord.

31

Sa deuxième nuit chez Angela.

Il fallut un certain temps à la jeune femme pour arriver jusqu'à la porte. En la voyant, Jeremy sentit son cœur fondre.

Elle paraissait avoir rapetissé. Se tenait voûtée, obligée de s'appuyer de la main au chambranle.

Il la reconduisit jusqu'au lit. Empourprée, la peau sèche, brûlante de fièvre – une médecin pas fichue de boire assez et de prendre des analgésiques. Il lui donna du Tylénol, la tint dans ses bras, l'obligea à avaler la soupe chaude et épicée qu'il avait prise en passant chez un chinois – la propriétaire l'assurant que l'assaisonnement allait « tuer les bal'téries » – et du thé. Et à se taire. Elle sombra dans un état qui hésitait entre sommeil et somnolence. Il se déshabilla, ne gardant que son caleçon, et s'allongea à côté d'elle sur le lit étroit et bosselé.

Elle s'accrocha à lui pendant la plus grande partie de la nuit, toussant, éternuant ou ronflant.

Une fois, elle se réveilla et dit :

– Tu vas tomber malade ! Il faut que tu t'en ailles.

Il lui frotta légèrement le dos et elle ne tarda pas à ronfloter à nouveau tandis qu'il gardait les yeux ouverts dans l'obscurité.

Une heure plus tard, elle se tourna vers lui pour l'attraper, à moitié endormie. Trouva son bras et posa sa main sur elle. Il sentit, à travers le coton de sa petite culotte, l'épaisse toison élastique. Elle appuya sur sa main, il aplatit sa paume sur son pubis.

– Mmmm, marmonna-t-elle. On dirait…

– On dirait quoi ?

Les ronflements reprirent.

Le lendemain matin, la fièvre commençant à céder, elle se réveilla toute moite et claquant des dents, deux couvertures remontées jusqu'au menton.

Ses longs cheveux étaient emmêlés, ses yeux rougis, et de la morve avait séché entre son nez et sa lèvre supérieure. Jeremy la nettoya, lui passa une serviette fraîche sur le front, prit son visage entre ses mains et effleura sa joue d'un baiser. Son haleine avait l'odeur du lait tourné et de minuscules points rouges piquetaient son visage.

Des points de pétéchie – souvenirs de ses quintes de toux. Elle avait l'air abruti de l'ado qui a abusé de la fumette. Il éprouva un violent besoin de la prendre dans ses bras.

Vers neuf heures, elle se brossa les cheveux et les attacha en queue-de-cheval ; le virus perdait manifestement du terrain. Jeremy lui prépara du thé à la menthe, prit une douche dans le bac étroit aux carreaux craquelés, emprunta le déodorant d'Angela pour se le passer sous les aisselles, puis enfila les vêtements qu'il avait la veille. Il devait voir des patients entre dix et quatorze heures et espéra ne pas couver quelque chose.

Quand il revint dans la chambre, elle lui dit :

– Tu as l'air en forme. Je suis affreuse.

– Il t'est physiquement impossible d'être affreuse.

Elle fit la moue.

– Un si bel homme et voilà qu'il me quitte.

Jeremy s'assit sur le lit.

– Je peux rester encore un peu.

– Non, dit-elle, ce n'est pas ce que j'ai voulu dire.

– Et quoi, alors ?

– J'ai envie de faire l'amour avec toi. Ici, dit-elle en se tapotant le sein gauche. Mais je ne peux pas, là en bas. C'est ce que vous traitez de « dissonance cognitive » chez les psys, c'est ça ?

– Non. Simplement de la frustration. Contente-toi de guérir, mon cœur. Nous avons tout le temps.

Elle renifla, chercha un Kleenex et se moucha.

– C'est ce que tu dis. Parfois, j'ai plutôt l'impression du contraire.

Tu n'as pas tort.

La tête de Jeremy remplie de Jocelyn. Son visage, sa voix, la manière dont elle le tenait.

– J'ai dit quelque chose qu'il ne fallait pas ? demanda-t-elle.

– Bien sûr que non.

– Ta figure a changé… juste une seconde. Comme si tu avais soudain peur de je ne sais quoi.

– Rien ne m'a fait peur. Attends, je t'apporte un peu de thé avant de partir.

Il prépara une nouvelle théière, réchauffa une boîte de soupe à la tomate, l'embrassa sur le front – un front à présent de nouveau frais – et partit au travail au volant de la Nova.

Il se sentait… conjugal.

Avec Jocelyn, il n'avait jamais éprouvé ce sentiment.

Le courrier interne de l'après-midi ne comprenait que des trucs dénués d'intérêt. Et une quatrième enveloppe du service d'ORL.

Ainsi que, via la poste, une carte postale d'Arthur.

L'article, vieux de dix ans, était tiré du *Journal of The American Medical Association*. Le suicide chez les médecins. Facteurs de risques, statistiques, recommandations pour la prévention.

Un travail pertinent, mais qui ne contenait rien de nouveau pour Jeremy. Sauf que c'était sans importance, n'est-ce pas ? Ce n'était pas d'information qu'il s'agissait.

Alors de quoi s'agissait-il? Voilà qui lui échappait.

La carte postale d'Arthur représentait une cuisine du XVIIIe siècle, pleine de poteries et d'ustensiles métalliques. De l'autre côté on pouvait lire, en français : *Le musée de l'Outil. Wy-dit-Joli-Village, 95240 Val-d'Oise.*

L'écriture habituelle, l'encre noire, le stylo à plume et le message sans surprise :

Cher Dr C
Je voyage et je m'instruis.
AC

Jeremy vérifia le tampon. Wy-dit-Joli-Village, France, trois jours auparavant. Arthur pouvait être rentré aux États-Unis depuis.

Il téléphona au bureau du vieux médecin. Pas de réponse.

La secrétaire du département d'anatomopathologie lui dit qu'elle ne l'avait pas vu.

Il appela le service de l'annuaire et obtint le numéro de la voisine d'Arthur, Ramona Purveyance, Mme Bonne Humeur en robe d'intérieur canari. Elle décrocha à la première sonnerie et parut ravie d'avoir de ses nouvelles.

– Comme c'est gentil !… Non, il n'est pas encore rentré. J'ai toujours son courrier. De la publicité, pour l'essentiel, mais je ne veux pas prendre sur moi de jeter quoi que ce soit. Si vous le voyez avant moi, saluez-le de ma part, docteur Carrier. Je suis tellement jalouse !

– Jalouse de quoi ?

– De la France, il est allé en France. Il m'a envoyé une carte postale ravissante de là-bas !

– Du musée de l'Outil ?

– Quoi donc ?

Jeremy répéta sa question.

– Oh, non. Une magnifique photo de Giverny. Le jardin de Monet. De superbes saules pleureurs, de l'eau et des fleurs presque trop belles pour être vraies. Je sais qu'il aime les fleurs. C'est un homme tellement attentionné.

Des fleurs pour elles, des outils pour moi.

Des messages sur mesure ?

Quel était le message ?

Il n'aurait su dire si Arthur était en ville lorsque les premiers articles étaient arrivés. Il avait présidé le Point Tumeur la veille du jour où il avait reçu l'article sur les deux jeunes Anglaises. Mais celui-ci ? Tout indiquait que le vieil homme était encore à l'étranger.

Dans ce cas, qui donc avait pu lui envoyer l'article sur le suicide ?

Arthur aurait-il un suppléant ?

Ou bien Jeremy avait-il tout faux, Arthur n'ayant rien à voir avec les enveloppes du courrier interne ?

Pouvait-il se tromper à ce point ?

Et les cartes postales, alors ? Pure coïncidence ?

Arthur voyageant, Arthur attentionné. Envoyant de jolies cartes postales à tout le monde.

Des fleurs pour Mme Purveyance, des outils pour moi.

Chirurgie de l'œil au laser, chirurgie au laser en gynécologie. Des femmes assassinées. Des médecins se suicidant.

Des sculptures en Norvège. Des auteurs norvégiens pour le premier article. Russes et américains, aussi.

Des outils en France. Pas d'auteurs français.

En y regardant de plus près et un peu froidement, il n'y avait aucun lien rationnel entre les articles médicaux et les cartes postales.

Ni aucune raison pour qu'il y en ait un.

Arthur et sa maudite curiosité. Mort, violence, grande cuisine et insectes à l'instinct paternel creusant des tunnels sous la peau.

Un souper si bizarre, quand il y repensait, que Jeremy commençait à se demander s'il ne l'avait pas rêvé.

De toutes les façons, ces envois de courrier étaient une manipulation. On lui envoyait des trucs, mais sans mettre son nom sur l'enveloppe. Il y avait quelqu'un qui prenait le temps de les glisser sous l'élastique de sa pile pendant qu'elle attendait la distribution au service de psychiatrie.

Chasse ouverte sur son courrier.

Il téléphona à Laura, la jeune réceptionniste, et lui demanda si elle n'avait pas remarqué quelqu'un rôdant autour des piles de courrier.

– Euh non, répondit-elle. J'aurais dû ?

– Pas vraiment. Ne vous en faites pas pour ça.

– C'est que ça s'agite pas mal dans le secteur, docteur Carrier.

– Oubliez que je vous l'ai demandé.

Elle raccrocha, et Jeremy l'imagina déjà commentant cet échange auprès de parents ou d'amis. Ces psychiatres sont vraiment tordus. Plus cinglés que leurs malades. Y en a un, par exemple, qui est obsédé par son courrier…

Il l'était devenu. Oui, obsédé. Et, comme dans toute névrose, cela lui bouffait du temps et de l'énergie.

Ça suffisait. Il était occupé, il avait des patients à voir et un livre à écrire.

Cela dit, quelqu'un se jouait indiscutablement de lui. Et si ce n'était pas Arthur, qui ?

Arthur créant des attentes, puis les réduisant à néant ?

Le vieil homme avait même réussi à brouiller les capacités d'intuition de Jeremy. Avant de rencontrer Arthur, Jeremy avait foi dans son aptitude à juger les gens, à voir l'essentiel, à prévoir : tous ces trucs qu'il était convaincu de maîtriser et qui lui permettaient d'aller d'une chambre à l'autre pour réconforter les malades, les terrifiés et les mourants.

Mais, récemment, toutes ses suppositions s'étaient révélées fausses. L'épouse aimante, la bonne vie, la grande cuisine. Alors que le vieux chnoque avait une piaule au milieu de nulle part, avec pour seuls restaurants alentour des fast-foods.

Et cette première rencontre dans la librairie, lorsque Jeremy avait supposé qu'Arthur lisait un bouquin sur les papillons ? Eh bien non, c'était un livre de stratégie.

De quelle guerre s'agit-il, mon vieux ?

Au moins avait-il eu raison pour la maison de Queen's Arms. En retard d'une dizaine d'années, d'accord, mais techniquement il avait vu juste.

Faible consolation. Il devenait l'as du plantage. Et il avait besoin de son intuition. Sans elle, où allait-il se retrouver ?

Arthur l'avait incontestablement mené en bateau.

Souper fin, vins de grands crus, cuisine raffinée, la bande d'excentriques prolongés s'en fichant plein leurs vieilles lampes.

Toute cette bonne humeur, puis congédié comme un malpropre.

Et maintenant ça. Des cartes postales.

Les excentriques prolongés…

Arthur aurait-il chargé l'un d'eux de lui envoyer les articles ? Aurait refilé une pile d'enveloppes à l'un de ses vieux potes en lui laissant des instructions sur la façon de les envoyer pendant son absence ?

Pourquoi pas ? Les articles ne venaient pas de l'extérieur de l'hôpital. Ils n'avaient circulé que dans les tubes pneumatiques qui l'irriguaient. N'importe qui pouvait avoir accès au système. Il suffisait de se balader dans le hall d'entrée, de trouver une trappe d'accès et hop !

Au fait, comment fonctionnait le courrier par pneumatique ? Il ouvrit l'annuaire de l'hôpital et trouva rapidement le numéro du service postal. Au deuxième sous-sol, juste sous l'anatomopathologie.

Une voix masculine et grave lui répondit.

– Service du courrier, Ernest Washington.

– Monsieur Washington ? Le Dr Carrier à l'appareil. Je me demandais comment le courrier circulait dans vos tuyaux pour aboutir dans chaque département.

– Docteur qui ?

– Carrier.

– Carrier, répéta Washington. Oui, je reconnais ce nom. Première fois que quelqu'un me pose la question.

– Il y a toujours une première fois.

– Docteur Carrier, de…

– Psychiatrie.

– Oui, c'est ça… C'est une blague ?

– Pas du tout. Si vous voulez me rappeler, mon numéro est…

– Oh, je le connais, je l'ai ici, attendez… Jeremy Carrier, docteur en médecine, extension 2508.

– C'est ça.

– C'est vraiment vous ?

– La dernière fois que j'ai vérifié, en tout cas.

Washington eut un petit rire.

– OK, OK, désolé. C'est juste que personne ne me demande jamais… Est-ce que ce ne serait pas une expérience psychiatrique, par hasard ?

– Non, monsieur, simple curiosité. Je suis passé devant un de vos appareils et je me suis rendu compte que je travaillais ici depuis des années et que je n'avais aucune idée de la façon dont le courrier me parvenait. Ça doit être sacrément compliqué, non ?

– À peine ! Vous n'avez pas idée, répondit Ernest Washington. On reste là en bas toute la journée et personne ne passe jamais. On est quasiment invisible.

– Je comprends.

Washington eut un bruit de gorge.

– Le système est double. D'un côté le courrier de la poste, qui ne passe pas par les tubes. On nous l'apporte en camion une fois par jour et il va droit au centre de tri, juste où je suis. De là, on vous le distribue.

– Et le courrier interne ?

– Celui-là passe par les tubes. Les tubes d'envoi arrivent dans trois paniers qui se trouvent ici, au deuxième sous-sol. L'un à l'extrémité nord de l'hôpital, l'autre à l'extrémité sud et un juste ici, au milieu. Mon équipe fait régulièrement la tournée des paniers pour que vous autres, les médecins, ayez votre courrier aussi vite que possible. Nous le trions et l'envoyons dans les départements correspondants. Pas une fois par jour, comme la poste, non, deux fois. Pour que vous puissiez être tout de suite au courant des problèmes médicaux. Ai-je répondu clairement à votre question ?

– C'est limpide, dit Jeremy. Est-ce que l'origine du courrier a une importance pour vous ?

– Que voulez-vous dire ?

– S'il vient, par exemple, d'ORL et non pas de chirurgie, est-ce qu'il est traité différemment ?

– Pas du tout, répondit Washington. Pour nous, c'est pareil.

N'importe quelle trappe d'accès. Un petit vieux inoffensif pouvait glisser une enveloppe dans un tube et s'en aller tranquillement sans que personne y fasse attention ou s'en soucie. On aurait même pu mettre une bombe dans le réseau pneumatique…

Puis il se rendit compte qu'il perdait son temps et le faisait perdre à Ernest Washington. Les enveloppes lui étaient parvenues en dépit du fait qu'elles n'avaient pas d'adresse de destinataire. Ce qui signifiait que quelqu'un avait accès à son courrier entre le moment où il arrivait dans le domaine de Washington et celui où il finissait son périple à sa porte.

Quelqu'un du service de psychiatrie ? Ou après ?

Il n'arrivait pas à voir qui, dans la petite armée de la santé mentale, aurait été capable de faire une chose pareille. Tous étaient des gens agréables, inodores et sans saveur. Bienveillants, gentils. Juste un peu cucul. Il était content d'être logé à un autre étage.

Mais quelqu'un savait qu'il était isolé et en tirait parti.

– Qui ? Comment ? dit-il à haute voix.

Obsédé.

C'était donc à ça que se résumait la curiosité. Cela faisait longtemps que des points d'interrogation n'avaient pas dansé dans sa tête. Puis Arthur Chess, l'homme le plus fouineur que Jeremy eût jamais rencontré, avait débarqué, et maintenant son esprit ne connaissait plus le repos.

Contagieuse, la curiosité était tel un virus.

Ce qui lui fit penser à la pauvre Angela. Il appela l'appartement, mais elle ne décrocha pas. Sans doute dormait-elle. Bien.

L'article sur le suicide et la carte postale du musée de l'Outil le regardaient. Il ouvrit le tiroir où il avait jeté la carte d'Oslo et plaça le tout dans un dossier qu'il étiqueta « Curiosités ».

Puis il prit un stylo et établit une liste. Par ordre alphabétique, ce qui avait l'avantage de lui donner vaguement l'impression de contrôler les choses.

Tina Balleron
Arthur Chess
Norbert Levy
Edgar Marquis
Harrison Maynard

Il devait voir son premier patient dans à peine une demi-heure et avait ensuite plusieurs rendez-vous. Il allait donc devoir fourrer son ego au placard pendant le reste de la journée et se concentrer sur les autres. Encore trente minutes à se faire plaisir.

32

Tous les gourmets du CCC étaient sur liste rouge.

Il lui restait encore vingt minutes avant de devoir foncer. Jeremy s'efforça de se rappeler les détails personnels.

Harrison Maynard avait écrit des romans à l'eau de rose sous des pseudonymes féminins ; un tel point de départ ne lui faciliterait pas les choses. Le plus vieux, Edgar Marquis, ancien du Département d'État, avait été en poste dans les îles les plus reculées de la planète. Pas très prometteur non plus.

Norbert Levy. L'ingénieur était professeur émérite dans une université de la côte Est. Campus à plus de quinze cents kilomètres et Levy vivait ici ; le titre était donc purement honorifique.

Si Levy vivait bien ici.

Les spéculations, ça suffisait. Jeremy appela l'université, trouva le département ingénierie et demanda le Pr Levy.

– À la retraite, lui répondit la secrétaire. Depuis un bon moment.

– Avez-vous son adresse actuelle ?

– C'est à quel sujet ?

Jeremy donna son nom et celui de l'hôpital et inventa une histoire de convention sur l'ingénierie biomécanique à laquelle il voulait inviter Levy.

– Très bien, répondit la secrétaire. Un instant.

Levy relevait son courrier dans un bureau de poste au sud du centre-ville où il avait une boîte – non loin du quartier de Seagate, où Arthur avait conduit Jeremy pour le dîner qui le laissait si perplexe.

Dans un film, il se serait précipité pour surveiller la boîte postale. Mais dans la vie réelle il n'avait ni le temps ni les moyens – pas plus qu'une bonne raison – de le faire. Rester assis dans un coin sous la pluie à longueur de journée ? Et que ferait-il si, par chance, il rencontrait l'universitaire à barbe blanche ?

Quelle coïncidence, professeur Levy ! Est-ce que ce ne serait pas vous, par hasard, qui m'enverriez des trucs bizarres dans des enveloppes de l'hôpital ?

Il avait besoin de parler à quelqu'un. De le regarder dans les yeux, d'y déchiffrer le message non verbal qu'en principe sa formation lui avait appris à décoder.

Restait Tina Balleron, autrefois juge à la Cour suprême.

Aujourd'hui adepte des cours de golf.

Son monumental collier de perles pouvait laisser supposer qu'elle n'avait pas de soucis financiers. La vie agréable qu'elle menait incluait peut-être l'appartenance à un club de golf.

La ville en comprenait trois. Le Haverford, qui faisait un peu parvenu pour une sexagénaire, acceptait certaines minorités. Le Shropshire et le Fairview restaient protestants et blancs comme le lis.

Balleron était-il un nom latin ?

Il commença par appeler le Haverford et demanda Mme le juge. Un homme lui répondit :

– Je crois qu'elle n'est pas encore arrivée.

– Le Dr Carrier à l'appareil. Vers quelle heure l'attendez-vous ?

– Voyons… elle a un parcours qui commence à quinze heures. Un docteur ? Mme le juge est souffrante ?

– En pleine forme, répondit Jeremy en raccrochant.

L'homme n'avait posé aucune question sur un époux ou d'autres membres de la famille. Supposant que si quelqu'un avait des ennuis, c'était le juge elle-même.

Cela signifiait-il que Tina Balleron vivait seule ? Comme Arthur ?

Comme lui-même ?

Oui, et alors ?

Encore des spéculations.

Il assura ses consultations à la chaîne, laissa tomber les pauses café, le déjeuner, les petites interruptions habituelles, remplit ses comptes rendus en style télégraphique, tout cela en trimballant son trench-coat avec lui pour pouvoir quitter l'hôpital sans retourner à son bureau.

À quatorze heures quinze, il était au volant de la Nova pour gagner le Hale Boulevard, une voie secondaire chic avec ses élégants immeubles en copropriété ayant vue sur le lac. Il la quitta pour la campagne au nord de la ville.

Route pittoresque. À l'opposé de celle qu'il avait prise pour aller chez Arthur, à Ash View.

On était dans la grande banlieue huppée, celle des élevages de chevaux et des gentlemen-farmers ; quelques centres équestres, un ou deux pensionnats entourés de parcs verdoyants. Lui succéda un réseau de lacs tout en longueur, comme autant de doigts, séparés par des rubans de terre aussi détrempés que des rizières. Puis ce furent des prairies vides. Des panneaux publicitaires proposaient des lotissements de quarante hectares. À quatorze heures quarante, il parvenait à l'entrée – un portail de fer entre deux colonnes de pierre de six mètres de haut – du Haverford Country Club.

Au-delà des colonnes partait une allée montante bordée de murs bas en pierres sèches. Des arbres gigantesques s'élevaient de chaque côté. Au loin, on apercevait une maison de gardien toute blanche. Jeremy se gara au bord de la route.

Le soleil était discret, mais cela ne gâchait en rien le paysage. Il abaissa sa vitre. L'air sentait bon. Des kilomètres d'une herbe à barbillons trop verte, des troncs, rendus d'un noir d'encre par la pluie, qui brillaient comme autant de colonnes d'obsidienne. Des rhododendrons vigoureux et des rosiers pleins de courage défiaient la saison et se paraient de couleurs arrogantes. Des fougères luxuriantes dégouttaient de pluie, prometteuses, quelques cardinaux écarlates voletant dans le feuillage.

Pas de corbeaux en maraude dans le secteur. Un ciel qui aurait rendu la ville morose parvenait ici à être séduisant : aplats d'argent poli, striés d'abricot tournant au carmin là où l'humidité refusait de se condenser.

Le souvenir d'une affiche dans le bureau d'un de ses amis lui revint à l'esprit. Un psychologue du nom de Selig, un type brillant et sympathique qui s'était fait une jolie pelote en jouant à la Bourse mais continuait à voir des patients par amour du métier. Il allait travailler dans une vieille Honda tandis que sa Bentley flambant neuve restait au garage.

J'ai été pauvre, j'ai été riche – riche, c'est mieux.

Jeremy se demanda quel effet cela lui ferait d'être riche. Il avait traité assez de dépressifs fortunés pour savoir de première main que l'argent ne faisait pas le bonheur. Ne pouvait-il pas atténuer nos misères, cependant, quand les choses allaient vraiment mal ?

Assis dans sa voiture, il se mit à surveiller l'entrée du country club. Pendant les quatorze premières minutes, quatre voitures de luxe s'y présentèrent ; leurs conducteurs pianotèrent sur la boîte d'appel et, les grilles une fois ouvertes, s'engagèrent dans l'allée d'une roue confiante.

Le sixième véhicule était la Cadillac blanche de Tina Balleron ; Jeremy l'attendait, debout à quelques pas de la grille.

Pas très récente, la Cadillac : cinq-six ans, vitres teintées, roues chromées à rayons. Une fine bande rouge horizontale coupait la robuste carrosserie en deux, un passage récent à la cire empêchant l'eau de se fixer dessus.

Comme la Lincoln d'Arthur – parfaitement entretenue.

Les vitres teintées étaient remontées. Lorsque celle du conducteur s'abaissa, Jeremy remarqua qu'elle était d'une épaisseur anormale – au moins douze millimètres de verre renforcé.

Il s'attendait à ce que Tina Balleron ait l'air surpris de le voir, mais elle affichait une expression sereine.

– Docteur Carrier…

– Madame le juge…

– Vous jouez au golf ?

Il sourit.

– Pas exactement. J'espérais pouvoir vous parler avant votre parcours.

Elle consulta une montre entourée de diamants. Pas de perles noires aujourd'hui, juste un camée rose au bout d'une chaîne en or. Avec des éclats de diamant dans la monture. L'une des mains aux ongles argentés de Tina Balleron tenait le volant rembourré de la Cadillac. L'autre reposait sur un sac à main en cuir d'autruche beige. Un long manteau de fourrure était posé sur le siège arrière.

– Laissez-moi me garer, dit-elle.

Elle rangea la Cadillac derrière la Nova. Il la suivit à pied et entendit le cliquetis signifiant qu'elle venait de déverrouiller les portières. Il passa du côté passager.

La vitre s'abaissa. Même verre épais.

– Montez. Ne restez pas dans le froid, Jeremy.

En ouvrant la portière, il sentit qu'elle était plus lourde que la normale. Elle se referma avec le bruit d'une porte de coffre. Voiture blindée.

Il s'installa sur le siège passager. L'intérieur était en cuir couleur rubis. Une minuscule plaque en or était apposée sur la boîte à gants et portait cette inscription : « À Tina, avec tout mon amour, Bob. Joyeux anniversaire ! »

Et la date : le mois d'août, cinq ans auparavant.

Il y avait donc eu un mari. Peut-être y en avait-il toujours un.

Le sac à main en autruche reposait sur les cuisses minces de Tina Balleron. Elle portait un ensemble pantalon bleu ciel et des chaussures de sport assorties. Elle sortait de chez le coiffeur et le manteau de vison, sur le siège arrière, était teint exactement dans la même nuance champagne que ses cheveux. Un porte-fleur en cristal, contenant une unique rose blanche, était fixé entre les vitres, côté conducteur.

– Alors, dit-elle, qu'est-ce qui vous tracasse ?

– Désolé de m'imposer de cette manière, mais je suis à la recherche d'Arthur. Cela fait près d'une semaine que je n'arrive pas à le joindre.

– Il est en voyage.

– Je suis au courant. Il m'envoie des cartes postales.

– Vraiment ? C'est très bien, ça.

– Pourquoi donc ?

Elle sourit.

– Arthur vous aime beaucoup, Jeremy. C'est bien que les gens expriment leur amitié, non ?

– Sans doute… il voyage beaucoup ?

– De temps en temps… Allons, Jeremy, vous n'avez pas fait tout ce chemin pour venir me parler des habitudes d'Arthur en matière de voyages. Qu'avez-vous vraiment en tête ?

– J'ai reçu d'autres choses dans mon courrier – dans le courrier de l'hôpital.

– Des choses, répéta-t-elle.

Ses doigts jouaient avec le fermoir de son sac à main.

– Des articles de revues médicales… sur la chirurgie au laser. Puis une coupure de presse relatant des meurtres vieux de dix ans en Angleterre et un papier sur le suicide chez les médecins.

Il attendit sa réaction.

Il n'y en eut pas.

– J'ai supposé que c'était Arthur qui me les envoyait parce que je ne voyais pas qui d'autre pourrait se trouver derrière tout ça. Mais il est en Europe, et ce n'est donc pas lui.

– Et cela vous intrigue.

– Cela ne vous intriguerait-il pas ?

– Et vous avez fait tout ce chemin pour le seul plaisir de satisfaire votre curiosité ?

« Le seul plaisir »… le terme qu'il avait utilisé lorsqu'il avait essayé d'y voir clair.

– Qui d'autre pourrait se trouver derrière tout ça ? reprit Tina Balleron en continuant de caresser son sac. Vous donnez l'impression de croire qu'il y a un complot qui se trame.

– Je ne peux pas dire le contraire. Ces articles sont arrivés à mon bureau sans la moindre explication et je ne parviens pas à comprendre pour quelle raison je devrais en être le destinataire. C'est un peu énervant, vous ne trouvez pas ?

Tina Balleron devint contemplative.

Comme elle continuait à se taire, Jeremy reprit :

– J'ai donc supposé que leur expéditeur était Arthur parce qu'il s'intéresse à la violence… et d'après la conversation que nous avons eue pendant le dîner, vous vous y intéressez tous.

Elle fit jouer le fermoir du sac.

– Et vous trouvez que c'est un centre d'intérêt inhabituel.

– La violence ?

– Les questions de vie et de mort. Ne s'agit-il pas là des questions fondamentales pour toute personne civilisée ? (Elle eut un geste vague de la main.) Toutes ces jolies choses sont bien agréables, Jeremy, mais en fin de compte ce ne sont que des diversions.

– Des diversions à quoi ?

– Des diversions qui vous éloignent des questions importantes. Arthur est un homme qui réfléchit, un homme expérimenté. Quand on vit un certain temps, on accumule de l'expérience, Jeremy.

– Vous voulez dire qu'il y a eu quelque chose, dans le passé d'Arthur, qui a…

– Ne vous inquiétez par pour Arthur, mon cher. (Elle posa la main sur la manche de Jeremy.) Restez concentré.

– D'accord, mais sur quoi ?

– C'est à vous de le trouver.

– Vraiment, madame le juge…

Elle le fit taire en lui posant un doigt sur les lèvres. Angela avait eu le même geste.

Tiens-toi tranquille, petit garçon.

Une Mercedes se présenta devant le portail. Sa vitre se baissa et un visage d'homme bien nourri sourit à Tina Balleron.

– Salut, Hank. Fin prêt ?

– Comme toujours, Tina. On se retrouve sur le green.

La Mercedes s'avança vers la grille, qui s'ouvrit automatiquement. Sans doute une sentinelle invisible (quelque part dans la maison blanche) savait-elle qui était membre et qui ne l'était pas.

Tina sourit à Jeremy.

– Je suis ravie de vous revoir, dit-elle, mais j'ai bien peur de devoir abréger cette petite conversation. L'heure du swing est sacrée. Le golf est moins un jeu qu'une religion. Manquer un départ suffit à soulever le courroux des autres croyants.

La main qu'elle avait posée sur la manche de Jeremy alla baisser le pare-soleil. Celui-ci comportait un petit miroir de courtoisie, dans lequel elle vérifia son image. Elle ouvrit alors son sac à main, prit un poudrier et arrangea son maquillage.

Pour aller jouer au golf ?

Laissant le sac en autruche grand ouvert, ce qui permettait à Jeremy de voir ce qu'il y avait par-dessus l'attirail féminin habituel.

Un petit automatique brillant.

Tina Balleron savait qu'il l'avait vu. Elle déclencha l'ouverture de la portière droite et dit :

– Et maintenant, au revoir.

– Madame le juge, une remarque m'a frappé, l'autre soir. « Les vertus se perdent dans l'intérêt comme les fleuves dans la mer », a dit l'un de vous. Après, il y a eu un grand silence…

– Le silence peut être en lui-même une vertu, mon cher. À la prochaine.

Elle sourit, se pencha vers lui et l'embrassa sur la joue. Jeremy descendit de la Cadillac et la voiture blanche roula vers le portail du country club.

Puis s'arrêta. Et la vitre descendit.

– Au fait, dit-elle, je me suis renseignée sur les fous de Bassan. Ces oiseaux monogames, dont Harrison nous a parlé… Vous vous demandiez si l'espèce n'était pas menacée. Je n'en ai trouvé aucun indice.

Elle lui sourit.

– Tant mieux, dit-il.

– Peut-être font-ils ce qu'il faut.

La vitre remonta, la voiture repartit. Jeremy resta planté là pendant que s'ouvrait le portail. Le laissant dehors.

En dehors du coup. L'éternel outsider.

33

De retour à son bureau à seize heures trente, il ouvrit son courrier : demandes de consultation, annonces de réunion, sans parler de trucs totalement dépourvus d'intérêt.

Pas de carte postale, pas d'enveloppe du service d'ORL.

Normal. Trop tôt. Le rythme des envois était calculé.

Il ouvrit son ordinateur.

Le *Clarion* était un sommet de médiocrité journalistique, mais avait l'avantage d'avoir un site de consultation en ligne payant. Jeremy donna son numéro de carte de crédit et y accéda.

Cinq réponses à « Robert Balleron », toutes vieilles de quatre à cinq ans :

– Un industriel assassiné dans son bureau
– Le meurtre de Balleron peut-être lié à ses succès de promoteur immobilier
– Le meurtre de Balleron reste un mystère
– L'épouse de Balleron, elle-même juge, interrogée
– La police poursuit son enquête sur l'affaire Balleron

Robert Balleron avait soixante-neuf ans lorsqu'il avait été assassiné à cent kilomètres de là, à Greenwood, une ville-dortoir pour classes aisées. Le journal n'avait pas couvert l'affaire lui-même et ses articles s'inspiraient de dépêches d'agence.

Jeremy les éplucha les unes après les autres. On avait retrouvé « le promoteur, magnat du foncier », dans le bureau de son domicile (« une demeure princière de style Tudor »), effondré sur « un bureau de style », abattu de plusieurs coups de feu. Robert Balleron avait eu une activité politique ; homme d'affaires redoutable, il ne craignait pas la confrontation quand ses intérêts étaient en jeu. Il était certes coriace, mais irréprochable sur le plan moral – donneur de leçons même, n'hésitant pas à lancer des accusations de corruption lorsqu'il jugeait que les gens le méritaient.

Les indices relevés sur la scène du crime étaient minces : pas de traces d'effraction, système d'alarme de la maison coupé, le meurtrier serait entré directement par l'une des portes-fenêtres du bureau après avoir traversé « la propriété de plusieurs hectares ».

D'après des « sources confidentielles », la langue acérée de Balleron et ses méthodes agressives en affaires auraient mécontenté une personne de trop ; on parlait de l'enrôlement d'un tueur à gages. Mais rien n'était venu étayer cette hypothèse.

L'épouse de la victime, le juge à la Cour suprême Tina Balleron, était sortie le soir du meurtre – pour aller dîner chez des amis – et avait découvert le corps en rentrant chez elle. On l'avait interrogée, mais un porte-parole de la police avait souligné que c'était uniquement en tant que témoin et jamais comme suspecte.

Jeremy lança une recherche dans les archives à partir de « meurtre de Balleron », mais ne trouva rien d'autre. Quittant le site du journal, il passa par plusieurs moteurs de recherche d'Internet et finit par tomber sur une unique dépêche d'agence que le *Clarion* avait négligée : six mois après le meurtre, la police n'avait toujours aucune piste et le dossier n'était toujours pas clos.

Il retourna sur le site du journal et fit une nouvelle recherche, sur Tina Balleron cette fois, pendant les années qui avaient suivi. Rien.

Une femme très en vue comme elle, un crime grave. Elle avait fait en sorte de ne pas attirer l'attention du public.

Il rechercha des cas d'homicides parmi les autres promoteurs de Greenwood, mais ne trouva qu'un décès accidentel : trois ans auparavant, un certain Michael Sivrac, qui construisait des centres commerciaux, s'était tué au volant de sa voiture. Il avait eu droit à une oraison funèbre de quatre lignes se terminant par « Au lieu de fleurs, contribution souhaitée au Planning familial »

Jeremy s'efforça de mettre de l'ordre dans ses pensées. Robert Balleron avait été assassiné cinq ans auparavant. La Cadillac de Tina Balleron datait de cette époque. Autrement dit, le promoteur avait offert une voiture blindée à sa femme peu avant son assassinat.

Il craignait qu'elle soit en danger.

Elle avait survécu. Et prospéré. Quittant le prétoire, allant vivre dans la grande ville et s'inscrivant au Haverford.

Une bonne manière de garder le profil bas était de quitter son domicile.

Des perles, une fourrure, un petit automatique dans le sac à main… la plus joyeuse des veuves. Une maîtresse femme, tout à fait capable de se prendre en charge.

Jeremy repensa à une remarque que Tina Balleron lui avait faite un peu plus tôt dans l'après-midi : « Quand on vit un certain temps, on accumule de l'expérience. »

Peut-être font-ils ce qu'il faut.

Une expérience tragique : était-ce ce que les membres du CCC avaient en commun ? Étaient-ils tous les victimes d'un crime ? Cela expliquait-il leur intérêt pour la genèse de la violence ?

Voilà qui concordait avec le silence funèbre qui avait suivi la remarque sur les vertus qui se perdent dans l'intérêt.

Il eut enfin l'impression de tenir quelque chose. Le cœur battant, il lança une recherche associant le nom d'Arthur Chess avec « homicide ».

Ne trouva rien.

Obtint le même résultat avec « Marquis ». Le nom de Levy donna une réponse, une personne disparue à Washington, mais Jeremy ne trouva aucun lien avec le Pr Norbert Levy.

Il n'eut pas plus de succès avec les moteurs de recherche.

Le roi du plantage. Il allait peut-être devoir s'y habituer.

La troisième carte postale arriva deux jours plus tard. Pendant cette période, Jeremy vit Angela une fois pour un café, et une deuxième pour partager un dîner pris à toute vitesse à la cafétéria des médecins, avant qu'elle ne se précipite pour une urgence. Les deux fois, il lui trouva mauvaise mine et elle lui avoua se sentir épuisée.

Mais elle avait pris le temps d'assister à deux des interventions de Dirgrove.

– J'espère que ça ne te dérange pas, Jeremy ?

– Pourquoi ? Ça devrait ?

– C'est purement le boulot… je crois que je me sens coupable. J'ai un emploi du temps dément et j'en rajoute ; du coup je n'ai plus de temps pour toi… Je te promets de mieux m'organiser quand les choses se seront un peu calmées.

– Tu es sensationnelle.

– C'est gentil. . Tu vois, c'est un côté de moi que tu viens de découvrir.

– Quel côté ?

– Obsessionnel, jusqu'au-boutiste. Mon père n'arrêtait pas de me taquiner pour ça. « Tu cours après quoi, princesse ? » disait-il. (Elle esquissa un sourire.) Intellectuellement, je sais qu'il a raison, mais le fait est que j'ai l'impression d'être dans une course contre la montre. Contre la montre et contre le moment où l'esprit et le corps commencent à ralentir puis à déclarer forfait et où tu te retrouves six pieds sous terre. Morbide, hein ?

– C'est peut-être le résultat de trop d'heures passées à l'hôpital, lui fit-il observer.

– Non, j'ai toujours été comme ça. Si on nous demandait une dissertation en cinq pages, j'en rendais sept. Quand le prof de gym demandait dix pompes de fille, j'en faisais dix de garçon et j'essayais d'aller jusqu'à vingt. Je suis sûre que ça relève de ce que tu appelles des « désordres compulsifs obsessionnels ». À huit ans, je suivais tout un rituel dans ma chambre ; ça me prenait une heure avant que je puisse me coucher. J'alignais mes chaussures. Personne ne le savait. Je laissais ma mère me mettre au lit et je me relevais en douce pour refaire tout le cirque. Et si jamais j'étais interrompue, je recommençais tout depuis le début.

– Comment as-tu fait pour t'arrêter ?

– Je me suis dit que c'était stupide et je me suis forcée à rester toute tremblante sous les couvertures jusqu'à ce que l'envie passe. Je l'ai ressentie encore pendant des mois, mais je n'ai pas cédé. À douze ans, j'ai eu un ulcère à l'estomac. Pour le médecin, et pour mes parents, il ne pouvait s'agir que d'une infection bactérienne. Ils m'ont donné des antibiotiques et c'est allé mieux. Mais… voilà, maintenant tu sais tout de mon passé sordide. Des commentaires, docteur ?

Il hocha la tête.

– S'il te plaît, insista-t-elle. Qu'est-ce que tu en penses ?

– As-tu perdu un proche dans ton enfance ?

– Oui, ma grand-mère. J'avais six ans et elle était vieille et malade, mais nous étions très complices… Un choc. Le fait que je ne la reverrais plus jamais.

Il hocha de nouveau la tête.

– Si je comprends bien, reprit-elle, tu dis que ce sentiment de perte a été tellement profond que j'étais traumatisée par l'idée de la mort ? L'essence, la permanence ? Et que maintenant je dois passer ma vie à courir comme un poulet sans tête afin d'accumuler les expériences ?

– Je pensais plus à la notion de mort prématurée. Mais ça ne fait aucun doute : la mort de ta grand-mère a dû être un choc et a pu t'influencer de cette manière. C'est l'effet d'une perte traumatique. Le côté disparu à jamais.

– Disparu à jamais, répéta-t-elle avec un sourire. Toi et ta façon de t'exprimer… Au fait, et ton livre ? Où en es-tu ?

– C'est la galère.

– Ça va se mettre en place. (Son regard devint distant.) Tu as peut-être raison. Je ne sais pas. (Elle détourna les yeux et parla plus bas.) Une mort prématurée… tu as vécu ça.

– Qu'est-ce que tu veux dire ? dit-il, plus fort qu'il n'aurait voulu.

– Tu sais bien.

Il la foudroya du regard en sachant qu'il le faisait, mais sans pouvoir s'en empêcher.

– Changeons de sujet, dit-il.

Angela avait pâli.

– Bien sûr, je suis désolée, oublie que je t'en ai parlé.

– Ne t'inquiète pas pour ça, dit-il.

Mais son cœur battait fort et il éprouvait le besoin de sortir de la salle.

Si proches que nous soyons, il y a encore des endroits où elle ne peut aller. Certaines choses que je ne partagerai pas.

– Jeremy ?

– Oui ?

– Je suis désolée.

– Tu n'as pas à t'excuser de quoi que ce soit.

– Il faut que j'y aille, dit-elle. Je ne sais pas quand j'aurai un moment de libre.

– Tu es de garde, cette nuit ?

– Non, mais je dois me coucher de bonne heure. Je me sens encore faible, ma grippe n'est peut-être pas complètement guérie.

– Tu veux que je te raccompagne jusqu'à ton service ?

– Non, ça ira.

– Prends soin de toi.

– Toi aussi.

Dans l'après-midi, elle l'appela pour lui dire qu'elle était coincée en chirurgie et prévoyait d'y rester encore.

Dirgrove avait procédé à un quintuple pontage. Une « performance ». L'expression lui évoqua un numéro de cirque.

– Intéressant, dit-il.

– Stupéfiant. C'est quelque chose à voir.

– Et le patient a survécu ?

– Qu'est-ce que tu veux dire ?

– La seule patiente que nous ayons eue en commun, Dirgrove et moi, n'a pas eu cette chance.

– Oh… (Son enthousiasme parut en prendre un coup.) Oui, c'était affreux… Bon, faut que j'y aille. Est-ce que j'ai pensé à te remercier pour ce que tu as fait pour moi quand j'avais la grippe ?

– Plus d'une fois.

– Je n'en étais pas très sûre. Depuis que je suis de retour dans le service, c'est devenu frénétique et je sais que nous n'avons pas… bref, encore merci. Pour la soupe et tout le reste. Tu as fait bien plus que ton devoir.

Il y avait quelque chose d'un peu contraint dans sa manifestation de gratitude. Comme si elle mettait de l'espace entre eux.

Hé mais… qu'est-ce qu'il se racontait ? C'était lui qui avait fait ça. La vacherie qui fout une conversation en l'air, c'était lui, alors que tout ce qu'elle avait fait, c'était de lui demander…

– Tu te sens toujours fatiguée ? dit-il.

– Oui, un peu, mais ça va mieux.

– Ce quintuple pontage était donc stupéfiant.

– Vraiment, Jeremy. Le cœur humain, ce petit muscle qui fait penser à une grosse prune ou à une tomate sans peau… C'est absolument magnifique, la manière dont les ventricules et les valves fonctionnent ensemble. C'est… philharmonique. Pendant que les artères sont ligaturées, on continue à le faire pomper artificiellement et… c'est… je n'arrive pas à penser autrement qu'en termes de musique orchestrale, cet équilibre parfait, ce tempo… Oh-oh, un nouveau message, Jeremy, faut que j'y aille, cette fois.

La troisième carte postale venait de Damas. Elle représentait l'ancien bazar, un fouillis haut en couleur de petites boutiques avec leurs propriétaires. Des hommes en longue robe blanche proposant des objets en cuivre, des tapis et des noix séchées.

Le tampon était de Berlin.

Aha !

Aha quoi ?

La seule conclusion que Jeremy put en tirer fut que le goût de l'aventure d'Arthur avait ses limites. Le vieux toubib n'avait pas envie de renoncer aux habitudes de confort du monde occidental pour un petit tour dans les Échelles du Levant.

N'empêche, il voulait que Jeremy pense Levant.

Damas… il savait que la Syrie était une dictature brutale, mais en dehors de ça le pays et son ancienne capitale ne lui disaient rien.

Oslo, Paris, Damas… Oslo, Paris, Berlin, Damas ? Si c'était un jeu, il n'en connaissait pas la première règle.

Il glissa la carte postale dans son dossier « Curiosités ». Puis il le rouvrit pour passer son contenu en revue. Résultat : une migraine à tout casser.

Il prit de l'aspirine et courut le risque de la faire descendre avec son immonde café.

À la fin de la journée, seul, sans la moindre perspective de voir Angela et devant celle, dans un futur immédiat, de retrouver sa maison sombre et froide, il en vint presque à regretter de ne pas avoir une nouvelle enveloppe du service ORL. N'importe quoi pour le sortir de ce brouillard. Il passa par le bureau du département de psychologie pour vérifier s'il n'y avait rien de nouveau dans son courrier.

Le bureau était fermé.

Et rien n'arriva le lendemain. Ni le surlendemain.

Soudain, tout était trop tranquille.

Le week-end se traîna. Angela étant de garde, Jeremy dut passer le samedi seul, réduit à remplir des grilles de mots croisés, à faire semblant de s'intéresser aux sports, à sourire à Mme Bekanescu lorsqu'elle mit le nez dehors pour balayer sa véranda. Elle le récompensa d'un regard mauvais.

Qu'est-ce que Doresh avait pu lui raconter ?

Il éplucha l'épais journal du dimanche en se demandant s'il n'y trouverait pas du nouveau sur l'inconnue de Saugatuck Finger. Rien. Le dimanche en fin d'après-midi, il était prêt à grimper aux rideaux.

Son bip ne s'était pas déclenché une seule fois pendant les deux jours. Il téléphona au service d'Alphapage et demanda s'il n'avait reçu aucun appel.

– Non, docteur, rien pour vous.

Il ne s'en rendit pas moins à l'hôpital et attaqua l'introduction de son livre, étonné de constater que les mots lui venaient sans peine. Le fichu machin était terminé à vingt-deux heures ; il le relut, y apporta quelques modifications mineures, l'imprima et le mit dans une enveloppe pour l'envoyer au patron du service d'oncologie.

Et maintenant ?

Il n'y avait pas si longtemps, la solitude lui était chère. À présent, il se sentait incomplet.

Il retourna à son ordinateur, se connecta aux archives du *Clarion*, activa son compte et y entra le nom de Norbert Levy pour sa recherche. Sans l'accompagner, cette fois, du mot « homicide ».

Zéro.

Il en alla de même pour Edgar Marquis et, cela va de soi, pour celui que protégeaient ses pseudonymes, Harrison Maynard.

Tina Balleron avait fait allusion à deux des pseudos de Maynard : Amanda Fontaine et Barbara Kingsman.

Rien non plus sous ces deux noms de plume.

Il renonça, éteignit l'ordinateur, partit pour l'hôtel Excelsior et se rendit tout droit au bar. Qui était vide. Ayant l'embarras du choix, il s'installa dans le box où Arthur et lui avaient bu et discuté en grignotant des amuse-gueules.

Et commanda un double scotch.

Le serveur âgé de la fois précédente n'était pas là. Le jeune homme qui lui apporta sa consommation avait un visage banal et jovial, et une manière de marcher à grandes enjambées sautillantes qui lui fit penser à un cheval de course mordant son frein.

– Une marque précise ? lui demanda-t-il.

– Non.

Même salle, même box, mais rien n'était pareil.

Jeremy y resta longtemps, faisant durer ses verres successifs en essayant de laisser croire qu'il se contrôlait.

Le jeune serveur, mort d'ennui, finit par se plonger dans un journal. Une musique insipide jouait en sourdine. Le temps d'achever son troisième verre, Jeremy avait le corps qui vibrait.

Rien n'est plus triste qu'un dimanche soir dans un hôtel de grande ville. Celle-ci s'enorgueillissait de sa simplicité provinciale et le dimanche était un jour consacré à la famille. Même la réception était déserte ; les VRP à l'émotivité de saurien étaient de retour auprès d'épouses depuis longtemps habituées à souffrir et les tapineuses de luxe se livraient à leurs occupations dominicales ordinaires.

Parfois, elles se faisaient trucider.

Il chassa cette pensée de son esprit. Il eut même un geste de la main pour mieux s'en débarrasser. Il n'y avait personne pour le voir et il recommença, comme s'il avait un tic. Amusé, tel un petit garnement qui a trouvé quelque chose de marrant.

Il commanda un dernier verre, remplit son sang d'alcool, but jusqu'à s'empourprer. À un certain niveau – cutané, disons – l'expérience était agréable. Mais pour l'essentiel, il se sentait détaché.

Comme s'il était dans la peau d'un autre.

34

Il se réveilla le lendemain matin, léthargique, vaseux et raide, et se demanda s'il n'avait pas attrapé la grippe d'Angela.

Une petite marche d'un pas vif dans l'air glacé lui brûla les poumons et le réveilla ; le temps qu'il arrive à l'hôpital en voiture, il se sentait presque civilisé. En passant prendre un café à la cafétéria, il aperçut Dirgrove lancé dans ce qui paraissait être une conversation tendue avec une autre blouse blanche. Le type basané et moustachu qu'il avait déjà vu en compagnie du chirurgien et dans ce même endroit. Avec Mandel, le cardiologue.

Il n'avait aucune raison particulière de les remarquer, la salle étant remplie de blouses blanches, et Dirgrove et son compagnon se trouvaient à l'autre bout de la pièce. Mais il y avait quelque chose chez le chirurgien… La fascination qu'il exerçait sur Angela…

Il était jaloux.

Il remplit un gobelet et prit la direction de la sortie. Dirgrove et son interlocuteur n'avaient pas bougé. La discussion lui paraissait effectivement tendue – une question professionnelle ? Non, personnelle, plutôt. Ils avaient la posture de deux chiens qui s'affrontent.

Puis Dirgrove sourit, et l'autre homme aussi.

Deux clébards découvrant les dents.

Match nul. Le second médecin était de la taille de Dirgrove mais en plus mince, et avait lui aussi les cheveux coupés court – tignasse frisée aussi noire que sa moustache.

Le basané parlait avec les mains. Lança une dernière réplique et quitta la cafétéria. Dirgrove resta sur place, les poings serrés. Ce qui réjouit Jeremy, qui décida qu'il avait faim et revint chercher une pâtisserie.

Tant qu'à faire… il s'assit pour la manger. Dirgrove partit à son tour. Quelques instants plus tard, Angela fit son apparition au milieu d'un groupe d'internes.

Bavardant, heureuse, hyperactive. Ils avaient l'air si jeunes, tous !

Elle qui s'était prétendue crevée était en ce moment l'incarnation de la vitalité.

Tous l'étaient. Des gosses.

Soudain, les cinq années qui le séparaient d'Angela lui firent l'effet d'une génération. Jocelyn avait l'âge d'Angela, mais elle lui avait paru plus… aguerrie. Peut-être était-ce à cause des années où elle avait travaillé comme infirmière. Ou des petits boulots merdiques qu'elle avait dû accepter pour payer ses études.

Angela, angoissée et hypermotivée en dépit de son enfance heureuse, la petite princesse à son papa, ne surmonterait peut-être jamais sa culpabilité d'être née dans une famille aisée.

Celle de Jocelyn avait été pauvre – pauvre à vivre dans une caravane – et Jocelyn s'était débrouillée toute seule depuis l'adolescence. Elle appréciait tout.

Une bosseuse.

Non, ce n'était vraiment pas ça !

Les yeux de Jeremy s'emplirent de larmes. Il repoussa la pâtisserie et le café et se dépêcha de sortir en prenant bien soin de ne pas être vu par Angela.

La quatrième enveloppe arriva. Finalement.

Mardi matin, au milieu d'un paquet de trucs bons pour la corbeille à papier. Jeremy avait pris l'habitude de rôder du côté du bureau du département de psychiatrie ou de passer la tête à la porte à des moments divers, dans l'espoir de tomber sur son facteur anonyme.

Sans résultat. Et ce n'était pas vraiment important, n'est-ce pas ? Le médium était bien le message.

Enveloppe peu épaisse – moins que les précédentes. Avec à l'intérieur une simple feuille de papier sur laquelle était tapée une seule ligne :

Traité des Pères, Sforno, 5, 8.

Une référence, manifestement. Un texte ancien ? bouddhiste ? italien ?

Il se tourna vers son ordinateur, interrogea un moteur de recherche et eut la réponse en quelques instants.

Il s'agissait de religion, mais pas de bouddhisme. *Le Traité des Pères*, parfois aussi présenté comme *L'Éthique des Pères*, était un des volumes du Talmud, le seul des soixante-trois à ne pas s'occuper principalement des Lois.

« Le livre de citations, le Bartlett's du judaïsme », l'avait appelé un spécialiste.

« Un résumé de morale », selon un autre.

Obadia Sforno, rabbin et médecin italien ayant vécu pendant la Renaissance, était avant tout connu pour ses commentaires sur la Bible.

On lui devait également un autre ouvrage, moins connu que *Le Traité des Pères, La Lumière des nations.*

Où trouver un truc pareil ?

Il l'aurait peut-être dégoté chez Renfrew, à l'époque où le muet était encore en vie.

Il appela deux librairies de la ville. Aucune n'avait l'ouvrage sous une forme ou sous une autre. Il prit son annuaire pour compulser la liste des librairies dans les Pages jaunes.

Il fit plusieurs tentatives, auprès de librairies vendant du neuf, puis de l'occasion. Aucun de ceux qui lui répondirent n'avait la moindre idée de ce qu'était le Sforno. Deux des librairies se prétendaient spécialistes en religion, mais pour elles les religions étaient soit catholique soit protestante.

Le propriétaire de la librairie catholique lui dit cependant :

– Vous pourriez peut-être essayer chez Kaplan.

– Ça se trouve où ?

– Dans Fairfield Avenue.

– Fairfield, à l'est du centre ?

– En effet, répondit l'homme. C'était un quartier juif, jusqu'au jour où ils sont tous partis en banlieue.

– Et Kaplan y est toujours ?

– Il y était la dernière fois que j'ai entendu parler de lui.

Fairfield Avenue, à cinq minutes en voiture de l'hôpital sous le crachin, rue sinueuse à deux voies asphaltées mais crevées de nids-de-poule, ne comptait guère que des immeubles d'avant-guerre, en mauvais état et noirs de suie. Presque tous les magasins étaient condamnés, leurs ouvertures remplies à la brique, et l'avenue jadis commerçante proposait surtout des locations de remises. Des enseignes délavées, sur les murs crasseux, rappelaient une époque plus animée :

ÉPICERIE SCHIMMEL

POISSONNERIE SHAPIRO

BOUCHERIE KOSHER

La librairie occupait une façade de trois mètres et des lettres dorées écaillées annonçaient : « Livres, cadeaux, objets juifs », au-dessus de ce qui devait être, supposa-t-il, le même texte en hébreu. La vitrine était sombre – pas passée au noir comme celle de Renfrew, mais assombrie par ce qui était apparemment un espace sans éclairage.

Fermée. Le dernier à avoir résisté avait plié bagage.

Mais lorsque Jeremy, à tout hasard, tourna le bouton de porte, le battant céda sous sa poussée et il pénétra dans une pièce aussi minuscule que sombre. Aucun éclairage au plafond ; rien qu'une lampe à pied de cuivre et abat-jour ambré pour déverser un cône de lumière sur un bureau en chêne en piteux état. On s'étonnait presque de ne pas détecter une odeur de moisi.

Derrière le bureau était assis un homme âgé, rasé de près, portant une calotte en velours noir sur des cheveux gris coupés à la diable. Vieux, mais costaud, nullement diminué par l'âge. De larges épaules, une ossature de catcheur, il était assis dans une posture militaire. Chemise blanche, cravate sombre et bretelles de cuir tressé. Des demi-lunettes à monture d'or chevauchaient son nez mince et long. Derrière lui, une vitrine où étaient exposés toutes sortes d'objets : coupes en argent, candélabres, disques vinyles festonnés d'étoiles de David *(L'Oncle Shimmy chante le*

Zémiros), des jeux d'enfants, des toupies en plastique, des sacs de velours brodés d'étoiles à six branches. Et en dessous de tout ça, trois étagères de livres.

L'homme était occupé à bricoler une boîte en cuir noir tenant par des bandes du même matériau. Il leva les yeux.

– Oui ?

– Est-ce que vous auriez *Le Traité des Pères* du Rabbi Sforno ?

Le vieux libraire étudia un instant ce client.

– Vous pouvez vous le procurer par Internet.

– Je préférerais l'avoir tout de suite.

– Si pressé que ça de vous instruire ? C'est un très bon commentaire.

– C'est ce que j'ai cru comprendre.

– Comment m'avez-vous trouvé ?

– La librairie catholique m'a parlé de vous.

– Ah, Joe McDowell. Il a toujours été correct.

L'homme sourit et se leva. Un mètre quatre-vingt-dix, au bas mot. Il avait un torse impressionnant, et Jeremy se demanda comment il pouvait s'ajuster à une boutique aussi étriquée. Le libraire lui tendit la main.

– Bernard Kaplan.

– Jeremy Carrier.

– Carrier... N'est-ce pas français ?

– Ça remonte à loin... Je ne suis pas juif.

Kaplan sourit.

– Ce n'est pas si courant... excusez ma curiosité, mais le commentaire de Sforno n'est pas quelque chose qu'on me demande tous les jours. C'est plutôt ésotérique... pour tout le monde.

– Quelqu'un me l'a recommandé. Un médecin de l'hôpital où je travaille. City Central.

– Un bon hôpital, dit Kaplan. Tous mes enfants y sont nés. Mais aucun n'est devenu médecin.

– Ont-ils été mis au monde par le Dr Chess ?

– Non. Je ne le connais pas. Nous avons fait appel au Dr Oppenheimer. Sigmund Oppenheimer. À l'époque, c'était un de rares médecins juifs admis à exercer.

– Il y avait de la ségrégation à l'hôpital ?

– Pas officiellement. Mais en réalité oui, bien sûr. Il y en avait partout. Et il y en a encore dans certains endroits.

– Les country clubs…

– Et s'il n'y avait que les country clubs ! Non, votre hôpital n'était pas un exemple de tolérance. Au début des années cinquante, il y a eu une certaine agitation. Il était question de chasser les quelques médecins juifs du personnel. C'est grâce au Dr Oppenheimer que ça n'est pas arrivé. Il accouchait tellement de femmes que les revenus de l'hôpital s'en seraient trop ressentis. Il a fait naître les enfants du maire et de tous ceux qui voulaient le meilleur médecin accoucheur. Des mains en or, cet homme.

– Cela se réduit souvent à une question de fric, n'est-ce pas ? fit observer Jeremy.

– Souvent. Et c'est justement ce dont nous parle *Le Traité des Pères*. Il ne faudrait pas. La vie ne peut se réduire à des histoires d'argent. C'est un livre merveilleux. Une des citations que je préfère est celle-ci : « Plus il y a de viande, plus il y a d'asticots. » Ce qui veut dire que celui qui a le plus de jouets à sa mort est simplement celui qui a eu le plus de jouets. Ou celle-ci : « Qui est heureux ? Celui qui se contente de ce qu'il a. » Si seulement on pouvait y arriver… moi-même y compris. Bref, monsieur Carrier, il se trouve que je possède justement un exemplaire du Sforno, parce que j'en ai commandé un pour un client qui a changé d'avis lorsqu'il l'a trouvé à meilleur prix sur Internet et me l'a laissé sur les bras.

Kaplan ouvrit la vitrine, en tira un livre de poche à la couverture vieux rose et le tendit à Jeremy.

Celui-ci lut le titre : *Pirkey Avoth*…

– En hébreu, *pirkey* veut dire « chapitres ». Littéralement, *Les Chapitres des Pères*.

– Et qui étaient ces Pères ?

– Pas des prêtres, c'est certain, répondit Kaplan avec un petit rire. (Il avait des yeux gris-bleu, légèrement injectés de sang et à l'expression amusée.) En hébreu, cela ne signifie pas « pères » au sens biologique ; le terme s'applique aussi aux érudits, aux lettrés. Dans notre tradition, lorsqu'une personne vous enseigne quelque chose d'important, elle est considérée avec autant d'estime qu'un parent. Vous pouvez examiner le livre, je vous en prie.

– Non, je vais le prendre, dit Jeremy. Combien ?

– Quinze dollars. Pour vous, ce sera douze.

– Vous n'êtes pas obligé…

– Vous me rendez service, jeune homme. Il y a bien peu de chances que j'aie un autre client pour le Sforno. Plus personne ne vient ici. Je suis une relique, une espèce en voie de disparition et si j'étais intelligent j'organiserais moi-même mon extinction. Mais prendre ma retraite serait la mort et j'aime trop ce vieux quartier, cette rue, et le souvenir de tous ceux que j'y ai connus. Je suis le propriétaire de cet immeuble et de deux ou trois autres à Fairfield. À ma mort, mes enfants vont tout vendre et faire la fête.

Ces réflexions rappelèrent quelque chose à Jeremy.

– Avez-vous connu M. Renfrew, qui avait une boutique de livres d'occasion ?

– Shadley Renfrew, dit Kaplan. Certainement. Un homme remarquable… Ah, vous le connaissiez parce qu'il avait sa boutique non loin de l'hôpital.

– En effet, dit Jeremy.

– J'ai entendu dire qu'il était décédé. C'est bien triste.

– Il a vaincu le cancer, mais c'est son cœur qui a lâché.

– Cancer de la gorge. C'est pour ça qu'il ne parlait jamais, expliqua Kaplan. Avant son cancer, il chantait. Il avait une voix splendide.

– Vraiment ?

– Oh oui. Ténor irlandais. Il a peut-être eu de la chance.

– Comment ça ?

– En étant réduit au silence. Ça l'a peut-être rendu plus sage. Encore une chose que vous trouverez là-dedans. (Il tapota le livre.) « Soyez prudents avec les mots que vous employez, ils risquent de mentir… » Permettez, je vais vous l'emballer.

Il ouvrit un tiroir et en ressortit quelque chose de brillant et orangé.

– Et voici un sucre d'orge pour aller avec. Elite. Ils viennent d'Israël. Ils sont très bons. J'en donnais aux enfants à l'époque où ils venaient. Comme vous êtes le client le plus jeune que je vois depuis une éternité, aujourd'hui, ce sera vous l'heureux gagnant.

Jeremy le remercia et paya son achat. Au moment où il allait quitter la boutique, Kaplan lui dit :

– Mon autre client pouvait attendre son Sforno. Vous non, et ça me fait plaisir.

35

En retournant à sa voiture, Jeremy croqua dans le bonbon orange et le réduisit en miettes sucrées et citronnées.

Il ouvrit le livre pendant que le moteur de la Nova tournait au ralenti. À droite le texte en hébreu, à gauche sa traduction anglaise. Pendant les quelques minutes qu'il avait passées dans la boutique, la température avait baissé et l'habitacle de la voiture était glacial. L'hiver était encore loin, ce qui n'empêchait pas le pare-brise d'être recouvert d'une fine pellicule de givre. Cela tenait à la proximité du lac. Le vent fouettait l'eau et soulevait l'humidité.

Lors de sa première année à l'hôpital, la température était passée de plus dix degrés à moins vingt en deux heures, et les générateurs auxiliaires avaient failli lâcher.

Aucun décès, d'après les statistiques officielles, mais il avait entendu parler de respirateurs devenus asthmatiques et d'éclairages de salle d'op se mettant à vaciller au moment où le chirurgien incisait.

Il brancha le chauffage, tendit la main vers la commande de l'essuie-glace pour enlever le givre, puis changea d'avis. Un moment d'intimité ne serait pas désagréable.

Le moment était venu d'aller chercher un peu d'éthique chez les Pères. Les citations données par Kaplan et l'analogie avec le Bartlett's lui avaient fait supposer qu'il s'agissait d'un recueil d'aphorismes et de pensées, ce que paraissaient confirmer les pages qu'il tournait pour atteindre le chapitre 5.

Mais le paragraphe 8 du chapitre 5 était différent.

Là, il s'agissait d'une litanie de châtiments infligés au monde pour toute une série de transgressions.

La famine pour ne pas avoir payé la dîme ; une invasion de bêtes sauvages pour avoir fait de faux serments ; l'exil pour l'idolâtrie.

Et, section *e*, on lisait :

L'épée de guerre s'abat sur le monde
à cause des retards de la justice

Le commentaire d'Obadia Sforno complétait cela d'une citation tirée du Lévitique : « Je ferai venir contre vous l'épée qui vengera mon alliance. »

Quelqu'un envoyé pour remettre les choses en place.

Une alliance – un accord – pour remettre de l'ordre dans les choses ?

En résolvant des affaires de meurtres non élucidées ?

En en commettant de nouveaux ? Un fléau rédempteur ?

36

Vus sous l'angle de la justice vengeresse, les articles prenaient une tout autre signification.

Chirurgie gynécologique au laser. Articles dans la presse sur deux femmes assassinées.

Le laser, une arme de nettoyage, un outil de nettoyage ?

Un fou utiliserait-il un texte ancien comme justification de sa manière personnelle de rendre la justice ?

Ou pire : un monstre qui ne faisait que se vanter ?

Jeremy parcourut le livre à couverture rose, étudiant sans les comprendre les lettres en hébreu. Y avait-il un lien avec le fait que ce texte était hébreu ? Voulait-on lui faire croire à l'existence d'un rapport avec les Juifs ?

Cette réflexion lui rappela un document qu'il avait lu des années auparavant, au début de ses études. À propos de Jack l'Éventreur. Un professeur de psychologie des comportements anormaux qui voulait rendre son propos plus pertinent avait mis dans sa liste de lectures obligatoires un compte rendu factuel des assassinats de Whitehall, au prétexte qu'il illustrait mieux la problématique de la pathologie sadique que n'importe quel manuel.

Courir ainsi à tout prix après la pertinence était en général peine perdue, et Jeremy avait considéré que cette soi-disant « simple » présentation des faits était un nivellement gratuit par le bas : des tas de spéculations, des théories qu'on ne pouvait ni prouver ni infirmer, des pages de photos sanglantes.

Une certaine illustration lui revint cependant à l'esprit. Une gravure reproduisant un graffiti à la craie relevé sur un mur de brique noirci dans l'East End de Londres. Un message laissé à l'endroit même où avait été assassinée une prostituée et qui parlait des « Juwes » qu'on ne blâmait pas pour rien. Le texte original avait été effacé et un policier l'avait noté de mémoire. Le graveur, lui, avait fait appel à son imagination.

L'Éventreur avait opéré dans un quartier de taudis à forte population juive ; l'interprétation généralement acceptée du graffiti était qu'il s'agissait d'une tentative de jeter une fois de plus l'opprobre sur un groupe ethnique déjà mal vu.

D'après Bernard Kaplan, l'hôpital City Central avait été entaché d'antisémitisme à une époque.

Les deux jeunes filles assassinées étaient anglaises.

Tout cela lui donnait le tournis. Il referma le livre et prit le chemin de l'hôpital.

Oslo, Paris et Damas – via Berlin. La capitale de la Syrie, aucun doute, était hostile aux Juifs. Et nulle part la haine des Juifs n'avait atteint un tel paroxysme qu'en Allemagne. Arthur l'aurait-il guidé dans une certaine direction ?

Arthur et les autres ? Tina Balleron n'avait paru nullement surprise en entendant parler des enveloppes.

Autrement dit, les articles médicaux n'émanaient pas d'un tueur, mais étaient précisément ce qu'il supposait depuis le début : un représentant d'Arthur agissant en ses lieux et place.

Et le conduisant jusqu'à un ancien texte juif.

Le seul membre du CCC ayant un nom juif était Norbert Levy, mais dans ses recherches, Jeremy n'avait rien trouvé qui relie le professeur à une affaire d'homicide. Peut-être lui fallait-il simplement creuser un peu plus.

Il appuya sur l'accélérateur, conduisant trop vite dans des rues rendues glissantes par la pluie et les déchets huileux, entra dans le parking réservé et s'y gara rapidement. Bondit de sa voiture et se précipita jusqu'à son bureau.

Enfin une mission précise. Il se sentit mieux.

À peine avait-il eu le temps d'accrocher son manteau et de lancer l'ordinateur que le téléphone sonna. Angela.

– Il faut que je te voie.

– Tout de suite ?

– Oui. Je peux venir ? S'il te plaît.

– Ça ne va pas ?

– Je ne veux pas en parler par téléphone. Tu es libre ? Je t'en prie, dis-moi que oui.

– Oui, je suis libre, répondit-il.

– J'arrive.

Elle fit irruption dans son bureau habillée d'un corsage noir, d'un pantalon kaki et de chaussures de sport. Ni blouse blanche ni stéthoscope. Ses cheveux étaient attachés n'importe comment et des mèches s'échappaient de sa queue-de-cheval. Elle avait les yeux écarquillés et des traces de larmes sur les joues.

– Qu'est-ce qui se passe ? lui demanda-t-il.

Elle lui adressa un sourire qui le rendit malade. Un sourire de défaite absolue. Et lorsqu'elle parla, ce fut d'une voix étranglée.

– Si tu savais à quel point j'ai été stupide, mais stupide !

Dirgrove lui avait sauté dessus. À la hussarde.

L'incident s'était produit une demi-heure avant, dans le bureau du chirurgien. Depuis, elle était restée assise dans le vestiaire des internes, hébétée, avant de trouver l'énergie de téléphoner à Jeremy.

Dirgrove avait soigneusement calculé son coup, l'invitant à venir discuter des conséquences secondaires d'un pontage des coronaires.

Des choses que vous devriez savoir, docteur Rios, en tant que médecin praticien.

Il l'avait accueillie chaleureusement, mais en gardant ses distances ; resté assis derrière son bureau, il lui avait montré les articles de revues médicales qu'il avait disposées en une rangée bien droite, se chevauchant les unes les autres. Des signets glissés dans les pages qu'il considérait comme essentielles.

Une fois qu'elle fut assise, il avait commencé à lui faire un cours sur les soins à apporter à ces patients et lui avait demandé de consulter un article précis. Il avait une cravate bien nouée et dégageait l'odeur de quelqu'un qui sort de sa douche. Lorsque Angela s'était mise à lire, il avait fait le tour de son bureau, s'était mis ostensiblement à vérifier les blouses blanches fraîchement repassées pendues à un portemanteau situé près d'un aquarium d'eau salée qui gargouillait.

Puis il était passé derrière elle. Et n'avait pas bougé pendant qu'elle lisait.

Elle était au beau milieu de la partie méthodologie lorsqu'une main était venue se poser sur son épaule.

C'était ainsi qu'elle revoyait la scène : « se poser ». Comme un oiseau, non, une créature encore plus fragile… un insecte. Un éphémère.

Toucher très délicat d'une main aux doigts arachnéens.

Cette proximité ajoutait une nouvelle note à l'arôme de fraîcheur. Une eau de Cologne subtile, herbacée, masculine, utilisée avec parcimonie.

Elle entendait sa propre respiration, mais pas celle de Dirgrove.

Il s'était mis à parler sans s'arrêter. Mais ses paroles arrivaient brouillées à Angela, comme si elle ne pouvait sentir que le contact de ses doigts.

Pianotant lentement sur son épaule. Dérivant vers sa nuque, secs, tièdes.

Confiants. Ce fut cela – cette confiance, la prise de conscience de sa fatuité – qui la pétrifia.

Elle se débarrassa de la main d'un mouvement d'épaules – violemment, lui semblait-il. Mais il réagit simplement en faisant s'envoler l'éphémère.

Elle avait voulu oublier l'incident, continuer à lire au moins pendant un moment, puis inventer une excuse et sortir.

Elle l'avait entendu soupirer. Le regret, elle l'espérait. Rien ne s'était passé.

Puis la main, non, les deux étaient revenues. Et étaient entrées en action de manière foudroyante. Avant qu'elle ne se rende compte de ce qui arrivait, l'une d'elles s'était glissée dans sa blouse, se coulait sous son soutien-gorge et empoignait son sein, les doigts lui pinçant délicatement le téton pour le mettre en érection. Pendant ce temps, l'autre caressait le duvet pratiquement invisible le long de sa mâchoire. Comme si elle en esquissait le contour. Comme si elle traçait une ligne d'incision.

Elle avait bondit et lui avait fait face.

Il se tenait debout, bras ballants, déhanché, dans une attitude qui n'aurait pu être plus nonchalante.

– Je peux te rendre très heureuse, tu sais, lui avait-il lancé.

Elle avait préparé une réplique bien sentie, mais les mots s'étaient éteints sur ses lèvres.

Il avait eu un sourire ironique.

– Comment… comment avez-vous pu ? avait-elle réussi à croasser.

– C'est une objection ? Ou bien une question technique ? Parce que dans ce dernier cas, je serais heureux de te montrer comment j'ai pu.

Il avait porté la main à son entrejambe. S'était caressé, mettant en valeur l'enthousiasme évident qui tendait sa braguette.

Elle s'était enfuie. Elle l'avait entendu rire lorsqu'elle avait claqué la porte.

– Porte plainte contre ce salaud, dit Jeremy en serrant les dents et luttant pour conserver un ton calme.

Elle se jeta dans ses bras, puis se dégagea et se mit à aller et venir dans l'étroit local. S'arrêta devant la fenêtre, leva les yeux dans le puits de jour et eut un geste d'impuissance.

– Oh, merde, gémit-elle. J'y ai laissé ma blouse. Et mon stétho. Il va falloir que j'y retourne.

– Pas question. J'irai à ta place.

– Non, je t'en prie. Pas de scène. Oublie ça. Je trouverai bien un moyen.

Jeremy ne répondit pas.

– Qu'est-ce qu'il y a ? lui demanda-t-elle. Pourquoi es-tu si silencieux ?

– Tu te crois capable de l'oublier, toi ?

– Je ne sais pas.

– Il devrait être dénoncé, Angela.

– Et qu'est-ce qui va se passer ? Sa parole contre la mienne ? Celle d'un patron contre celle d'une interne ? On ne pourra jamais rien prouver. Je vais me retrouver dans un merdier pas possible. Rien ne sera plus pareil pour moi, ici. (Elle cogna du poing sur la fenêtre.) L'enfoiré ! L'enculé ! (Un mauvais sourire se peignit sur ses traits.) Ce n'est vraiment pas le bon terme... Seigneur, Jeremy, comment ai-je pu être aussi stupide !

Elle se jeta sur le siège réservé aux patients et s'y laissa tomber lourdement.

– Ma blouse et mon stétho. C'est tout ce qui m'importe. Je ne veux plus jamais le revoir. Je quitte son service dans deux jours, de toute façon. Je n'ai aucune raison de le revoir. Mais qu'est-ce que je m'imaginais ? Je ne serai jamais chirurgienne. Qu'est-ce qui m'a pris de vouloir gaspiller mon temps avec ce type ?

– Ce n'est pas que tu as été stupide, Angela. Tu souhaitais devenir aussi compétente que possible comme médecin. Tu pensais apprendre auprès de lui.

– Oui, c'est exact. (Elle poussa un lourd soupir.) Mais tu te doutais de quelque chose, pas vrai ?

– Non, c'était juste de la jalousie.

Elle réussit à esquisser un sourire.

– Oh, Jeremy, comment ai-je pu être aussi crédule, tout de même ? Est-ce que j'aurais autant traîné dans ses basques s'il avait été aussi moche qu'un troll ? Si je n'avais pas fait l'objet de ses attentions ? S'il ne m'avait pas distinguée parmi les autres internes ? J'aimerais le penser. Je donnerais cher pour en être sûre.

Elle se pencha dans son fauteuil. Quand elle leva les yeux, ils avaient une expression lourde de... culpabilité.

Elle avait été attirée par Dirgrove.

Ma jalousie n'était pas sans fondement. Je retrouve peut-être mes intuitions.

– En réalité, ce que tu penses ou ressens ne compte pas vraiment, répondit-il. C'est lui qui t'a agressée. Il t'a fait venir dans son bureau sous un faux prétexte, il t'a pelotée et quand tu lui as fait comprendre que tu n'étais pas intéressée, il a aggravé l'insulte en se tripotant la queue.

– Oui, c'est comme ça que ça s'est passé. D'une grossièreté sans nom. Et cette manière qu'il a eue de ricaner ! Je peux te rendre très heureuse ! Des vantardises de connard de macho ! Cet imbécile regarde trop de films pornos. C'était une manière de dire que je n'étais rien pour lui. Que c'était lui le patron... Bon Dieu, comment ai-je pu être aussi stupide !

– Tu as été prise la garde baissée, fit-il remarquer. C'est un truc qui nous arrive à tous.

– Pas à toi, Jeremy. Tu es tellement... composé. Rien ne t'échappe. Tu choisis tes mots avant de parler. Ta formation, tous ces gens avec lesquels tu travailles... tu n'es probablement jamais pris la garde baissée.

On frappa à la porte et Angela sursauta.

Il alla ouvrir.

Un jeune homme en blouse jaune d'aide-soignant se tenait dans le corridor, une blouse blanche et un stéthoscope à la main.

– Est-ce que le Dr Rios est ici ?

– Je vais les prendre, dit Jeremy.

– Pas de problème, docteur. Le Dr Dirgrove a dit que vous les aviez laissés dans son bureau. Il vous envoie le bonjour.

Jeremy referma la porte.

– Il savait exactement où j'irais, dit Angela.

– Je crois que ce n'est pas un secret.

Précisément, s'ajouta-t-il intérieurement. Dirgrove avait pris son pied en leur faisant savoir qu'il les avait repérés, tous les deux. Pure question de pouvoir. Bien faire sentir qui est le patron.

Un souvenir lui revint à l'esprit. La semaine précédente, lorsqu'il avait quitté le domicile d'Angela dans la nuit, il avait eu l'impression qu'une voiture le suivait.

Mais le véhicule avait rapidement pris une autre direction et il s'était accusé de parano. À présent, il se posait la question.

Peu après, Dirgrove lui avait demandé son aide pour Merilee Saunders.

Attentionné, inquiet des angoisses de ses patients. Ou autre chose ?

Ne prenant pas la peine d'informer la jeune fille de cette consultation, tendant un piège à Jeremy.

Après quoi la patiente décède. Un accident comme il en arrive.

Après avoir informé Jeremy, via Angela, que celui-ci avait fait un excellent boulot alors qu'il savait parfaitement qu'il n'en était rien.

S'amuserait-il avec lui ? D'une manière ou d'une autre, il avait le sentiment que quelque chose était en train de se jouer entre lui et le Dr Theodore Dirgrove.

37

Il ramena une Angela particulièrement déprimée jusque dans son département et lui dit qu'il resterait tard à l'hôpital et qu'ils dîneraient ensemble à la cafétéria.

– Pas dans celle des toubibs, protesta-t-elle.

– Pas ce soir, mais nous finirons par y retourner. Qu'il aille au diable.

– Si je deviens phobique, tu me prendras en thérapie ?

– Thérapie rapide. Tu vas très bien t'en remettre.

Elle l'embrassa à pleine bouche.

– En dépit de tout ce qui t'est arrivé quand tu étais gosse, tu t'es transformé en prince.

– Viens donc chez moi, j'ai justement une pantoufle de vair à ta disposition.

– Non, je suis sérieuse. Je le pense vraiment.

Jeremy retourna dans son bureau en repensant aux couchettes du pensionnat, plates et dures comme des dalles, au froid vif des réveils au petit matin, à la fade nourriture de collectivité, aux sourires entendus de ceux qui se coulaient dans le moule.

Il rebrancha l'ordinateur. Il n'avait rien trouvé sur Norbert Levy dans les archives du *Clarion*, il était temps d'étendre la recherche à tout l'Internet.

Les premières mentions que Jeremy trouva avaient trait aux travaux scientifiques du professeur à la retraite. Levy avait joué un rôle essentiel dans le développement d'instruments de très haute fiabilité pour les vaisseaux spatiaux, les gyroscopes de navigation et les systèmes d'armes.

Mais ce qui retint le plus l'attention de Jeremy fut quelque chose d'entièrement différent : un compte rendu d'un symposium sur la Shoah organisé par une association de rescapés et qui s'était tenu sur la côte Est.

Le thème de la réunion était la complicité des États européens avec l'Allemagne : les banquiers suisses amassant des milliards volés, les diplomates scandinaves, espagnols et italiens rachetant à bon compte des œuvres d'art pillées, les politiciens français prétendant avoir résisté aux nazis alors qu'ils avaient été des collaborateurs parfois enthousiastes.

Détenteur de deux doctorats en physique et en ingénierie, Levy s'intéressait à ces questions à cause de son histoire personnelle. Son père, Oscar Levy, physicien allemand réputé, avait quitté la mère patrie en 1937, lorsque les mesures antisémites prises par son département, à l'université, l'avaient obligé à postuler pour un poste (qu'il avait obtenu) d'enseignant à Oxford. L'année suivante, Norbert Levy, ses deux sœurs et sa mère avaient pu passer entre les mailles du filet, le rejoindre en Angleterre et ainsi éviter la déportation ; mais tout le reste de sa famille avait été exterminé. Les nazis avaient confisqué sa maison familiale de Berlin et les biens qu'elle contenait. Des objets personnels accumulés depuis plusieurs générations avaient disparu ainsi qu'une collection d'œuvres d'Egon Schiele, de Gustav Klimt et de maîtres de l'expressionnisme.

Ces peintures, dont le prix s'évaluait aujourd'hui en dizaines de millions de dollars, jamais réapparues, devaient se trouver aujourd'hui sur les murs de collectionneurs privés. Norbert Levy avait choisi d'aborder la question de la morale dans son intervention au symposium.

Le vieux professeur n'avait donc pas été personnellement victime d'un homicide. Ce qui le motivait était le plus monstrueux des crimes.

Jeremy ne put trouver aucune retranscription de cette intervention, mais, après avoir surfé pendant un bon moment sur la Toile, il avait fini par en trouver un résumé sur un site intitulé JewishWorldnet.com.

Un scientifique de premier plan explique que l'intelligence n'a rien à voir avec la moralité

Le célèbre physicien Norbert Levy, dans son intervention devant les membres du Comité des œuvres d'art volées, a critiqué l'inertie que continuaient à manifester les gouvernements et les musées européens concernant la question de la complicité avec les crimes de guerre nazis. En dépit des preuves irréfutables qu'un certain nombre de collections actuelles, en Europe, comprennent des trésors confisqués par les SS de Hitler, très peu d'efforts ont été faits pour localiser les œuvres d'art volées ou dédommager leurs légitimes propriétaires.

La présentation de Levy puisait à de nombreuses sources pour montrer comment certains des esprits les plus brillants des nations les plus civilisées du monde étaient retombés dans la barbarie avec une relative facilité. Le scientifique, dont le nom a déjà été mentionné pour le prix Nobel, citait à ce propos le romancier et psychiatre Walker Percy : « Vous pouvez décrocher les meilleurs diplômes et rater tout de même votre vie. »

« L'intelligence est comme le feu, a notamment déclaré Levy. Avec lui, on peut brûler la maison, apprendre à cuisiner ou forger des œuvres d'art magnifiques. Tout est question de morale personnelle et cette qualité est scandaleusement absente chez nombre de personnes passant cependant pour appartenir à l'élite intellectuelle. La clef d'un bon développement personnel, aussi bien que national, est dans la combinaison d'une formation morale et de la rigueur intellectuelle. La soif de justice rend tout le reste caduc. »

Bien que se déclarant lui-même agnostique, Levy a souligné le rôle que les valeurs humanistes juives ont joué dans son éducation et a cité des textes religieux comme les appels à la justice de la Bible et du texte talmudique L'Éthique des Pères.

Jeremy chercha la trace d'autres activités extra-universitaires de Levy, mais n'en trouva pas.

Il lança une recherche sur « Edgar Marquis » (sans « homicide ») et revint les mains vides. Contre tout espoir, il essaya « Harrison Maynard ». L'écrivain s'étant caché sous un nom de plume, Jeremy n'avait aucune raison de supposer qu'il ait participé à des manifestations publiques sous son vrai nom.

Celui-ci apparaissait pourtant dans le comité organisateur d'un dîner donné sur la côte Est en l'honneur de la mémoire de Martin Luther King. Rien qu'une liste, sans lien avec d'autres sites, juste un de ces cyberdébris flottant dans le vide, dépourvu de tout contexte.

Une recherche sur le « Martin Luther King Memorial Dinner » ne donna qu'une référence sur une manifestation récente en Californie, mais le nom de Maynard n'y apparaissait pas. Jeremy élargit la recherche à « Martin Luther King Memorial » et tomba sur près de trois mille références. Il les éplucha pendant deux heures avant de trouver ce qu'il cherchait.

Quelques pages sur un compte rendu de banquet, avec photos de bienfaiteurs et d'invités célèbres. Et, parmi eux, Harrison Maynard, légèrement plus mince, les cheveux et la moustache un peu moins gris, mais sinon l'homme même avec lequel Jeremy avait dîné.

Souriant, ayant bonne mine dans son smoking. Et à côté de lui se tenait Norbert Levy, également en smoking. La légende ne donnait pas le nom du physicien à barbichette blanche. Elle décrivait Maynard comme un des proches de Martin Luther King, un des premiers à s'être précipités aux côtés du leader de la campagne pour les droits civiques alors qu'il vivait ses derniers instants, mortellement touché, dans le parking d'un motel. Harrison Maynard était maintenant « un des grands bienfaiteurs des causes humanitaires ». Comment il avait acquis sa fortune n'était pas expliqué.

Du combat pour les droits civiques aux romans de gare. L'attitude philanthropique de Maynard montrait que son objectif était avant tout moral, comme Norbert Levy.

Jeremy avait à présent l'impression de commencer à comprendre les vieux excentriques.

Maynard, en luttant pour l'égalité des droits, avait vu son idole mourir de mort violente. La famille de Levy avait été exterminée, ses biens pillés. Le mari de Tina Balleron avait été victime d'un assassinat.

Tous avaient subi une injustice sanglante. Et Arthur, là-dedans ? Et Edgar Marquis ? L'ancien diplomate avait fait une vague allusion à la duplicité dont il avait été témoin aux Affaires étrangères – raison pour laquelle il avait mis fin à une carrière prometteuse en demandant son transfert dans les postes les plus reculés de la Micronésie et de l'Indonésie.

Des endroits où il pouvait faire un peu de bien.

Des idéalistes, tous.

En dépit de leur goût pour les repas fins, ils étaient tous les cinq préoccupés par la justice – leur vision de la justice.

Et c'était lui qu'ils courtisaient aujourd'hui.

À cause de Jocelyn.

Il aurait aimé y réfléchir plus longtemps, mais la nuit tombait et il devait retrouver Angela pour manger rapidement un morceau avec elle à la cafétéria.

Avant de partir, il prit le temps de vérifier où se trouvait le bureau de Theodore Dirgrove dans l'annuaire interne de l'hôpital.

L'étage supérieur du bâtiment administratif. Celui qu'occupait la psychiatrie jusqu'au jour où ces messieurs du bistouri avaient décidé qu'il leur convenait.

Du temps de la psychiatrie, ce n'était rien de plus que le dernier étage, avec des parois légères et du lino sur le sol. Maintenant, une moquette flambant neuve recouvrait le plancher et les murs étaient lambrissés. Des portes en acajou verni avaient remplacé les mochetés en contreplaqué peintes en blanc.

La porte de Dirgrove était fermée. Son nom s'étalait orgueilleusement dessus en lettres d'or.

Jeremy resta quelques secondes indécis, puis s'approcha et frappa.

Pas de réponse.

Il partit rejoindre Angela et tomba sur Dirgrove au moment où il sortait de l'ascenseur.

Le chirurgien portait un costume noir de bonne coupe sur un col roulé, noir aussi. Ongles impeccablement manucurés. Ses lèvres se pincèrent quand il vit Jeremy.

Les deux hommes se fixèrent du regard. Dirgrove sourit, mais ne s'approcha pas. Jeremy lui rendit son sourire et avança d'un pas. En mettant tellement d'intensité dans son sourire qu'il en eut les yeux brûlants.

Dirgrove tint bon, puis haussa les épaules et rit, comme pour dire : tout ceci est ridicule.

– Vous n'auriez pas encore perdu un patient, Ted ? lui lança Jeremy.

La bouche du chirurgien s'ouvrit brusquement, comme tirée par des hameçons. Son long visage blanc devint d'une pâleur mortelle. Jeremy resta immobile et le regarda s'éloigner. Les mains de Dirgrove se serraient et se desserraient, leurs longs doigts arachnéens s'agitant comme sous l'impulsion de synapses en folie.

Nerveux. Pas idéal pour un chirurgien.

38

C'est laborieusement qu'Angela vint à bout d'un tiers de son sandwich à la dinde. Elle n'avait guère de temps avant de devoir repartir pour son service. Jeremy chipotait dans son assiette et la regardait pousser, de sa fourchette, une feuille de laitue tout autour de ce qui restait du sandwich.

– Je ne suis pas d'une compagnie bien agréable, dit-elle. Je ferais peut-être mieux de partir.

– Reste encore un peu.

Le bip de Jeremy se déclencha à cet instant-là.

Angela rit.

– Mauvais présage pour toi.

Il prit l'appel dans la cafétéria maintenant vide. Un cancérologue du nom de Bill Ramirez avait une urgence. Un patient qu'ils avaient vu tous les deux sept ans avant, un jeune homme du nom de Doug Vilardi et atteint d'un sarcome d'Ewing niveau III au genou, était de retour à l'hôpital.

Jeremy avait eu Doug et toute sa famille en consultation peu après l'établissement du diagnostic. Entre la mauvaise nouvelle, le traitement incapacitant et la perspective de perdre une jambe, les raisons de pleurer n'avaient pas manqué. Jeremy avait cependant fini par comprendre que ce qui tourmentait le plus le jeune homme – dix-sept ans à l'époque – était la perspective de la stérilité provoquée par la radiothérapie.

Optimisme touchant, avait-il alors pensé. Les statistiques de taux de survie pour un sarcome d'Ewing à un stade aussi avancé n'étaient pas encourageantes. Il n'en avait pas moins suivi le jeune homme sur ce terrain ; il avait parlé à Ramirez d'un don de sperme avant l'opération, avait appris que c'était possible dans un cas pareil et l'avait aidé à mettre les choses en place.

Doug avait perdu sa jambe gauche et survécu à son cancer – un de ces cas exceptionnels qui redonnent espoir. Pas de douleurs fantômes, pas de retour pénible à la normalité. Il avait commencé avec des béquilles, continué avec une canne et s'était parfaitement adapté à sa prothèse. La dernière fois que Jeremy avait entendu parler de lui remontait à quatre ans. Le jeune homme jouait au basket avec sa prothèse et apprenait le métier de maçon.

Et maintenant ?

– Une rechute ? demanda-t-il à Ramirez.

– Pire, bon Dieu de bon Dieu. Cancer secondaire. Je ne sais pas exactement quelle en est la forme exacte, j'attends encore les résultats de l'analyse pour y voir clair. D'une manière ou d'une autre, il ne fait aucun doute que c'est une leucémie que nous avons déclenchée avec la radiothérapie qu'il a subie il y a sept ans.

– Oh, non !

– Oh, si. La bonne nouvelle, c'est que nous avons pulvérisé définitivement la tumeur du genou. La mauvaise est que nous avons bousillé ses fonctions hématopoïétiques et lui avons refilé une foutue leucémie.

– Doux Jésus…

– Celui-là, il pourrait m'être utile, dit Ramirez. Mais vu qu'il n'a pas de numéro d'Alphapage, je me rabats sur toi. Fais-moi une fleur, Jeremy. Trouve un peu de temps pour le voir, dès ce soir, dès que tu le peux. Ils sont tous là, ses parents, sa sœur. Et écoute bien : pour rendre les choses encore plus pitoyables, sa femme. Le gosse s'est marié il y a deux ans. Il s'est servi du sperme mis de côté et elle est enceinte. Pas géniale, la vie ? Il est là-haut, au cinquième ouest. Quand vas-tu rappliquer ?

– Dès que j'ai fini de dîner.

– J'espère ne pas t'avoir coupé l'appétit.

Il retourna à la table. Angela n'avait pas avalé un seul morceau en son absence.

– Des ennuis ? lui demanda-t-elle.

– Pas qui nous concernent.

Il s'assit pesamment, grignota un peu de son pain de viande, fit descendre la bouchée avec une gorgée de Coca et boutonna sa blouse blanche. Puis lui expliqua la situation.

– C'est plus que tragique, dit-elle. Voilà qui aide à mettre les choses en perspective. Mes petits problèmes mesquins…

– Être mesquin est un droit constitutionnel, répliqua Jeremy. Je ne sais pas dans quel amendement c'est écrit, mais crois-moi, c'est inscrit en lettres de bronze dans la Charte des droits. Je vois des familles exploser après un diagnostic traumatisant, tout le monde s'escrimant à rester concentré sur les Grandes Questions. Pendant une crise, c'est très bien ; mais crois-moi, on ne peut pas vivre ainsi indéfiniment. On finit par leur dire qu'ils sauront qu'ils commencent à reprendre pied le jour où ils redeviendront mesquins.

Elle posa une main sur celle de Jeremy.

– Où est-il ? Au cinquième ?

– Cinquième ouest. Tu es toujours au quatrième ?

– Oui.

– Montons ensemble.

Il la laissa à son étage et poursuivit jusqu'au service de cancérologie. Tout en se livrant à un fantasme dans lequel il traversait le service pour continuer jusqu'à l'aile réservée à l'administration et, de là, prenait l'escalier jusqu'au dernier étage.

Il n'avait aucune idée de ce qu'il dirait ou ferait s'il tombait de nouveau sur Dirgrove, mais il avait l'impression qu'il se débrouillerait très bien.

Il sortit lorsque les portes de l'ascenseur s'ouvrirent au cinquième ouest ; même le plus négligent des observateurs aurait lu de la détermination dans sa démarche.

Que diable allait-il pouvoir dire à Doug Vilardi et à sa famille ?

Plus vraisemblablement, il se tairait et les écouterait.

La vertu du silence. *Le Traité des Pères.*

À dix-sept ans, Doug avait été un adolescent grand et dégingandé, à la tignasse brune, et un étudiant médiocre – ses meilleures notes étaient en atelier de ferronnerie. Depuis, il avait pris du poids, perdu une partie de ses cheveux, qui avaient repoussé après la chimio, s'était fait mettre un brillant à l'oreille gauche, dessiner un tatouage (« Marika », en lettres bleues) sur l'avant-bras droit et il arborait un bouc couleur thé.

Il avait l'allure de n'importe quel type qui gagne sa vie avec un travail physique, si ce n'était la pâleur – cette pâleur particulière – de sa peau et de ses yeux jaunis. Son regard s'éclaircit à l'entrée de Jeremy.

Personne de la famille dans la chambre. Juste Doug dans son lit. Sa prothèse était appuyée dans un angle. Il était en tunique d'hôpital, les draps remontés jusqu'à la taille et déjà sous perfusion ; l'appareil cliquetait de temps à autre.

– Hé ! Doc ! Ça fait une paye, hein ? Regardez un peu ce que je me suis fait.

– On avait envie de nouveautés, c'est ça ?

– Ouais, la vie commençait à être trop fichtrement barbante.

Il rit. Tendit le bras pour une poignée de main chaleureuse. Ses muscles fléchirent et Marika se contracta pendant qu'il retenait la main de Jeremy dans la sienne.

– Ça fait plaisir de vous voir, docteur.

– Moi aussi, ça me fait plaisir.

Et Doug se mit à pleurer.

Jeremy s'assit à côté du lit, reprit la main de Doug dans la sienne et la garda. Dans toute autre situation, avec un homme de la classe sociale de Doug, on était bon pour prendre une beigne.

Sept ans auparavant, Jeremy l'avait déjà beaucoup tenue, cette main.

Doug arrêta de sangloter et dit :

– C'est exactement ce que je ne voulais pas faire.

– Je pense, répondit Jeremy, qu'un peu d'émotion peut se comprendre.

– Ouais… Oh merde, Doc, ça pue ! Je vais avoir un bébé, qu'est-ce que je vais bien pouvoir foutre ?

Jeremy resta avec lui deux heures durant lesquelles il écouta surtout, et prononça quelques paroles de sympathie. Les parents passèrent la tête vers la fin de la première heure, virent Jeremy, sourirent faiblement et se retirèrent.

Une infirmière entra et demanda au patient s'il avait mal.

– Un peu, dans les os, rien de méchant, répondit-il en se frottant les côtes et la mâchoire.

D'après son dossier, il avait une rate hypertrophiée à un niveau qui pouvait être dangereux.

– Le Dr Ramirez a dit que vous pouviez prendre du Percocet, si vous voulez.

– Qu'est-ce que vous en pensez, docteur ?

– Il n'y a que toi qui sais ce que tu sens.

– Ce serait pas faire ma chochotte ?

– Loin de là.

– Alors d'accord. Shootez-moi. (Il sourit à l'infirmière.) Pourrais pas avoir un coup de rhum, aussi ? Ou une bière ?

Elle était jeune et lui fit un clin d'œil.

– À la tienne, champion.

– Génial, dit Doug. Doc pourra peut-être me trouver un truc rafraîchissant.

– Mais c'est de la complicité, ça, pas du soin !

Tout le monde rit. Ne pas laisser s'installer le silence. L'infirmière ajouta le Percocet à la perfusion. Le produit ne fit pas effet tout de suite, mais au bout d'un moment Doug dit enfin :

– Ouais, ça calme un peu. Ça ne vous ennuie pas si je m'endors, docteur ?

La famille attendait juste derrière la porte. Marika, petite, mignonne, des cheveux blonds en bataille et des yeux d'un bleu étonnant. Elle était dans les premiers mois de sa grossesse, son ventre s'arrondissait déjà. Elle avait l'air d'avoir seize ans.

Elle ne dit rien, pas plus que le père de Doug, Douglas Vilardi Senior. Mais Mme Vilardi parla pour tout le monde et Jeremy passa une heure avec eux, ses oreilles se remplissant de leurs pleurs et son âme de leur malheur.

Il y eut ensuite l'entretien avec Bill Ramirez, puis vingt minutes passées à répondre aux questions judicieuses et pleines d'humanité des infirmières de nuit. La préparation d'un cadre au soutien psychologique. Et, pour finir, la rédaction du compte rendu.

Quand il se retrouva enfin dans le couloir, on était déjà aux petites heures du matin et il avait le plus grand mal à garder les yeux ouverts.

Il retourna à son bureau pour y prendre son imper et son porte-documents, envisagea un instant de rouvrir son ordinateur, puis y renonça.

Il rentra chez lui en pilotage automatique, passa devant la façade plongée dans l'ombre de l'Excelsior et emprunta des rues sépia, n'ayant pas conscience du clair de lune, la tête vide de pensées et d'images – une bénédiction.

Il entra chez lui en titubant, mais réussit à se déshabiller avant que ses jambes ne l'abandonnent. Il dormait profondément lorsque sa tête atterrit sur l'oreiller.

39

Il se réveilla tard, ne prit pas de petit déjeuner et s'habilla comme s'il endossait un costume de scène.

Son premier rendez-vous – Doug Vilardi – était fixé à onze heures. Le jeune homme devait commencer sa chimiothérapie l'après-midi même. Si celle-ci, ajoutée à des séances de radiothérapie, restait sans effet, il n'y aurait plus qu'une solution : la transplantation de moelle osseuse. Ce qui signifiait qu'il faudrait le transférer dans un autre hôpital, à quatre-vingts kilomètres de là.

Le choix du traitement avait dû être particulièrement difficile : le premier qu'on lui avait fait lui avait sauvé la vie, mais avait aussi empoisonné sa moelle osseuse.

Mais Doug n'avait pas hésité.

– Qu'est-ce que ça peut foutre, docteur ? Que voulez-vous que je fasse ? Que je me roule en boule en attendant de crever ? Ma femme attend un enfant.

Pas très brillant, le jeune maçon, pas très fin ni très subtil dans le choix de ses mots. Le défi, pour Jeremy, avait justement été de l'aider à mettre ce qu'il ressentait en paroles. Mais une fois arrivé là, Doug avait pris la tangente.

L'approche de Jeremy avait consisté à l'interroger sur son métier.

– Vous devriez voir ça, docteur, les murs que je construis. Des murs sérieux, j'vous dis.

Moi aussi.

– Vous connaissez la cathédrale Saint-Urbain, au sud ? Le presbytère, sur le côté, le bâtiment plus petit, il est tout en brique. Pas comme l'église, qui est en pierre. On l'a réparé avec mon entreprise. C'est tout en courbes et quand on le regarde, on se demande comment ils ont fait.

Jeremy connaissait la cathédrale, mais n'avait jamais remarqué le presbytère.

– Et vous y êtes arrivés, hein ?

– Mieux que ça ! C'était… magnifique. Tout le monde l'a dit, les prêtres aussi, tous.

– Excellent pour toi, Doug.

– Pas seulement, pour toute l'équipe. J'ai appris, avec ces types. On a des nouveaux, maintenant, et c'est moi qui leur apprends. Faut que je retourne bosser. Si je bosse pas, je me sens…

Il leva les deux mains.

Jeremy hocha la tête.

– Ma mère a la trouille de ce traitement. Elle dit que c'est à cause de ça que j'ai ce nouveau problème. Mais qu'est-ce que ça peut foutre, docteur ? Qu'est-ce que vous voulez que je fasse ?

En roulant vers l'hôpital, Jeremy pensait à l'optimisme que le jeune homme semblait avoir chevillé au corps ; d'après ce qu'il avait pu constater comme médecin, présenter une attitude positive avait peu de chose à voir avec les expériences qu'on vivait. Certains voyaient le verre à moitié vide, d'autres à moitié plein.

Le dîner tardif de l'autre fois montrait que la bande des vieux excentriques appartenait au deuxième groupe. Des survivants qui estimaient avoir droit à de l'argenterie, à du cristal, à du linge de table, à du foie gras, trois plats, des petits fours et au plus sec des champagnes.

Ce repas avait été le premier de ce niveau pour Jeremy depuis… des années.

Et lui, pour rester dans la métaphore, comment voyait-il son verre ?

Ni plein ni vide : il observait, prenait des notes.

Quand il arriva à son bureau, un mot du patron de cancérologie l'attendait dans sa boîte aux lettres.

Jeremy C. : parcouru votre chapitre. Voici quelques suggestions, mais dans l'ensemble, c'est parfait. Quand puis-je espérer le manuscrit complet ?

Il y avait aussi un paquet portant le tampon « livre » et un affranchissement local.

Il contenait effectivement un ouvrage à couverture rigide couleur vert anglais :

Colin Pugh
QUAND LE SANG REFROIDIT
Les tueurs en série et leurs crimes

Datait de douze ans, au vu des copyrights, éditeur anglais, pas de jaquette, aucun détail sur l'auteur.

En deuxième de couverture, il y avait un prix marqué au crayon ($12.95) et un coup de tampon en lettres noires de style gothique : « Librairie centrale Renfrew, livres anciens », suivi de l'adresse et du numéro de téléphone de la défunte boutique.

Il n'y avait jamais pensé comme à un magasin ayant un nom et encore moins un téléphone – il ne se rappelait pas avoir entendu une seule sonnerie pendant qu'il musardait entre les rayonnages. Il composa le numéro, eut droit à un message « cette ligne n'est plus en service » et se sentit rassuré.

Son nom et l'adresse de l'hôpital étaient inscrits en lettres bâtons sur l'emballage. Il chercha à l'intérieur pour voir s'il n'y avait pas un bristol ou un message quelconque.

Rien.

Il ouvrit le livre au premier chapitre et commença à lire.

Quinze chapitres, quinze tueurs. Il avait entendu parler de la plupart d'entre eux : Vlad l'Empaleur, Ted Bundy, Barbe-Bleue, l'Étrangleur de Boston, le Fils de Sam, Jack l'Éventreur (le chapitre concernant ce dernier lui confirma le souvenir qu'il avait du graffiti de Whitehall, sa formulation exacte étant : « Les Juifs sont les hommes qui ne seront pas blâmés pour rien ») ; en revanche, il ignorait tout de Peter Kurten (le Monstre de Düsseldorf), d'Herman Mudge, d'Albert Fish, de Carl Panzram.

Il se mit à lire au hasard. Les détails des horreurs commises ne tardèrent pas à se brouiller dans sa tête et les auteurs de ces crimes à se fondre en une masse effrayante. En dépit de la sinistre besogne à laquelle ils se livraient, les psychopathes meurtriers étaient une bande de types sans intérêt, des créatures aux habitudes morbides, tous coulés dans le même moule tordu.

Le dernier chapitre attira son attention.

« Gerd Dergraav : le Boucher au laser. »

Médecin né en Norvège, Gerd Dergraav était fils d'un diplomate allemand en poste à Oslo et d'une mère dentiste qui avait abandonné sa famille pour partir en Afrique. Étudiant brillant, le jeune Gerd avait obtenu un double diplôme de spécialiste, en ORL et ophtalmologie. Après quoi il avait changé de centre d'intérêt pour devenir chef de clinique en obstétrique et gynécologie à l'Institut d'Oslo pour la médecine féminine. Il avait passé les années de guerre à faire des recherches en Norvège. En 1946, il était allé suivre un stage à Paris sur le traitement des tumeurs gynécologiques.

Son père mourut en 1948. Titulaire de trois spécialités, Dergraav alla s'installer à Berlin, la ville natale de sa mère, et y ouvrit un cabinet, où il acquit rapidement une très grande réputation comme médecin accoucheur traitant aussi les maladies féminines. Ses patientes l'adoraient pour sa sensibilité et la qualité de son écoute. Aucune n'avait jamais soupçonné la présence des six caméras cachées dans la salle d'examen, caméras qui avaient permis de rassembler un catalogue filmé de six cents femmes nues.

L'auteur du livre, manquant de renseignements précis sur l'enfance de Dergraav, y avait suppléé en se lançant dans des spéculations freudiennes. Un fait avait été vérifié : peu après son arrivée en Allemagne, le bon docteur s'était mis à ramasser des prostituées pour les torturer. Il s'assurait de leur silence en les payant grassement. S'il nourrissait des désirs de brute, Dergraav avait aussi un toucher de chirurgien et ne laissait pas de cicatrices. Ses premières victimes, interrogées par la suite, avaient révélé son penchant pour l'humiliation ; on trouva par ailleurs, dans une cache secrète, des vidéos des dernières années du médecin où on le voyait fouetter, donner des coups, mordre et enfoncer des aiguilles dans plus de deux cents victimes. Il aimait aussi leur plonger les mains dans de l'eau glacée et comprimer leurs membres dans des gaines de tensiomètre, puis chronométrer le temps qu'il fallait à la douleur pour s'installer. Il se filmait fréquemment lui-même en gros plan. Affichant un sourire entendu.

Un bel homme, proclamait Pugh, sans fournir de photo à l'appui de cette affirmation.

À la fin des années cinquante, Dergraav avait épousé une femme de la meilleure société, fille d'un de ses collègues, avec laquelle il avait eu un enfant.

Peu après, on avait commencé à découvrir dans les bas-fonds de Berlin des corps de prostituées découpés en morceaux.

Des rumeurs venues de la rue avaient fini par attirer l'attention sur le Dr Dergraav. Interrogé dans son bureau, le gynécologue avait manifesté son étonnement à l'idée que la police puisse le soupçonner d'agissements aussi sinistres et n'avait montré ni anxiété ni culpabilité. Les enquêteurs avaient beaucoup de mal à imaginer ce chirurgien charmant, à la voix douce, dans le rôle du diabolique auteur des épouvantables mutilations sur lesquelles ils tombaient de plus en plus fréquemment. On avait classé Dergraav parmi les suspects improbables.

Le massacre des prostituées avait continué ainsi, bon an mal an, pendant près d'une décennie. Le mépris du tueur pour ses victimes allant en augmentant, il avait imaginé de les déshumaniser un peu plus en mêlant des parties de corps et en les recomposant, si bien qu'on en vint à trouver des membres et des organes appartenant à plusieurs femmes rassemblés dans les sacs en plastique qu'il abandonnait dans des poubelles. Jusqu'au jour où, en 1964, un médecin légiste arriva à la conclusion qu'un laser avait été utilisé dans une dissection. La police révisa ses notes et découvrit que Dergraav avait fait un nouveau voyage à Paris pour apprendre à utiliser cet appareil, encore au stade expérimental, dans la chirurgie de l'œil. Les policiers avaient trouvé cela curieux, vu que Dergraav n'exerçait plus l'ophtalmologie, et l'avaient interrogé de nouveau. Dergraav avait répondu qu'il était également diplômé dans cette discipline et en avait donné les preuves matérielles, prétendant qu'il envisageait de reprendre son ancienne spécialité à cause des promesses offertes par le laser pour l'ablation de la cornée.

La police lui avait alors demandé si elle pouvait fouiller son bureau.

Mais pour cela, elle avait besoin de son consentement. Courtois, souriant, Dergraav avait refusé. Il avait ri pendant l'interrogatoire, répondant aux enquêteurs qu'ils ne pouvaient davantage se tromper. Il ne se servait du laser que dans le cadre médical et l'appareil était bien trop coûteux pour qu'il puisse en posséder un. De plus, sa spécialité en gynécologie était le traitement de la vulvodynie – les douleurs du vagin. Il était médecin et sa mission dans la vie était de soulager les souffrances, pas d'en provoquer.

La police était repartie. Trois jours plus tard, on trouvait son cabinet et son appartement entièrement vidés, toutes les empreintes digitales effacées, et fermés à double tour. Le médecin et sa famille avaient disparu.

La femme de Dergraav avait refait surface en Angleterre un an plus tard ; puis on l'avait retrouvée à New York, où elle déclara tout ignorer de ce que faisait son mari et de l'endroit où il se trouvait. Elle demanda et obtint le divorce, changea de nom et se fit complètement oublier. Colin Pugh avançait l'hypothèse que Dergraav avait été récupéré par les autorités américaines en compensation de la coopération de son père pendant la guerre. Le diplomate basé à Oslo aurait en effet transmis des informations cruciales pour les Alliés au nez et à la barbe de ses maîtres nazis. Mais il ne s'agissait que d'une rumeur et les endroits où on avait repéré Dergraav par la suite étaient bien loin des États-Unis : Suisse, Portugal, Maroc, Bahreïn, Syrie et Brésil.

Les deux dernières localisations étaient confirmées. Au début des années soixante-dix, il s'était établi à Rio de Janeiro, détenteur d'un passeport syrien à son vrai nom, et avait réussi à obtenir la nationalité brésilienne en procédure accélérée.

Remarié, de nouveau père, il vivait sans se cacher à Rio. Il avait acheté une villa au-dessus de la plage d'Ipanema et travaillait bénévolement dans une association caritative offrant des soins médicaux gratuits aux habitants des favelas de la ville.

Il se baignait, se dorait au soleil, mangeait bien (il avait un faible pour le bœuf argentin) et travaillait infatigablement sans être payé. Il finit par être connu, dans le milieu des ONG et parmi les habitants des favelas, comme l'Ange blanc – hommage à son teint clair comme à son âme pure.

Mais pendant son séjour à Rio, on commença à retrouver des prostituées massacrées et coupées en petits morceaux.

Le second règne meurtrier de Dergraav dura dix ans. Il se fit prendre, à la fin, de la manière la plus banale. Les hurlements d'une prostituée qu'il tentait d'étouffer attirèrent une bande de voyous d'une favela voisine et Dergraav s'enfuit dans la nuit. Les voyous profitèrent du fait que la femme était bâillonnée et attachée pour la violer les uns après les autres, mais lui laissèrent la vie. Après avoir hésité, elle dénonça le médecin à la police.

Les enquêteurs de Rio, moins soucieux de légalité que leurs collègues allemands, avaient fouillé la maison de Dergraav et avaient trouvé la cachette des enregistrements vidéo ; sur l'un d'eux, on voyait le médecin découper une femme en quarante morceaux à l'aide d'un scalpel au laser, tandis qu'il commentait ses mutilations, les décrivant avec la même précision que dans une intervention chirurgicale authentique. On avait aussi retrouvé une boîte en daim remplie de bijoux de femme et une autre, en bois de rose, dans laquelle cliquetaient des vertèbres, des dents et des petits os de la main.

Emprisonné au centre de détention Salvador de Bahia, Dergraav attendit son procès pendant deux ans, toujours aussi charmant. Les gardiens l'approvisionnaient en journaux, revues littéraires et scientifiques. Un traiteur lui livrait ses repas. Inquiet pour son taux de cholestérol, Dergraav mangeait moins de bœuf et davantage de poulet.

Une rumeur avait couru selon laquelle des fonds allaient changer de main, à la suite de quoi le médecin serait renvoyé en catimini au Moyen-Orient. Mais les autorités allemandes avaient eu vent de son arrestation et obtenu son extradition. Pendant que la procédure traînait en longueur, on pouvait le voir confortablement assis dans la cour de la prison, détendu, en tenue tropicale blanche, bécotant sa femme et jouant avec son enfant.

Finalement, les formalités d'extradition aboutirent. Le lendemain du jour où elles furent officielles, Dergraav boucha le mouchard de sa cellule avec du chewing-gum, déchira ses vêtements de détenu pour en faire une corde et se pendit. Il avait alors près de soixante ans, mais une allure de quadragénaire. Le gardien qui le découvrit s'étonna de l'aspect paisible et en bonne santé du cadavre de l'Ange blanc.

Il y avait presque dix-sept ans, à quelques jours près, que les cendres de Dergraav avaient été dispersées en mer.

40

Dix-sept ans : un souvenir lui revint soudain en mémoire.

Le premier article sur le laser datait de cette année-là.

Des auteurs norvégiens. Russes. Plus un Anglais. Il vérifia de nouveau les noms. Pas de Dergraav.

C'était la date qu'on attendait qu'il relève. Et l'origine norvégienne de l'article.

Dix-sept ans auparavant, un médecin assassin s'était pendu.

Chirurgie au laser, suicide d'un médecin.

Oslo, Paris, Damas via Berlin.

Gerd Dergraav était né à Oslo et y avait poursuivi ses études ; avait appris la chirurgie gynécologique en France, s'était installé à Berlin pour se mettre à torturer et assassiner.

Avait pris la fuite pour Damas.

Arthur et ses comparses avaient suivi la piste sanglante du Boucher au laser.

Combien de temps avant qu'une carte postale de Rio n'arrive par la poste ?

Une jolie photo du Pain de Sucre ? Des sables blancs d'Ipanema ou de tout autre paysage brésilien ?

Dr C,
Je voyage et je m'instruis.

Les cartes postales avaient établi le cadre ; les articles, rempli les blancs. Chirurgie oculaire, Dergraav ayant commencé sa carrière comme ophtalmologue avant de devenir ORL – l'ORL, source des enveloppes.

Et enfin lasers de chirurgie gynécologique pour concorder avec le dernier changement de carrière de Dergraav. Médecin de femmes, assassin de femmes.

Et les deux jeunes Anglaises, où se situaient-elles dans ce tableau ? Dergraav était mort depuis longtemps au moment où elles avaient été tuées.

Mais pourquoi toute cette attention portée à un homme dont les cendres s'étaient dissoutes dans un océan chaud et accueillant dix-sept ans auparavant ?

Puis il se souvint de la soirée passée à boire avec Arthur au bar de l'Excelsior. Soirée entre collègues, à laquelle le vieil homme avait paru tellement tenir. Racontant des anecdotes apparemment sans lien. Des récits d'insectes carnivores qui s'introduisent sous la peau de leurs victimes pour y pondre leur descendance parasite.

Et la morale qu'il avait lui-même tirée de l'histoire.

Les péchés des pères.

Le sujet préféré d'Arthur : les origines des pires comportements.

Lorsque Gerd Dergraav avait fui l'Allemagne, sa femme s'était réfugiée aux États-Unis, où elle avait changé de nom avant de disparaître dans le grand melting-pot américain.

Avec son fils.

Dergraav.

Dirgrove.

Arthur lui mettant tout sous les yeux. Voulant qu'il comprenne.

Le fils était ici.

Jeremy savait à présent que sa réaction instinctive avait été la bonne : c'était bien Dirgrove qu'Arthur étudiait à la cafétéria des médecins ce jour-là.

Et, pendant un certain temps, Dirgrove avait étudié Jeremy. Le surveillant, le suivant. Jeremy et Angela. Un type tellement attentionné, toujours à l'écoute des jeunes internes ayant besoin d'être rassurés. Il ne faisait aucun doute que ses patients devaient l'adorer – très beau cas de charme transmis génétiquement. La mère de Merilee Saunders était tombée sous ce charme, mais pas la jeune fille.

Dirgrove le Monstre. Roboticon.

Et aujourd'hui, Merilee était morte.

Ted, cette âme sensible, avait-il une caméra dissimulée dans son bureau ? La technologie actuelle rendait la chose bien plus facile qu'à l'époque de son père – tout était miniaturisé, numérisé.

Se débarrassant de la fille, prenant la mère.

Prendre : tout était là. Dirgrove s'en était pris à Angela parce qu'elle sortait déjà avec un autre.

Certains êtres humains, sous couvert de guerre, de religion ou de n'importe quel prétexte commode, se comportent comme ces bandes de singes qui lancent des raids sur d'autres bandes, massacrent les mâles et violent les femelles.

Certains hommes n'avaient même pas besoin de prétexte.

Une effrayante prise de conscience fondit sur Jeremy.

Ted l'âme sensible et Jocelyn.

Mettre un visage sur l'assassin de son amante lui faisant saisir toute l'horreur de l'acte, il se retrouva crucifié, secoué de pleurs irrépressibles, comme le jour où il avait appris la nouvelle. Un voile rouge venant obscurcir sa vision, il perdit l'équilibre et dut faire un effort pour rester debout.

Il gagna la fenêtre et l'ouvrit sur l'air confiné et méphitique du puits de jour. Resta là, à écouter les halètements d'un générateur, des fragments de conversation, le vent. Le cœur cognant par à-coups, la respiration rauque. Ravalant son hurlement.

Jocelyn, qui lui avait été prise. À cause de lui.

Et à présent Dirgrove avait des vues sur Angela.

Il se força à rester calme. À tenter de tout mettre à plat, le regard toujours perdu dans le puits de jour.

Tuer et disséquer, festin nocturne pour un monstre. Une jolie fille comme Jocelyn en plat de résistance, des tapineuses comme amuse-gueules.

Angela comme… dessert ?

Non, le banquet ne finirait que le jour où son unique convive s'étoufferait.

Il pensa à la technique de Dirgrove. Attirer Angela par la qualité de son écoute. Se montrer différent des autres chirurgiens.

Employant le même stratagème que son géniteur. Ted le Charmeur était un adulte – presque trente ans – lorsque son père s'était suicidé. Il était passé de l'adolescence à l'âge de la virilité affirmée, l'âge de la sexualité puissante, des pulsions violentes.

Connaissant très bien les pulsions de son père.

Les origines du pire des comportements.

Brillant, prudent. Il avait calculé comment attaquer Angela avec une précision… chirurgicale. L'invitant à un cours magistral, les revues soigneusement présentées sur son bureau, des signets disposés aux endroits pertinents.

Angela, la bonne petite étudiante, qui commence à lire, l'autre qui passe derrière elle.

Je peux te rendre très heureuse, tu sais.

Tout cela avait-il été simplement des préparatifs – un apéritif – pour quelque chose de pire ?

Dirgrove avait-il enjôlé Jocelyn de la même manière ? Elle ne lui avait jamais parlé de lui, mais pourquoi l'aurait-elle fait ? Un chirurgien qui s'entretient avec une infirmière, quoi de plus normal ?

Dirgrove aurait-il eu quelque chose à voir avec les patients en neurologie dont s'occupait Jocelyn ? Si l'un d'eux avait eu des problèmes cardiaques, oui, bien sûr.

Était-il possible qu'il ait dragué Jocelyn et qu'elle ait préféré ne pas lui en parler ?

Tout le monde fait de beaux discours sur le partage, mais…

Jocelyn s'investissait à fond dans son travail auprès de ses patients. Un médecin qui lui aurait laissé croire qu'il en faisait autant l'aurait impressionnée. Énormément.

Angela était extrêmement intelligente et s'y était laissée prendre.

Jocelyn, en dépit de ses expériences précoces, était une innocente.

Une proie facile.

Un chirurgien faisant son apparition dans le parking, tard le soir, amical et souriant, n'aurait pas déclenché la moindre panique chez elle. Comme toujours trop confiante, elle se moquait de Jeremy inquiet à l'idée qu'elle regagne seule sa voiture.

Un guerrier fatigué en blouse blanche s'approchant d'elle d'un pas pesant, après une dure journée en salle d'op, ne pouvait que réveiller la sympathie de la jeune femme.

Il s'approche d'elle, ils bavardent.

Il la prend.

Plus il réfléchissait aux événements, plus il était convaincu que Dirgrove avait joué aussi avec lui. En lui demandant d'aller voir Merilee Saunders sans avertir celle-ci. Sachant que Jeremy allait tomber sur un bloc de colère, de résistance – et qu'il repartirait en ayant l'impression d'avoir échoué.

Le provoquant en lui faisant savoir qu'il avait été très efficace.

Message transmis par Angela.

Cette demande de consultation avait été bidon.

Quelque chose de pire ? Tout ce qu'il avait raconté sur le risque opératoire dans ce cas de figure était-il simplement destiné à préparer ce qui allait se passer en salle d'op ?

Merilee aurait-elle redouté l'opération parce qu'elle avait senti quelque chose de pas net chez le chirurgien ?

C'est un vrai nullard. Un Roboticon. Sauf quand il se met à faire du charme. Ma mère l'adore.

Dirgrove n'avait même pas pris la peine d'informer Jeremy que l'opération avait mal tourné. Lâchant la nouvelle à la cafétéria après avoir bavardé un moment avec Angela.

Comment s'y était-il pris ? Un mauvais geste pratiquement invisible après avoir ouvert la poitrine, scié l'os, exposé l'enveloppe du péricarde, plongé une main avide pour se saisir de la prune pulsante – la tomate sans peau – qui nourrissait l'âme de Merilee ?

Qu'est-ce qui peut m'arriver de pire ? Mourir ?

Jeremy devait aller voir Doug Vilardi dans cinq minutes. Il fit un détour par le rez-de-chaussée de l'aile administrative, bureau du personnel, et demanda à sa secrétaire de consulter le classeur où, parmi tous ceux des médecins de l'hôpital, figurait son curriculum vitae.

– Le vôtre, docteur ? s'étonna la secrétaire.

– Je veux m'assurer qu'il a bien été mis à jour.

Il avait la bouche sèche, se sentait les mains tremblantes, espérait tomber sur quelque chose de crédible. Espérait aussi que la jeune femme ne prendrait pas la peine de retirer le CV du classeur aux feuilles clipées, mais lui tendrait ce dernier sans l'ouvrir.

– Voilà, docteur.

Ouais !

Il alla s'asseoir à l'autre bout de la pièce, ouvrit le classeur et se rendit aux pages concernant la chirurgie cardio-thoracique ; et dès que la secrétaire fut occupée à répondre à un appel personnel au téléphone, il arracha le CV de Theodore G. Dirgrove, le plia à la hâte et le fourra dans sa poche.

Il courut jusqu'aux toilettes les plus proches et s'enferma dans une cabine. Le document volé lui brûlant la poche, il en retira vivement les feuillets.

Theodore Gerd Dirgrove. Né à Berlin-Ouest le 20 avril 1957.

Cela correspondait parfaitement à la chronologie de la vie du Boucher au laser, telle qu'établie par Colin Pugh : mariage avec une femme de la bonne société, naissance d'un fils vers la fin des années cinquante.

Dirgrove déclarait avoir passé son enfance à Baltimore et s'être inscrit à la faculté de médecine d'une grande université de la côte Est. Pas l'une de ces citadelles couvertes de lierre où Norbert Levy avait enseigné l'ingénierie et la physique, mais quelque chose de très proche.

Récompenses diverses, diplôme obtenu avec les félicitations du jury, le parcours d'obstacles habituel.

Ce salopard avait publié nombre d'articles dans des revues de chirurgie. Angela avait fait allusion à un cours sur la revascularisation du cœur et le papier était là : une des spécialités de Dirgrove.

Revascularisation par ouverture endomyocardiale au laser.

Peut-être la démonstration à laquelle il s'était livré devant Mandel et le moustachu au teint mat. Faisant étalage de sa technique, fier de sa virtuosité avec l'instrument dont son père s'était servi de manière si créative.

Une situation à la Humpty-Dumpty.

Jeremy parcourut tout le texte et un détail retint son attention.

Au cours des dix dernières années, Dirgrove avait passé tous ses étés à Londres, enseignant la technique du pontage cardiaque au King's College of Medicine.

Dix étés auparavant, Bridget Sapsted avait été enlevée et assassinée dans le Kent, à deux heures de voiture de la grande ville, et son squelette découvert deux ans plus tard, après que son amie Suzie avait subi le même sort.

Les deux fois, Dirgrove s'était trouvé en Angleterre.

Voilà pourquoi la question de Jeremy sur la précision chirurgicale des blessures avait soulevé la curiosité de l'inspecteur à la retraite Nigel Langdon. Lequel Nigel Langdon avait sans aucun doute contacté son successeur, l'inspecteur Michael Shreve. Et Shreve avait pris le temps de rappeler Jeremy. Non pas pour lui donner des informations, mais pour lui en soutirer. Sur quoi Shreve avait remonté la piste et alerté son alter ego américain, Bob Doresh.

Et Bob Doresh s'était retrouvé devant la porte du bureau de Jeremy.

Langdon et Shreve avaient tous les deux fait un voyage à Oslo. Par hasard ? Ou bien les enquêteurs britanniques avaient-ils connaissance des horreurs pratiquées par Gerd Dergraav et conscience de leur ressemblance avec les meurtres du Kent ?

Et aujourd'hui, plusieurs autres assassinats aux États-Unis…

Qu'est-ce que Doresh comprenait au juste dans tout ça ? Il jouait les balourds, mais Jeremy n'avait pas oublié l'impression que lui avaient faite l'inspecteur et son acolyte Hoker, la première fois. Leurs yeux auxquels pas un détail n'échappait.

Sauf qu'il leur en échappait pas mal, en ce moment.

Pourquoi continuent-ils à me soupçonner, moi ?

Parce que la créativité se perd dans la bureaucratie et que la justice se perd dans l'intérêt.

Il n'aurait servi à rien de s'adresser à Doresh ou à quelqu'un d'autre de son acabit. En dépit de ce que savait Jeremy – de la vérité cauchemardesque dont il était certain –, en faire part à cette tête de mule d'inspecteur serait inutile. Pire : cela ne ferait que rendre le policier encore plus soupçonneux vis-à-vis de Jeremy.

Impressionnante, votre théorie, docteur… Ainsi donc, vous vous intéressez de près à ces affaires sanglantes, hein ?

Passer par les voies hiérarchiques n'allait pas marcher non plus.

Il devait agir en toute liberté.

Et, comprit-il soudain avec une clarté aveuglante, tout était là et telle était la raison de la correspondance d'Arthur, des messages qu'il lui avait fait parvenir directement ou par l'intermédiaire de ses petits camarades du CCC.

La raison d'être de ce dîner tardif.

De la suggestion de Tina Balleron de rester concentré.

Penser aux fous de Bassan, qui font simplement ce qu'ils ont à faire.

Le mal se produisait et, trop souvent, la justice se perdait dans l'intérêt comme les fleuves dans la mer. La loi exigeait des preuves et un procès en bonne et due forme, mais fournissait bien peu de moyens pour redresser les torts.

Des hommes ordinaires étaient tués à leur bureau sans que leurs assassins soient jamais déférés à la justice. Des hommes de paix de grand prestige étaient abattus dans des parkings au sol gras, des fortunes étaient pillées, on faisait disparaître des familles entières – voire toute une ethnie – et personne ne payait.

C'était si facile de faire disparaître une jolie petite blonde née pour sourire…

On ne peut pas compter sur les autres pour arranger les choses.

Arthur était certain que Jeremy le comprendrait parce qu'il était passé par là.

Assis sur les toilettes, il se sentit envahi par une onde de paix.

L'anatomopathologie et la psychologie étaient deux pôles opposés, mais cela n'avait aucune importance. Ce qui comptait, c'était l'épreuve.

L'épée de guerre s'abat sur le monde
à cause des retards de la justice

Une leçon bimillénaire des Pères, mais elle n'aurait pas pu mieux tomber.

Un coup d'œil à sa montre lui fut un reproche.

Doug Vilardi, l'homme qui avait été frappé deux fois, l'attendait. Un autre genre d'épreuve.

Au moins ses souffrances étaient-elles quelque chose à quoi Jeremy avait appris à faire face.

Les mots. Les silences stratégiques, la bonté dans le regard. Sincère.

Pas assez, loin d'être assez…

Voici que je viens, victimes du monde. Que Dieu nous vienne en aide à tous.

41

Doug avait tout à fait l'air d'un malade.

Branché à son goutte-à-goutte de chimio, toujours de bonne humeur et volubile, mais les muscles du visage affaissés.

Sa prothèse, emballée dans une protection en vinyle, était posée par terre.

Jeremy s'assit, parla de choses et d'autres et essaya de l'entraîner sur le terrain de son métier. Mais Doug ne mordit pas à l'hameçon.

– Vous savez ce qui me tracasse, docteur ? Deux choses. La première, c'est qu'on laisse les autres avoir leur chimio à la maison et que moi, on me coince ici.

– Tu as demandé pourquoi au Dr Ramirez ?

– Oui. Ma rate est foutue. Il va peut-être falloir me l'enlever. (Il sourit.) Plus question de soulever de gros poids, je pourrais exploser. J'vous dis pas les dégâts. (Son sourire s'effaça.) Sans compter que du côté du foie, c'est pas terrible. Vous voyez ?

Il tira sur l'une de ses paupières et exhiba une cornée d'un beige verdâtre.

– Pas de bière aujourd'hui, dit Jeremy.

– Quel dommage… Et vous, docteur, comment va ?

– Tu as parlé de deux choses qui te tracassaient.

– Ah, oui. Numéro deux : je trouve que tout le monde est un peu trop gentil avec moi. Ça me fout les boules. Comme s'ils pensaient que je vais mourir dans pas longtemps.

– Je peux pondre une circulaire du genre : « Tout le monde doit se montrer odieux envers Doug », si tu veux.

Le jeune homme se mit à rire.

– Oui, oui, faites donc ça. Alors vous, ç'a été, Doc ?

– Très bien.

– J'vous dis ça parce que vous m'avez un peu l'air… crevé. On vous fait trop bosser ou quoi ?

– Toujours pareil, toujours pareil.

– Oui… J'voulais pas vous blesser. C'est peut-être moi. C'est peut-être que je ne vois plus les choses normalement. Le fait est qu'hier, quand je vous ai vu après toutes ces années, je me suis dit : Hé, ce type n'a pas changé. J'avais l'impression que c'était comme à l'époque, la première fois que je vous ai rencontré, j'étais encore un gosse et vous un adulte, et maintenant je suis un adulte et vous n'avez pas tellement changé. C'est comme, comment dire… la vie qui ralentirait quand on devient plus vieux ? C'est ça ?

– C'est pas impossible.

– Ça doit beaucoup dépendre si on se marre ou pas.

– Qu'est-ce que tu veux dire ?

– Vous savez bien, ce qu'on dit toujours… que le temps passe vite quand on s'amuse. Moi, ma vie, c'est du deux cents à l'heure, clac, clac, clac ! Une chose après l'autre, des putains d'aventures, un jour je monte des murs et puis… aujourd'hui je vais avoir un enfant. (Il regarda le papillon qui lui enfonçait l'aiguille dans la main.) J'espère qu'ils vont faire vite pour me remettre en état. Que je foute le camp d'ici. J'ai plein de trucs à faire.

Quand Doug Vilardi sombra dans le sommeil, Jeremy quitta la chambre et alla voir les parents et la femme du jeune homme. Résultat : une heure de plus à la cafétéria, où il leur apporta des cafés et quelque chose à manger. Ils protestèrent faiblement, le remercièrent avec effusion. La jeune Marika parla à peine. Toujours hébétée, elle détournait les yeux lorsque Jeremy essayait de croiser son regard.

Doug Vilardi Senior déployait beaucoup d'efforts pour paraître de bonne humeur, ce qui semblait épuiser sa femme ; mais elle le laissait faire. L'essentiel de l'heure se passa à tenir des propos décousus.

Lorsque Jeremy se leva pour partir, la mère de Doug en fit autant. Elle le raccompagna jusqu'à l'extérieur de la cafétéria et lui dit :

– Je n'ai jamais rencontré un docteur comme vous.

Sur quoi elle prit le visage de Jeremy entre ses deux mains et l'embrassa sur le front.

Un baiser maternel. Qui lui rappela quelque chose qui lui était arrivé il y avait très longtemps. Sans pouvoir en être sûr.

Il vit ses autres patients et alla retrouver Angela au service de pneumo, où elle finissait sa dernière journée. Il la trouva en compagnie de trois autres internes en partance pour une réunion. Il lui adressa un petit signe en haussant un sourcil. Elle quitta le groupe et il l'entraîna dans une salle de service vide.

– Ça va ?

– Bien. (Elle se mordit la lèvre.) J'ai repensé à ce qui s'était passé. Je crois que ma réaction a été disproportionnée.

– Pas du tout, répondit Jeremy. C'est vraiment arrivé et c'était moche.

– Ce n'est pas très réconfortant.

– C'est arrivé, Angela.

– Bien sûr, bien sûr. Je n'en ai jamais douté, mais…

– Je te le répète pour bien le souligner. Parce que, au bout d'un moment, tu risques de douter que l'événement ait eu lieu. C'est comme ça que fonctionne le déni.

– Tu dis que j'en suis à nier ce qui s'est passé ? lui demanda-t-elle en faisant les gros yeux.

– Ce n'est pas une critique, Angela. Le déni n'est pas une faiblesse, ça n'a rien de névrotique. C'est un fait de la vie, une défense naturelle. Ton esprit comme ton corps veulent se protéger, c'est normal. Faut que tu fasses avec. Tu te surprendras à te sentir heureuse. Ne lutte pas contre ça.

– Je me surprendrai… ? répéta-t-elle. Qu'est-ce que c'est que ce truc ? De la suggestion posthypnotique ?

– Non, une prévision raisonnable.

– Je suis loin d'être heureuse.

– Tôt ou tard, tu le seras. Les mauvais sentiments passeront. Mais c'est bel et bien arrivé.

Elle le regarda.

– Tous ces beaux conseils…

– En voilà un dernier : évite ce type. Il est très dangereux.

– Qu'est-ce que tu veux…

– Évite-le soigneusement.

– À ta place, je ne m'inquiéterais pas de ça. Ce matin, pendant qu'il faisait sa tournée, il s'est retrouvé en train de foncer droit sur moi. Je n'ai pas bougé et quand il m'a vue il a changé de direction. En fait, il a fait demi-tour pour repartir dans l'autre sens. Tout un détour juste pour m'éviter. Alors tu vois, c'est plutôt lui qui a peur de moi.

Si tu savais…

– Eh bien, que ça reste comme ça.

– Qu'est-ce que tu veux dire, Jeremy ? Tu ne me crois pas capable de lui tenir tête ?

– Si, bien sûr. Évite-le, c'est tout. Écoute-moi, je t'en prie.

Il la prit par les épaules et l'attira à lui.

– Tu commences à me faire peur.

Bien.

– Si tu fais attention, tu n'auras aucune raison d'avoir peur. Promets-moi simplement de rester à l'écart de ce type. Et prends soin de toi.

Elle s'écarta de lui.

– Tu me flanques vraiment la frousse, Jeremy. Qu'est-ce qui se passe ?

– C'est une ordure, je ne peux pas t'en dire davantage.

– Quoi ? La gamine cardiaque qui est morte pendant l'intervention ? Tu as appris des choses ?

– Cela en fait peut-être partie.

– Partie de quoi ? Bon Dieu, mais qu'est-ce qui se passe ?

– Rien.

– Mais enfin, Jeremy ! Tu débarques ici, tu débites des trucs terrifiants et maintenant tu fais machine arrière ? Qu'est-ce qui te prend ?

– Tu quittes le service de pneumo, ça ne devrait donc plus être un problème. Fais simplement ton boulot et tiens-toi loin de lui. (Il sourit.) Il ne faut pas accepter de bonbons d'un inconnu.

– Ce n'est pas drôle, rétorqua-t-elle. Tu ne peux pas te contenter…

– Crois-tu que je veuille te bouleverser gratuitement ?

– Non… je ne sais pas. J'aimerais savoir ce qui te prend. Pourquoi refuses-tu de me dire ce qui se passe ?

Il réfléchit quelques instants.

– Parce que je ne suis pas sûr.

– À propos de Dirgrove ?

– À propos de tout ce qu'il a fait.

– Tout… (Son regard devint dur.) C'est à propos d'elle, hein ? De Jocelyn ? Et ne te referme pas comme une huître, comme l'autre jour, quand j'ai fait allusion à elle. Je sais que tu as vécu quelque chose d'infernal, je sais que je ne pourrai jamais vraiment le comprendre. Mais est-ce que tu ne crois pas… avec ce qui nous est arrivé… la rapidité avec laquelle nous nous sommes retrouvés si proches… tu ne crois pas que tu pourrais me faire assez confiance pour lever les barrières ?

Ça cognait dans la tête de Jeremy. Il n'avait qu'une envie, la prendre dans ses bras, l'embrasser, l'entraîner loin de là.

– La question n'est pas de se refermer, dit-il doucement. C'est simplement qu'il n'y a rien à dire. Et que ce n'est pas le moment.

– Rien, reprit-elle. Tu as vécu un truc pareil et il n'y a rien à dire ?

Il garda le silence.

– Et il faut s'en tenir à ça, n'est-ce pas ?

– Pour le moment.

– Très bien. C'est toi le spécialiste question émotions humaines, et faut que j'y aille. Tu m'as retardée au moment où nous allions avoir une réunion avec le chef. Maladies pulmonaires tropicales. Je vais peut-être aller faire un stage dans un dispensaire au fond de la jungle.

L'image d'un grouillement d'insectes emplit la tête de Jeremy.

– La jungle, dit-il, est un endroit intéressant.

Elle resta bouche bée, le regardant comme s'il était fou, puis le contourna en évitant de le toucher et arriva à la porte, qu'elle ouvrit brutalement.

– Quand seras-tu libre ? demanda-t-il.

– Pas avant un bon moment, répondit-elle sans se retourner. Tu sais comment c'est. Le boulot.

Il finit de remplir ses comptes rendus, alla parler de Doug Vilardi à Ramirez et tenta de joindre Angela par un téléphone du cinquième ouest. Pas de réponse par Alphapage. Il réessaya un peu plus tard de son bureau, mais le bip d'Angela resta silencieux. Il fit une tentative au poste des infirmières de pneumo, une autre au vestiaire des internes, une dernière au bureau de l'administration. Rien.

Cela faisait deux heures qu'il l'avait mise en colère et il se rendit compte qu'elle lui manquait.

Se retrouver seul était différent à présent. Une partie de lui-même lui manquait, comme un membre fantôme.

Personne ne pouvait vous manquer ainsi au bout de deux heures. Idiot.

Et même si Angela lui battait froid pendant quelque temps, c'était aussi bien. Tant qu'elle l'écoutait et se tenait à l'écart de Dirgrove.

Il pensa qu'elle le ferait, qu'elle était une femme extrêmement brillante, extrêmement bien équilibrée.

Il repensa aux rituels obsessionnels compulsifs qu'elle lui avait avoués.

Une femme qui savait ce qu'elle voulait. Tant mieux. Le bon sens finirait par prévaloir, et elle s'y tiendrait.

Sans compter qu'il avait, lui, besoin d'être seul pendant un certain temps.

Avec une tâche pas facile à accomplir.

42

Petit travail nocturne.

Pour éviter d'être remarqué, il adopta un horaire décalé et choisit une entrée discrète, à l'arrière de l'hôpital – une de celles qui conduisaient aux plates-formes de chargement au sous-sol. Un de ces endroits oubliés comme on en trouve toujours dans des bâtisses aussi anciennes et vastes que City Central. Même niveau que la morgue et l'anatomopathologie, mais dans l'aile opposée. Il fallait passer par le secteur de la blanchisserie, des chaudières du chauffage central, des postes électriques et des espaces de rangement pour les dossiers médicaux sans suite.

Les entrailles. L'idée lui plaisait.

Il s'en tenait à un emploi du temps strict : voir Doug et ses autres patients aux heures prévues, mais quitter le service par l'escalier plutôt que par l'ascenseur.

Ni cafés ni repas dans les différentes cafétérias de l'hôpital. Quand il avait faim – ce qui n'était pas fréquent – il prenait n'importe quoi dans un fast-food voisin. Sa peau se mit à suer de la graisse, mais c'était le prix à payer.

Une fois, alors qu'il se bourrait de frites insipides, il se dit qu'il était bien loin du foie gras. La nourriture bas de gamme lui emplissait l'estomac, impec, merci. Peut-être était-il fait pour ça – au fond.

Il vérifiait son courrier tous les soirs, mais ne reçut aucune nouvelle carte postale impromptue d'Arthur, aucune nouvelle surprise camouflée dans une enveloppe du courrier interne.

Ils savent : mon éducation est terminée.

L'hôpital à peine quitté, il l'oubliait. Se concentrant sur son travail nocturne. Rouler.

Patrouilles dans les contre-allées jonchées de poubelles renversées d'Iron Mount, le long des boutiques de prêteurs sur gages et de cautions, des locaux d'associations caritatives et des baraques de fringues d'occasion qui étaient l'ordinaire du bidonville. Deux fois, il poussa jusqu'à Saugatuck Finger, où il enleva ses chaussures en dépit de l'air glacé pour marcher dans le sable dur et mouillé. Il ne restait rien de la scène du crime, seulement la plage, le lac, les mouettes et les tables de pique-nique en voie de désintégration. Derrière la langue de sable s'élevait le mur de hautes frondaisons qui avait dû être si pratique pour le tueur.

Il n'y était resté que quelques instants, les deux fois, étudiant les vaguelettes de l'eau opaque et grasse, découvrant ici un crabe mort, là un rocher creusé par la tempête. Il laissait la pluie, froide comme de la neige fondue, mitrailler son crâne sans protection.

Il s'engageait parfois dans la zone industrielle qui séparait les sites où avaient eu lieu les deux assassinats, se demandant où on trouverait le prochain cadavre de femme. Il roulait sans chercher à se cacher, la radio jouant à fond de vieux tubes. Avec des pensées terribles dans la tête.

À la nuit tombée, il empruntait la route panoramique du Nord. Celle-là même qui l'avait conduit au portail du Haverford Country Club pour un entretien bref et froid avec Tina Balleron. Mais il s'arrêtait bien avant que Hale laisse la place à la campagne paysagée à la fin du boulevard, roulant au ralenti dans les rues chic bordées d'ormes, avec leurs bars branchés, leurs boutiques, leurs bijoutiers de luxe, leurs maisons cossues en granit, jusqu'à ce qu'il trouve le bon endroit où se garer.

Un endroit d'où il avait une vue imprenable sur un bâtiment élevé, en pierre calcaire couleur crème.

Un machin postmoderne rehaussé de parements inutiles, avec une marquise verte, une allée circulaire en pavés et non pas un, mais deux voituriers en livrée marron. L'une des meilleures adresses de Hale, un immeuble de grand standing.

L'adresse que donnait Theodore G. Dirgrove, dans son CV, comme étant celle de son domicile.

Exactement le genre d'immeuble élégant et bourgeois qui convient à un chirurgien prestigieux, sa femme et ses enfants.

Voilà qui avait été une surprise : Dirgrove marié, papa et jouant à la vie domestique. Puis Jeremy s'était dit : *Non, pas surprenant. Bien entendu qu'il joue le jeu. Comme son père l'avait fait.*

« Épouse : Patricia Jennings Dirgrove
Enfants : Brandon, 9 ans, Sonia, 7 ans. »

Charmant.

Une autre surprise. Dirgrove roulait dans une voiture parfaitement anonyme : une Buick vieille de cinq ans. Jeremy, là aussi, s'était attendu à quelque chose de plus coûteux – dans le genre puissant et allemand, voilà qui aurait été un bel hommage à papa, non ?

Sur ce point également, l'habileté de Dirgrove se manifestait : qui aurait prêté attention à cette berline couleur de muraille dans les contre-allées mal éclairées d'un quartier populaire ?

Quand on savait à quoi l'on avait affaire, tout prenait sens.

Cette fulgurante clarté d'esprit était une drogue puissante. Jeremy travaillait toute la journée, conduisait toute la nuit, vivant sur une intuition, réussissant à se convaincre qu'il n'avait pratiquement pas besoin de manger ou de dormir.

Le chirurgien avait un emploi du temps de chirurgien, quittant souvent son domicile avant six heures du matin pour n'y retourner que lorsque la nuit était tombée depuis un bon moment.

Le troisième jour, Dirgrove avait emmené sa petite famille dîner en ville et Jeremy avait pu voir sa femme et ses enfants s'empiler dans la Buick. Patricia Jennings Dirgrove était une petite brune mignonne, avec des cheveux bouclés coupés à la garçonne. Jolie silhouette, pleine d'énergie, vive. Elle portait un manteau à col de fourrure qu'elle laissait déboutonné. Jeremy aperçut des pantalons en jersey rouge et un haut assorti. Un petit peu mieux qu'un survêtement. Le confort avant tout. Dirgrove ne s'était pas changé.

Les enfants ressemblaient à Patty (comme Jeremy avait tout de suite appelé la femme) plus qu'à Ted. Brandon était un petit costaud à tignasse noire et, si la jeune Sonia avait les cheveux plus clairs, on ne retrouvait rien chez elle de la structure osseuse nordique de son père.

Jeremy espérait, pour leur bien, que cette absence de ressemblance ne s'arrêtait pas là.

Mignons, ces gosses. Lui savait ce que l'avenir leur réservait.

Il suivit la Buick jusqu'au restaurant. Ted et Patty avaient choisi un établissement italien de gamme moyenne à un quart d'heure de chez eux ; on les installa sur le devant, si bien qu'ils étaient visibles depuis la rue, derrière une baie vitrée décorée de lettres d'or. À l'intérieur, des box en bois poli, un bar à cappuccinos bordé d'une rampe de laiton, une machine à espressos en cuivre.

Jeremy s'était garé à l'angle. Il passa devant le restaurant d'un pas nonchalant de promeneur, le col de son imperméable remonté, le bord de son Fedora (le chapeau était une acquisition récente) tiré sur les yeux et rendant ceux-ci invisibles.

Il acheta un journal dans un kiosque pour avoir l'air normal et revint sur ses pas. Recommença. Il fit ainsi trois allers et retours. Pas une fois Dirgrove ne leva les yeux de ses lasagnes.

Le chirurgien s'emmerdait. Souriante et animée, la conversation se déroulait entre Brandon, Sonia et maman.

Patty, attentive à ses enfants, apprenait à Sonia comment enrouler les spaghettis sur sa fourchette. Lors de son dernier passage, Jeremy la vit jeter un coup d'œil à son mari. Ted ne remarqua rien : il avait le regard perdu sur la machine à espressos.

Intermède familial.

Quand allait-il laisser le confort de son foyer pour faire ce qui l'excitait vraiment ?

La quatrième nuit.

La journée avait été pleine de surprises. Le matin même, Jeremy avait reçu une carte postale de Rio.

Des corps splendides bronzant sur une plage de sable blanc.

Il se sentit brillant.

Dr C :
Je voyage et je m'instruis.
AC

Eh bien moi aussi, mon ami.

Comme si cela ne suffisait pas, il avait eu droit à un coup de téléphone d'Edgar Marquis à dix-huit heures, alors qu'il était sur le point de s'embarquer dans une nouvelle expédition nocturne.

– Docteur Carrier ? dit l'ancien diplomate. J'ai un message pour vous… de la part d'Arthur.

– Ah bon ?

– Oui, il souhaite que je vous fasse savoir qu'il passe d'excellentes vacances. Il les trouve très… éducatives. Il espère que vous allez bien.

– Merci, monsieur. Je vais bien, et je suis très pris.

– Ah, c'est bien, ça.

– Je me doutais que cela vous plairait, monsieur.

Marquis s'était éclairci la gorge.

– Voilà, c'est tout. Bonsoir.

– D'où vous a-t-il appelé, monsieur Marquis ?

– Il ne me l'a pas dit.

Jeremy avait ri.

– Vous n'allez rien me dire, n'est-ce pas ? Même pas maintenant.

– Maintenant ?

– Je me suis mis au travail, monsieur Marquis.

Pas de réaction.

– Juste un détail. Que veut dire CCC ? Comment tout a-t-il commencé ? Qu'est-ce qui vous a réunis ?

– La bonne chère et les bons vins, docteur Carrier.

– Bien sûr.

Silence.

– Quel drame avez-vous vécu, monsieur Marquis ? Qu'est-ce qui vous a brûlé les entrailles ?

Une infime hésitation.

– Le piment.

Jeremy attendit la suite.

– La cuisine indonésienne, reprit Marquis, est souvent extrêmement épicée. C'est là-bas que j'ai été élevé, en termes de goûts comme de raison.

– Si je comprends bien, je n'en saurai pas davantage.

Le vieux diplomate ne réagit pas.

– Et j'imagine que vous ne me direz pas non plus quand Arthur doit revenir.

– Arthur gère son emploi du temps tout seul.

– Je n'en doute pas. Bonsoir, monsieur.

– Docteur ? En ce qui concerne les origines de notre petit groupe, sachez simplement que votre participation serait considérée… comme harmonieuse à plus d'un titre.

– Vraiment ?

– Vraiment. Tenez cela pour une évidence.

– Une évidence de quoi ?

– Une évidence, répéta Marquis. Gravée dans la pierre.

Impossible de remonter l'appel. Les responsables des finances de l'hôpital estimaient qu'en matière de téléphone le service de base était amplement suffisant.

Jeremy commença à digérer ce que Marquis lui avait dit pendant qu'il s'engageait dans l'escalier qui devait le conduire à la porte de derrière.

La cuisine indonésienne. C'est là-bas que j'ai été élevé.

C'était dans cette nation insulaire que Marquis avait connu le baptême du feu – la brûlure d'une perte irréparable. Un jour, s'il s'en sentait vraiment la curiosité, Jeremy essaierait de trouver de quoi il s'agissait. Pour le moment, il avait quelqu'un à surveiller.

Un cadenas fermait la porte de derrière. Aurait-il été remarqué ? Ou était-ce un petit accès de zèle momentané de la part du service de sécurité ?

Il retourna dans le hall d'entrée, s'arrêta devant le distributeur de confiseries (à l'endroit même où il avait surpris Doresh) et s'acheta une barre à la noix de coco et au chocolat.

Il n'avait jamais beaucoup aimé ce genre de friandises, même quand il était enfant. À présent, il mourait d'envie de manger du sucré. Mâchonnant joyeusement, il se rapprocha de l'entrée principale de l'hôpital. Passa devant la plaque où figuraient les noms des donateurs.

Gravé dans la pierre. Exactement.

M. et Mme Robert Balleron. Donateurs fondateurs, dix ans auparavant. Et en dessous, une contribution plus récente, datant de quatre ans :

Mme le Juge Tina Balleron, en mémoire de Robert Balleron.

La liste des donateurs n'était pas alphabétique et cela lui prit un peu de temps, mais Jeremy les trouva tous. Le temps que le dernier fragment de noix de coco transite vers son estomac, il avait tout compris.

Pr Norbert Levy, en mémoire de sa famille.

Quatre ans.

M. Harrison Maynard, en mémoire de sa mère, Effie Mae Maynard, et du Dr Martin Luther King.

Même année.

M. Edgar Molton Marquis, en mémoire du village de Kurau.

Et enfin :

Arthur Chess, M. D., en mémoire de Sally Chess, Susan Chess et Arthur Chess Junior.

Arthur avait perdu toute sa famille.

C'était trop horrible et Jeremy ne se sentait pas en état de faire face à ce niveau d'empathie, pas en ce moment. Fourrant l'emballage de la confiserie dans sa poche, il fit demi-tour dans le hall pour se rendre au bureau du développement.

« Développement » était le terme bureaucratique pour désigner la collecte des fonds ; Jeremy se souvint que le service employait des jeunes femmes minces et bavardes et avait un patron prétentieux du nom d'Albert Trope. Il était dix-huit heures vingt – il avait encore un peu de temps, Dirgrove retournant rarement chez lui avant dix-huit heures trente, sinon dix-neuf heures. Le personnel non médical avait tendance à disparaître bien avant cinq heures et sans doute trouverait-il le bureau fermé, mais il était sur place : autant tenter sa chance.

Les jeunes femmes prolixes avaient effectivement quitté les lieux. Mais la porte était ouverte et un homme – un Slave à l'air morose, probablement un de ces immigrés récents qu'engageait l'hôpital parce qu'ils ignoraient tout de la législation du travail – passait l'aspirateur sur l'épaisse et luxueuse moquette bleue.

Jeremy, arborant son badge de médecin, passa devant l'homme pour gagner la bibliothèque imitation Régence qui se trouvait dans un coin de la vaste salle de réception.

Un parfum délicat, sans aucun doute laissé par les jeunes femmes, traînait encore dans l'air. L'ameublement était un cas d'école dans le genre prétentieux : on aurait dit un salon français vu par un metteur en scène hollywoodien. Histoire de mettre à l'aise les poches profondes, sans doute...

L'homme ignora Jeremy pendant qu'il fouillait dans le meuble.

Sur les étagères figuraient, sous protection plastique, des témoignages de satisfaction de patients guéris, des albums photos – d'adorables bambins traités à City Central, des comptes rendus dithyrambiques de visites de célébrités accompagnés du reportage photo habituel, et des années et des années d'activité du service.

Y compris des reportages sur le plus grand événement annuel de l'hôpital, son bal de gala.

Jeremy avait participé à l'un d'eux, deux ans auparavant. On lui avait demandé de faire un petit speech sur l'humanisme, et il était parti tout de suite après.

Il trouva le reportage vieux de quatre ans. Au début figurait l'explication sur la hiérarchie des contributions. Les noms étaient donnés alphabétiquement pour chaque catégorie.

Donateur, mécène, grand mécène, fondateur, cercle du Ruban d'or.

Il en coûtait vingt mille dollars pour être fondateur. Les membres du CCC avaient généreusement mis la main à la poche.

Il trouva une photo où ils étaient tous réunis. Arthur au milieu, entouré de Balleron, Marquis, Maynard et Levy.

CCC… Le City Central Club ?

C'était donc ainsi que tout avait commencé. Cinq altruistes se réunissant pour le bien commun et trouvant un terrain d'entente.

Il ne faisait aucun doute qu'Arthur – Arthur le charismatique, le convivial, l'homme curieux de tout – avait joué un rôle central dans leur association.

Il avait perdu sa famille : on pouvait l'excuser du côté peut-être un peu excessif de ses manifestations de camaraderie. Au nom de la justice.

– Faut partir, dit l'homme.

Il venait de couper son aspirateur et le silence régnait dans la salle d'attente.

– Pas de problème, merci, dit Jeremy. Bonne nuit.

L'homme grommela quelque chose et se cura l'oreille.

Jeremy arriva à Hale Boulevard à dix-huit heures quarante-cinq, trouva un poste d'observation sensationnel et poireauta longtemps : il était vingt et une heures lorsque Dirgrove apparut enfin.

Trois nuits d'affilée le chirurgien était sagement resté chez lui et Jeremy ne s'attendait pas à du nouveau. Mais lorsqu'il le vit laisser sa Buick dans l'allée circulaire et s'aperçut que le voiturier ne la garait pas, il comprit que les choses allaient changer.

C'est enfin parti, mon petit Ted. Facilite-moi la vie.

À vingt-trois heures quinze, le chirurgien ressortit de l'immeuble, prit ses clefs, donna la pièce au voiturier et repartit.

Plein sud.

Vers Iron Mount.

Directement dans Iron Mount. La pluie avait cessé et les péripatéticiennes étaient sorties en force, en fausses fourrures ou en vestes de ski matelassées – rien que des tenues ultracourtes permettant d'admirer de longues jambes fuselées qui paraissaient encore plus longues grâce à de très perverses chaussures à talons ultrahauts.

Jambes jeunes, visages vieillis. Parade de guiboles et de déhanchements. Très peu de circulation. Seulement ces travailleuses pour braver le froid.

Dirgrove passa devant elles sans se rendre compte que Jeremy le suivait à distance respectueuse, roulant en veilleuse.

C'était stupide et dangereux et, par deux fois, il faillit renverser une de ces dames qui, bourrée de dope, avait mis involontairement un pied sur la chaussée pour tenir debout.

Jurons et majeurs dressés en guise de récompense, mais avait-il le choix ? Dans le pire des cas, un flic allait l'arrêter pour infraction au code de la route. C'était peu probable. Pas une seule voiture de patrouille en vue. Trop froid pour ces messieurs.

Ce qui lui fit prendre conscience du fait qu'il n'y avait absolument aucune présence policière dans ce quartier des plus pourris.

Doresh pouvait bien parler de son « enquête en cours » sur les meurtres ! Ces femmes étaient considérées comme le rebut de la société et tout le monde s'en fichait. Le nom de Tyrene Mazursky avait réussi à figurer dans le journal, mais la victime suivante, la femme abandonnée sur la langue de sable, n'avait pas eu droit à ce modeste honneur. À ce rythme-là, la prochaine ne serait même pas mentionnée par la presse.

Les vertus se perdent dans l'intérêt.

Pour rouler à une vitesse modérée, Dirgrove n'en passait pas moins, et sans ralentir, devant l'alignement des prostituées. Jeremy s'attendait à le voir choisir sa proie, mais non : la Buick traversa tout Iron Mount, passa sous un pont routier puis dans le quartier voisin surtout constitué d'immeubles commerciaux aux rideaux baissés.

Un quartier de logements à bas prix, ça aussi. Jeremy ne savait même pas s'il avait un nom. D'ailleurs, « quartier » était un bien grand mot pour ce qui n'était qu'une rue ou deux de magasins fermés pour la nuit.

Des grossistes et des petites entreprises. Pas de gagneuses ici. Le bar, la boîte à strip-tease ou le dealer de dope les plus proches se trouvaient à deux kilomètres.

Un désert.

À part la femme qui sortit de l'ombre pour se tenir au bord du trottoir, devant une longue palissade grillagée. Et se mit à attendre en oscillant sur ses talons aiguilles.

Lorsque la Buick d'un gris-bleu anonyme s'arrêta, elle secoua sa chevelure.

43

La prostituée monta dans la voiture de Dirgrove. Sous les yeux de Jeremy au volant de sa Nova arrêtée à une trentaine de mètres de là, tous feux éteints. Et moteur coupé : aucune fumée d'échappement ou de bruit de moteur pour trahir sa présence.

Deux véhicules étaient garés entre lui et la Buick. Il abaissa sa vitre et passa la tête dehors pour mieux voir. L'air glacé lui brûla les poumons. La douleur le réjouit.

Il avait laissé la clef de contact en place. Prêt à reprendre la Buick en chasse. Sachant qu'il faudrait être là si jamais… Non, pas « si », quand les choses tourneraient mal.

Il va l'emmener quelque part. Pour ne pas saloper sa bagnole.

Il va avoir besoin d'espace pour travailler. Dissection… une salle d'op improvisée dans les entrailles du bidonville…

Les feux de position de la Buick s'éteignirent. Un petit nuage blanc monta de l'échappement et se dissipa. La voiture ne bougeait plus. Cinq minutes passèrent, puis dix, puis quinze. Au bout de vingt minutes, Jeremy commença à paniquer et se demanda s'il n'avait pas commis une affreuse erreur. Et si Dirgrove utilisait sa voiture ? Peut-être était-ce pour cette raison qu'il avait un vieux modèle. Non, trop risqué. On ne pouvait jamais arriver à se débarrasser totalement du sang. Peut-être les anesthésiait-il dans la voiture et les étranglait-il avant ? Devait-il prendre le risque d'aller y voir de plus près ?

Le claquement d'une portière le tira de ses pensées.

La prostituée était descendue et tirait sur ses vêtements. Elle agita la main vers la Buick et Dirgrove démarra.

Il fallait prendre une décision, vite : suivre la voiture, ou parler avec la femme ? L'avertir : Oui, il est charmant, ce type, vous vous en êtes bien tirée cette fois, mais...

La prostituée remonta le trottoir en balançant les fesses, sur des talons aiguilles qui étaient de vraies échasses.

Puis elle monta dans une des voitures garées devant lui.

Une péripatéticienne avec sa propre caisse. Ça changeait.

Et une chouette caisse : une Lexus, un des petits modèles, couleur claire, enjoliveurs nickel.

Elle n'avait peut-être pas de mac et gardait tout son fric.

Mais à travailler ici, loin du défilé automobile des clients potentiels qui patrouillaient dans Iron Mount, qu'est-ce qu'elle pouvait bien gagner ? Et pourquoi tapiner dans une rue glacée quand on avait les moyens de s'offrir une telle voiture ?

Ou alors elle visait la qualité et pas la quantité ? Des hommes comme Dirgrove, prêts à payer le prix des fantaisies qu'elle avait en catalogue.

La Lexus démarra. Jeremy attendit qu'elle ait tourné à droite au carrefour pour lancer le moteur de la Nova.

La femme avait pris la direction du centre. Elle n'avait consulté le rétroviseur que pour vérifier son maquillage et avait parlé une fois dans son portable ; elle conduisait prudemment, de manière conventionnelle, sans le moindre regard pour un éventuel client.

Un seul bon client par nuit ? Qu'est-ce qu'elle pouvait bien lui faire ?

La Lexus roulait toujours, se rapprochant du quartier de l'hôpital. De l'hôpital lui-même.

La prostituée s'engagea dans une rue tranquille à l'angle de City Central. Tout près du parking des infirmières, celui dans lequel Jocelyn avait été enlevée. Se gara, coupa ses lumières.

Et resta là quatre minutes, pendant lesquelles Jeremy la vit lever les bras, un vêtement passant au-dessus de sa tête. Puis un autre, un haut à manches longues, vint prendre la place du premier.

Elle se changeait.

L'opération terminée, elle consulta à nouveau son rétroviseur après avoir allumé le plafonnier. Pas assez longtemps pour que Jeremy ait le temps de bien distinguer ses traits, mais il comprit ce qu'elle faisait : une retouche à son rouge à lèvres. Puis elle redémarra.

Le coin de la rue. Le parking des médecins. Elle y entra.

Jeremy la suivit sans chercher à se montrer discret, à présent. Il était de la boutique.

Elle aussi : elle glissa une carte dans la fente et la barrière s'ouvrit.

Ils se garèrent en même temps. La Lexus était bleu clair. Lorsqu'elle en descendit, Jeremy la reconnut. C'était une interniste qu'il avait aperçue dans l'hôpital, mais à qui il n'avait jamais été présenté. Elle ne faisait partie de l'équipe que depuis peu de temps, il en était presque sûr.

La quarantaine, visage avenant mais quelconque, chevelure blonde très bien brushée. À la place de la minijupe de sa petite séance avec Dirgrove, elle portait maintenant une jupe longue en laine anthracite. Elle cacha rapidement le pull à col roulé rose qu'elle avait enfilé sous un long manteau gris à col de velours noir. Les talons aiguilles avaient été remplacés par des chaussures de marche plus pratiques. Elle portait des lunettes.

Lorsqu'il la dépassa sur le chemin du passage couvert, elle lui sourit et lui lança :

– Brrr, il fait froid !

Il lui rendit son sourire.

Une alliance avec un diamant au doigt. Quel était son nom, déjà ? Gwen quelque chose…

Devait-il la mettre en garde ?

Ou alors… d'autres femmes devaient-elles être mises en garde contre elle ?

Tous les deux ans, l'hôpital éditait un trombinoscope de son personnel médical. Jeremy n'avait jamais jugé utile de le consulter jusqu'alors et ne savait même pas s'il en possédait un exemplaire. Il finit par en dénicher un dans le tiroir du bas de son bureau. Des centaines de visages, mais seulement vingt pour cent de femmes, il en eut vite fait le tour.

Gwynn Alice Hauser, MD, interniste. Professeur-assistant.

Le Dr Hauser menait une vie secrète.

Mais jusqu'où cela allait-il ?

Au cours des quatre jours suivants, Jeremy observa Gwynn Hauser dans les services et à la cafétéria des médecins. Aucun contact avec Dirgrove. Elle mangeait seule ou en compagnie d'autres femmes. Du genre extravertie, le rire facile, de grands gestes. Quand elle se passionnait pour une conversation, elle enlevait ses lunettes et se penchait en avant. Écoutait avec attention, comme si les propos de son interlocuteur étaient empreints de la plus incroyable des sagesses.

Une fois, elle déjeuna en compagnie d'un fort bel homme : grand, brun, costume croisé bleu et visage impassible de PDG. Une alliance au doigt, lui aussi, et lui manifestant ouvertement sa tendresse.

Le mari qu'elle fait cocu.

Pas un médecin, plutôt le genre financier, Jeremy était prêt à le parier. Prenant le temps de partager un repas avec son épouse débordée. Si seulement il avait su à quel point elle était débordée…

Il rencontra un interniste avec lequel il avait eu l'occasion de travailler, un certain Jerry Sallie, et lui demanda s'il connaissait Gwynn Hauser.

– Gwynn ? Bien sûr. Pourquoi, elle t'a dragué ?

– C'est son genre ?

– Une grande allumeuse, mais pas sûr qu'elle donne suite, dit Sallie. Du moins, d'après ce qu'on m'a raconté. C'est la femme d'un président de banque qui lui laisse faire tout ce qu'elle veut. C'est jouer sur le velours, ça, non ? Très bon médecin. Mais une allumeuse de première. Jolies jambes, hein ?

Le vendredi soir, Gwynn Hauser quitta l'hôpital à dix-neuf heures trente. Jeremy, qui faisait au sens propre profil bas dans sa

Nova plus ou moins cachée derrière un poteau du parking, la vit partir au volant de sa Lexus couleur céleste. La Buick de Dirgrove était toujours là.

Vingt minutes plus tard, le chirurgien apparut à son tour, courant presque, sauta dans sa Buick et démarra en trombe en faisant hurler ses pneus.

Exactement le même coin du quartier industriel minable sans nom.

Le Dr Gwynn Hauser sortit de l'ombre comme elle l'avait fait la première fois. Emmitouflée dans un énorme manteau en fourrure blanche, ce coup-ci. Une femme-nuage en talons aiguilles ; sans doute une vision céleste pour certains.

Lorsque Dirgrove s'arrêta à sa hauteur, elle ouvrit son manteau. Dessous, elle ne portait qu'un porte-jarretelles et des bas.

Comment peut-elle supporter ce froid ?

Elle ne le pouvait pas. Elle frissonna, resserra le manteau sur elle et sautilla sur place en montrant la voiture d'un geste.

Laisse-moi monter, je me gèle le cul.

Dirgrove ouvrit sa portière.

Vingt minutes plus tard, ils se quittaient.

Cette fois-ci, Jeremy suivit Dirgrove. Le chirurgien alla tout droit jusqu'à l'immeuble de grand standing de Hale où il avait son appartement. Et passa toute la nuit chez lui.

En bon père de famille.

Quand allait-il se décider ?

44

Doug Vilardi avait une mine à faire peur. La peau, sur son visage et ses bras, partait par plaques – une réaction allergique inattendue à la chimio –, ses globules blancs atteignaient des niveaux records, il avait la rate engorgée et l'état de son foie avait empiré. Il n'était pas capable de parler, mais il ne dormait pas et paraissait réagir à la présence de Jeremy. Celui-ci resta assis à côté de son patient, lui parla un peu, puis trouva une émission à la télé qui provoqua un sourire chez le jeune homme – le résumé d'une partie de football datant d'une semaine.

Une fois de plus, Jeremy attendit que Doug soit gagné par la somnolence pour partir, et une fois de plus tomba sur sa famille en sortant.

Seulement Mme Vilardi et Marika. Le mari travaillait. Ils allèrent s'asseoir dans le coin d'une salle d'attente vide. Ceux qui les avaient précédés y avaient laissé une pile de revues d'architecture d'intérieur, que Jeremy repoussa.

Cette fois-ci, Marika parla. De tout, sauf de la maladie de Doug. Elle parla de ce qu'il aimait manger, des recettes que sa belle-mère lui avait appris à préparer. Du chiot qu'elle avait envie de se procurer et Jeremy pensait-il que c'était une bonne idée, alors qu'elle attendait un enfant ?

Les deux femmes paraissaient très proches, s'appuyant littéralement l'une sur l'autre.

Lorsque Jeremy interrogea Marika sur sa famille, ce fut Mme Vilardi qui répondit pour elle :

– Ses parents sont morts, docteur Carrier. Sa pauvre maman était très jeune. Rosanna était une de mes meilleures amies. Elle était merveilleuse. Quand elle est tombée malade, j'ai pris de plus en plus souvent Mari à la maison pour qu'elle puisse jouer tranquillement, parce que Joe, son papa, travaillait et que sinon, elle n'avait qu'une tante qui... vous voyez ce que je veux dire.

Elle eut un sourire gêné.

– Ma tante était folle, dit Marika.

– C'est comme ça que Doug a connu Mari, il la voyait tout le temps à la maison. Puis Joe est mort et elle s'est retrouvée en pension chez les sœurs, mais elle venait nous voir dès qu'elle pouvait. À l'époque, Doug ne s'intéressait pas trop aux filles, pas vrai, mon chou ?

Elle donna une petite bourrade à la jeune femme.

– J'étais maigre comme un clou et j'avais les dents de travers, répondit Marika. Et Doug ne rêvait que de sport.

– Mais non, tu as toujours été ravissante, dit Mme Vilardi. Je l'ai toujours beaucoup aimée, cette petite, elle était adorable. Pour dire la vérité, je croyais qu'elle serait parfaite pour mon autre fils, Andy. Mais on ne sait jamais, pas vrai, ma chérie ?

– Jamais, c'est vrai, maman.

Les yeux de Marika s'embuèrent.

– Vous sortez certainement d'une famille nombreuse, docteur Carrier, reprit Mme Vilardi. Excusez mon indiscrétion, mais vous paraissez avoir un cœur grand comme ça.

– Assez grand, en tout cas, dit Jeremy.

– Une famille super, j'en suis sûre.

– Tout à fait... Je reviendrai plus tard voir comment il va.

Il lui serra la main, puis celle de Marika et se leva.

– Et comme toujours merci, docteur... je ne vous ai pas offensé, j'espère ? En vous demandant, pour votre famille ?

– Non, pas du tout, répondit Jeremy en lui tapotant l'épaule pour donner plus de poids à ses mots.

– Bon. Parce qu'une seconde, j'ai eu l'impression que... je vous avais contrarié. Mais c'est certainement moi, je dois voir tout de travers. Je n'ai plus ma tête avec tout ce qui se passe, vous comprenez ?

– Vous avez besoin de repos, dit Jeremy.

– Vous êtes quelqu'un d'important pour Dougie, vous savez, docteur ? Avant... je veux dire la première fois... il disait que vous étiez le seul à le traiter comme un être humain.

– C'est vrai, confirma Marika. Il me l'a dit à moi aussi.

Jeremy sourit.

– Mais c'est ce qu'il est, un être humain.

– Il va s'en sortir, dit Mme Vilardi. Je le sens.

La journée tirait à sa fin et il lui restait une heure avant de se mettre dans le sillage de Dirgrove. Il trouva les nouvelles coor données d'Angela via le bureau du personnel. Elle travaillait à présent au service d'endocrinologie. Il s'y rendit et l'infirmière lui montra une salle d'examen.

– Un diabétique admis pour le traitement d'une blessure. Elle ne devrait pas en avoir pour trop longtemps.

Angela sortit dix minutes plus tard, l'air à côté de ses pompes.

– Salut. Je suis plutôt crevée, dit-elle.

– Fais une pause. Allons prendre un café.

– J'ai déjà ma dose de caféine. Ça ne m'a rien fait.

– Alors prends-en un peu plus. (Il la saisit par le bras.) Allez, viens t'envoyer un nouveau shoot.

– Et ensuite ?

– Ensuite, je t'étudierai, je rédigerai un papier et je le publierai.

Elle essaya de ne pas sourire. Échoua.

– D'accord, mais juste quelques minutes.

Au lieu de prendre la direction de la cafétéria, il la conduisit jusqu'aux machines à café de l'étage au-dessus, au fond du service de rééducation. Inséra un dollar dans la fente et retira deux gobelets fumants.

– Ce truc-là ? dit-elle. C'est infect.

– Dis-toi que c'est de la dope, pas une boisson chaude.

Il l'entraîna jusqu'au coin où les attendaient deux chaises orange et dures. Le service de rééducation tournant surtout pendant la journée, l'endroit était tranquille.

– Je n'en peux vraiment plus, dit-elle, et je suis loin d'avoir vu tous mes patients.

Jeremy lui prit la main. Elle avait la peau froide ; elle détourna les yeux et ne répondit pas à l'étreinte de ses doigts.

– Tu es importante pour moi, dit Jeremy. Tu me manques et je sais que c'est moi qui ai tout fichu en l'air. Je n'aurais pas dû réagir comme je l'ai fait. Je suis d'accord pour parler de tout ce que tu voudras.

Angela se mordillait la lèvre et contemplait ses genoux.

– Ce n'est pas nécessaire, tu sais, dit-elle.

– L'assassinat de Jocelyn a été pire que tout ce que j'aurais pu imaginer. Elle comptait beaucoup pour moi et la perdre ainsi, en pensant à tout ce qu'elle avait dû subir, m'a déchiré le cœur. J'aurais dû m'occuper de ça plus tôt. Au lieu de quoi j'ai laissé la plaie s'infecter. La vieille histoire du cordonnier le plus mal chaussé.

Angela leva enfin la tête. Des larmes coulaient sur ses joues.

– J'aurais dû comprendre. Je n'aurais pas dû exiger des explications.

– Non, c'est au contraire une bonne chose que quelqu'un m'en ait finalement demandé. Je suis resté trop longtemps coupé de la réalité.

Elle prit une gorgée de café, fit la grimace.

– Il est vraiment infect. (Ses doigts se crispèrent dans la main de Jeremy.) Je la connaissais. Pas bien, mais je l'avais rencontrée pendant mon semestre en neurologie. C'était une fille adorable, absolument adorable. Une fois, pendant que je remplissais un compte rendu, je l'ai entendue parler de son petit ami à une autre infirmière. Elle disait qu'il était génial, attentionné, prévenant. Il savait toujours lui faire sentir qu'elle était importante. L'autre a voulu tourner ça à la plaisanterie en disant quelque chose du genre : « Oh, tu sais, ces psys, ils apprennent ça en classe », mais Jocelyn ne l'a pas laissée terminer. « Je ne blague pas ! Je suis sérieuse. Je suis sérieuse quand je te parle de lui. » Je me rappelle m'être demandé quel genre d'homme pouvait inspirer de tels sentiments, je ne savais pas que c'était toi. Même lorsqu'on a commencé à sortir ensemble, je n'en avais aucune idée. Tu me plaisais bien depuis le jour où tu nous as fait cette conférence. Tu étais tellement convaincant ! Sur ce que tu faisais, sur ta manière de faire ressortir l'humanité qu'il y a en chacun de nous. C'était le message que je voulais entendre quand j'ai commencé mon internat, mais ça n'arrivait pas souvent. Ce n'est qu'après que nous sommes sortis ensemble une ou deux fois que quelqu'un m'a dit – l'un des seconde année – que tu étais le petit ami de Jocelyn. Je me souviens que je me suis dit : « Oh-oh, ça va être compliqué. » Mais tu me plaisais beaucoup, alors... Oh, Jeremy, je ne suis pas très bonne pour ça.

Elle posa la tête sur son épaule.

– Comment ça, « compliqué » ? demanda-t-il.

– Cette histoire.

– Ce ne sera pas un problème. Pas de tabous, rien d'interdit. Si tu tiens à ce que je te parle de Jocelyn, je le ferai...

– Justement, l'interrompit-elle. Je ne suis pas bien certaine d'en avoir envie. Il est évident que tu l'aimais très profondément, qu'elle fait encore partie de toi, et c'est bien comme ça. Je trouverais répugnant que tu puisses t'en débarrasser d'un claquement de doigts. Mais l'égoïste qui est en moi ne sait pas si je vais pouvoir faire avec... avec son souvenir. Son souvenir suspendu au-dessus de nous. J'ai l'impression d'avoir un chaperon. Je sais que c'est terrible à dire, mais...

Ce fut à son tour de l'interrompre.

– Au-dessus de moi, dit-il, pas au-dessus de nous. Elle n'est plus. Elle aura disparu un peu plus dans un mois, encore un peu plus dans un an ; et un jour je n'y penserai pratiquement plus. (Ses yeux lui faisaient mal. Il pleurait à son tour.) Intellectuellement, je le sais, mais c'est mon âme qui refuse de s'ajuster, la garce.

Elle lui essuya les yeux du bout des doigts.

– Et moi qui pensais que les psychologues ne croyaient pas en l'âme...

Ils n'y croient pas.

– Ça prendra du temps et il n'y a pas de raccourci.

Il la regarda.

Angela l'embrassa sur le front.

Jeremy la prit dans ses bras. Elle se sentit toute petite. Il était sur le point de soulever le visage d'Angela vers lui pour un nouveau baiser lorsqu'un ado monté en graine (sans doute le petit-fils d'un patient) sortit d'une chambre, se dirigea d'un pas décontracté vers la machine à café, les vit et arbora un sourire salace.

– Vas-y, mec ! marmonna l'ado en fourrant des pièces dans la fente.

Angela rit doucement dans l'oreille de Jeremy.

Ils se rendirent dans le bureau de Jeremy, où ils restèrent un quart d'heure de plus, Angela assise sur ses genoux, gardant le silence. Le petit poste de radio que Jeremy ne branchait que rarement diffusait une musique insipide vendue sous le nom de « jazz relax ». La respiration d'Angela se ralentissant, il se demanda si elle ne s'était pas endormie. Quand il baissa la tête pour vérifier, la jeune femme battit des paupières et ouvrit les yeux.

– Faut vraiment que j'y retourne, dit-elle.

Dès qu'elle fut au service d'endocrinologie (Jeremy l'avait raccompagnée), une infirmière au visage couleur prune lança : « Vous avez un cathéter qui vous attend, docteur », et elle s'éloigna.

– Rien ne vaut un bon comité d'accueil, fit remarquer Jeremy.

Angela sourit, puis redevint sérieuse.

– J'ai un peu de plomberie à faire. Merci, Jeremy. Merci d'avoir pris l'initiative. Je me doute que ce n'était pas facile.

– Comme je te l'ai dit, tu es importante pour moi.

Elle se mit à jouer avec son stéthoscope et à cogner l'une de ses chaussures contre l'autre – un geste enfantin qui lui serra le cœur.

– Tu es important pour moi aussi et je voudrais que nous puissions vraiment passer du temps ensemble, mais je vais être encore prise les deux nuits prochaines.

Moi aussi.

– Arrangeons-nous pour déjeuner ensemble.

– Oui, faisons ça… mec !

45

Bon samaritain de jour, voyeur halluciné de nuit ?

Deux soirs de suite, Theodore Gerd Dirgrove quitta l'hôpital pour se rendre directement chez lui et n'en plus bouger. Les deux fois, Jeremy surveilla le haut bâtiment couleur crème jusqu'à trois heures du matin, descendant de temps en temps de sa voiture pour faire quelques pas dans l'élégant quartier. Il ne sentait plus le froid, comme si un fourneau interne, en lui, était chauffé à blanc.

L'endroit était parfait pour espionner ; les nombreux bars et boîtes assuraient la présence permanente de quelques piétons qui rendaient la sienne moins voyante. La deuxième nuit, il alla dans une des boîtes de Hale, le Pearl Onion, où la grande spécialité était un cocktail à base de martini et de gin. Il prit le risque d'en commander un. Le verre était agrémenté, flottant dans le liquide soyeux, de deux des billes blanches qui avaient donné leur nom à l'établissement.

Un seul verre, qu'il fit passer avec un café. Il s'était installé près d'une fenêtre d'où il avait une bonne vue sur l'immeuble de Dirgrove à travers des rideaux de dentelle.

Jeremy se fondait dans le contexte. Prenait plaisir à la musique – du vrai jazz joué doucement –, au tintement des verres, aux conversations pleines d'entrain des célibataires aisées et séduisantes qui se pressaient au bar.

Il avait pris soin de bien s'habiller… Non, pris l'habitude de faire très attention à sa tenue, d'une manière générale, afin de satisfaire aux critères de… de son boulot. Il portait sa veste sport et ses pantalons les plus élégants ainsi qu'un manteau noir somptueux, mélange mérinos-cachemire, qu'il avait acheté lors de super-soldes dans une grande enseigne et n'avait jamais porté depuis – le mettant de côté pour quoi ?

Il avait même apporté une chemise fraîchement repassée dans son bureau pour pouvoir en changer avant de se mettre en route pour sa...

Sa quoi ?

Mission ?

Trouvez-moi un moulin à vent et je lui fonce dessus.

Cette nuit-là, la Buick de Dirgrove ne reparut pas. L'arrière du bâtiment formait une cour fermée et n'avait qu'une issue, celle du parking souterrain ; si le chirurgien avait choisi d'aller lui-même chercher sa voiture, il aurait été obligé de passer devant l'immeuble.

Ted était chez lui pour la nuit. On prenait des forces ?

Jeremy gagna les toilettes parfumées à la menthe du Pearl Onion, s'y débarrassa du liquide qu'il avait ingéré et rentra chez lui. Demain soir, Angela ne serait pas de service et il allait devoir trouver un prétexte pour ne pas la voir. Feindre une indisposition serait-il une tactique astucieuse ? Non, elle aurait l'effet contraire, Angela voudrait rester avec lui pour le chouchouter. Il fallait trouver autre chose.

En se glissant sous les couvertures, il songea : le gin, la boisson préférée d'Arthur.

Où était passé le vieux bonhomme ?

Et qu'était-il arrivé à sa famille ?

De retour à son bureau dès huit heures le lendemain, il se mit à éplucher les archives du *Clarion*. Il avait déjà fait une première tentative en utilisant comme clefs « Chess » et « assassinat », mais sans rien trouver. Et s'était demandé s'il devait fouiller plus avant.

Aujourd'hui, il était plus averti ; il affina ses paramètres.

La secrétaire du service d'anatomopathologie ne connaissait Arthur qu'en tant que célibataire endurci et cela faisait des années qu'elle travaillait à City Central. Personne, parmi tous ceux avec qui Jeremy avait pu en parler, n'avait fait la moindre allusion à une épouse ou à des enfants.

Ce qui voulait dire qu'Arthur vivait seul depuis très longtemps et que la tragédie qui avait brisé sa vie remontait peut-être à plusieurs décennies.

Il y avait quelqu'un, en dehors des membres du CCC, qui connaissait la vérité : la voisine d'Arthur, Ramona Purveyance. Pour elle, Arthur était toujours le jeune et séduisant médecin qui l'avait aidée à accoucher.

Avant...

Une femme ouverte et qui bavardait volontiers ; mais, lorsqu'elle avait abordé la question du départ d'Arthur du quartier de Queen's Arms, elle était devenue évasive.

Connaissant le drame qui l'avait transformé de spécialiste de la mise au monde de bébés braillant en équarrissseurs de cadavres silencieux.

D'où le poste qu'il avait occupé au cabinet du médecin légiste de l'État. Le reste de sa vie nourri de la cessation de la vie. Et pourtant, le vieil homme s'était accroché opiniâtrement aux ruines de ses souvenirs.

Deux enfants. La femme aimante que Jeremy avait imaginée.

Cette hypothèse faite de manière désinvolte paraissait vraiment cruelle à présent.

Arthur, vivant avec des fantômes.

Ce qui ne l'empêchait ni de sourire, ni de boire, ni d'apprécier un bon repas tardif. Ni de voyager et de s'instruire.

Ni d'enseigner.

Soudain, Jeremy se sentit rempli d'admiration pour le vieux médecin ; mais en même temps l'idée qu'il pourrait terminer comme lui l'angoissa terriblement.

Il s'arracha à ces idées noires pour se réfugier dans le confort austère des froids calculs : Ramona Purveyance avait au moins soixante-cinq ans et ses enfants étaient donc sans doute nés entre trente et quarante-cinq ans plus tôt.

Arthur avait quoi ? Soixante-dix ans ? Entre ses études et son service militaire, il ne devait pas avoir loin de trente ans lorsqu'il était entré à City Central comme médecin accoucheur.

Jeremy opta pour quarante ans, avec « Chess » et « assassinats » comme mots-clefs.

« Assassinats » au pluriel, parce que c'était ce qui était arrivé. L'ordinateur n'était pas assez malin pour faire le distinguo ; peut-être était-ce pour cette raison qu'il avait rejeté sa première demande.

Rien.

Et s'il cherchait à « famille Chess » ?

Bonne pioche.

Trente-sept ans auparavant, par un mois de juillet exceptionnellement sec.

Trois corps retrouvés dans les ruines d'un chalet d'été

L'incendie d'un chalet près du lac Oswagumi, dans le centre de villégiature de Highland Park, s'est transformé en scène de meurtre après la découverte de trois corps dans les ruines encore fumantes.

Ils ont été identifiés comme étant ceux de Mme Sally Chess, une jeune maman, et de ses deux enfants, Susan, 9 ans, et Arthur Chess Junior, 7 ans. Le père, Arthur Chess, 41 ans, médecin à l'hôpital City Central, ne se trouvait pas dans le chalet de location lorsque le feu a ravagé les trois pièces du bâtiment. Le Dr Chess avait été appelé pour procéder à une césarienne d'urgence et affirme s'être arrêté dans une taverne locale pour prendre une bière avant d'entreprendre le trajet de cent kilomètres qui devait le ramener à Highland Park.

Les enquêteurs du shérif ont des raisons de penser que Mme Chess a été assassinée et que le feu a été mis délibérément au chalet pour dissimuler le crime. Il semblerait que les deux enfants aient péri dans leur sommeil. Les enquêteurs ont bien précisé que si le Dr Chess était interrogé, il n'était nullement considéré comme un suspect pour le moment.

Cette dernière phrase rappela à Jeremy quelque chose qu'il avait lu récemment. Le récit du meurtre de Robert Balleron. On avait interrogé son épouse, mais la police avait pris soin de dire qu'elle n'était pas considérée comme une suspecte.

Cela signifiait-il juste le contraire ? Tina et Arthur sachant l'un comme l'autre ce qu'on ressent lorsque son chagrin est empoisonné par le soupçon ?

Pauvre Tina. Pauvre Arthur.

Le vieux toubib lui avait tendu la main et Jeremy avait réagi en restant sur son quant-à-soi.

Fini, ça. Il était dans le même camp à présent.

Toujours à ses frais, il lança une recherche avec les mots-clefs « village de Kurau ». Elle se solda par une seule entrée, une brève dépêche d'agence datant de cinquante et un ans.

Le retour du cannibalisme !

Kurau, l'une des îles à l'écart de l'archipel indonésien, qui en compte des milliers, après avoir été occupée par les Japonais puis reprise par les Alliés, est aujourd'hui le théâtre de conflits entre plusieurs tribus qui en revendiquent la propriété ; le règne de la terreur s'y est instauré depuis que des bandes rivales équipées de machettes et de sabres pris aux Japonais font des incursions armées dans les villages les uns des autres, démembrant et éventrant leurs ennemis et paradant avec des têtes empalées sur des pieux. Les restes trouvés dans de grands feux semblent prouver que le cannibalisme, autrefois courant dans cette partie du monde, a fait un épouvantable retour. Une poignée de militaires et du personnel diplomatique américain sont restés sur l'île pour tenter d'administrer la période de transition entre l'occupation et la mise en place d'un gouvernement local. Le Département d'État conseille aux Américains d'éviter la région tant que le calme n'y aura pas été rétabli.

Le téléphone sonna.

– As-tu un peu de temps pour parler de Doug Vilardi, Jeremy ? lui demanda le Dr Ramirez.

– Bien sûr. Comment va-t-il ?

– Je préférerais que nous en parlions en tête à tête. Je peux faire semblant d'être un patient si tu veux…

Ramirez frappait à la porte de son bureau cinq minutes plus tard, hors d'haleine.

– Tu es dur à trouver… Tes collègues t'ont exilé ?

– Problème d'espace. Je me suis porté volontaire.

– Un peu sinistre, commenta Ramirez. Mais évidemment, tu es plus tranquille… problème d'espace ? Ah, oui, les dingues du bistouri vous ont piqué votre étage, c'est ça ?

– Les vertus se perdent dans l'intérêt…

– Pardon ?

– Assieds-toi. Comment va Doug ?

Ramirez s'installa sur une des chaises.

– Pas très fort. Si sa rate ne désenfle pas, il va falloir ouvrir. Ça pourrait arriver n'importe quand, on surveille ça en continu. La réaction idiopathique à la chimio est résolue, même si on ne sait pas très bien ce que c'était.

Le cancérologue se laissa glisser sur son siège et étendit les jambes. Sa chemise était froissée et tachée de transpiration aux aisselles.

– C'est ce qui arrive avec des cas comme celui-ci. Ils vous rendent modestes, reprit-il.

– Toujours.

– D'habitude, j'arrive à me dire que je suis un héros. Mais dans des cas comme celui de Doug… cancer secondaire… on commence à se voir en méchant de la farce.

– Si tu n'avais pas traité son premier cancer, il serait déjà mort. Pas de femme, pas de bébé en route.

– Voilà qui est parlé en bon thérapeute… Mais c'est vrai, tu as raison. J'apprécie que tu me le dises. Ce serait cependant chouette de ne pas foutre quelqu'un en l'air de cette façon.

– Fais-toi poète.

Ramirez sourit.

– Mais ce n'est pas pour ça que je suis ici. L'anatomopath en est encore à se bagarrer pour savoir à quel type de leucémie on a affaire. Ils me disent maintenant qu'il pourrait s'agir d'un mélange de lymphatique et de myélocytaire, ou peut-être ni l'une ni l'autre… un truc bizarre et indifférencié. Aigu et chronique en même temps… La moelle osseuse de ce gosse est dans un état catastrophique. J'ai fait envoyer les diapos à Los Angeles et à Boston parce qu'ils en voient plus que nous dans le genre. Le nœud du problème, c'est de trouver le bon protocole à appliquer, mais si on se plante on réduit encore plus nos chances d'obtenir une rémission.

Il respira un grand coup.

– Tu permets que je prenne un peu de ton café ?

– À tes risques et périls, dit Jeremy.

– Dans ce cas, je m'abstiens. Tout ça pour te dire qu'il y a de bonnes chances pour que nous soyons obligés de pratiquer une greffe de moelle à notre Doug. Nous avons testé toute la famille, la mère était un peu nerveuse, mais j'imagine que cela tient à son état d'anxiété générale. Il s'avère qu'elle et un de ses fils peuvent faire d'excellents donneurs.

Il fronça les sourcils.

– C'est la bonne nouvelle. Et la mauvaise ? demanda Jeremy.

– Ma parole, tu lis dans les pensées ! (Il poussa à nouveau un soupir.) Doug n'est pas le fils biologique de son père.

– OK, dit Jeremy.

– Tu n'as pas l'air surpris.

– Si, un peu, mais pas tant que ça. C'est un truc qui arrive dans les meilleures familles, tu sais.

– Bon sang… J'aurais aimé que tu sois mon père. Mon adolescence aurait été fichtrement plus facile. Donc voilà, c'est ça le grand secret. La question est de savoir ce qu'on en fait.

– Rien, dit Jeremy.

– Aussi simple que ça ?

– Aussi simple que ça.

– Tu as raison, admit Ramirez. Je tenais simplement à te l'entendre dire. J'avais besoin d'un peu de soutien. (Il se leva.) Bon, très bien, merci. J'y vais.

– C'est tout, Bill ?

– Ça ne te suffit pas pour la journée ?

Jeremy sourit.

– Je suis soulagé que tu aies confirmé ma première impression. Doug est un adulte et en tant que tel a le droit de consulter son dossier médical ; mais je vais détruire cette partie du rapport. Juste au cas où quelqu'un y mettrait le nez.

Il regarda Jeremy.

– Je te soutiendrai là aussi, dit celui-ci.

– C'est la meilleure solution. Je lui en ai déjà assez fait baver comme ça, à ce gamin.

Dans l'après-midi, après avoir vu tous ses autres patients, Jeremy alla retrouver Doug. Personne de sa famille n'était dans le secteur. Les parents arrivaient en général deux heures plus tard et Jeremy avait soigneusement programmé son heure de passage. Il n'avait pas envie de regarder Mme Vilardi dans les yeux.

Doug dormait, la télé branchée. Une sitcom jacassante – vie dans une petite ville, blagues éculées, ambiance joviale de rires débiles préenregistrés. Jeremy n'éteignit pas, mais baissa le son, se concentrant sur le visage enflé et jaunâtre de Doug, dont les grosses mains calleuses de travailleur gisaient inertes sur les draps. Mais, la bande-son de rires commençant à lui taper sur les nerfs, il finit par couper tout et n'entendit plus que les tic-tac, les gargouillis et les piaulements qui confirmaient que le jeune homme était en vie.

Doug ne bougeait pas.

Franchis ce cap, mon vieux.

Donne-moi quelque chose qui me donne de la force.

Fais-le.

46

Jeremy parvint à disposer de ses trois soirées suivantes grâce à des mensonges. Baratinant Angela avec des histoires de date limite pour remettre son manuscrit, de pression grandissante du patron de cancéro, le tout couronné par un syndrome persistant de la page blanche. Il allait avoir besoin de ces trois nuits, sinon de quatre.

– Je suis passée par là, lui dit-elle, et j'y suis arrivée. Ça va se débloquer, tu vas voir.

Le premier jour, il l'enleva pour un dîner avant l'heure chez Sarno, concentré pour rester attentif et avoir une conversation agréable, légère et facile. Les images d'épouvante, dans sa tête, restaient cantonnées dans les marges, tel un grouillement hideux et violent de marigot qui aurait été à des kilomètres du visage amoureux qu'il présentait à Angela.

À la fin du repas, il pensait avoir réussi. Angela était plus détendue, souriait, riait, plaisantait de ses malades et de la bureaucratie de l'hôpital. Le temps de la ramener en endocrinologie, il était dix-sept heures trente et elle paraissait en pleine forme.

Le lendemain, elle lui fit savoir par Alphapage que le patron du service n'avait pas apprécié son départ prématuré.

– Et si je t'écrivais un mot d'excuse ? « Angela avait le ventre vide et elle avait absolument besoin de se sustenter. »

– Si ça suffisait, dit-elle. Est-ce que tu as avancé dans ton livre, hier au soir ?

– Laborieusement.

– Accroche-toi. Je suis sûre que ce sera sensationnel.

– Merci.

– De toute façon, je n'ai pas le temps, Jeremy. La plupart des praticiens d'endocrino sont des espèces de brutes surexcitées qui ont aussi une clientèle privée. Ils nous font bosser comme des galériens pour pouvoir rentrer de bonne heure chez eux et faire la dînette en famille. Si bien que si tu veux qu'on se voie, il faudra que ce soit au déjeuner. Mais demain, l'heure du déjeuner est prise par une conf sur l'utilisation abusive des hormones de croissance.

– L'emploi du temps…

– Je te tiens au courant si les choses s'arrangent. Désolée.

– Tu n'as pas à t'excuser, Angela. C'est sûr que les choses vont s'arranger.

Sans compter que moi aussi, j'ai mon emploi du temps.

– Je sais, dit-elle. Mais ça me paraît interminable, en ce moment. OK, faut que j'y aille. Tu me manques.

– Toi aussi, tu me manques.

Deux soirées de plus où Dirgrove joua au bon père de famille. Ou à n'importe quoi, une fois réfugié dans son aire de calcaire.

L'étage juste en dessous du penthouse sur le toit. Jeremy le savait pour s'être aventuré dans l'immeuble, profitant d'un moment où le concierge de service était allé porter un paquet à un des copropriétaires. Il était entré dans le hall en marbre et avait consulté le tableau des résidents. Au milieu de tous ces superbes et luxuriants palmiers en pots.

Lorsque Dirgrove franchissait cette porte, jusqu'où poussait-il la plaisanterie ? Le repas familial faisait-il partie de son numéro ? Ou bien allait-il directement s'enfermer dans son bureau ?

Prêtait-il la moindre attention à Brandon et Sonia ? Le peu que Jeremy avait pu observer, quand la famille avait été au restaurant, laissait penser que ce salopard n'aurait pas pu s'en foutre davantage.

Lui et Patty couchaient-ils toujours ensemble ?

Pauvre femme, cette détermination qu'on lisait sur son visage, cette carrure athlétique… Tous les accessoires de la belle vie et son monde qui allait s'effondrer tôt ou tard.

Jeremy allait faire de son mieux pour que ce soit le plus tôt possible.

Le troisième jour, Doug Vilardi fut transféré en chirurgie pour une ablation de la rate. Jeremy réconforta la famille, mais il savait que le jeune homme n'aurait pas besoin de lui pendant au moins vingt-quatre heures. Aucun de ses autres patients n'était en crise. Plusieurs avaient quitté l'hôpital et on ne l'appela que pour une seule urgence, une grande brûlée de quinze ans qui avait perdu la peau d'une de ses cuisses et devait subir de douloureux bains à tourbillons pour faire tomber le derme mort.

Jeremy découvrit qu'elle aimait le tennis et que son rêve était de participer un jour à Roland-Garros, en France.

La jeune fille tint le coup. Son père, un type au caractère bien trempé ayant sans doute un poste important dans une boîte, dit à Jeremy :

– C'est stupéfiant.

– C'est elle qui est stupéfiante, le corrigea Jeremy.

Le père secoua la tête.

– Vous êtes très fort, mon vieux.

Dix-huit heures, et il était libre. Il lui fallait à tout prix garder les idées claires. Dégager suffisamment d'espace mental pour Dirgrove, sa pathologie psychique, ses outils. Il y avait une femme, quelque part, qui serait sa prochaine cible.

Le chirurgien travaillant plus tard que d'habitude, il était huit heures passées de quelques minutes lorsqu'il regagna sa voiture. En sortant du parking, il tourna vers le sud.

Dans la direction opposée de Hale et de son foyer. Une première.

C'est parti.

Une nuit idéale pour exercer une surveillance. La température était encore tombée, mais l'air était sec. Plus impalpable, aussi. Comme si quelque divinité avait aspiré tous les gaz inutiles. Jeremy respirait fort, s'enivrait à l'oxygène, se sentait presque flotter. Les sons paraissaient voyager plus vite et la vitre de sa voiture ne suffisait pas à filtrer le tintamarre de la ville. Les couleurs étaient plus brillantes, les gens marchaient à pas plus pressés, tous les détails nocturnes ressortaient de manière tranchée.

Beaucoup de voitures, ce soir-là. Les automobilistes étaient sortis en force, profitant de rues qui ne glissaient plus et d'une visibilité exceptionnelle. Conduisaient trop vite, euphoriques.

Tout le monde est en surrégime.

Dirgrove roulait dans la direction du pont Asa Brander – le même itinéraire que celui qu'avait emprunté Jeremy pour aller au domicile d'Arthur, dans Ash View. Mais au lieu de prendre la route de la zone industrielle qui rejoignait l'autoroute, la Buick continua tout droit.

Vers l'aéroport.

Six coins de rue, puis elle tourna pour s'engager dans une rue commerçante animée. Encore deux coins de rue et ils se retrouvèrent dans Airport Boulevard. Là, Dirgrove se gara devant un motel.

On lisait « The Hideway » en spaghettis de néon rouges, au-dessus de cœurs superposés en néon eux aussi. La planque, le coin tranquille – l'établissement affichait la couleur, proposant aussi des lits à massage, intimité totale (ici, directement sur le boulevard !) et des films pour adultes via le câble. Le bâtiment se trouvait entre une station-service et un magasin du nom de Travel-Aid qui revendait des bagages non réclamés. Un peu plus loin, il y avait une librairie pour adultes qui proposait aussi des vidéos, deux magasins d'alcool, et un drive-in à hamburgers.

Java sur matelas à tous les étages.

Comme dans tous les motels de ce genre, les chambres donnaient sur une cour-parking. Jeremy se gara de l'autre côté du boulevard et le traversa à pied. Il se plaça à un endroit du trottoir, devant le motel, d'où il pouvait voir à travers les vitres sur lesquelles on lisait : « BUREAU ». Circulation intense dans son dos. Au-dessus de sa tête passaient des avions en approche pour atterrir ou qui venaient de décoller. Il n'y avait pas de piétons. L'air empestait le kérosène brûlé.

Les vitres du bureau n'avaient pas de rideau et, d'où il se tenait, Jeremy voyait parfaitement bien Ted Dirgrove. Le chirurgien paraissait aussi décontracté que s'il avait été en vacances.

Jeremy remarqua qu'il ne signait rien. Un habitué ? On lui remit sa clef et il se rendit dans une chambre côté est de la cour.

Impeccable, avec son manteau noir et ses pantalons gris.

Chambre 16.

Jeremy retourna dans sa voiture et poursuivit la surveillance du Hideway depuis l'autre côté de la rue. Il s'était planqué juste à temps : cinq minutes plus tard, la Lexus de Gwynn Hauser venait se garer trois places plus loin que la Buick de Dirgrove.

Elle descendit sans prendre la peine de regarder autour d'elle et s'avança d'un pas décidé dans la cour, balançant son sac à main.

Elle avait caché ses cheveux blonds sous une perruque longue et noire et portait le grand manteau blanc qu'elle avait lors de sa précédente séance avec Dirgrove. L'entrée du motel était plus éclairée que le reste du secteur et, même à cette distance, Jeremy pouvait voir qu'il s'agissait de fausse fourrure, les poils aussi raides que de la limaille de fer soumise à un aimant.

La perruque était bon marché, elle aussi, et n'avait rien des cheveux humains.

Encanaillement.

Il attendit dix minutes après son départ pour se rendre au bureau du motel, où il prit une chambre au tarif de la demi-journée, soit quarante-quatre dollars. L'employé était un jeune homme réservé avec une chevelure d'un noir huileux. Il leva à peine les yeux en prenant les billets que lui tendait Jeremy. Et ne réagit pas davantage lorsque ce nouveau client demanda à être logé dans une chambre précise.

La 15. Juste en face de la 16.

Jeremy s'y rendit en rasant les murs et en évitant la lumière qui inondait la cour. La porte refermée, des odeurs de sueurs anciennes, de shampoing et de désinfectant parfumé à la framboise l'agressèrent. Il laissa éteintes les lumières de la chambre, mais alluma celles de la pitoyable et minuscule salle de bains – un simple cube préfabriqué en fibre de verre, en réalité, avec toilettes branlantes mal vissées dans le plancher et une douche moisie taille huit ans.

L'éclairage indirect donnait une ambiance de polar en noir et blanc à la chambre : lit double avec matelas ramollo et deux oreillers, bidule vibrateur à pièces sur la table de nuit, télé à écran de trente centimètres boulonnée au mur et surmontée d'un boîtier-monnayeur. L'unique fenêtre était protégée par un store en toile huilée. En le remontant de deux centimètres et en s'installant devant sur une chaise, Jeremy avait une excellente vue sur la 16.

Elle était éclairée et le resta deux heures, puis les lumières s'éteignirent.

Personne n'en sortit. Le temps passa. Neuf heures et demie, dix heures, onze heures. À minuit, Jeremy était littéralement mort d'ennui et se demandait si Dirgrove et Hauser n'étaient pas là pour la nuit.

Il avait branché la télé. La plupart des chaînes étaient brouillées et il n'avait aucune envie de commander un film porno au type de la réception. Il se rabattit sur un programme de télévangéliste diffusé depuis une imposante cathédrale blonde du Nebraska, obligé de se farcir des histoires de péché et de rédemption tout en sachant qu'il perdait son temps. Dirgrove ne commettrait aucun crime cette nuit-là ; sa petite amie l'occupait suffisamment.

À moins que leur relation n'eût pris un autre cours et que… non, sûrement pas, trop imprudent. Pas avec la voiture de Gwynn garée à deux pas.

Ted avait des goûts variés.

Ils s'étaient endormis, Jeremy n'en doutait pas. Il était trois heures quinze et il commençait à en avoir soupé des guérisons par la foi et des exhortations à s'enrôler dans les Agneaux de Dieu en envoyant des boîtes de biscuits, des pièces jaunes, des chèques de Sécurité sociale ou n'importe quel truc qui vous mettait en état de grâce.

« Vous le saurez, promettait le prédicateur des petites heures de la nuit, un grand maigre assez beau gosse et qui avait l'air d'un collégien. Vous le sentirez ! »

À trois heures trente-sept, Gwynn Hauser, toujours emperruquée mais l'air mal assurée sur ses jambes, quitta la chambre emmitouflée dans sa fausse fourrure.

Cinq minutes plus tard, Dirgrove en sortait à son tour. Il jeta un coup d'œil à la lune, bâilla et se traîna jusqu'à sa voiture.

Jeremy le suivit. Jusqu'à son domicile. Où il y avait Patty et les enfants.

Qu'est-ce qu'il allait lui raconter ? Qu'il avait eu une urgence ? Qu'il avait sauvé des vies ? Ou bien avait-il dépassé le stade des explications ?

L'entendrait-elle, sentirait-elle sur lui, lorsqu'il se coulerait dans les draps, l'odeur d'une autre femme se diffuser dans l'air climatisé de la chambre de maître sans aucun doute pourvue de tous ses accessoires ?

Pauvre femme.

Jeremy arriva chez lui juste avant quatre heures. Son coin de rue était désert et, en entrant dans sa chambre vide, il eut l'impression de se retrouver dans la cellule de quelqu'un d'autre.

47

Doug Vilardi avait eu sa splénectomie ; on aurait dit qu'un train lui était passé dessus, il avait un cathéter pour uriner et parlait d'une voix pâteuse, brouillée, hésitante.

– Le truc marrant, Doc… c'est qu'en fait… je me sens mieux… sans ma… foutue rate.

Il n'eut pas grand-chose à dire après cela. Jeremy n'avait dormi que trois heures et ne se sentait pas très inventif. Il resta assis à côté du jeune homme pendant un certain temps, lui adressant sourires et regards encourageants, faisant une ou deux plaisanteries innocentes.

– Faut vraiment… que je sorte… d'ici… pour l'ouverture… de la pêche sur la glace, dit Doug.

– Tu y vas souvent ?

– Tous les ans… avec… mon papa.

Mme Vilardi entra dans la chambre.

– Oh, mon petit !

– Ça va, m'man.

– Oui, oui, je sais que ça va.

Retenant ses larmes, elle sourit à Jeremy. Elle portait un manteau marron informe sur un chandail en synthétique et un pantalon de survêtement épais ; aux pieds, des bottes marron brillantes en imitation cuir. Le chandail était vert et rouge et des rennes bondissaient le long de son ample poitrine. Cheveux coupés court, brun souris avec du gris ici et là, permanentés. Paupières tombantes.

Une femme d'âge mûr usée par les années, quelconque. Dans sa jeunesse elle avait eu un amant dont la graine avait germé pour donner Doug. Jeremy ne l'avait encore jamais vraiment regardée.

– Je vais vous laisser, dit-il.
– Salut, docteur.
– Bonne journée, docteur Carrier.

Le détective Bob Doresh sortit de nulle part et le coinça alors qu'il se dirigeait vers les escaliers.

– On ne prend pas l'ascenseur, docteur ?

– Ça maintient en forme.

– Occupé, la nuit dernière ?

– Que voulez-vous dire ?

L'expression, sur le visage aux traits épais du policier, était sévère. Les muscles de ses mâchoires se contractaient.

– Il faut qu'on parle, docteur. À la police.

– J'ai des patients à voir.

– Ils peuvent attendre.

– Non, ils ne peuvent pas. Si vous tenez à me parler, on le fera ici.

Doresh se rapprocha. Jeremy se retrouvait dos au mur et, un instant, il crut même que le flic allait le clouer dessus. La fossette de son menton charnue tremblait. Seigneur, on aurait pu y planquer une bille.

– C'est important pour vous, Doc ? L'endroit où nous allons parler ?

– Ce n'est pas un concours à qui pisse le plus loin, inspecteur. Je ne demande pas mieux que de collaborer avec vous… même si je n'arrive pas à imaginer de quel grand problème nous avons à parler. Faisons-le ici, qu'au moins je ne perde pas de temps.

– Quel grand problème, répéta Doresh en se rapprochant encore un peu.

L'odeur de bacon de son petit déjeuner parvint aux narines de Jeremy.

– Eh bien, un grand problème, j'en ai un, reprit-il en mettant une main sur sa hanche.

Jeremy se sentit blêmir.

– Encore une ? C'est impossible !

– Impossible, Doc ?

Le voltage du regard de Doresh était à la puissance maxi, à présent.

Impossible parce que le monstre a fait joujou avec sa petite amie toute la nuit dernière.

Comment ai-je pu me tromper à ce point ?

– Ce que je voulais dire – ma première réaction, si vous préférez, c'est : non, pas encore, pas si vite. Tant de morts… c'est impossible à comprendre.

– Ah, fit Doresh avec un sourire écœurant, et ça ne vous plaît pas.

– Bien sûr que non.

– Bien sûr que non.

– Où voulez-vous en venir, inspecteur ?

Du coin de l'œil, Jeremy surprit un mouvement dans le couloir. Mme Vilardi quittait la chambre de son fils. Elle regarda autour d'elle, repéra Jeremy et lui adressa un petit salut, puis fit le geste de boire. Pour faire savoir à Jeremy qu'elle allait se chercher un café. Comme si elle avait besoin de sa permission.

Jeremy lui rendit son salut.

– Une de vos groupies ? lui demanda Doresh.

– Qu'est-ce que vous attendez de moi ? Arrêtez de tourner autour du pot.

– Très bien. Si on faisait un compromis ? Ni chez moi ni chez vous… chez le bon Dieu.

La chapelle de l'hôpital – dite salle de méditation – était située loin du hall principal, juste après le service de développement. N'ayant officiellement pas de nom, comme si on avait failli l'oublier, la salle comportait trois rangées de bancs en hêtre clair posés sur une moquette rouge rase, des fenêtres en plastique simulant des vitraux et un plafond oblique en plâtre brillant. Les bancs faisaient face à un christ en aluminium boulonné au mur. Une Bible était posée sur un lutrin, dans le fond, à côté d'un présentoir débordant de brochures religieuses déposées par des sociétés évangéliques.

Jeremy supposait que l'endroit devait servir de temps en temps, mais n'avait jamais vu personne y entrer ou en sortir.

Doresh y entra, lui, en habitué.

Quoi ? C'est supposé m'encourager à me confesser ?

L'inspecteur s'avança jusqu'au premier banc, retira son imperméable, le posa sur le dossier, s'assit et tapota la place à sa droite. Faisant signe à Jeremy de s'installer à côté de lui.

Ah bon ? On prie ensemble ?

Ignorant l'invite, Jeremy vint se placer en face de Doresh et resta debout.

– Que puis-je faire pour vous, inspecteur ?

– Commencer par me dire où vous étiez la nuit dernière, docteur.

– À quelle heure ?

– Toute la nuit.

– J'étais sorti.

– Je le sais déjà, Doc. Vous êtes rentré chez vous vers quatre heures du matin. C'est tard, pour vous.

– Vous m'avez surveillé ?

– Ai-je dit ça ?

– Non, reconnut Jeremy. Bien sûr que non. Question idiote. Si vous m'aviez surveillé, vous sauriez déjà que je n'ai rien à voir avec toute cette histoire.

Pas plus que Dirgrove, claquemuré dans sa piaule de l'autre côté de la cour du motel.

Tout faux, j'ai tout faux !

– Racontez-moi, reprit Doresh.

– J'ai quitté l'hôpital peu après huit heures et j'ai pris une chambre dans un motel proche de l'aéroport, une heure et demie plus tard. Le Hideway, dans Airport Boulevard. J'ai payé en liquide, mais le type de la réception se souviendra peut-être de moi, vu qu'il n'y avait pas grand monde. C'est un jeune aux cheveux noirs. Noirs et huileux. Hier soir, il portait une chemise rayée vert et blanc. Ses pantalons, j'ai pas remarqué. J'ai payé pour une demi-journée. Quarante-quatre dollars.

– Un motel.

– Exact.

– Avec qui étiez-vous ?

– Personne.

L'inspecteur haussa ses sourcils broussailleux. Il changea de position et le banc craqua.

– Vous êtes allé tout seul dans un motel.

– Chambre 15. J'y suis resté jusqu'à environ trois heures quarante et, comme vous le savez, je suis rentré chez moi peu après.

Si Doresh ou un autre flic ne l'avait pas vu, qui ? Un voisin, forcément, et le seul nom qui lui vint à l'esprit fut celui de Mme Bekanescu. Elle était de nature fouineuse et ne l'avait jamais aimé, et il avait souvent vu de la lumière chez elle bien avant le lever du soleil. Elle disposait parfois de la nourriture pour les chats errants et tout le quartier avait droit à des concerts de miaulements alors qu'il faisait encore nuit. Toujours est-il que, levée aux petites heures, elle l'avait vu arriver en voiture et que lorsque Doresh était passé poser ses questions, elle n'avait été que trop heureuse de lui dire ce qu'elle savait.

À combien de voisins Doresh avait-il parlé ? Le prenaient-ils tous pour un type dangereux ? Était-ce pour cette raison – et non parce qu'ils n'étaient que des locataires de passage – qu'ils lui battaient froid ?

Doresh l'étudiait sans rien dire.

– Où et quand est-ce arrivé ? demanda Jeremy.

– Vous parlez sérieusement.

– Pour ce qui est de savoir ? Oui.

– Non, pour ce qui est de prendre une piaule dans un motel à putes tout seul.

– Je l'ai fait pour y trouver la solitude.

– Vous trouvez la solitude dans un bordel ?

– Oui.

– Un type comme vous, qui vit tout seul, qu'est-ce qui ne va pas dans votre baraque, question solitude ? (Il sourit.) Ce n'est pas la solitude qui vous manque, actuellement.

Le ton de l'inspecteur était pure provocation. *Vas-y, petit malin, fonce dans le tas !*

Jeremy haussa les épaules.

– Parfois, ça aide de changer d'environnement.

– Aide à quoi ?

– À trouver la paix de l'esprit.

Le visage de Doresh prit la couleur du bœuf cru.

– Vous feriez mieux de ne pas vous foutre de moi.

– Demandez donc à l'employé du motel. Et à la femme de ménage pour savoir si le lit a servi ou non.

– Vous n'avez pas dormi ? Mais qu'est-ce que vous avez bien pu fabriquer ?

– Je suis resté assis sur une chaise. J'ai réfléchi. J'ai regardé la télé. Des émissions religieuses, surtout. Celle dont je me souviens le mieux était le prêche d'un type du Nebraska. Thadd Bromley. Un sacré baratineur. Il portait un chandail bleu à col en V – on aurait dit un collégien et il parlait comme un cow-boy. Vu les promesses de dons qu'on lui faisait, il a l'air de bien s'en sortir. J'ai beaucoup aimé la manière dont il m'a expliqué comment vivre ma vie.

Des yeux, Jeremy fit le tour de la chapelle.

– Vous avez un tempérament religieux, fit remarquer Doresh.

– Je voudrais bien.

– Vous voudriez quoi ?

– La religion serait un réconfort. J'aimerais croire.

– Qu'est-ce qui vous en empêche ?

– Trop de distractions. Qui était-elle ? Où est-ce arrivé ?

Le policier l'ignora. Tourna la tête. La lumière qui filtrait par l'un des faux vitraux lui peignit un arc-en-ciel sur le visage.

– Une autre situation à la Humpty-Dumpty, dit Jeremy.

Toujours pas de réaction.

– Autre chose, inspecteur ?

Doresh croisa les jambes.

– Si j'ai bien compris, vous êtes resté de huit heures et demie du soir à trois heures quarante du matin enfermé dans une piaule d'hôtel de passe, tout seul, à écouter des télévangélistes... Pour une histoire, c'est une histoire.

– Pourquoi irais-je inventer un truc pareil ?

– Le problème, docteur, c'est que le réceptionniste pourra confirmer que vous avez pris une chambre. Mais je suppose que vous n'êtes pas passé lui faire vos adieux en partant. Et dans ce cas, comment pourrai-je savoir que vous y avez passé toute la nuit ? Vous avez pu repartir n'importe quand.

– Thadd Bromley, dit Jeremy. L'émission était tardive. Il a cité les Actes des Apôtres. Il a guéri une fille qui marchait sur des béquilles. Et il y en a eu d'autres. Je dois pouvoir me souvenir de certains de leurs sermons. J'ai somnolé quelques instants, mais je suis resté réveillé presque tout le temps.

– Des émissions religieuses.

– Le Hideway ne propose pas une grande sélection de chaînes. Et la réception était mauvaise, pour la plupart d'entre elles. J'imagine que les chaînes religieuses ont des émetteurs plus puissants.

– Vous n'avez pas loué de films de cul ?

– Non.

– Ils doivent pourtant avoir un sacré choix, non ? C'est tout l'intérêt de ces endroits. Sauf qu'en général on y va à deux.

Un mépris glacial se lisait dans les yeux de l'inspecteur.

– Non, pas de films de cul, dit Jeremy. Vous pourrez vérifier le registre des locations...

– Conneries, gronda Doresh. Vous me racontez des conneries.

– Si j'avais su que j'allais avoir besoin d'un alibi, j'aurais essayé de faire mieux.

– Génial. Toute cette charmante logique géniale.

– Qui a été tué ?

– Une femme.

Doresh décroisa les jambes.

– Passez l'aspirateur dans ma voiture, si vous voulez, proposa Jeremy. Confisquez-moi mes fringues. Revenez chez moi et pulvérisez une fois de plus votre Luminol partout. Cherchez des fibres, des fluides, tout ce que vous voudrez. Pas besoin de mandat, je m'en fiche complètement.

– Et un détecteur de mensonges ?

– Si vous voulez, pas de problème.

– Sans aucune réserve ?

– Limitez-vous à m'interroger sur mon éventuelle implication dans un meurtre.

– Quoi ? protesta Doresh, on ne pourra pas vous poser de questions sur la religion ?

– Y a-t-il autre chose, inspecteur ?

– Un détecteur de mensonges... évidemment, un type comme vous, maître hypnotiseur et tout le tremblement, vous savez sans doute comment le feinter.

– Il n'existe aucune technique pour ça, dit Jeremy. Pour réussir à simuler, il faut avoir une personnalité anormalement froide ou s'être longtemps entraîné avec l'appareil. Ce qui n'est pas mon cas. Ah oui, j'oubliais… la drogue. Si vous voulez me faire un contrôle antidopage avant, allez-y.

– Une personnalité anormalement froide, hein ? Moi je trouve que vous avez un sacré sang-froid, docteur Carrier. Même juste après que Mlle Banks a été massacrée, quand nous vous avons amené au poste, vous n'avez pas perdu votre sang-froid. Vous nous avez impressionnés, mon collègue et moi. La petite amie d'un type se fait débiter en morceaux et celui-ci plane cool pendant l'interrogatoire.

Jeremy s'en souvenait comme d'un cauchemar qui n'en finissait pas. Il rit pour ne pas frapper ce salopard.

– J'ai dit quelque chose de drôle, docteur ?

– Vous vous plantez tellement que c'en est comique. Si vous craignez que je simule, ne parlons plus de détecteur.

Doresh reprit son manteau, se leva et s'approcha de Jeremy. Son menton à fossette pulsait et son torse en barrique menaçait d'entrer en contact avec celui de son vis-à-vis.

– Non, on va l'utiliser. Demain, peut-être, ou après-demain.

– Vous n'avez qu'à m'appeler. Je regarderai mon agenda pour voir quand nous pourrons le faire.

– Et pas de petit tour de passe-passe, hein ?

– Je n'en connais aucun. Et je n'ai aucune expérience de chirurgien non plus, inspecteur. Par ailleurs, je ne suis jamais allé en Angleterre.

Doresh cligna des yeux.

– En quoi ces détails pourraient-ils m'intéresser ?

Jeremy haussa les épaules et voulut contourner le policier. Celui-ci lui bloqua le passage. Fit une feinte de tête comme s'il s'apprêtait à frapper – une manœuvre de coq de combat. Jeremy recula par réflexe, perdit l'équilibre et se retint à un banc.

Doresh éclata de rire et quitta la chapelle.

48

Jeremy attendit d'être certain que Doresh n'allait pas revenir avant de refermer la porte de la chapelle, puis il se laissa tomber sur le banc du fond, la tête dans les mains.

C'est pas Dirgrove. J'ai gaspillé mon temps et maintenant une autre femme…

Je me suis trompé, trompé sur toute la ligne.

Comment était-ce possible ? Tout concordait de manière si élégante… Les outils, les lasers, tel père tel fils. Dirgrove en prédateur sexuel manipulateur. Bien présent en Angleterre lorsque les jeunes Anglaises avaient été massacrées ; les Anglaises elles aussi concordaient et c'est pour ça que Langdon et Shreve avaient dressé l'oreille, pour ça que Shreve avait appelé Doresh, pour ça que Doresh lui avait rendu visite.

Je n'ai jamais mis les pieds en Angleterre ! Pourquoi Doresh ne le voit-il pas, l'imbécile ?

Le détecteur de mensonges l'innocenterait, tout ce qu'ils feraient l'innocenterait, mais, en attendant, d'autres femmes…

FAUX.

Ce qui signifiait qu'Arthur s'était trompé, lui aussi. Les cartes postales, les enveloppes du courrier interne, toute cette foutue mise en scène pédagogique du vieux toubib…

Arthur.

Une pensée épouvantable – une atroce perte de foi – le saisit.

Arthur, le maître arpenteur de la mort. L'amateur d'histoires macabres, le spécialiste par excellence.

Arthur, l'étudiant en stratégie militaire.

Il avait compris depuis un certain temps que le vieux médecin le manipulait, mais avait prêté de nobles intentions au jeu que menait Arthur.

Arthur. Qui aimait à travailler avec la mort, qui utilisait un ancien van de la morgue comme deuxième véhicule – celui qui l'avait suivi avait été de grande taille. Un 4 × 4, avait-il même pensé. Mais pourquoi pas un van ?

Un spécialiste de la dissection. Creusait des trous à la pelle… non, sûrement pas. L'anatomopathologiste était trop âgé. Un vieux monsieur n'ayant plus de poussées de testostérone ni de fantasmes ne faisait tout simplement pas ce genre de trucs.

Sans compter qu'Arthur s'était trouvé sur l'autre bord, victime de la violence, avait vécu un calvaire.

Sa famille massacrée.

Un triple meurtre non résolu.

Arthur sans alibi, en route vers le chalet au moment où on y mettait le feu.

Arthur mettant des années à quitter le domicile familial. Vivant avec des fantômes.

Des fantômes qu'il aurait créés ?

Non. Impossible, intolérable. Le vieil homme était un excentrique, mais pas un monstre. S'il en avait été un, les autres membres du CCC en auraient été aussi : or tous étaient comme lui, des victimes. Ils avaient tous vécu un drame, acquis leur noblesse à travers la souffrance.

Arthur avait un côté excentrique, mais il était bon. Le maître de Jeremy, le guidant jusqu'à des vérités inexorables.

Mais il l'avait quand même dirigé tout droit sur le mauvais chemin.

Je n'aurais pas pu me tromper plus lourdement.

Si cela se vérifie, je change de boulot. Je me fais plombier, maçon, réceptionniste dans un motel à putes minable. Mieux encore, je m'engage sur un de ces chalutiers qui raclent les fonds marins et en remontent des crabes et des poissons tétant l'air.

Tel père…

Pourquoi Arthur lui avait-il joué un tour pareil ?

Il se redressa, laissa retomber les mains et se retrouva dans la lumière du vitrail en plastique.

Puis la révélation lui tomba dessus – un choc qui lui noua les tripes, une intuition grandiose qui mettait tout en place, tout !

Il bondit sur ses pieds et courut jusqu'à la porte de la chapelle. Au moment où il mettait la main sur la poignée, son Alphapage bipa.

– Docteur Carrier ? Nancy, la surveillante du quatrième est. Nous avons une patiente, Mme Van Alden, soignée par le Dr Schuster, qui doit subir une ponction lombaire et dit que vous devriez être là depuis dix minutes pour l'aider à tenir le coup. On vous attend un peu, pour tout dire...

– J'ai été retenu par une urgence. J'arrive tout de suite.

– Bien. Elle a l'air d'être fichtrement à cran.

Il se précipita vers les ascenseurs, les yeux au sol, se demandant comment il allait faire pour simuler de l'intérêt.

En montant au quatrième, il vérifia son carnet de rendez-vous.

Encore neuf patients à voir sans interruption, tous ayant grand besoin d'aide. Sans parler de Doug et il savait qu'on attendait de lui qu'il vienne le voir. Le pauvre garçon méritait bien ça.

Ses devoirs cliniques remplis, il était supposé assister à une conférence, une étude de cas psychiatriques. Celle-là, il pouvait la zapper – mais pas faire faux bond aux gens qui dépendaient de lui.

Dix consultations, sans aucune pause entre elles – c'était lui-même qui avait resserré son emploi du temps. Afin d'avoir les coudées franches pour ses équipées nocturnes. Maintenant, on lui présentait la note.

Ses équipées contre les moulins à vent, celles où il fonçait avec une lance brisée.

La porte de la cabine s'ouvrit sur les bruits de l'étage. Mme Van Alden avait besoin de lui, tout allait bien se passer, il allait l'aider à tenir.

Et il tiendrait jusqu'à la fin de sa journée, lui aussi.

Un sacré sang-froid, ce type.

Non ?

49

De retour dans son bureau, hors d'haleine d'avoir galopé, les bruits et sons de la journée – cris de souffrance, pleurs, soupirs de résignation, manifestations de gratitude – profondément enfouis dans une petite poche sombre de son esprit au milieu de miettes de pain desséchées…

Il se jeta directement sur le livre – qui était à sa place, au-dessus du classeur « Curiosités ».

Quand le sang refroidit. M. Colin Pugh faisant son beurre avec les pires comportements.

Un livre qui avait été vendu par Renfrew. Évidemment, il fallait bien, c'était logique, le monde restait cohérent…

Allant fiévreusement jusqu'au dernier chapitre, il tournait les pages avec une telle hargne que le papier trop acide partait en lambeaux entre ses doigts et que la poussière volait.

Et voilà :

Gerd Dergraav était entré au Brésil avec un passeport syrien.

Remarié, père d'un enfant.

D'un autre fils.

Ici ?

Arthur l'entraînant ce jour-là… où ? À la cafétéria. L'autre homme, le chirurgien à la tignasse et à la moustache noires, assis en compagnie de Dirgrove et Mandel, sous les yeux d'Arthur.

L'homme que Jeremy avait vu se disputer avec Dirgrove. Même gabarit, même taille. Montrant les dents, comme deux chiens qui se battent…

Un deuxième fils, né en Syrie. Moitié moyen-oriental, moitié allemand – le teint correspondait.

C'était le brun, pas Dirgrove, qu'avait observé si attentivement le vieux médecin.

Il faut que ce soit lui, il le faut, pourvu que j'aie raison… Jeremy faillit arracher le tiroir du bas de son bureau, s'empara du trombinoscope de l'hôpital et commença par consulter la liste des D car, comme Dirgrove, il avait peut-être modifié son nom tout en en restant proche alphabétiquement.

Eh bien non.

Jeremy retourna au début de la liste, étudia toutes les photos du registre. Se trouva confronté un instant à sa propre image qui le regardait, l'expression vide ; la photo avait été prise peu après Jocelyn. *Bon sang, j'ai l'air du type qui a survécu à un bombardement.*

Le toubib moustachu au teint mat était introuvable.

Comment ? Une blouse blanche, un chirurgien, ne figurant pas parmi le personnel de City Central ?

Mandel pourrait l'éclairer. Jeremy appela son service et apprit que le Dr Mandel était en congé.

– Où ?

– Je ne suis pas autorisée à vous le dire, répondit la secrétaire.

– C'est le Dr Carrier, à l'appareil.

– Vous avez une urgence ?

– Oui.

– C'est le Dr Rhinegold qui les prend pour le Dr Mandel.

– J'ai besoin de parler personnellement au Dr Mandel.

– Je suis désolée…

– S'il vous plaît.

– Ce que j'étais sur le point de vous dire, Dr Carrier, c'était que même si je voulais joindre le Dr Mandel, je ne pourrais pas. Il est parti en randonnée avec sa famille dans le Colorado et sans téléphone. Il y tenait beaucoup. Pas de téléphone pendant trois jours. Il méritait bien un peu de répit.

– Dans quel hôtel est-il descendu ?

– Je n'ai peut-être pas été assez claire, docteur. Il fait du camping. En pleine nature.

– Est-ce qu'il y a un médecin, dans votre service, la quarantaine, le teint olivâtre, moustache noire ?

– Non, dit-elle. Vous vous sentez bien, docteur Carrier ?

Ne sachant plus à quel saint se vouer, il appela le service de Dirgrove.

Hé, Ted, salut, ça fait un bail. Au fait, comment s'appelle ton tueur de frangin ? Et qu'est-ce qu'il a pu faire pour t'irriter autant, l'autre jour ?

La dispute entre Dirgrove et son frère avait-elle porté sur une question importante ? Dirgrove avait-il des soupçons ?

Le téléphone du chirurgien sonna cinq fois, puis passa sur une boîte vocale.

Le Dr Dirgrove n'est pas disponible pour le moment. S'il s'agit d'une urgence, appuyez sur...

Parti pour la journée. Encore un rancard avec le Dr Hauser, peut-être ?

Tiens, Hauser. Elle et Dirgrove avaient passé six heures ensemble au motel. Cela signifiait que leur relation allait sans doute un peu plus loin que leur petit jeu à la noix de client-pute

Des confidences sur l'oreiller, peut-être ?

Il chercha le numéro de Hauser et, lorsqu'elle prit le téléphone, lui-même raccrocha avant d'enfiler sa blouse blanche.

Elle partageait un ensemble de bureaux avec trois autres internistes, deux étages au-dessous de Dirgrove, qui était au dernier. Jeremy traversa une réception vide, frappa à la porte qui portait le nom du médecin et entra dès qu'il entendit sa voix.

Elle écrivait, assise à son bureau, et leva les yeux. Sourit, retira ses lunettes et posa son stylo.

– Ah, mon ami du parking. Je me demandais quand vous finiriez par apparaître.

Battements de cils. Son brushing blond s'anima quand elle tendit le visage vers Jeremy.

Il était entré en arborant un sourire destiné à la mettre à l'aise – mais pas à l'aise à ce point, c'était déstabilisant. Elle fit reculer son fauteuil à roulettes, lui offrant une vue dégagée sur ses longues jambes croisées. Elle portait une robe en lainage rouge et des bas couleur chair. Des jambes sensationnelles. Vue de près elle faisait son âge, mais c'était sans importance. Ce qui comptait, c'était l'afflux débordant d'hormones.

Jeremy referma la porte.

– Vous m'attendiez ?

– Serait-ce mon imagination ? J'ai l'impression que vous me surveillez. Tout d'abord cette fois, dans le parking, puis à divers endroits de l'hôpital. (Elle lui adressa un clin d'œil.) Hé, je suis très observatrice, vous savez. Et j'ai remarqué que vous me remarquiez. J'ai même cherché à savoir qui vous étiez. Dr Carrier, du service psychiatrique.

Jeremy sourit.

– La chimie... Quand elle est là, elle est là.

– Exact, dit-il en s'asseyant de l'autre côté du bureau.

– Eh bien, Jeremy. Quel service puis-je rendre à la psychiatrie ?

– J'ai besoin d'informations.

Elle resta interloquée. En proie à la confusion.

– D'informations sur le frère de Ted.

– Ted ?

Elle reprit ses lunettes, décroisa les jambes et se tint raide.

– Oui, Ted Dirgrove.

– Le chirurgien ?

– Inutile de faire l'innocente, Gwynn.

Elle lui montra la porte.

– Je crois qu'il vaudrait mieux que vous partiez. Tout de suite.

– J'ai bien aimé la fourrure, continua Jeremy. La blanche, si épaisse et bouffante. Une parfaite combinaison de chic et de vulgarité. Elle est en quoi ? Polyester ? Comme la perruque noire ?

Le visage de Gwynn Hauser avait perdu toutes ses couleurs.

– Allez vous faire foutre ! Foutez-moi le camp d'ici !

Jeremy croisa les jambes.

– Vous voulez que je vous dise ? Je vais envoyer deux jeux de photos. L'un à votre mari, l'autre à Patty Dirgrove.

– Vous êtes cinglé. Quelles photos ?

– Celles du motel Hideway, chambre 16. Hier, de vingt heures trente à trois heures quarante. Long rancard. Vous avez dû bien vous marrer.

Gwynn Hauser se retrouva bouche bée.

– Vous êtes vraiment cinglé !

– C'est possible, reconnut-il. Néanmoins, mon état de santé mentale ne doit pas affecter obligatoirement votre qualité de vie.

– C'est quoi, ça ? Des menaces ? Vous vous imaginez que vous pouvez forcer ma porte ainsi, me menacer, me maltraiter ? Vous avez complètement perdu…

Elle décrocha le téléphone mais ne composa aucun numéro.

– Tout ce que je veux, ce sont des informations.

– À propos… pourquoi ?

– Vous n'avez pas besoin de le savoir.

– Qu'est-ce qu'il a fait ?

– Vous supposez donc qu'il a pu faire quelque chose, docteur Hauser. Vous ne paraissez pas surprise qu'il ait pu faire quelque chose.

Elle reposa le combiné. Les tendons de sa main ressortaient comme des cordes sous tension. Jeremy la regarda bâtir un monticule de feuilles de papier de vingt centimètres de haut, qu'elle interposa entre elle et lui.

Pitoyable obstacle. Elle le savait. La confusion et la peur faisaient briller ses yeux.

– J'en sais assez pour ne pas être surprise. Mais tout ce que je sais se résume à ce que je tiens de Ted.

Elle essaya une moue de petite fille. Sourit. Comme Jeremy restait stoïque, elle gronda :

– Sale con… Vous n'avez aucune photo, comment auriez-vous des photos ?

– Vous voulez parier ? répliqua-t-il.

Du sang-froid dans le ton. Le type plein de sang-froid refaisant surface, en dépit du tintamarre dans sa tête.

– Que voulez-vous ?

– Parlez-moi de lui.

– Pour vous dire quoi ?

– Pour commencer, son nom.

– Quoi ? Vous ne connaissez même pas… vous n'êtes pas un peu… Il s'appelle Graves. Augusto Graves, et il est à moitié sud-américain. Il n'est en réalité que le demi-frère de Ted. Ils ne sont pas du tout proches. Ils ont grandi chacun de leur côté. Ted ne veut rien savoir de lui, ils ont eu une grande dispute il y a quelques années et Ted pensait s'en être débarrassé, mais Augusto a refait surface.

– Il travaille ici ?

– À titre temporaire. Une bourse de recherche d'un an en obstétrique-gynécologie. Bourse d'une fondation privée, je ne sais pas laquelle. Son frère est convaincu qu'il l'a obtenue dans le seul but de lui faire des ennuis.

Le poste temporaire expliquait l'absence de photo dans le trombinoscope.

– Recherche en chirurgie au laser ? demanda Jeremy.

Les beaux yeux bleus de Hauser s'écarquillèrent.

– Vous ne connaissez pas son nom, mais vous savez cela ? Mais enfin, qu'est-ce qui se passe ?

– Où Graves est-il basé, normalement ?

– Côte Ouest, Seattle, je crois. Un des grands CHU du secteur. Et en Angleterre, Cambridge. Il donne des conférences partout dans le monde. C'est un génie. Professeur titulaire à trente-cinq ans. Ted n'est que professeur associé. Il le hait.

– Jalousie ?

– En partie. Mais je crois Ted quand il dit qu'Augusto ne cherche qu'à faire mieux que lui à chaque occasion.

– Ted parle beaucoup de lui.

Gwynn Hauser soupira.

– La question revient sur le tapis.

– Une épine dans le pied ?

– Une grosse. Qu'est-ce qu'il a fait ? En quoi ça vous concerne ?

– Vous supposez donc qu'il a fait quelque chose de mal.

– Vous êtes ici, non ?

Jeremy garda le silence. Le silence du thérapeute, l'une des rares « armes » de son ridicule arsenal. Dirigée droit sur la résistance de son adversaire.

– Ted prétend qu'il a de mauvais penchants, reprit-elle enfin. Quand ils se sont rencontrés pour la première fois, Ted avait dix-huit ou dix-neuf ans, et Augusto était encore au lycée. Le père avait abandonné Ted et sa mère pour épouser celle d'Augusto et aller vivre dans je ne sais quel pays arabe avant de s'installer en Amérique du Sud. Un jour, sortant de nulle part, Augusto a débarqué dans l'association d'étudiants de Ted, s'est présenté, et a essayé de s'immiscer dans la vie de Ted.

– Réunion de famille que l'aîné n'a pas appréciée.

– Il n'avait jamais entendu parler d'Augusto. Personne n'avait jamais mentionné devant lui l'existence de cette autre famille. Il ne savait pas grand-chose de son père, point. Tout ce que sa mère lui avait dit se résumait à ceci : son père était un médecin qui était mort en faisant des recherches elle ne savait où, dans la jungle.

– Quel genre de recherches ?

– Je n'en ai aucune idée, répondit Hauser. Quelque chose de très intelligent, sans aucun doute. Ted est intelligent, Augusto aussi. C'est une partie du problème. Ils doivent bien tenir ça de quelqu'un.

– Tel père, tel fils.

Elle acquiesça d'un hochement de tête.

Pour l'encourager, Jeremy demanda :

– Partie de quel problème ?

– Deux grosses têtes, deux grands égocentriques. Ted est convaincu qu'Augusto a fait médecine parce que lui-même avait choisi cette voie. Sauf qu'Augusto est entré dans la fac la plus prestigieuse, alors que Ted n'a pu aller que dans celle classée troisième. Et pour couronner le tout Augusto a eu droit à une bourse entière et s'est inscrit à un double programme. Un doctorat et une maîtrise, le tout en cinq ans.

– En quoi, la maîtrise ?

– Bio-ingénierie. C'est un pro du laser. Il est de plus certifié en chirurgie générale et en obstétrique-gynécologie. Il a même fait un stage en ophtalmo. Dans le genre cerveau, on ne fait pas mieux. (Elle eut un sourire entendu.) Pauvre Ted… lui est simplement brillant.

Bio-ingénierie. En esprit, Jeremy revint à son dossier « Curiosités ». Le deuxième article. Chirurgie au laser sur les femmes. Une équipe américaine de la côte Ouest. Des médecins et des ingénieurs.

Arthur lui avait mis le nez dessus. Il n'avait pas compris l'indice.

– L'avez-vous déjà rencontré ?

– Je l'ai vu à deux ou trois reprises dans le secteur, mais je ne lui ai parlé qu'une fois. La semaine dernière, à vrai dire. Nous étions à la cafétéria des toubibs pour déjeuner, Ted et moi, lorsqu'il a débarqué et s'est assis avec nous. (Elle sourit.) Ses fesses avaient à peine touché sa chaise qu'il a commencé à me draguer. Oh, pas le moindre geste déplacé. Avec subtilité. Des regards, des sourires. En douceur. Ted n'a pas trouvé ça drôle. Je lui ai dit de ne pas s'inquiéter, que ce type n'était pas mon genre.

– Et pourquoi ?

– Trop raffiné. Je les aime un peu plus rugueux.

Elle lui jeta un regard qui en disait long.

Il essayait de piquer sa petite amie à son frère. Voilà qui expliquait la dispute.

– Et ces mauvais penchants ?

– Ted n'a jamais été plus explicite, répondit-elle. Il m'a simplement dit qu'Augusto avait la réputation d'être cruel… d'avoir fait des choses cruelles. Et qu'il le rendait nerveux, qu'il ne voulait pas le voir approcher de sa famille. Ou de moi. Je n'ai pas cherché à en savoir davantage. (Nouveaux battements de cils.) Pour être honnête, je m'ennuie à mort quand Ted commence à me parler de son frère. Jouer les bonnes sœurs pour le rassurer n'est pas exactement ce que je cherchais.

– Un névrosé, pas un rugueux.

– Exactement. De l'énergie brute et débridée… je suis partante quand vous voulez. (Elle croisa de nouveau les jambes.) Pour tout vous dire, je commence à en avoir un peu assez de Ted. Quand on va au fond des choses, c'est un type comme les autres.

– Ennuyeux.

– Ennuyeux et geignard. Il a constamment besoin d'être soutenu. Se prend pour un caïd, alors que si l'on y regarde de près il n'est rien qu'un bon père de famille qui trompe sa femme.

– Que pouvez-vous me dire d'autre sur Augusto Graves ?

– Rien. (De sa main gauche, elle effleura son sein.) Bon sang, vous savez prendre les choses en main, vous. Vous débarquez ici comme un Wisigoth pour me faire faire des choses que je n'aurais jamais pensé faire.

Son visage avait repris ses couleurs. Nuance peau de pêche relevée d'un peu de rougeur.

Elle sourit, exhibant une rangée de dents brillantes comme des perles.

– Et en vous voyant, on ne s'en douterait pas… vous pourriez me montrer des trucs, n'est-ce pas ?

– Tout ça fait partie de ma formation, dit Jeremy en se levant pour partir.

– Un jour, vous pourrez peut-être m'en dire un peu plus.

50

Dix-huit heures quinze.

Jeremy obtint le numéro du bureau d'Augusto Graves grâce à la standardiste de l'hôpital. En revanche, elle ne possédait aucune adresse personnelle sur ses listes et le Dr Graves n'avait pas de bip.

Aucun patient à voir, recherche pure.

Graves était basé dans l'aile est d'un bâtiment secondaire de l'hôpital, de l'autre côté de la rue. Un immeuble récent, situé à part du monde de la clinique. Un espace tranquille réservé aux laboratoires et aux chercheurs à l'avenir prometteur. Un refuge où un esprit brillant et cruel pouvait se donner libre cours.

L'édifice de l'hôpital le plus proche du parking des infirmières.

Graves observant, attendant. Voyant Jocelyn rejoindre sa voiture tous les soirs.

Jocelyn, heureuse après une journée de travail, plus encore heureuse de rentrer retrouver Jeremy. Jocelyn qui rencontre un homme présentant bien, en blouse blanche, qui la salue.

Jeune infirmière, médecin plus âgé. La hiérarchie hospitalière commandait le respect.

Son badge, où figuraient ses titres, confirmait : professeur. S'exprimait avec douceur et courtoisie. Comment aurait-elle pu se méfier ?

La porte du labo de Graves, situé au rez-de-chaussée, était ouverte.

Jeremy s'arrêta sur le seuil et regarda à l'intérieur. De grandes baies vitrées, orientées au nord, donnaient largement assez de lumière pour bien voir.

Il entra. La disposition des lieux était classique : tables à plateau noir, verrerie brillante et matériel high-tech. Jeremy reconnut plusieurs lasers, des modèles portatifs ou fixes, tous rangés dans un ordre méticuleux, avec leurs étiquettes et des autocollants « Ne pas toucher ». Sinon, des ordinateurs, des scanners, des imprimantes, sans compter toute une ribambelle d'appareils dont il ignorait la finalité.

L'un des murs était consacré aux livres et revues. Manuels scientifiques de base, ouvrages sur la chirurgie. Des revues médicales dans leur emboîtage par années à dos ouvert. Le tout parfaitement rangé. Pas d'odeurs chimiques ; il s'agissait de recherches théoriques.

Graves n'était pas là. La seule personne présente était une femme de ménage qui balayait et rangeait les chaises. Sans doute une immigrante d'Europe de l'Est, elle aussi, faisant son boulot avec un air résigné sur son visage empâté.

Graves s'était réservé un endroit pour écrire dans le labo. Un grand bureau solide, recouvert d'une plaque de verre.

Vide, mis à part une boîte « courrier entrant/sortant » en bois de rose. Les deux compartiments contenaient des documents parfaitement empilés.

Jeremy passa rapidement derrière le bureau, essaya les tiroirs et les trouva tous fermés à clef.

– Hé là, fit la femme de ménage, vous avez pas le droit de faire ça !

Jeremy se mit à parcourir la pile du courrier entrant. Rien d'intéressant pour lui. Il passa à celle du courrier sortant.

– Hé là ! répéta la femme.

Avant qu'elle ait pu protester davantage, il était sorti. Une main moite agrippant sa trouvaille.

Un formulaire d'abonnement pour une revue – *The Nation.*

Graves le renouvelait pour une année. Le formulaire comportait, imprimé d'avance, son adresse.

Hale Boulevard.

À quatre coins de rue au sud de l'immeuble où son frère jouait les pères de famille.

51

Jeremy comprit tout de suite qu'il avait trouvé lorsqu'il eut repéré l'immeuble. Une adresse encore plus prestigieuse que celle de Dirgrove dans sa tour couleur crème.

Graves, l'ultime prédateur.

Jeremy n'en restait pas moins certain que Dirgrove s'était intéressé à Jocelyn. Peut-être y avait-il eu flirt entre eux. Voire une courte liaison, avant qu'elle ne le rencontre.

Mais pratiquement tout le reste de ce qu'il avait imputé à Dirgrove était faux. Le chirurgien était un coureur de jupons, un être peu sûr de lui et qui trompait sa femme, mais les choses s'arrêtaient là.

Rien de machiavélique dans la demande de consultation pour Merilee Saunders. Soit Dirgrove avait été réellement inquiet de la réaction de sa patiente à l'intervention, soit il avait essayé d'impressionner Angela par sa sensibilité.

D'une manière ou d'une autre, il n'y avait rien qui puisse laisser la place au soupçon dans la mort de Merilee. Avant de quitter l'hôpital, Jeremy s'était précipité à la bibliothèque médicale du bâtiment central pour y consulter le dossier de la jeune fille. Anévrisme cérébral. Un petit vaisseau avait lâché dans un coin de son cerveau.

Comme Dirgrove l'avait dit, ce sont des choses qui arrivent.

Ce qui n'avait pas empêché le chirurgien de provoquer Jeremy… les péchés du père à un niveau plus subtil ?

Question secondaire, à présent. Augusto Graves était un descendant d'un autre gabarit. Complètement sous l'emprise de l'héritage paternel.

Qui agissait, lui.

Ayant grandi au Brésil, Graves avait été parfaitement au courant des crimes de son père, des circonstances qui avaient entouré sa mort.

Il lui avait rendu visite en prison. L'avait vu traité comme une célébrité.

Après le suicide de Dergraav, la mère de Graves avait emmené son jeune fils aux États-Unis.

Où celui-ci s'était épanoui. Et tordu encore plus.

Devenant un homme pétri de désirs pour ce qui appartenait aux autres et qui jouissait au plus haut point de manœuvrer pour le leur prendre.

Il avait choisi Jocelyn parce que Dirgrove la désirait et qu'il s'en était aperçu.

Graves s'était aussi attaqué à Gwynn Hauser. Elle l'avait renvoyé dans les cordes. Pas son genre. S'imaginant que la question était réglée. Si elle avait su…

Angela. Dirgrove avait employé des moyens directs dans sa tentative de séduction.

Graves le savait-il ?

Dans ce cas…

Il était urgent de tout dire à Angela. Tout de suite. Ses vagues mises en garde contre Dirgrove n'avaient fait que l'irriter.

Désolé, ce n'est pas lui qui est dangereux, mais…

Comment s'y prendre pour qu'elle n'en conclue pas qu'il était cinglé ? Car, présentée ainsi, la chose paraissait délirante, non ?

Aucune réponse ne lui vint à l'esprit. Il tenta de la joindre par Alphapage. Il trouverait les mots. Il les trouvait toujours.

Elle ne répondit pas.

Il recommença.

Rien.

Peut-être donnait-elle des soins et ne pouvait-elle être dérangée. Il allait se rendre en endocrino, avec pour prétexte de lui dire qu'il ne pourrait pas se libérer ce soir. Puis, il ne savait encore comment, il lui apprendrait la terrible vérité.

Une fois sur place, une infirmière en pétard lui rétorqua :

– C'est vous qui devez me dire où elle est !

– Je ne comprends pas…

– Elle nous a laissés tomber. Disparue. Tout un service dépend d'elle et elle s'en va sans rien dire à personne. Parlez-moi de professionnalisme ! J'ai informé le patron.

Elle continuait à râler lorsque Jeremy lui tourna le dos pour courir jusqu'aux ascenseurs.

52

Superbe, le bâtiment.

Façade de marbre blanc, parements de cuivre, décrochements Art déco et une allée circulaire encore plus spacieuse et commode que celle de la tour de Dirgrove. Une fontaine de cuivre représentant des anges recrachant l'eau occupait le milieu du vaste terre-plein. De hauts sapins se massaient dans les angles de la structure.

Tivoli Arms. Cinq étages plus haut que celui de Dirgrove.

Mais un seul voiturier. Et lorsqu'il eut fini d'aider un couple à cheveux blancs à s'installer dans sa limousine, Jeremy s'approcha de lui.

Il s'était changé. Il avait enfilé la chemise propre qu'il avait emportée avec lui, noué élégamment sa cravate, s'était peigné et lavé la figure. Il avança vers l'homme d'une démarche qui respirait l'autorité. Il avait laissé ouvert son manteau en mérinos-cachemire pour être bien sûr que le concierge aperçoive le badge de l'hôpital accroché au revers de son veston.

Il devait être au point, car le portier lui sourit comme s'il le connaissait déjà.

– Puis-je vous aider, monsieur ?

– Je suis le Dr Carrier, un collaborateur du Dr Graves à l'hôpital City Central. Est-il chez lui ?

– Bien sûr. Il est arrivé il y a environ une heure. On va le prévenir. Entrez donc, ne restez pas dans le froid.

– Merci.

Ils entrèrent dans le hall et le portier le confia aux bons soins de l'homme qui se trouvait derrière le comptoir de la réception.

Un jeune gars, agréable, en blazer bleu marine à boutons d'or, chemise stricte, cravate sobre. Cheveux couleur blé et coupés au rasoir. La plaque en or qu'il portait l'identifiait comme K. BURNSIDE.

– Un instant, docteur, dit-il en prenant le téléphone. (Il le garda quelques secondes à l'oreille, puis le reposa.) C'est bizarre. Je sais qu'il est ici.

– Comment ça ?

– J'ai garé moi-même sa voiture et il ne l'a pas fait demander.

– Il a peut-être décidé d'aller la chercher lui-même.

– Hmmm. J'en doute. Le Dr Graves nous demande toujours de la sortir pour lui. Attendez, je vais vérifier avec le gardien du parking.

Nouveau coup de téléphone.

– Non, docteur, la voiture est toujours là.

– Belle bagnole, dit Jeremy à tout hasard.

– Laquelle ? La Porsche ou la Navigator ?

– Les deux.

Une Navigator. Un SUV, un gros 4 × 4, l'avait suivi. Parfait pour le transport…

Le jeune homme sourit.

– Le Dr Graves aime bien ses voitures. Je suis désolé, mais est-ce que je peux lui laisser un message ?

– Non, c'est personnel. (Jeremy se pencha sur le comptoir.) En réalité, il s'agit de lui faire une surprise, monsieur Burnside.

– Appelez-moi Kelvin, je vous en prie. Quel genre de surprise ?

– Saurez-vous être discret, Kelvin ?

– Cela fait partie de mon travail, docteur.

– Très bien. Mais gardez ce que je vais vous dire pour vous. Au moins jusqu'à ce que cela apparaisse dans la presse. On vient juste d'informer notre département que le Dr Graves venait de remporter une récompense prestigieuse. Le Dergraav. Pour ses recherches en biomécanique. Ce n'est pas n'importe quoi, vous savez. Juste en dessous du Nobel.

– Oh, c'est fantastique !

Kelvin Burnside venait de se transformer en un ado émerveillé.

– On m'a envoyé le chercher pour le ramener à l'hôpital. Je suis chargé de lui raconter que nous avons une urgence quelconque dans son laboratoire. Pendant ce temps, on lui organise une soirée surprise sur place. (Jeremy consulta sa montre.) Tout a été parfaitement calculé, tout le monde attend… Pouvez-vous encore essayer son appartement ?

– Pas de problème.

Kelvin recomposa le numéro, attendit, hocha la tête.

– C'est étrange, dit Jeremy. Il rentre chez lui et ne répond pas… Nous devrions peut-être monter voir s'il ne lui est rien arrivé.

– Peut-être… Oh, mais j'y pense : il pourrait se trouver ailleurs. Au deuxième sous-sol. Il y a des caves pour les occupants – certains d'entre eux entreposent des tonnes de choses. Elles sont très grandes, presque comme des pièces. Certains les louent, mais le Dr Graves utilise beaucoup la sienne.

– Pour faire quoi ?

– Je ne sais pas, mais il s'y rend souvent. Une fois, je l'ai plaisanté à ce propos. Je lui ai dit : « Eh, Doc, qu'est-ce que vous faites là en bas ? Des expériences scientifiques ? » Il a trouvé ça drôle. Il a roulé les yeux et il m'a répondu quelque chose comme : « Qui peut savoir ? » Je ne faisais que blaguer, je savais qu'il était médecin mais pas un grand chercheur. Maintenant que vous me parlez de ce prix, je me sens un peu idiot d'avoir fait cette plaisanterie.

– Ne vous inquiétez pas pour ça, Kelvin. Le Dr Graves a un grand sens de l'humour. Je crois que je vais faire un petit tour dans cette cave.

– Je vais aller voir pour vous.

– Aucune raison pour que vous quittiez votre poste, Kelvin, dit Jeremy. Je tiens vraiment à le surprendre. Mon patron m'a donné l'ordre de le surprendre.

Le jeune homme sourit, un peu mal à l'aise.

– Je n'en ai que pour une minute, Kelvin. Le Dr Graves appréciera… comme je vous l'ai dit, il a un grand sens de l'humour.

Jeremy se mit à tripoter son badge, espérant attirer l'attention du concierge sur ce symbole d'autorité.

– Bien sûr, dit le jeune homme, pas de problème.

Un ascenseur qui tenait plus du monte-charge – une caisse de métal sans fioritures, sonore et équipée d'une porte accordéon – le conduisit jusqu'au sous-sol C.

Deux niveaux au-dessous du parking. Il s'était attendu à tomber sur des oubliettes, mais la porte de la cabine s'ouvrit sur un espace brillamment éclairé. Deux rangées de caves se faisaient face, sur le sol en pierre. Les murs étaient eux aussi en pierre et portaient encore la marque d'une taille manuelle. Chaque cave avait son numéro ; les chiffres étaient en fer forgé et vissés sur de solides portes en chêne. Un travail qui datait du siècle précédent. Des ampoules prises dans des grilles de bronze assuraient l'éclairage. Des câbles pour l'électricité et des conduits de plomberie couraient le long des arches du plafond.

Ces arches et cet appareil de pierre lui rappelèrent quelque chose : une carte que lui avait envoyée Arthur. Le bazar, dans le vieux Damas. Le médecin aurait-il pu avoir cette prescience ?

Mais qui disait bazar disait animation. Ici ne régnait que le silence.

Pas de fenêtre, aucune lumière ne venant de l'extérieur.

Froid, humidité. Jeremy s'attendait presque à être frôlé par une chauve-souris.

Mais non, rat ou insecte, pas un signe de vie. Pas une toile d'araignée et, lorsqu'il effleura la pierre du bout du doigt, il ne recueillit aucune poussière. Le sol lui-même était propre. Balayé, impeccable.

Un sous-sol quatre étoiles, orgueil du monde souterrain.

La cave d'Augusto Graves se trouvait à l'extrémité de la rangée de gauche. Dernière porte à droite.

Jeremy s'arrêta devant, tendit l'oreille. Rien.

La lourde clef en fer qui lui avait coûté un pourboire de vingt dollars (« Oh, ce n'est pas la peine, monsieur », lui avait dit Kelvin) pesait dans sa main.

Il l'inséra dans la serrure, tourna lentement, poussa la porte de quelques centimètres, attendit un craquement.

Silence. Il toucha la serrure, sentit de la graisse. Le Tivoli Arms était la perfection même. Ou alors le Dr Graves prenait ses précautions.

Jeremy poussa un peu plus le battant. Obligé de peser dessus – les planches de chêne étaient denses et épaisses, durcies comme de la pierre par le temps. Quinze centimètres. Trente. Assez d'espace pour se glisser à l'intérieur.

Il crut tout d'abord s'être encore trompé. Aucune lumière dans le local. Ni personne.

Puis il entendit un bruit. Un bourdonnement. Le crissement du métal sur le métal. Un vrombissement bas, comme celui d'un énorme frelon.

Si, il y avait de la lumière. Dessinant un trapèze sur la paroi de gauche, selon un angle aigu.

Il s'approcha et comprit pourquoi. Simple reflet. Une cloison en forme de L avait été montée en face de la porte, créant un minuscule vestibule.

Il contourna la paroi avec précaution.

Se retrouva baigné dans la lumière, plus que ce à quoi il s'attendait, une lumière chaude, blanche, aveuglante. Trois halogènes branchés sur une ligne électrique au plafond. Une lumière de salle d'op.

Une cellule de trois mètres sur trois, sol, murs et plafond taillés dans la même pierre dure. Au cœur même de la ville.

Augusto Graves se tenait à l'autre bout d'une table, en tenue verte de chirurgien. Bonnet sur la tête, mais pas de masque facial. Les écouteurs d'un baladeur dans les oreilles, lui diffusant quelque chose.

De la musique, apparemment, à la manière dont il se balançait en mesure. Un rythme syncopé.

Tonique, le rythme. Graves esquissait un sourire qui lui redressait la moustache comme des ailes de papillon.

Souvenir du Brésil ?

Un homme d'aspect agréable Innocent. Tout du prof avec ses lunettes de lecture placées bas sur le nez. Il ne voyait pas Jeremy. Trop concentré qu'il était sur la femme allongée sur la table.

Pas une table chirurgicale : rien qu'une planche posée sur trois chevalets. Un plastique blanc recouvrait cette plate-forme. À la droite de Graves était placé un plateau d'acier sur un cadre à roulettes, brillant d'instruments. À côté, également sur un plateau à roulettes, une boîte d'acier dont Jeremy ne voyait pas le contenu.

Un câble électrique reliait le couvercle de la boîte à une prise dans le plafond. Dans un coin, plusieurs bouteilles d'eau distillée. Une bouteille d'eau de Javel format familial. Une bombe de désodorisant. Parfum « Forêt verte ».

Soigneusement repliés, des vêtements étaient rangés dans le coin opposé. En coton et noirs en dessous. Un soutien-gorge et une petite culotte blancs dessus. Et des collants couleur chair en boule posés sur le tout. Pas de chaussures.

Le sol s'inclinait vers la gauche en direction d'un écoulement. La grille d'acier brillante qui recouvrait le puisard paraissait neuve et la pierre javellisée, autour, était d'une nuance de gris plus claire.

La femme était mince. Nue. La tête tournée vers Jeremy, qui ne voyait que la masse de ses cheveux sombres. Aucune marque visible, mais elle ne bougeait pas et sa peau était trop pâle… et il savait de quel genre de pâleur. Graves se tenait devant les pieds de la jeune femme et les examinait. Les longs cheveux noirs de la gisante retombaient sur le bord de la table, du côté de Jeremy. La poitrine était immobile. Et pâle, horriblement. Autour de son cou, on devinait un cercle peu marqué, plus rose.

Cheveux ondulés.

Oh, mon Dieu, Angela !

Graves toucha le gros orteil du pied gauche. Porta le doigt à sa bouche et le lécha. Puis il tendit la main vers le plateau et en retira un scalpel. Jeremy s'apprêta à se jeter sur lui. Mais, après avoir examiné l'instrument, Graves le reposa. Il sortit alors ce qui ressemblait à un gros crayon métallique de la boîte d'acier.

Effilé à un bout. Et avec un cordon électrique à l'autre extrémité.

Graves caressa l'objet et appuya sur un bouton. Le bourdonnement reprit.

L'homme continuait à osciller au rythme de la musique, contemplant le laser. Il appuya sur un autre bouton et un œil rouge éclatant s'alluma au bout de l'objet. Le temps qu'il dirige le laser sur la femme, Jeremy jaillissait de derrière la cloison et se précipitait sur lui.

Graves trébucha et tomba à la renverse, mais sans proférer un son. Au lieu de cela il regarda Jeremy de ses yeux bruns et doux.

Il avait perdu ses écouteurs et le baladeur auquel ils étaient reliés tomba par terre. Un léger son de samba continua à en monter.

Il regardait toujours Jeremy, le visage dépourvu d'expression.

Ailleurs.

Jeremy voulut lui arracher le laser. Mais Graves détourna l'instrument, réussissant à appuyer sur un autre bouton. Un fin rayon rouge jaillit de l'instrument.

L'œil écarlate du diable, pleurant.

Et il braqua le laser sur Jeremy.

Celui-ci voulut le détourner d'un coup de pied, le manqua. Mais son attaque avait déplacé la main de Graves, et le rayon rouge alla couper le montant d'un des chevalets qui soutenaient la table.

Le sciant impeccablement. La table pencha d'un côté et la femme nue glissa au sol avec un bruit sourd, face contre terre.

OhmonDieuAngela !

Jeremy se jeta sur Graves, qui tenta de lui échapper à quatre pattes. Le rayon laser oscilla, entailla la pierre, souleva de la poussière. Prenant l'instrument à deux mains pour le caler, l'homme eut un regard intrigué et visa Jeremy, lequel courut se mettre à l'abri.

Et trébucha sur le cadavre d'Angela. Chair glacée. Il tomba tête la première et roula sur le dos.

Graves se tenait au-dessus de lui.

– Vous m'avez interrompu, dit-il.

Aucun reproche dans sa voix. Regard lucide, concentré, celui de quelqu'un tout à ce qu'il fait. Il avait une peau superbe, et sa moustache brillait.

Voix délicate, sibilante. Douce. Les femmes devaient la trouver rassurante.

Il se passa la langue sur les lèvres.

– Ça va faire un peu mal.

Braqua le laser. À ce moment-là, un point rouge apparut à son front.

Une autre personne, également équipée d'un laser ?

Non, quelque chose de différent. Ce n'était plus de la haute technologie. Le tonnerre suivit à une demi-seconde et le sang se mit à couler, puis à jaillir du trou bordé de noir dans le front de

Graves. Pas tout à fait en son centre – à quelques millimètres seulement, à droite. Lobe frontal.

Graves pissait le sang, mais gardait son expression absente. Incrédule. *Où mon moi est-il passé ?*

Le jaillissement de sang fut suivi de l'éjection de grumeaux de cervelle gris-rose faisant penser à des flocons d'avoine. Comme les débris d'un tuyau qui se débouche, dans la plomberie.

Graves ferma les yeux, tomba à genoux et s'effondra.

Le laser, toujours bourdonnant, lui avait échappé des mains. Tombé au sol, il décrivit un demi-cercle qui le fit pointer vers le tas de vêtements, dans le coin. Ils prirent feu. Le rayon les traversa et attaqua la paroi de pierre, derrière. Grésillements qui s'interrompirent soudain. Le rayon mourut.

Pas par hasard. Une main solide avait arraché le câble électrique.

Le silence remplit la cave.

Jeremy se précipita vers la morte et la retourna.

Et découvrit le visage d'une inconnue.

L'inspecteur Bob Doresh le souleva par un bras.

– Vous savez, docteur, dit-il, je n'aurais jamais cru qu'il serait aussi intéressant de vous suivre.

53

À minuit, alors qu'ils se rendaient au poste de police dans une voiture banalisée qui sentait les chips, Bob Doresh fit observer :

– Je suis un sacré bon tireur, non ? Je vous l'avais dit, que le service militaire était utile.

– Où est Angela ? demanda Jeremy.

– N'empêche, on ne sait jamais comment on va réagir quand c'est pour de vrai. Vingt-trois ans que je fais ce boulot et c'est la première fois que j'appuie sur la fichue détente. Il paraît que tuer quelqu'un, même quand c'est à bon droit, ça peut vous traumatiser. Je dois dire que pour le moment, je me sens plutôt bien. Vous croyez que je vais avoir besoin d'aide plus tard, docteur ?

– Où est Angela ?

Doresh tenait le volant d'une main ; l'autre reposait sur le dossier du siège. Il conduisait lentement, avec précision. Pendant que les policiers, les techniciens de scène du crime et les légistes grouillaient dans la cave de Graves, il avait fait placer Jeremy à l'écart, dans les toilettes du Tivoli Arms. Un flic en uniforme montant la garde devant, aussi muet que Renfrew lui-même.

Personne ne lui avait adressé la parole.

– Je vous ai demandé quelque chose, inspecteur.

– OK, voilà la situation avec le Dr Rios. Pour commencer, elle est en sécurité, chez elle, et c'est mon collègue Steve Hoker qui veille sur elle. Surveillance de précaution, si vous voulez.

– C'est vous qui lui avez fait quitter son service ?

– C'est la deuxième chose, docteur. Mes motivations. Et celles de Steve. Nous lui avons fait quitter l'hôpital parce que nous voulions lui parler de vous. Nous pensions que vous étiez dangereux…

Bon, d'accord, on se trompait, mais à la manière dont vous vous comportiez, en particulier hier, à la chapelle… (Il haussa les épaules.) Rester tout seul, assis dans une chambre de motel. C'est… pas très commun, vous m'avouerez. D'accord, je vous comprends, à présent, vous étiez là pour surveiller l'autre type, mais il faut aussi voir les choses de mon point de vue.

– Vous lui avez raconté que j'étais un psychopathe meurtrier.

Doresh se toucha la tempe et garda un pied léger sur l'accélérateur. La nuit était froide et limpide et le chauffage de la voiture étonnamment efficace.

– C'était avant tout son intérêt que nous avions à l'esprit.

– Merci.

Doresh le regarda de côté.

– Des sarcasmes ?

– Non, je suis sincère. Merci. Vous aviez sa sécurité à l'esprit. Merci de l'avoir protégée.

– Bien, ça fait plaisir. Et excusez-moi de m'être demandé pour le sarcasme, mais le fait est que vous pouvez être fichtrement sarcastique.

– Ça m'arrive.

– En effet. Mais y a pas mort d'homme, comme on dit. Ça n'a jamais été personnel, d'accord ? En fin de compte, nous étions tous les deux du même côté.

– C'est vrai.

Doresh sourit, ce qui projeta son lourd menton en avant.

– La différence étant que je faisais mon boulot pendant que vous… vous improvisiez.

– Et je devrais m'en excuser ?

– Et c'est reparti, bille en tête. Il doit s'agir d'une sorte de… de conflit de personnalités. Mais non, pas la peine de s'excuser. Certes, vous vous êtes un peu laissé emporter. Mais finalement, les choses ont bien tourné. Mieux que bien tourné… Hé, docteur, vos mains tremblent drôlement. En arrivant, je vais vous offrir un café… le mien est bougrement supérieur au vôtre. Mon collègue Hoker ramène le Dr Rios de son côté. Je lui ai expliqué la situation. Elle n'aura pas peur de vous.

– Elle avait peur, c'est ça ?

– Vu ce que je lui ai raconté, vous blaguez ? Elle était terrifiée. Et je ne m'en excuserai pas. J'avais la partie bien en main, mais je ne connaissais pas les joueurs.

– Vivre et s'instruire, dit Jeremy.

– Exactement, docteur, répondit Doresh. Arrêter d'apprendre, autant se rouler en boule et crever.

54

Un médecin tueur en série

Un reportage exclusif du Clarion *:*
Un chirurgien de Seattle, chercheur de renom en médecine, qui travaillait sur un projet d'un an à l'hôpital City Central, a été identifié par la police comme étant un meurtrier en série, considéré comme responsable de la mort d'au moins cinq femmes dans notre ville et suspect possible dans près de trois douzaines de meurtres semblables à travers le monde.
Augusto Omar Graves, 40 ans, titulaire d'un doctorat en médecine et d'un diplôme en ingénierie médicale, expert mondialement reconnu de la technologie des lasers appliquée à la chirurgie, a été abattu par la police jeudi soir dernier dans la cave dépendant de son luxueux appartement sis dans un immeuble de Hale Boulevard. Graves, qui serait né en Syrie et aurait grandi au Brésil puis aux États-Unis, était en compagnie du cadavre de sa cinquième victime. D'après le médecin légiste, cette femme, Kristina Schnurr, âgée de 29 ans, aurait été étranglée ; immigrée depuis peu de Pologne, elle travaillait comme femme de ménage à l'hôpital.
Des témoins auraient vu Schnurr et Graves parler le jour de l'assassinat et tout laisse à penser que Graves avait donné un rendez-vous à la jeune femme ; il l'aurait étranglée dans sa voiture et aurait caché le corps dans le garage souterrain de son immeuble. Il est ensuite retourné devant l'entrée du bâtiment de façon que le portier le voie arriver seul. Graves s'est débrouillé pour transporter le corps deux niveaux plus bas, dans sa cave, un espace humide, grand comme une cellule, qu'il avait converti en salle de dissection.
Parmi les autres victimes locales de Graves, on compte une infirmière de City Central, Jocelyn Lee Banks, assassinée six mois auparavant après avoir été, semble-t-il, enlevée en voiture alors qu'elle regagnait le parking du personnel. La police pense maintenant que

Graves l'avait convaincue de l'accompagner sous un faux prétexte. De plus, Graves est le suspect numéro un dans la mort violente, intervenue entre-temps, de trois prostituées, Tyrene Mazursky, 45 ans, Odelia Tat, 38 ans, et Maisie Donovan, 25 ans. Si l'on tient compte de l'espace de temps qui sépare le meurtre de Banks des autres, ainsi que des nombreux voyages professionnels de Graves, il y a des raisons de penser qu'il serait responsable d'assassinats dans d'autres villes et pays.

Graves serait ainsi impliqué dans l'assassinat avec mutilations d'au moins deux jeunes femmes dans le Kent, en Angleterre, à l'époque où il dirigeait un programme de recherche à Londres et écrivait des articles pour le supplément scientifique du Guardian. *Les polices d'Espagne, d'Italie, de France et de Norvège réexaminent des affaires de meurtres non résolues, dans lesquelles ont été employées des méthodes de dissection chirurgicale pouvant avoir des rapports avec celles utilisées par Graves.*

Le chef de la police, Arlo Simmons, a déclaré que « de nombreuses heures de filature et de travail d'enquête de haut niveau » sont les facteurs qui ont conduit à la découverte de la tanière de Graves.

« Nous nous intéressions au personnage depuis quelque temps, a précisé Simmons. Je regrette que nous n'ayons pu intervenir à temps pour sauver Kristina Schnurr. On peut néanmoins affirmer à coup sûr que la mort de cet homme a mis un terme au règne de la terreur. »

55

Trois jours après la mort d'Augusto Graves, pendant l'une de ses tentatives pour voler quelques minutes de tête-à-tête avec Angela, le bip de Jeremy retentit.

Et, deux secondes après, celui d'Angela.

Ils étaient dans son bureau, assis par terre, des serviettes en papier graisseuses sur les genoux, tenant chacun un hamburger à la main.

Un duo de couinements. Ils craquèrent. Première fois qu'ils riaient depuis la soirée de jeudi.

– Toi d'abord, dit-il.

Elle appela. Coma diabétique au quatrième est, sans parler d'un autre malade qui faisait une mauvaise réaction au sevrage de Prednisone. On la réclamait sur-le-champ.

Elle se leva, avala un morceau de cornichon, emballa les trois quarts restant de son déjeuner dans son papier paraffiné et le posa sur le bureau de Jeremy.

– Emporte-le, dit-il.

– J'ai pas faim.

– J'avais remarqué. J'ai l'impression que tu as perdu du poids.

– On ne peut pas dire que tu te sois gavé.

– Je vais bien.

– Moi aussi... mec.

Elle lança sa blouse blanche par-dessus son épaule. Posa les mains sur les poignets de Jeremy.

– On parlera, d'accord ?

– Ça va dépendre, dit-il en souriant. L'emploi du temps.

Son bip se remit à couiner.

Elle éclata de rire, l'embrassa et partit.

L'appel venait de Bill Ramirez.

– Des rumeurs sont parvenues jusqu'à mes oreilles, mon vieux.

– À propos de quoi ?

– On raconte que tu aurais quelque chose à voir avec l'arrestation de ce cinglé de Graves.

– Des rumeurs délirantes, répondit Jeremy. Et il n'a pas été arrêté, mais tué.

– C'est vrai, reconnut Ramirez. Ça ne paraissait pas très vraisemblable. Un type tranquille comme toi jouant les héros...

– Les héros ?

– C'est ce qui se dit. Que c'est toi qui aurais mis les flics sur la piste avec tes techniques de psy, qui les aurais aidés à faire le profil de cette ordure. On m'a même raconté un truc encore plus fou, que tu aurais été sur place la nuit où tout s'est passé.

– Bien sûr, dit Jeremy. En ce moment, je suis en train de repasser ma cape bleue.

– C'est ce que je me disais. C'est peut-être l'administration qui fait courir ces rumeurs. Cette histoire a été un cauchemar pour elle en termes de relations publiques. Bref, je tiens à ce que tu le saches, ce type ne m'avait jamais plu. Un arrogant.

– D'après ce que j'ai entendu dire, Bill, l'arrogance était le moindre de ses défauts.

– C'est vrai. Mais puisqu'on parle d'héroïsme, la raison de mon appel est de te donner une bonne nouvelle, pour une fois. Notre Doug a réussi à franchir le cap vers une bonne petite rémission.

– C'est génial !

– Je ne me serais jamais risqué à la prédire, mais c'est ma façon de fonctionner ; nos expériences quotidiennes nous forcent à la modestie. Encore difficile à dire si elle sera longue ou courte, tant son cas est bizarre. Mais nous n'envisageons pas de transplantation dans un avenir proche et je le renvoie chez lui, où il continuera son traitement en ambulatoire. J'ai pensé que je devais te le dire.

– Tu as bien fait, Bill. Quand doit-il sortir ?

– Demain matin, si rien ne change. Et, à propos de cape… dans mon esprit, c'est ce gosse qui est Superman.

Marika était assise sur le lit à côté de Doug, tous les deux en tenue de ville. Lui portait un T-shirt Budweiser et des jeans. Sa prothèse de jambe était en place. Il avait encore une intraveineuse à chacun des poignets, mais il avait repris des couleurs. C'était loin d'être encore parfait, mais ça allait mieux. Il avait perdu une partie de ses cheveux. Et arborait un sourire éclatant.

– Hé, docteur ! Je lui ai botté le cul en beauté, à cette saloperie !

– Et comment !

– Ouais, je vous avais dit qu'elle allait voir qui était le patron, c'te foutue leucémie.

– Tu as été génial, Doug.

Le jeune homme donna un coup de coude à sa femme.

– Hé, t'entends ça ? C'est un spécialiste qui le dit.

– Tu es génial, mon chéri.

– Tout juste.

– Ainsi, dit Jeremy, tu rentres chez toi demain.

– Et la première chose que je vais faire, c'est d'aller au dépôt me trouver des briques de récup en bon état pour construire un mur dans la cour de mes parents. Je leur ai promis. J'y mettrai une petite niche pour une fontaine et je brancherai l'eau. Pour faire une surprise à maman.

– Excellente idée, on dirait. Félicitations.

– Merci. Approchez-vous, docteur, et serrez-moi la main. Vous allez voir que j'ai retrouvé ma poigne.

Doug tendit la main droite. L'alimentation du goutte-à-goutte dansa et vibra. Jeremy s'approcha. Doug lui prit la main et serra fort.

– Impressionnant, dit Jeremy.

– Parfois, dit le miraculé, j'ai l'impression que je pourrais grimper aux murs.

56

Le jour où Arthur vint voir Jeremy, le courrier lui apporta une autre surprise.

Une enveloppe blanche ordinaire. Avec, imprimé au dos : CORRESPONDANCE OFFICIELLE DE LA POLICE.

À l'intérieur, deux carrés de carton scotchés ensemble. Jeremy coupa l'adhésif et retira ce qui était pris en sandwich entre les deux.

Le cliché sur lequel on le voyait en compagnie de Jocelyn. Jeremy faisait l'effet d'un géant à côté d'elle, tant elle était menue. Ils avaient tous les deux l'air heureux. Les longs cheveux blonds de la jeune femme volaient dans tous les sens.

Il se souvint : les mèches le chatouillaient terriblement et ça l'avait amusée.

Ah, tu crains les chatouilles ?

Elle s'en était prise à ses côtes, l'agrippant de ses petits doigts qui ne manquaient pas de force. Pouffant comme une enfant, ravie. Il regarda longtemps la photo, la plaça dans une enveloppe sans identification et déposa le tout dans le tiroir du bas de son bureau.

Sur le dossier « Curiosités ».

Un de ces jours, il en ferait quelque chose.

Arthur était admirablement bronzé.

Le hâle doré se fondait avec son teint rouge naturel, ce qui lui donnait une peau étonnamment lumineuse.

Pas loin de quatre-vingts ans et l'image même de la vitalité. Voyager – et s'instruire – lui avait fait du bien.

Il trouva Jeremy comme la première fois qu'il l'avait rencontré : assis seul à une table de la cafétéria des médecins. Trois heures de l'après-midi, pas exactement l'heure du déjeuner. Les patients s'étaient succédé toute la journée, comme cela n'arrêtait pas depuis la nuit dans les caves du Tivoli Arms, et il n'avait encore rien mangé. La salle était vide.

Arthur portait un magnifique costume bleu roi à rayures et une chemise rose à col blanc. Son nœud papillon jaune était en soie. Un mouchoir bleu pétrole dépassait de sa pochette. Il tenait une tasse de thé d'une main et un porte-documents en cuir d'un modèle ancien pendait à l'autre. Un gros porte-documents, cousu à la main, frappé des initiales d'Arthur, que Jeremy n'avait encore jamais vu.

– Je peux m'asseoir ?

– Bien sûr.

Arthur s'installa, prit le temps de faire infuser son sachet de thé. Regarda Jeremy droit dans les yeux.

– Alors ce voyage, Arthur, comment c'était ?

– Parfait.

– Voyager et s'instruire, hein ?

– Il n'y a rien de mieux.

– Vous m'avez beaucoup appris, dit Jeremy.

Le vieil homme ne répondit pas.

– Pour quelle raison avancer masqué, Arthur ?

– Vous avez tout à fait le droit de me poser la question, mon ami. (Il but un peu de thé, se caressa la barbe et repoussa la tasse de côté.) Mais il y a de nombreuses réponses. Tout d'abord, en termes d'hypothèse, on ne peut jamais être entièrement certain. Je m'instruis vraiment en permanence. En deuxième lieu, il me semblait que je devais séquencer les choses de manière à ne pas vous rebuter. Admettez que si je vous avais tout déballé d'un coup, cher ami, vous m'auriez pris pour un cinglé.

Il sourit.

Jeremy haussa les épaules.

– En troisième lieu, et sans vouloir vous offenser et quel que soit le bien que je pense définitivement de vous, il faut se battre pour certaines choses, si on veut les apprécier.

– Rien de grand ne s'obtient sans souffrance ?

– C'est un cliché, d'accord, mais il n'en est pas moins valide.

– Vous m'avez guidé via des énigmes et des devinettes pour mon propre bien, en somme.

– Exactement. Très bien dit.

Jeremy s'était douté que ce moment allait arriver et demandé comment il allait réagir. Des semaines s étaient écoulées depuis la soirée cauchemardesque du sous-sol. Il n'y pensait que rarement et son horreur s'était figée en une sorte de dessin animé macabre.

Chose intéressante, depuis, le souvenir du souper nocturne en compagnie d'Arthur et de ses amis lui était revenu à l'esprit, plus clair, plus réel.

– Après la soirée au CCC, dit-il, vous m'avez paru soudain plus distant.

Arthur acquiesça d'un hochement de tête.

– Pardonnez-moi. J'étais… déchiré. Je savais par quoi vous alliez passer. Je me demandais si nous avions bien fait.

Il faut se battre pour certaines choses.

À présent qu'il avait posé la question et qu'Arthur lui avait répondu, il ne pouvait que sourire.

– Très bien, dit-il.

– C'est tout ? s'étonna le vieil homme. Vous êtes satisfait ?

– Je le suis de cela. Mais j'ai d'autres questions. Puisque vous dites que vous ne changerez pas d'avis sur moi.

– Normal.

– A-t-on jamais trouvé celui qui a tué les vôtres ? D'une manière ou d'une autre ?

Les larmes montèrent aux yeux d'Arthur et ce fut une réponse suffisante pour Jeremy. Mais le vieil homme répondit tout de même.

– Non, jamais.

– Avait-on au moins un suspect ?

– Oui, un. Un homme à tout faire du coin. Qui était sans conteste mentalement dérangé. J'ai appris par la suite qu'il avait fait un séjour dans un hôpital psychiatrique. Il m'avait inquiété au début et je l'avais surpris en train de lorgner ma femme d'un œil… salace. (Sa voix s'étrangla.) Elle était belle, ma Sally. Tous les hommes la regardaient. J'ai des photos, chez moi. Un jour, je vous les montrerai. Mais cet homme…

– Que lui est-il arrivé ?

– Rien, d'un point de vue policier, mon ami. Peut-être aujourd'hui, avec les nouvelles technologies, aurait-il pu être confondu. Mais dans le temps…

Le vieux médecin secoua la tête.

– Vous n'avez rien fait ?

– J'étais dans un tel état que j'étais incapable de réagir, à cette époque. Tout ce qui représentait ma vie venait de m'être enlevé, comme ça. (Il renifla, cligna des yeux. Sa barbe tremblait.) Mes enfants étaient adorables, Jeremy. Ma femme était ravissante et mes enfants adorables.

Il prit la pochette bleue et s'essuya les yeux.

– Je suis désolé, dit Jeremy.

– Ce n'est rien, merci. (Il replaça le carré de soie dans sa poche après l'avoir parfaitement replié d'un geste naturel.) Deux mois après qu'on m'avait enlevé les miens, soixante-trois jours, pour être précis, l'homme à tout faire s'est retrouvé ici, aux urgences. Hernie étranglée. Ce sont des choses qui arrivent. Il a été traité, mais en vain. La gangrène s'était mise dans ses intestins et il est mort en trois jours. Je ne l'ai jamais revu vivant. Mais j'ai pu assister à l'autopsie.

– Il était pourri de l'intérieur. Approprié.

Arthur tendit le bras par-dessus la table pour prendre Jeremy par la manche.

– J'avais le sentiment que c'était juste. Qu'il ait été emporté ainsi me paraissait la chose la plus juste au monde. Ce n'est que des années plus tard, lorsque j'ai rencontré d'autres personnes dans la même situation que moi, que j'ai pris conscience de cette grande vérité.

– Les vertus se perdent dans l'intérêt, dit Jeremy.

– Les vertus sont d'essence divine, mais pas limitées à Dieu. C'est quelque chose qu'Il partage avec nous. Quelque chose que nous devons utiliser judicieusement.

– L'épée de guerre s'abat sur le monde à cause des retards de la justice, récita Jeremy. Des désordres.

Arthur retira sa main. Son superbe bronzage avait été lessivé de tout son éclat. Il avait l'air vieux.

– Voulez-vous que j'aille vous chercher un autre thé, Arthur ?

– Volontiers.

Jeremy lui rapporta une tasse et le regarda boire.

– Vous sentez-vous de continuer encore un peu ?

Arthur hocha affirmativement la tête.

– Je voudrais en savoir davantage sur Edgar ; je suis au courant pour Kurau, mais j'ignore le rôle qu'Edgar y a joué. Était-ce simplement une question politique ?

Arthur ferma un instant les yeux.

– C'est à lui de vous raconter son histoire. Ce que je peux vous dire, c'est qu'il avait financé, sur ses propres deniers, la construction d'une clinique pour les enfants malades de l'île. Antisepsie, bons traitements, infirmières locales bien formées. C'était son œuvre. Les émeutes ont tout détruit.

Il tendit la main vers son porte-documents.

– Quand on joue à Dieu, dit Jeremy, il arrive que les choses tournent mal. Prenez Michael Sivrac... Entrepreneur dans la même ville que Robert Balleron et son plus redoutable concurrent. Personne n'a été arrêté pour le meurtre de Balleron mais, six mois plus tard, Sivrac s'est tué tout seul en voiture. Un accident incompréhensible, d'après ce qui s'est dit. Ses freins auraient brusquement lâché, comme ça, alors que la voiture avait subi une révision deux jours avant.

– Ce n'est pas si surprenant, fit observer Arthur. Pendant la Seconde Guerre mondiale, il y a eu plus d'accidents d'avions militaires après des révisions complètes que dans les autres circonstances.

– Vous prétendez qu'un seul Dieu a tout fait par lui-même ?

– Il revient à Tina...

– Oui, je sais, de me raconter son histoire, le coupa Jeremy. Pareil pour Shadley Renfrew, n'est-ce pas ? Sa femme a été assassinée il y a trente-deux ans. D'après la police, elle aurait surpris un voleur. On a soupçonné un repris de justice, un cambrioleur. Mais, faute de preuve, il n'a jamais pu être inculpé. Six mois plus tard, la mer rejetait son corps sur la côte Nord.

– Shadley était un homme remarquable, dit Arthur. Une mémoire phénoménale, un œil d'expert pour les détails. Et une merveilleuse voix de ténor irlandais. Il avait élevé sa fille…

– Tout seul. Elle me l'a dit. Le hasard a fait que je suis passé par la boutique le jour où elle la fermait. Je suppose que les livres sont en de bonnes mains.

Arthur acquiesça et saisit de nouveau son porte-documents ; il en retira une boîte en velours noir qu'il plaça devant Jeremy.

– Un cadeau ?

– Un simple témoignage de notre estime.

– Par « notre », vous voulez dire le City Central Club. Renfrew en était membre, n'est-ce pas ? Sa disparition a laissé une chaise vide.

Arthur sourit. Avant que Jeremy ait eu le temps d'en dire davantage, il s'était levé, le porte-documents à la main, et s'éloignait d'un pas assuré, presque dansant.

Jeremy ouvrit la boîte. L'intérieur, en satin blanc, avait un compartiment dont la forme épousait exactement son contenu.

Un gobelet en argent repoussé.

Jeremy le retira. Il était lourd et avait un mot à l'intérieur. Un délicat papier de chiffon bleu, plié une fois. Et une écriture familière, au stylo à plume :

> *À un jeune érudit et gentleman,*
> *Avec gratitude, admiration et le ferme espoir que vous méditerez cette humble proposition : Une âme passe, une autre arrive. La vie est fugitive, brutale, extatique, frivole.*
> *Marquons notre séjour d'étapes où, entre mets délicats et chaleureuses libations, s'épanouira en harmonie la fraternité d'âme.*
>
> *Affectueusement,*
>
> *Le Central Conspiration Club.*

OK, il n'était pas tombé loin.

57

– Tu verras, ils vont te plaire, dit Angela.

– Tu es bien sûre que c'est ce que tu veux ?

– C'est exactement ce que je veux.

Dimanche, treize heures. Un blizzard dévastateur, d'après la météo, s'apprêtait à dégringoler du Canada ; mais, un rien perverse, l'atmosphère s'était réchauffée en attendant.

Ils déjeunaient dans un restaurant près du port. Poisson frit, salade de chou et bière. Vue superbe sur le lac. Ils en étaient juste assez loin pour ne pas voir la pellicule huileuse sur l'eau ; de leur table, elle présentait un miroir céleste.

Le tapage médiatique qui avait suivi la mort d'Augusto Graves, ses relations avec City Central et Ted Dirgrove, tout cela avait mis l'administration de l'hôpital en chute libre. Dirgrove avait pris un congé à durée indéterminée. Les charmantes jeunes femmes du service développement avaient tout le temps de se faire les ongles. Les gardes les plus obtus du service de sécurité contenaient les journalistes.

Jeremy avait profité de la situation en exigeant deux mois de congés payés, aux dates de son choix, et les avait obtenus. Il envisageait de partir rapidement. Une fois que toutes les formalités de la police auraient été réglées. Et que ses patients seraient en de bonnes mains.

Il avait également exigé dix jours de congés payés pour Angela, sans que cela affecte son semestre d'internat. Il aurait demandé davantage, mais c'était elle qui lui avait dit : « J'ai vraiment besoin d'être ici. »

L'emploi du temps, le boulot.

Ce qui était très bien. Il allait avoir un peu de temps pour lui. Peut-être voyagerait-il. S'instruirait-il. Il passerait les dix premiers jours – les meilleurs – avec Angela, loin des urgences et des souvenirs de la douleur des autres.

Dans son cœur, il sentait que cela les ferait accéder à un niveau supérieur.

Angela était tout excitée. Aujourd'hui, elle lui avait fait la surprise d'un projet : prendre l'avion pour la Californie, louer une voiture – décapotable – et rouler le long de la côte, juste rouler. Partout où le soleil était de sortie.

À quoi elle avait ajouté, avec précaution, un petit post-scriptum :

– On pourrait peut-être passer les deux derniers jours dans ma famille, non ? Je voudrais que tu fasses leur connaissance. Ils vont t'adorer.

– Tu parais bien sûre de toi.

– À cent cinquante pour cent. Vu que je t'adore et que je suis leur princesse qui ne peut jamais rien faire de mal.

– Tu disposerais d'un tel pouvoir ?

– Oh, que oui.

– C'est inquiétant.

– Très.

Elle sourit. La lumière qui se reflétait sur le lac venait jouer dans les ondulations de ses cheveux.

Une fille magnifique. Ici.

– Et toi, te crois-tu capable de contrôler un tel pouvoir, gros dur ?

– Ouais.

Ils étaient assis face à face. Trop loin. Jeremy se leva et vint placer sa chaise à côté de celle d'Angela. Elle l'embrassa sur la joue. Il lui caressa la nuque et elle ronronna :

– C'est tellement bon.

Ils restèrent ainsi un moment, à regarder l'eau. À se tenir par la main, à penser à toutes sortes de choses.

Et parfois aux mêmes.

DU MÊME AUTEUR

Double Miroir
Plon, 1994
« Pocket », n° 10016

Terreurs nocturnes
Plon, 1995
« Pocket », n° 10088

La Valse du diable
Plon, 1996
« Pocket », n° 10282

Le Nid de l'araignée
Archipel, 1997
« Pocket », n° 10219

La Clinique
Seuil, 1998
et « Points », n° P636

La Sourde
Seuil, 1999
et « Points », n° P755

Billy Straight
Seuil, 2000
et « Points », n° P834

Le Monstre
Seuil, 2001
et « Points », n° P1003

Dr la Mort
Seuil, 2002
et « Points », n° P1100

Chair et sang
Seuil, 2003
et « Points », n° P1228

Le Rameau brisé
Seuil, 2003
et « Points », n° P1251

Qu'elle repose en paix
Seuil, 2004
et « Points », n° P1410

La Dernière Note
Seuil, 2005
et « Points », n° P1493

La Preuve par le sang
Seuil, 2006

RÉALISATION : NORD COMPO À VILLENEUVE-D'ASCQ
IMPRESSION : DIDOT CAM AU MESNIL-SUR-L'ESTRÉE
DÉPÔT LÉGAL : SEPTEMBRE 2006. N° 67641 (81012)
IMPRIMÉ EN FRANCE

DANS LA MÊME COLLECTION

Brigitte Aubert
Les Quatre Fils du Dr March
La Rose de fer
La Mort des bois
Requiem caraïbe
Transfixions
La Mort des neiges
Funérarium

Peter Blauner
Le Dernier Beau Jour

Lawrence Block
La Balade entre les tombes
Le diable t'attend
Tous les hommes morts
Tuons et créons, c'est l'heure
Le Blues du libraire
Même les scélérats
La Spinoza Connection
Au cœur de la mort
Ils y passeront tous
Le Bogart de la cambriole
L'Amour du métier
Les Péchés des pères
La Longue Nuit du sans-sommeil
Les Lettres mauves
Trompe la mort
Cendrillon mon amour
Lendemains de terreur
Le Cambrioleur en maraude
Les fleurs meurent aussi

C. J. Box
Détonations rapprochées
La Mort au fond du canyon
Winterkill

Jean-Denis Bruet-Ferreol
Les Visages de Dieu

Jan Burke
En plein vol

Leonard Chang
Pour rien, ou presque
Brûlé
Protection trop rapprochée

Sarah Cohen-Scali
Les Doigts blancs

Michael Connelly
Les Égouts de Los Angeles
La Glace noire
La Blonde en béton
Le Poète
Le Cadavre dans la Rolls
Créance de sang
Le Dernier Coyote
La lune était noire
L'Envol des anges
L'Oiseau des ténèbres
Wonderland Avenue
Darling Lilly
Lumière morte
Los Angeles River
Deuil interdit
La Défense Lincoln

Robert Crais
L'Ange traqué
Casting pour l'enfer
Meurtre à la sauce cajun

Eno Daven
L'Énigme du pavillon aux grues

David Laing Dawson
La Villa des ombres
Minuit passé, une enquête du Dr Snow

Ed Dee
Des morts à la criée
L'Ange du Bronx
Pas d'erreur sur la personne
Un saut dans le vide
La Fille de l'arnaqueur

Bradley Denton
Blackburn

William Olivier Desmond
L'Encombrant

Robert Ferrigno
Pas un pour sauver l'autre

Stephen W. Frey
Offre Publique d'Assassinat
Opération vautour

Sue Grafton
K… comme killer
L… comme lequel ?
M… comme machination

N… comme nausée
O… comme oubli
P… comme péril
Q… comme querelle
R… comme ricochet

George Dawes Green
La Saint-Valentin de l'homme des cavernes

Dan Greenburg
Le Prochain sur la liste

Denise Hamilton
La Filière du jasmin
Par peur du scandale
Trafic d'anges

Steve Hamilton
Ciel de sang

Veit Heinichen
Les Requins de Trieste

Jack Hitt
Meurtre à cinq mains

Steve Hodel
L'Affaire du Dahlia noir

Anthony Hyde
China Lake

David Ignatius
Nom de code : SIRO

Thierry Jonquet
Mon vieux

Faye Kellerman
Les Os de Jupiter
Premières Armes

Jonathan Kellerman
La Clinique
La Sourde
Billy Straight
Le Monstre
Dr la Mort
Chair et Sang
Le Rameau brisé
Qu'elle repose en paix
La Dernière Note
La Preuve par le sang

Philip Kerr
Une enquête philosophique

Michael Koryta
La Mort du privé

Paul Levine
L'Héritage empoisonné
Cadavres incompatibles
Trésors sanglants

Elsa Lewin
Le Parapluie jaune

Herbert Lieberman
Nécropolis
Le Tueur et son ombre
La Fille aux yeux de Botticelli
Le Concierge
Le Vagabond de Holmby Park

Michael Malone
Enquête sous la neige
Juges et Assassins
First Lady

Henning Mankell
Le Guerrier solitaire
La Cinquième Femme
Les Morts de la Saint-Jean
La Muraille invisible
Les Chiens de Riga
La Lionne blanche
L'Homme qui souriait
Avant le gel
Le Retour du professeur de danse

Dominique Manotti
Sombre Sentier

Alexandra Marinina
Le Cauchemar
La Mort pour la mort
La Mort et un peu d'amour
La Liste noire
Je suis mort hier
Le Styliste
Ne gênez pas le bourreau

Petros Markaris
Le Che s'est suicidé

Andreu Martín
Un homme peut en cacher un autre

Deon Meyer
Jusqu'au dernier

Les Soldats de l'aube
L'âme du chasseur

Chris Mooney
Déviances mortelles
L'Enfant à la luge

Walter Mosley
Le Casseur
Little Scarlet

Dallas Murphy
Loverman

Håkan Nesser
Retour à la Grande Ombre

Kyotaro Nishimura
Les Dunes de Tottori

Sara Paretsky
Refus de mémoire
Canailles & Co

Michael Pearce
Enlèvements au Caire

George P. Pelecanos
Hard Revolution

Michael Pye
Destins volés

Sam Reaves
Le taxi mène l'enquête

Barbara Seranella
Tous des rats
Sans penser à mal

Edward Sklepowich
Mort dans une cité sereine
L'Adieu à la chair

Ake Smedberg
Disparitions à la chaîne

April Smith
Montana Avenue

Mike Stewart
Mon frère en Alabama

James Swain
Le Sens de l'arnaque

Austin Wright
Tony et Susan

L. R. Wright
Le Suspect
Mort en hiver
Pas de sang dans la clairière